LA VOLEUSE DE SECRETS

Library Jumpers - 1

L'AUTRICE

Brenda Drake est la cadette d'une famille de militaires. Ballottée d'un bout à l'autre des États-Unis, elle garde un souvenir ému des contes traditionnels de sa grand-mère irlandaise, qui lui ont donné le goût de raconter des histoires. Lorsqu'elle n'écrit pas, elle hante les librairies, les bibliothèques et les coins calmes où elle peut s'installer tranquillement avec un livre.

Dans la même série

Brenda DRAKE

LA VOLEUSE DE SECRETS

Library Jumpers - 1

Traduit de l'anglais (États-Unis)
par Julie Lafon et Diane Durocher

LUMEN

Titre original :
Library Jumpers book 1 - Thief of Lies

Loi n° 49-956 du 16 juillet 1949 sur les publications
destinées à la jeunesse : avril 2020.

ISBN 978-2-266-30534-1

Dépôt légal : avril 2020.

À ceux qui n'ont pas peur de prendre leur élan
pour sauter dans le vide, peu importe le danger.
Et à Kayla l'intrépide, ma première fan.

Chapitre 1

Le samedi, personne à part Dieu et les commerçants de Haymarket, le marché à ciel ouvert de Boston, ne se levait jamais aux aurores. Ce matin-là, une ribambelle de nuages boursouflés s'évertuaient à déverser des trombes d'eau sur mon parapluie d'un rouge fané. Agrippée à sa poignée, je slalomais entre les passants dans la minuscule allée de la célèbre foire en plein air, située juste à la limite du quartier de North End. L'endroit, bondé, dégageait une odeur écœurante. Les fruits et légumes présentés sur les étals – le plus souvent des rebuts des supermarchés voisins – n'en étaient pas moins comestibles… et surtout, ils ne coûtaient pas cher. L'odeur saumâtre de chair en décomposition qui flottait autour des stands de poisson m'a poussée à me plaquer la main sur le nez.

Mes sandales claquaient dans les flaques. L'eau qui dégoulinait le long de mes jambes glacées et luisantes de pluie me faisait frissonner. Au moment de contourner un groupe de touristes, j'ai failli glisser : j'ai aussitôt maudit Afton d'avoir insisté pour que je me lève si tôt et que je porte une jupe ce jour-là.

Une fois délivrée de la foule, j'ai remonté la rue au pas de charge jusqu'à la station de métro.

Sur le trottoir d'en face, une jolie fille à la peau brune et aux cheveux noirs frisés attendait, blottie sous un parapluie près d'un garçon au teint olivâtre et aux cheveux aussi sombres que ceux de sa camarade. Mes deux meilleurs amis. Nick tenait la poignée de leur abri de fortune et Afton se serrait contre lui pour éviter d'être trempée. Au grand sourire de Nick, on comprenait tout de suite qu'il n'était pas mécontent de partager ce petit coin de paradis avec elle.

— Gia! s'est écriée Afton dans un concert de sifflements de pneus sur l'asphalte mouillé et de coups de klaxon insistants des automobilistes excédés.

J'ai attendu que la chaussée se vide, quitte à laisser passer plusieurs occasions de traverser, puis, la gorge nouée, j'ai posé un pied sur le bitume. *Tu peux le faire, Gia. Personne ne va t'écraser. Pas intentionnellement, en tout cas.* Mais sitôt qu'une voiture a tourné le coin de la rue, je suis remontée à la hâte sur le trottoir. De toute évidence, je n'étais pas près de surmonter mes vieilles angoisses. Quand la circulation a assez ralenti pour laisser le temps à un vieillard en déambulateur de traverser, j'ai essuyé mes mains moites sur ma jupe avant de me ruer jusqu'au milieu de la chaussée.

— Tu dois te débarrasser de cette phobie! m'a lancé Nick. Tu vis à Boston : il y a des voitures partout!

Afton lui a aussitôt donné un coup de coude.

— Ce n'est pas bien grave, Gia! Prends tout ton temps.

Après avoir inspiré un grand coup, je les ai rejoints au pas de course.

Nick a tout de suite baissé le regard vers mes jambes nues.

— C'est la première fois que je te vois en jupe. Ça te va bien !

J'ai senti mes joues s'empourprer.

— Attends… Tu viens de me faire un compliment ?

— Enfin, si ce n'est que tu marches comme un garçon, a-t-il ajouté.

— Ne fais pas attention à lui, a décrété Afton. Quand on a des jambes pareilles… bref, ta démarche importe peu ! Allez, viens ! (Elle m'a empoignée par le bras.) J'ai hâte que tu voies l'Athenæum. C'est une bibliothèque incroyable. Tu vas tomber amoureuse de cet endroit, je te le promets !

Non sans bougonner, je l'ai laissée m'entraîner dans l'escalier du métro derrière Nick.

— J'aurais pu en tomber amoureuse à une heure moins matinale, ai-je grommelé.

Nous avons déboulé sur le quai juste au moment où une rame s'arrêtait dans un grincement. À la suite d'autres passagers, nous nous sommes entassés à l'intérieur avant d'agripper la barre la plus proche dès que le métro s'est ébranlé. Quelques minutes plus tard, nous sommes descendus à la station de Park Street pour, une fois à la surface, prendre la direction de Boston Common, le plus vieux parc de la ville. Au passage, nous avons fait halte dans le café préféré d'Afton, le temps de commander des scones et un latte. Nous étions tellement absorbés par les derniers potins et nos projets pour l'été que deux heures se sont écoulées avant que nous ne reprenions le chemin de la bibliothèque.

Une fois dans Beacon Street, j'ai senti l'excitation me gagner, à moins que ce ne soit l'effet des deux tasses de café que je venais de boire. C'est que l'Athenæum n'était pas n'importe quelle bibliothèque. Pour pénétrer dans cet endroit prestigieux, il fallait avoir les moyens de verser une cotisation annuelle plutôt élevée. Le père d'Afton avait consenti à lui en payer l'adhésion au début de l'été. Heureusement pour moi, elle avait le droit de venir accompagnée – Pop, mon beau-père, n'aurait jamais accepté de dépenser une telle somme alors que la bibliothèque publique était gratuite. À vrai dire, je n'étais pas du tout d'accord avec ce diagnostic : la cotisation n'était pas non plus hors de prix et, surtout, on en avait pour son argent.

— On y est ! a soudain lancé Afton. 10 ½ Beacon Street. Magnifique, pas vrai ? Façade néoclassique, messieurs-dames !

J'ai admiré le bâtiment. Des murs vieux de plus de deux siècles, chargés d'histoire ! L'écrivain Nathaniel Hawthorne jurait y avoir croisé un fantôme – une anecdote sans doute inventée, quand on sait quel formidable conteur c'était.

— Elle est splendide, j'avoue. Elle me dit quelque chose… Tu en as dessiné une esquisse, non ?

— Dans le mille ! (Elle m'a donné un petit coup d'épaule.) Je ne pensais pas que tu t'intéressais à mes dessins.

— Bien sûr que si, voyons !

Nick a poussé la porte rouge qui menait au paradis secret de l'Athenæum et, après avoir gravi un escalier en marbre, j'ai suivi mes deux amis dans un hall majestueux.

Afton a présenté sa carte d'adhérente à l'accueil. J'ai pris bien soin de sortir mon carnet de notes de ma sacoche avant de la déposer au vestiaire avec nos sacs et nos parapluies.

Nos pas, étouffés par le lino marron, nous ont ensuite menés jusqu'à une salle réservée aux expositions temporaires, où un minuscule ascenseur d'un autre siècle nous a conduits à l'étage. Là, des étagères chargées de livres reliés de cuir s'alignaient le long des murs.

Au-dessus de nos têtes, deux galeries protégées par une rambarde de bois accueillaient d'autres rayonnages. Corniches et frises finement sculptées ornaient des murs percés de grandes fenêtres, qui, avec les hauts plafonds, donnaient une belle sensation d'espace au visiteur. Partout, œuvres d'art et trésors anciens s'offraient à nos regards. C'était une bibliothèque de rêve pour tous les passionnés de livres. La bibliothèque de *mes* rêves.

Devant ce spectacle, un souvenir m'est revenu. J'avais environ huit ans et ma mère me manquait terriblement. Afin de me consoler, ma grand-mère – enfin la mère de Pop, Katy, que je considérais comme ma grand-mère et surnommais Nana – m'avait emmenée à la bibliothèque. Ce jour-là, elle m'avait dit : « Tu ne te sentiras jamais seule en compagnie des livres, ma chérie. » À vrai dire, j'aurais adoré découvrir l'Athenæum en compagnie de Nana.

La voix d'Afton m'a arrachée à ma rêverie.

— Tu savais que la collection personnelle de livres de George Washington se trouvait ici ?

— Non, ai-je répondu. Je me demande si elle est visible…

Planté devant une statue dénudée de Vénus, Nick a rétorqué :

— À mon avis, elle est enfermée à double tour !

Le claquement de mes sandales troublait le silence des lieux et chacun de mes pas me faisait grimacer. Nick m'a lancé un regard narquois, que je lui ai retourné avec irritation.

— Oh, ça va ! ai-je maugréé.

— Chuuut ! a soufflé Afton.

Nous avons pénétré dans une salle de lecture aux murs vert forêt. Aux quatre coins de la pièce, des bustes de personnages célèbres reposaient sur des piédestaux blancs. Assise à l'une des grandes tables en noyer installées en son centre, une fille à la mine hautaine et aux longs cheveux blonds lisait sans cesser de tapoter son sous-main du bout de son crayon.

— C'est du Prada… a chuchoté Afton.

Confuse, je l'ai interrogée du regard.

— Ses sandales. Et la montre à son poignet… Coach.

Je l'ai crue sur parole : je serais bien incapable de reconnaître une grande marque même si on m'en collait le logo sous le nez.

Nick a dévisagé la fille à son tour avant de déclarer malicieusement :

— Cette salle me plaît bien… Je vais m'installer ici.

— Mais bien sûr ! a répliqué Afton, non sans lui jeter un regard noir. Nous, on continue la visite. Quand tu auras fini de baver sur cette bêcheuse, reviens nous voir !

— À tout à l'heure ! a-t-il répondu d'un air absorbé, occupé à observer la fille du coin de l'œil.

Je me suis dirigée vers les ascenseurs en m'efforçant d'ignorer le claquement atroce de mes semelles.

— Ça va ? ai-je demandé à Afton.

— Parfaitement bien, merci !

Clairement, la désertion de Nick ne passait pas.

— Tant mieux… On va pouvoir passer un peu de temps entre filles, comme ça ! ai-je lancé.

J'avais dû prononcer ces mots avec un peu trop d'entrain car elle a levé les yeux au ciel avant d'appuyer sur le bouton de l'ascenseur.

— Bon, ça te dirait de visiter les lieux avant qu'on se mette au travail ? Il paraît que la section jeunesse recèle des pièces uniques.

— On pourrait prendre l'escalier, ai-je répondu pour la taquiner. C'est bon pour ce que tu as.

— Pas question, j'ai déjà les pieds en compote à cause de ces satanés talons, a-t-elle répondu avant de s'engouffrer dans la cabine. Au fait, tu savais que cette bibliothèque possède un livre relié avec de la peau humaine ?

— Tu plaisantes ?

Comme souvent, mon estomac s'est soulevé quand l'ascenseur s'est ébranlé. Afton a jeté sur son épaule le pull qu'elle venait d'ôter.

— Pas du tout. Je l'ai vu de mes propres yeux.

— Sans façon, merci beaucoup !

— Oh, arrête ! On ne voit même pas que c'est de la vraie peau, elle a été teinte ou traitée, je crois.

— Je m'en fiche, c'est toujours non.

Les portes de l'ascenseur se sont ouvertes. Juste au moment où j'en sortais, la cabine a eu un léger soubresaut et je me suis retenue au chambranle. Ma réaction a arraché un sourire à Afton : j'en ai déduit que mon amie avait retrouvé un peu de sa bonne humeur. Je me suis engagée dans un large couloir.

— Mais dis donc... Ce ne serait pas illégal ?

— Le livre date du XIXe siècle, a-t-elle répondu avec un haussement d'épaules désinvolte. Va savoir ce qui était légal à l'époque !

— C'est sûr... Mais quelle idée, tout de même !

À vrai dire, toute cette conversation me donnait la chair de poule.

— Ce sont les confessions d'un célèbre voleur. Avant de mourir, il a exigé que sa peau serve de couverture à ses Mémoires.

Afton a remis en place la bretelle de sa robe, qui venait de glisser, au moment où notre chemin croisait celui d'un type d'une bonne trentaine d'années. D'abord curieux, il a vite pressé le pas, s'étant sans doute aperçu qu'elle était mineure. J'ai levé les yeux au ciel. Afton était séduisante jusque dans ses moindres mouvements. Tandis que moi – Nick avait raison –, je marchais comme un garçon. Je me suis penchée vers elle :

— Tu as un fan, tu as remarqué ?

— Ah oui ? (Elle a jeté un coup d'œil par-dessus son épaule.) Il n'est pas si moche, pour un vieux.

— Tu devrais consulter... Il a presque l'âge de Pop !

Elle a éclaté de rire avant de me saisir le bras et de déclarer d'une voix inquiétante :

— D'après la rumeur, cette bibliothèque serait hantée.

— Arrête ! Tu sais bien que je déteste les histoires d'épouvante.

Elle a gloussé.

— Quelle froussarde !

Une fois parvenues à destination, nous avons fait halte au milieu de la salle pour examiner les lieux. L'énorme lustre suspendu au plafond représentait le système solaire. Un murmure de voix masculines nous parvenait depuis l'une des nombreuses alcôves. Je me suis dirigée vers un aquarium encastré dans l'un des murs pour y observer les poissons, suivie de près par Afton.

— Génial, ai-je murmuré pour ne pas déranger les lecteurs. Des poissons et des livres. Que demander de plus ?

Ayant repéré la section dédiée aux classiques de la littérature jeunesse, je suis allée chercher mon livre préféré dans les rayonnages.

Les voix masculines se sont tues et j'ai perçu du mouvement de l'autre côté de l'étagère. Je me suis figée, aux aguets, et comme les deux lecteurs reprenaient leur conversation, j'ai poursuivi mon exploration.

J'ai senti un sourire se dessiner sur mon visage quand j'ai enfin déniché *Le Jardin secret* de Frances Hodgson Burnett, la célèbre romancière anglaise. Exactement la même édition que celle que j'avais lue enfant, avec une couverture verte élimée. Les illustrations à l'intérieur étaient magnifiques : il fallait à tout prix que je les montre à Afton ! Au moment où je contournais les rayonnages d'un pas un peu trop vif, j'ai bousculé un jeune homme en tenue de motard. J'en ai lâché mon livre et mon carnet.

— Oups, pardon…

Je me suis interrompue net lorsque j'ai découvert son visage. Ce garçon était beau à en tomber à la renverse.

15

Grand, avec des yeux noirs et des cheveux bruns ébouriffés. Il m'a lancé un petit sourire qui révélait deux charmantes fossettes. Il s'est penché pour ramasser mon livre, que j'avais déjà oublié.

— « Madame Marie, que tout contrarie, qu'avez-vous dans votre jardin ? » a-t-il récité d'une voix marquée par un léger accent – un vrai délice pour les oreilles.

Je suis restée plantée là, comme une idiote, le cœur battant, incapable de réfléchir à une réponse. Qu'il ait lu ce livre-là et soit capable d'en réciter un extrait m'avait soudain laissée sans voix.

Mais dis quelque chose, Gia, enfin ! N'importe quoi...

— Chouette bouquin ! a-t-il fini par ajouter quand il est devenu évident que je ne répondrais rien.

Après m'avoir fait un clin d'œil, il a adressé un imperceptible signe de la tête à un homme qui se tenait derrière lui et s'est éloigné d'un pas tranquille. Arrivé au bout de l'allée, il s'est retourné pour me lancer un dernier sourire avant de disparaître derrière une étagère.

Mon cœur a fait un bond dans ma poitrine. *Il m'a regardée !*

Son compagnon m'a jaugée d'un œil froid avant de s'éloigner à son tour. Des cheveux blond filasse, qui auraient bien eu besoin d'un shampoing, retombaient sur son grand front. Il semblait mal à l'aise, sur le qui-vive. J'ai battu en retraite vers la fenêtre la plus proche.

Non mais quelle idiote je fais ! J'aurais pu terminer la citation, au moins... en tout cas pas rester muette, les bras ballants ! Je me répétais en boucle la réponse que j'aurais dû lui faire : « De la menthe, du romarin et des soucis couleur chagrin. » Pourquoi, mais pourquoi n'avais-je rien dit ?

La fenêtre donnait sur le Granary Burying Ground, l'un des plus vieux cimetières de Boston. Mon livre serré contre moi, j'entendais les pas des deux inconnus s'évanouir. Je me suis adressée au reflet d'Afton, qui venait de me rejoindre :

— J'ai déjà visité ce cimetière.

Elle s'est penchée pour regarder les tombes en contrebas. Je me suis tournée vers elle.

— Tu as vu ce garçon ? Il est…

Je me retrouvais une fois de plus à court de mots.

— Sans doute anglais, d'après son accent, a-t-elle suggéré, occupée à suivre des yeux les touristes qui se promenaient entre les pierres tombales. Et plutôt canon, en effet.

— Et moi qui suis restée là sans rien dire ! Il s'est adressé à moi, mais je n'ai pas ouvert la bouche.

— Qui sait, tu vas peut-être le recroiser.

Afton avait le don de toujours voir le verre à moitié plein. Je me suis affalée contre la vitre.

— Et me ridiculiser à nouveau, je parie…

Elle a tendu le cou pour mieux voir par la fenêtre en maugréant :

— Je ne comprends pas l'intérêt qu'on porte à ce cimetière. C'est juste un tas de vieilles pierres gravées de noms illisibles.

J'ai feint d'être choquée.

— Samuel Adams est enterré ici. C'est quand même l'un des Pères fondateurs des États-Unis !

— Les cours d'histoire au lycée ne te suffisent pas ?

— Non. Je pourrais me balader dans ce cimetière toute la journée.

Nous nous sommes installées à l'une des tables pour feuilleter des livres illustrés. C'était l'occupation préférée d'Afton à la bibliothèque : les illustrations lui donnaient de l'inspiration pour ses dessins.

Au bout d'un long moment, elle a poussé un soupir.

— J'ai faim. On va déjeuner ?

J'ai envoyé un texto à Nick pour le prévenir. Dire que sa réponse (« Pas la peine de m'attendre ») nous a surprises serait un euphémisme : Nick ne sautait jamais un repas. À la faveur d'une éclaircie, nous nous sommes assises sur un banc dans le parc qui jouxtait la bibliothèque pour boire de la limonade et manger des bretzels. De retour à l'Athenæum, j'ai envoyé un second message à Nick pour le tenir au courant avant de déposer de nouveau mes affaires au vestiaire.

Après avoir visité une enfilade de salles magnifiques tapissées de livres, avec d'immenses fenêtres qui donnaient sur un patio, nous avons de nouveau emprunté un des petits ascenseurs pour remonter à la salle de lecture du quatrième étage. À l'exception d'une poignée de visiteurs, la pièce était vide. Nous avons parcouru les rayonnages en quête des ouvrages nécessaires à la rédaction des projets qu'Afton et Nick devaient rendre à la rentrée, avant de nous asseoir à une des tables du centre de la salle. L'un des gros inconvénients à être inscrit dans une école privée, c'est d'être systématiquement obligé de rédiger un devoir pendant les vacances. Comme j'aimais prendre de l'avance dans mon travail, j'avais déjà terminé le mien.

— Un bonbon ?

Afton me tendait une boîte de pastilles à la menthe par-dessus un petit manuel consacré à Crispus Attucks, un esclave tué pendant le massacre de Boston en 1770 et considéré comme le tout premier martyr de la Révolution.

Je rédigeais des notes sur Samuel Adams pour Nick en savourant ma friandise quand j'ai vu entrer le garçon que j'avais bousculé dans la section jeunesse. Il s'est approché d'une table en face de la nôtre, un gros livre à la main. Avec ses cheveux savamment décoiffés et sa veste de cuir près du corps, il détonnait dans ce lieu à l'atmosphère feutrée. Il s'est assis d'un mouvement leste et a commencé à feuilleter son ouvrage.

Tandis qu'il parcourait les pages de l'épais volume, une main dans les cheveux, je ne cessais de lui lancer des coups d'œil à la dérobée. Impossible de m'en empêcher. C'était comme si tous les autres occupants de la pièce avaient disparu : il me semblait que le moindre de ses mouvements était chorégraphié juste pour moi.

Lorsque, soudain, il a relevé la tête, son regard a croisé le mien. Prise la main dans le sac ! J'ai failli m'étouffer avec ma pastille à la menthe.

Il m'a dévisagée quelques secondes avant d'esquisser un sourire – ses fossettes ont refait leur apparition. Je me suis raclé la gorge. Ma pastille à la menthe se frayait à grand-peine un chemin dans mon œsophage.

Bon, arrête de le dévisager et fais quelque chose. Je lui ai retourné son sourire, non sans jouer nerveusement avec mon stylo, qui a fini par m'échapper. Une lueur amusée a éclairé son regard, et il a penché la tête, songeur.

— Chuuut ! a sifflé Afton en réponse au bruit du stylo qui venait de tomber sur la table.

Absorbée par sa lecture, une mèche de cheveux noirs enroulée autour du doigt, mon amie n'avait même pas remarqué la réapparition du jeune homme. Un courant d'air a soudain balayé la table et ébouriffé la chevelure d'Afton. Je me suis retournée vers le garçon. Le souffle de vent avait fait tourner quelques pages de son livre, qui se sont vite immobilisées.

L'inconnu, lui, avait disparu.

Chapitre 2

— Mais qu...

— Chut, Gia! (Afton m'a lancé un regard noir.) Je te rappelle qu'on est dans une bibliothèque...

Je me suis levée pour scruter la salle, et la biographie de Samuel Adams m'a glissé des mains pour retomber lourdement sur la table.

— Qu'est-ce qui te prend? m'a demandé mon amie.

La pluie s'était remise à tomber et dégoulinait sur les vitres des grandes fenêtres en ogive. La lumière brumeuse venue de l'extérieur creusait les ombres des recoins de la salle. Pas de doute: l'inconnu n'était pas allé s'asseoir à une autre table.

— Le garçon, là-bas... Il vient de disparaître.

— Qui ça?

— Le beau gosse de tout à l'heure. Il était assis juste là. (J'ai désigné sa chaise vide.) J'ai tourné la tête une fraction de seconde, et il a disparu.

Afton s'est penchée vers moi, les sourcils froncés.

— Tu vois, c'est dans des moments pareils, quand tu pourrais tomber sur Roméo, que tu devrais prendre la peine de te maquiller. Tu l'as fait fuir! Et oublie les queues-de-cheval! Tu n'as plus douze ans.

— Arrête, je te jure que ce type a disparu!

— Mais bien sûr…

Je me suis levée d'un bond.

— Je te promets qu'il était là!

À moins que j'aie eu une hallucination? En tout cas, j'étais déterminée à en avoir le cœur net.

— Mais où vas-tu?

— Il faut que je le retrouve, ai-je rétorqué avant de la planter là.

— Il est peut-être allé s'installer au fond de la salle, a-t-elle suggéré à mi-voix.

— Non, je l'aurais vu se lever! ai-je objecté par-dessus mon épaule.

J'avais dû parler un peu fort car, non loin de nous, un homme installé dans un profond fauteuil a relevé la tête.

Les nuages noirs qui s'amoncelaient à l'extérieur donnaient à la salle de lecture un aspect assez sinistre. Me rappelant le cimetière qui s'étendait sous les fenêtres, je me suis imaginé que toutes sortes de fantômes de la Révolution américaine flottaient autour des lustres métalliques suspendus aux arches en bois blanc, dignes d'une cathédrale, qui ornaient le plafond. Un frisson m'a parcouru l'échine. J'ai inspiré une grande rasade d'air – l'odeur poussiéreuse des livres a empli mes narines. *Reprends-toi, Gia! Que veux-tu qu'il t'arrive dans une bibliothèque, enfin?* J'ai tout de même sursauté lorsqu'un nouvel arrivant a posé ses affaires bruyamment derrière moi.

Installés dans plusieurs niches au-dessus de ma tête, des bustes en plâtre d'hommes illustres me fixaient d'un regard intimidant. Dans chacune des deux alcôves qui flanquaient l'un des escaliers menant à la galerie supérieure se trouvaient une petite table et deux chaises rembourrées. Une jeune femme assise là a levé la tête, surprise par le claquement sonore de mes sandales. Mais le garçon que je cherchais n'était visible nulle part.

J'ai gravi les marches jusqu'à la galerie. Aucune trace de lui là non plus. J'ai soupiré et abandonné mes recherches. Pourquoi me mettre dans un état pareil pour un parfait inconnu?

En retournant m'asseoir près d'Afton, je me suis arrêtée près de la table qu'il occupait encore quelques minutes plus tôt. Le livre qu'il avait emprunté était ouvert sur la photographie pleine page des rayonnages d'une bibliothèque située à Oxford, en Angleterre. *Il s'est peut-être volatilisé, mais le bouquin qu'il lisait est bel et bien là, lui.* Après une hésitation, j'ai refermé l'ouvrage pour en déchiffrer le titre, imprimé en lettres d'or: *Les Plus Belles Bibliothèques du monde.* Ce livre était la preuve que je n'avais pas rêvé: le jeune homme était encore là quelques instants plus tôt.

J'ai ramassé le lourd volume avant de me diriger vers notre table.

— Tu vois? ai-je dit dans un souffle à Afton. Il était là. C'est son livre.

— Tu lui as piqué son bouquin?

— A priori, il n'en avait plus besoin.

— Tu n'en sais rien.

J'ai retourné l'ouvrage pour en étudier le dos.

— Je n'arrive pas à croire qu'un garçon comme lui s'intéresse aux belles bibliothèques ou aux classiques de la littérature enfantine...

— Comme lui ? C'est-à-dire ?

— Il n'a pas tout à fait le look d'un passionné de littérature, tu ne trouves pas ?

Afton s'est approchée pour examiner le livre par-dessus mon épaule.

— De quoi ça parle ?

— Des bibliothèques du monde entier.

J'ai feuilleté l'ouvrage, non sans m'arrêter de temps à autre pour en admirer les photos. Chaque bibliothèque était d'une beauté unique – je n'ai pas pu réprimer un frisson.

— Ce serait sacrément chouette de les voir de près...

— Pour un rat de bibliothèque comme toi, peut-être...

— Arrête, chacun de ces bâtiments est une œuvre d'art. Ne me dis pas que ça laisse froide l'architecte qui sommeille en toi ?

Soudain, elle a posé la main sur le livre.

— Ne va pas si vite ! Regarde cette fresque. J'aimerais être capable de peindre un truc pareil...

— Ça va, les filles ? a lancé une voix derrière nous.

Nous avons toutes les deux sursauté.

— Nick !

L'homme assis dans le fauteuil club, non loin de nous, a secoué son journal d'un geste furieux en nous foudroyant du regard. La jeune femme jusque-là installée dans l'alcôve a quitté la pièce sans manquer de nous dévisager d'un air désapprobateur.

Afton a placé un doigt sur ses lèvres.

— Chut !

Nick a posé les mains sur nos épaules et s'est penché sur la photo que nous étions en train d'admirer.

— Qu'est-ce que vous lisez ?

Je me suis tournée vers lui, les bras croisés.

— Oh, tu t'es enfin décidé à nous rejoindre ! Attends, laisse-moi deviner… Miss Monde t'a faussé compagnie ?

— Ne me dis pas que tu m'en veux !

— Pas du tout…

Afton a repoussé la main de Nick.

— Tu es un peu bête, ma parole ! a-t-elle chuchoté. Bien sûr qu'elle est furieuse, qu'est-ce que tu crois ? Elle vient exprès pour t'aider à faire des recherches sur Samuel Adams, et toi, tu disparais ! C'est à toi de bûcher, après tout.

— Je ne t'ai jamais demandé de bosser à ma place, Gia, a protesté Nick.

— Tu n'as pas besoin de le lui demander, tu sais bien qu'elle va le faire et tu profites toujours d'elle.

— Arrêtez, les gars ! Ça ne me gêne pas… C'est même un plaisir ! Vous pouvez vous calmer, maintenant ?

— Si tu le dis, a répondu Afton avec un sourire pincé.

L'homme au journal a poussé un profond soupir avant de se lever pour se diriger vers la sortie, nous laissant seuls dans la salle de lecture.

J'ai tourné une autre page.

— Regardez celle-là, elle est magnifique ! C'est la Bibliothèque nationale de France.

Ils se sont penchés pour mieux admirer la photo.

— Ces arches sont impressionnantes… a commenté Afton.

— Qu'est-ce que c'est?

Nick a passé le bras par-dessus mon épaule pour saisir une feuille jaunie échappée de l'ouvrage. Il l'a dépliée avec précaution.

— Oh là là, le papier m'a l'air ancien! On dirait du latin. Qu'en penses-tu?

Je lui ai pris le document des mains pour examiner l'inscription alambiquée.

— C'est de l'italien, Nick. Tu es pourtant plus italien que moi!

— Que veux-tu dire par là?

— Que tu devrais savoir lire ce texte!

Nick et moi, nous avions étudié cette langue ensemble pendant des années, mais il n'avait jamais vraiment accroché. Son manque d'intérêt pour ses racines avait le don de m'exaspérer.

— Eh bien, il est question d'une porte, a-t-il répliqué. *Porta*, c'est bien « porte », non?

— C'est ça. « Ouvre la porte. »

— Drôle de marque-page, a fait observer Afton.

— C'est un document ancien rédigé dans une langue formelle, ai-je dit. Il paraît même calligraphié, je dirais.

Les yeux plissés, Nick a tenté de le déchiffrer à voix haute.

— *Apre... Apra...*

L'image d'un jeune garçon vêtu à la mode victorienne s'est imposée à moi, si vivace que le papier m'en est tombé des mains. Le souffle coupé, je l'ai vu baisser les yeux vers le livre posé sur la table et ânonner péniblement la même phrase que Nick un instant plus tôt. Il a fini par fouiller la poche de son manteau élimé pour en sortir une feuille pliée en deux dont il a lu le contenu.

— Gia?

La voix de Nick m'a ramenée à la réalité.

— Oui? ai-je répondu d'un air distrait, toujours obnubilée par ma vision.

Elle m'avait semblé parfaitement réelle… comme si je me tenais derrière ce gamin, à attendre mon tour.

Mais mon tour pour faire quoi? Je n'en avais aucune idée.

— Alors, comment ça se prononce? a demandé Nick.

J'ai inspiré un grand coup pour recouvrer mes esprits.

— Hein?

— La phrase!

— Oh, pardon! Ça se dit: *Aprire la porta.*

Le livre a frémi et son dos a heurté la table.

— Un tremblement de terre! s'est écriée Afton.

— À Boston? Ça m'étonn…

À partir de cet instant, nous avons comme perdu pied, perdu contact avec la réalité. Je n'ai même pas pu terminer ma phrase: une espèce de tourbillon s'était soudain formé autour de nous. Il nous a enveloppés et nous poussait tellement fort les uns contre les autres que j'avais du mal à respirer. Le maelström s'est mis à tourner de plus en plus vite… et brusquement, je me suis sentie aspirée à l'intérieur même de la page! L'affolement s'est emparé de moi. Mon cœur battait à tout rompre dans ma poitrine – j'ai tenté de crier mais aucun son n'est sorti de ma bouche.

La pression qui s'exerçait sur nos corps s'est intensifiée jusqu'à la douleur avant de cesser tout à coup. J'ai eu la sensation de dégringoler dans un abîme : j'ai essayé de me raccrocher à quelque chose, en vain. Tout près de moi, j'entendais la respiration haletante d'Afton et de Nick. Avant que je puisse les appeler à l'aide, j'ai senti que ma chute s'accélérait – le vent sifflait dans mes oreilles… *C'est pas vrai ! Qu'est-ce qu…*

Afton a poussé un cri perçant et Nick a laissé échapper un juron. Le vent tirait sur mes sandales, menaçant de me les arracher.

— Oh mon Dieu ! a hurlé Afton.

J'ai récité une prière. Nick a répété chacune de mes phrases.

Une odeur de renfermé a soudain assailli mes narines. L'estomac noué, j'ai agité les bras sans cesser de pédaler dans le vide. Nous continuions à tomber, encore et encore.

Notre chute a pris fin d'un seul coup, et je me suis retrouvée suspendue dans des ténèbres absolues – un noir d'encre –, les jambes au même niveau que le buste. Les silhouettes de Nick et d'Afton se détachaient, telles des masses grises, sur le néant, et le vent étouffait leurs gémissements.

Puis la dégringolade a recommencé.

Le silence, le froid et la peur se sont refermés sur moi. J'étouffais, au bord de la syncope.

Et soudain…

Bam ! L'atterrissage.

Une lumière ténue filtrait maintenant entre mes cils. Allongée de tout mon long sur un tapis dont les fils drus me râpaient la joue, j'ai tenté de bouger. Aussitôt, l'une de mes sandales m'est tombée sur la tête et l'autre a atterri dans mon dos. Un bruit sourd a retenti à ma droite, un autre à ma gauche. Quelques livres sont tombés d'une étagère non loin de moi.

Terrorisée, je suis restée immobile pendant une petite minute, histoire d'évaluer mon état. Ma hanche et mon épaule gauches me faisaient mal, mais je n'avais rien de cassé.

— Afton ? ai-je soufflé. Nick ?

— Je suis là, a-t-il répondu dans un grognement.

— Tu vas bien ?

— Je crois.

— Afton ?

Comme elle ne répondait pas, je me suis redressée sur les genoux et j'ai rampé parmi les quelques livres éparpillés sur le sol pour la rejoindre. Je l'ai attrapée par l'épaule et secouée doucement.

— Afton ?

Elle n'a pas bougé mais sa poitrine se soulevait à intervalles réguliers. J'ai posé sa tête sur mes genoux et Nick, qui nous avait rejointes, m'a enlacée dans un geste protecteur.

Le décor tanguait autour de moi. J'avais l'impression de me trouver sur un manège et je n'avais qu'une seule envie : en descendre au plus vite. Je devais absolument recouvrer mon sang-froid, ne serait-ce que pour venir en aide à mon amie, mais la panique me paralysait. Des larmes ont roulé sur mes joues et mon nez s'est mis à couler.

— On est morts ? a demandé Nick.

— Je ne crois pas, ai-je répondu dans un reniflement.

Il a sorti de sa poche un petit paquet de mouchoirs qu'il gardait toujours à portée de main à cause de ses allergies et me l'a tendu d'une main tremblante.

— Tiens.

Je m'essuyais les yeux et le nez quand Afton a remué.

— Que s'est-il passé ? a-t-elle fini par gémir.

— Je crois qu'on est tombés dans un trou de ver, a murmuré Nick.

Elle s'est redressée lentement.

— C'est quoi, un trou de ver ?

— Un raccourci à travers l'espace-temps.

— On n'est ni dans *Star Wars* ni dans un de tes foutus jeux vidéo ! ai-je rétorqué, un bras glissé sous l'épaule d'Afton pour l'aider à se relever. Je ne sais pas ce qui nous est arrivé… mais c'est du jamais-vu.

La lèvre inférieure d'Afton s'est mise à trembler.

— On est… tombés. Il faisait noir comme dans un four. Dites-moi que je rêve, s'il vous plaît !

Nick s'est relevé à son tour.

— Apparemment, non. Bon… Où sommes-nous, à votre avis ?

Une faible lumière éclairait la salle où nous nous trouvions, qui semblait aussi vaste qu'un stade. Au-dessus de nos têtes, des fenêtres en rosace encerclaient une vaste coupole. Sous le dôme, des arches gigantesques abritaient une multitude de rayonnages en bois sombre. Des lampes dotées d'abat-jour verts s'alignaient sur de longues tables disposées à travers la pièce.

Nous avions atterri dans une salle de lecture qui m'était familière.

Je me suis efforcée de maîtriser la peur qui m'envahissait, mais mes bras et mes jambes, pris de tremblements incontrôlables, n'ont pas tardé à trahir ma panique.

— On est… On dirait la bibliothèque de la photo. Celle de Paris, ai-je dit d'une voix blanche.

J'avais beau être certaine d'avoir reconnu l'endroit, l'idée elle-même était inconcevable. Il y avait sans doute une autre explication. J'ai respiré un grand coup pour me vider la tête, dans l'espoir que le mystère finirait par s'éclaircir. En vain…

— Tu n'es pas blessée ? ai-je demandé à Afton.

— Non, je vais bien. Je me suis juste évanouie. (Elle a titubé un peu avant de parvenir à se mettre debout.) Tu crois que la disparition de ce garçon, à la bibliothèque, a un rapport avec ce qui vient de se passer ?

Je fouillais déjà parmi les livres tombés au sol pour chercher mes sandales, que j'ai ensuite eu un mal fou à enfiler tant mes mains tremblaient.

— Peut-être… ai-je marmonné. Je ne sais pas. Quelle heure est-il chez nous ?

— Quinze heures et quelques, a répondu Nick. Pourquoi ?

— Cette bibliothèque est manifestement fermée. Quel est le décalage horaire entre Boston et Paris, sept heures ? Huit ?

— Six, a dit Afton. Où veux-tu en venir ?

— Donc, ici, il est autour de 21 heures.

— On… Impossible ! On est en train de rêver, a balbutié Afton, cramponnée à Nick. On va se réveiller.

Il l'a prise dans ses bras pour la réconforter.

— Ne t'en fais pas, a-t-il murmuré.

— Bon… je sais que c'est fou, mais ici il fait nuit : on va sans doute rester enfermés là jusqu'à demain matin, ai-je observé. Il faudrait peut-être vérifier s'il y a encore quelqu'un dans les parages.

Déconcerté, Nick a passé la main dans ses cheveux.

— Nom d'un chien, c'est incroyable !

— Pardon ?

— Tu te comportes comme si on venait de prendre l'avion alors que si on est bien à Paris, on a débarqué ici par… je ne sais quelle magie !

— Écoute, moi aussi, j'ai peur et je n'y comprends rien. Mais paniquer ne sert à rien, alors…

— C'est trop tard en ce qui me concerne, a gémi Afton. Moi, je veux juste rentrer chez moi.

Ce n'était pas en nous affolant et en nous disputant que nous allions nous tirer de cette étrange situation. En temps normal, j'avais peur de tout – et à raison ! – mais là, étrangement, j'étais d'un calme olympien. Plutôt ironique, non ?

J'ai regardé autour de moi : je ne voyais ma sacoche nulle part.

— Mince, je n'ai pas mon téléphone. Et vous ?

— Moi non plus, a répondu Afton en essuyant ses joues noircies de mascara. Il est dans mon sac.

Je lui ai tendu un mouchoir pour qu'elle ôte les traces de maquillage sur son visage. Nick a sorti son téléphone portable de sa poche pour l'examiner.

— Pas de réseau, de toute façon. (Il l'a brandi devant lui et s'est mis à déambuler dans la salle pour trouver une connexion.) Rien.

— J'ai bien peur que ce soit parce que tu n'as pas l'option « international » dans ton forfait… lui a fait remarquer Afton, une grimace incrédule sur le visage.

Je me suis dirigée vers la porte.

— Il faut trouver un moyen de communiquer avec l'extérieur.

— Mais comment ? a demandé Nick d'un ton sec.

— Je ne sais pas… Un téléphone fixe, par exemple.

— Ah oui tiens, bonne idée, appelons nos parents ! Je m'y vois déjà. (Nick a pris une voix de fausset pour m'imiter.) « Salut, Pop ! Je suis à Paris avec Nick et Afton. Tu pourrais venir nous chercher ? » Ils vont croire qu'on a fumé.

— Oh, ça suffit ! a lancé Afton, toujours aussi tendue. Tu trouves que c'est le moment de plaisanter ?

— Tu as une autre solution ? ai-je demandé à Nick.

Il a haussé les épaules avant de répondre :

— Tu as raison, il faut trouver un téléphone.

Je lui ai jeté un regard noir avant de traverser la gigantesque salle pour me diriger vers l'issue la plus proche. Nick m'a emboîté le pas, bientôt suivi d'Afton. Mais à la seconde où j'en ai effleuré la poignée, un hurlement assourdissant a retenti de l'autre côté de la porte, et j'ai retiré ma main en toute hâte.

— Une alarme ? s'est inquiétée Afton.

— Je ne crois pas…

Des raclements se sont fait entendre – on aurait dit les griffes d'un animal contre le battant. J'ai dégluti avec difficulté, la peur au ventre : ces bruits ne ressemblaient absolument pas à ceux que ferait un simple chien de garde…

— Qu'est-ce que c'est que ce truc ? a murmuré Nick.

Les yeux écarquillés, Afton s'est agrippée à son bras. J'ai reculé.

— Je n'en ai aucune idée mais… (Un coup sourd m'a interrompue. Un corps massif venait de se jeter contre la porte.) Cachez-vous !

Chapitre 3

Après m'être emparée d'une agrafeuse trouvée sur une table, je me suis accroupie derrière un gros meuble de rangement, Nick et Afton à mes côtés. Mon agrafeuse brandie comme un pistolet, je me suis préparée à riposter.

— Avec ton arme, on est tranquilles, a ironisé Nick.

— Qu'est-ce que tu fabriques ? a gémi Afton. Si c'est la sécurité, ils pourront nous aider.

— Comment va-t-on justifier notre présence après l'heure de la fermeture ? ai-je chuchoté. On n'a pas le droit d'être ici. Et puis on est à l'étranger, on pourrait nous arrêter…

À ce moment-là, j'ai entendu la porte céder puis une bête haleter.

— Il doit être énorme, ce chien, a murmuré Afton.

— Chut !

Je leur ai fait signe de me suivre avant de ramper jusqu'à l'autre extrémité du meuble. L'animal a flairé le sol en faisant le même bruit qu'une console de jeux en surchauffe.

— Beurk! a fait Afton d'une petite voix étranglée. Qu'est-ce que c'est que cette odeur?

— Un chien de garde avec une haleine de charogne, a répondu Nick dans un souffle.

J'ai risqué un coup d'œil hors de notre cachette mais je n'ai rien vu. Les grognements du chien me glaçaient le sang. Sur son passage, il a bousculé une table près de nous et a failli en renverser les lampes, dont les fils électriques ont tinté contre le pied en cuivre.

Une ombre a surgi dans un coin de mon champ de vision. Je me suis raidie mais quand j'ai tourné la tête : rien.

Les halètements de l'animal se rapprochaient. Sa puanteur m'empêchait de réfléchir. Il nous fallait trouver une cachette plus sûre, et vite. Face à nous, une galerie surplombait le mur tapissé de livres.

— Suivez-moi, ai-je chuchoté par-dessus mon épaule.

— Pour aller où? a demandé Nick.

J'ai tendu le bras pour désigner mon objectif.

— Tu vois cette galerie? Là-bas, on pourra se cacher.

— Et comment va-t-on monter? a demandé Afton.

— On va devoir escalader les étagères. (J'ai baissé les yeux vers les sandales à talon de mon amie.) Enlève tes chaussures, sinon tu ne vas pas y arriver.

— Ce sont mes préférées… s'est-elle lamentée avant d'en défaire les lanières. OK, je suis prête.

Au moment où je m'élançais vers la galerie, j'ai heurté de plein fouet un type accroupi et qui regardait de l'autre côté de notre meuble. J'ai eu l'impression de me cogner contre une barrière de muscles – lui a à peine bougé. Il a posé sur moi ses yeux d'un noir de jais, seule partie visible de sa tête coiffée d'une espèce de heaume de chevalier doté d'ailes dorées. Son bras, qu'il avait glissé dans les sangles d'un petit bouclier, était replié contre son torse dans un geste de protection. La poignée ornementée d'une épée dépassait d'un fourreau fixé à sa taille.

Je suis tombée sur les fesses avec un hoquet de surprise avant de reculer d'un bond. D'un doigt posé sur ses lèvres, il m'a signifié de me taire et, telle une panthère aux aguets, il s'est faufilé derrière le meuble pour se diriger vers la bête, guidé par ses halètements.

Surgie de nulle part, une jeune fille est tombée à genoux près de moi. Elle portait une combinaison moulante et une coiffe de samouraï vert jade et noire avec un masque qui lui cachait la moitié du visage. Elle brandissait un katana muni d'une poignée en corde verte. Trois autres adolescents, tous en tenue de cuir croisée avec un étrange attirail de chevalier, sont passés près de moi au pas de course.

Sonné, incrédule, Nick a débité :

— Où sont-ils allés ? Et pourquoi ont-ils des épées ? (Il s'est redressé pour jeter un coup d'œil par-dessus le meuble.) Je ne les vois plus. Ça ne vous inquiète pas qu'ils soient armés ?

Un grand remue-ménage s'est élevé de l'autre côté de la salle – bruits de pas, grognements, suivis du gémissement d'un animal. Tout à coup, nous avons perçu le martèlement de ses pattes sur le sol : il semblait se rapprocher de nous.

Afton m'a agrippé le bras.

— Nom de Dieu ! Il vient dans notre direction.

Le chien de garde s'est mis à renifler la porte du meuble. De mes mains tremblantes, j'ai brandi l'agrafeuse. La bête s'est alors précipitée contre le placard, qui a failli basculer sur nous.

— Venez! Sortons de là!

Je me suis relevée d'un bond, mon arme de fortune à la main... pour me figer aussitôt.

Ce n'était pas un chien qui se tenait devant moi. J'ai reculé jusqu'à me cogner le dos au mur. Avec deux défenses qui émergeaient de sa gueule, l'animal en question ressemblait plutôt à un rhinocéros. Du sang s'écoulait de profondes entailles faites à son flanc. Chaque fois qu'il remuait la tête, il projetait de la bave gluante autour de lui. À l'aide de ses défenses, il a embroché le meuble avant de l'envoyer se fracasser quelques mètres plus loin. La seule explication était que j'avais dû me cogner le crâne... J'étais en train d'halluciner.

Le monstre m'a fixée de ses yeux rouges où brillait une lueur folle. Je lui ai jeté mon agrafeuse à la tête puis j'ai profité de cette petite diversion pour lui donner un bon coup de pied dans la mâchoire. Il n'a même pas cillé. Avec un grondement sinistre, il s'est préparé à charger.

— Courez! ai-je crié à l'intention de Nick et d'Afton.

Le cœur battant, j'ai fui dans la même direction que mes amis. Une étagère a volé derrière moi, et j'ai senti des débris de bois frapper mes mollets telle une pluie de lave.

Nick a jeté un coup d'œil par-dessus son épaule.

— Plus vite, Gia!

Nous avons grimpé sur une table, couru sur toute sa longueur, sauté sur la table voisine et ainsi de suite, chaque saut nous procurant un peu plus d'élan. J'entendais le bruit des sabots de la bête dans mon dos. Dans sa course effrénée pour nous rattraper, l'animal brisait tous les meubles sur son passage.

Nick et Afton ont escaladé l'une des étagères adossées au mur, franchi la balustrade et atterri lourdement sur le sol de la galerie. J'ai grimpé sur le meuble à mon tour. Les dents serrées, j'ai agrippé de toutes mes forces les barreaux de la balustrade pour me hisser. *Je vais mourir!* ai-je pensé.

Lorsque le monstre s'est précipité contre l'étagère, j'ai perdu mon appui. Les livres ont dégringolé par terre et le meuble s'est écrasé sur le dos de la créature.

Quand elle s'est redressée, son regard furieux s'est posé sur moi. Mes jambes pendaient dans le vide, juste au-dessus de sa gueule. J'avais les mains moites, je commençais à lâcher prise.

— À l'aide! ai-je crié, ramenant mes genoux contre ma poitrine.

Nick et Afton m'ont saisie chacun par un bras pour me hisser par-dessus la balustrade. Une fois saine et sauve, je me suis relevée, les jambes flageolantes, à deux doigts de pleurer de soulagement.

J'ai regardé en bas juste au moment où le type coiffé du heaume de chevalier encerclait la bête avec ses compagnons. Ensemble, ils ont plongé leurs épées dans le flanc du monstre. La créature s'est effondrée dans un grand bruit qui s'est répercuté comme un coup de tonnerre à travers la bibliothèque.

La fille et les quatre garçons se sont ensuite penchés pour examiner le cadavre sanglant étendu sur le sol.

Celui contre qui je m'étais cognée quelques minutes plus tôt a ôté son heaume, et j'ai retenu mon souffle : c'était le garçon de l'Athenæum !

Sa cuirasse et l'épée qu'il tenait à la main étaient couvertes de sang. Le moindre de ses gestes respirait l'assurance. Il a levé les yeux vers la galerie, nous a dévisagés l'un après l'autre, puis son regard s'est arrêté sur moi. J'ai reculé contre le mur. *Ce n'est pas possible ! Je suis en train de rêver.* Les histoires que ma mère me racontait quand j'étais petite semblaient tout à coup prendre vie sous mes yeux.

Le type de l'Athenæum a reporté son attention sur le groupe de jeunes gens qui l'entouraient. Je me suis penchée pour mieux les entendre.

— Je n'y vois rien du tout ! a maugréé l'un entre d'eux. (Il a ôté son heaume orné d'une plume pour découvrir sa tignasse blond roux.) On aurait pu se servir de nos globes lumineux.

La fille a retiré son épée du cadavre de la bête.

— Oui, et peut-être qu'avec un peu de chance, tu aurais encore blessé quelqu'un.

— C'était un accident !

Un globe lumineux ? J'ai contemplé la paume de ma main tandis qu'un souvenir affleurait à la surface de ma mémoire.

Les deux autres garçons ont à leur tour ôté leur casque. L'un, à la peau plutôt hâlée, avait des cheveux noirs bouclés que son heaume avait plaqués sur son crâne, l'autre, des dreadlocks qui lui collaient à la nuque.

— Elle a raison, a dit le garçon aux dreadlocks. On n'avait aucun angle de tir.

Il s'est emparé d'une écharpe oubliée par un visiteur sur une chaise voisine et l'a fait passer à ses camarades pour qu'ils essuient la lame de leur épée.

Le garçon de l'Athenæum a pris la parole :

— Vous avez mis le temps pour répondre à mon appel !

— On a rencontré un problème de connexion, a répondu la fille. Elle a été interrompue. Le molosse a franchi la porte avant qu'on ait pu détecter le bond.

J'aurais dû être pétrifiée mais j'étais trop fascinée par leur conversation pour penser à la carcasse puante qui gisait en contrebas ou pour m'attarder sur le fait que ces cinq adolescents discutaient comme si nous n'étions pas là. J'avais l'impression de connaître les choses qu'ils évoquaient sans pour autant les comprendre.

— Et les humains ? a demandé le garçon au teint sombre – sans doute était-il d'origine indienne.

— Comme d'habitude, a répondu celui de l'Athenæum, qui semblait être le chef. On les ramène chez eux, on efface leurs souvenirs et on nettoie les traces de leur passage. Avec un peu de chance, les chasseurs ne les trouveront pas.

La fille a soupiré.

— J'aurais pensé que Paris avait doté ses bibliothèques d'un meilleur système de sécurité pour éviter que des visiteurs se retrouvent enfermés après l'heure de fermeture.

— Ils ne sont pas aussi prudents que nous, a fait remarquer le garçon blond.

— Ils n'ont pas été enfermés par erreur, a répondu leur meneur. Ils ont franchi la porte-livre. Les Surveillants ont détecté leur bond.

La fille lui a lancé un regard perplexe.

— Mais c'est impossible, les humains ne peuvent pas franchir les portes.

Le garçon blond a jeté un coup d'œil vers nous.

— Ce qui signifie qu'ils sont…

— On nous écoute, lui a rappelé d'un ton sec son ami aux dreadlocks.

— On réglera le problème plus tard, a dit le chef. On a d'autres chats à fouetter pour l'instant. J'ai vu Edgar aujourd'hui à Boston : il a entendu parler d'un magicien qui se livrait à des expériences illégales. Retournez à Asile, il faut mettre Merl au courant. Parlez-lui aussi des humains. (Il a hoché la tête à l'intention de l'Indien et du garçon aux dreadlocks.) N'utilisez ni vos téléphones ni vos fenêtres de communication pour transmettre une information liée à cet incident. Il ne faudrait pas que les mauvaises personnes en aient vent.

Les deux garçons se sont dirigés vers l'endroit où nous avions atterri. Celui avec les dreadlocks portait un plastron en cuir rouge. Son casque cornu sous le bras, il a glissé son épée dans le fourreau fixé à sa taille avant de s'emparer d'un épais volume rangé sur une étagère. Il l'a ensuite posé sur une table et s'est mis à le feuilleter.

Le jeune Indien a calé son casque de guerrier spartiate entre ses genoux. Du sang maculait sa cuirasse en métal. Il ne possédait pas d'épée mais portait des gants en cuir munis, sur les doigts, de renforts en acier qui supportaient chacun une lame. De son majeur, il a actionné un mécanisme au creux de sa paume. Les lames se sont rétractées, comme des griffes, à l'intérieur des gants, qu'il a coincés sous sa ceinture. Puis, après avoir repris son casque en main, il a touché l'épaule de son ami pour lui glisser quelques mots à l'oreille.

Les pages des livres éparpillés sur le sol ont tourné à toute vitesse, comme soulevées par une brise venue d'on ne sait où, en même temps que les cheveux du jeune Indien. Les corps des deux garçons se sont mis à tournoyer ensemble jusqu'à prendre l'apparence d'une tornade multicolore, qui s'est volatilisée à l'intérieur de l'épais volume posé sur la table.

J'ai titubé en arrière, et Afton m'a agrippé la main. D'elle ou de moi, je n'aurais su dire qui tremblait le plus.

— Comment ont-ils fait ? a demandé Nick dans un souffle.

— Ils… ils ont été comme aspirés, a bredouillé Afton.

— À l'intérieur du livre…

J'ai lâché la main de mon amie pour mieux voir la scène qui se déroulait à nos pieds : je venais de comprendre ce qui s'était passé.

— Tout comme nous.

— Rien de cassé ? nous a demandé le garçon de l'Athenæum.

— Je… je ne crois pas, a répondu Nick d'une voix tremblante, avant de se tourner vers nous : Vous allez bien, les filles ?

J'ai inspiré un grand coup pour me calmer. À l'exception des quelques bleus causés par ma chute et des égratignures sur mes jambes, j'étais indemne.

— Moi, oui.

Physiquement, du moins.

— Descendez, vous ne risquez plus rien ! a crié la fille. L'escalier est derrière vous.

Nous avons obtempéré. La puanteur qui se dégageait du cadavre de la bête m'a retourné l'estomac. J'ai senti un goût de bile m'envahir la bouche.

— Qu'est-ce que c'est que cette... créature ? a demandé Afton sans lâcher la main de Nick.

Le garçon de l'Athenæum a croisé mon regard une seconde fois.

— Attends une minute, tu es la fille de la bibliothèque de Boston ?

Il se souvient de moi ? Mon cœur s'est mis à tambouriner encore plus fort dans ma poitrine.

— Oui, ai-je bredouillé.

— On devrait faire les présentations, a proposé la fille. Moi, c'est Lei, et le grossier personnage s'appelle Arik.

Elle a ôté son casque pour révéler une longue tresse noire.

— Éric ? C'est bien ce que tu as dit ? a demandé Nick.

— Non, Arik, a-t-elle répété avant de glisser son katana dans un fourreau fixé à une ceinture sertie d'émeraudes.

Nick et moi, nous étions obsédés par les sabres depuis que nous avions regardé les deux *Kill Bill* d'affilée sur son ordinateur portable. Mais en voir un en vrai, c'était bien plus impressionnant. Celui-là semblait capable de trancher une tête du premier coup. À la différence de ses quatre compagnons, Lei n'avait pas de bouclier.

— Il ne reste que moi, on dirait, a dit le garçon aux cheveux blonds. Je m'appelle Demos.

Il portait une cuirasse en métal façonnée pour reproduire les muscles d'un torse et tenait à la main son casque orné d'une plume rouge. Ses yeux d'un bleu limpide se sont arrêtés sur Afton.

— Vous allez nous expliquer ce qui se passe? s'est exclamé Nick. C'est une blague, n'est-ce pas? Une caméra cachée?

— Je ne comprends rien à ce que tu racontes, a répondu Arik. Quel est ton nom?

— Nick.

— Eh bien, Nick, je t'assure que tout ce que tu viens de voir n'est pas le fruit de ton imagination.

— Bienvenue dans ta nouvelle réalité! a renchéri Demos.

— Je m'appelle Gia, ai-je bégayé. Et mon amie, Afton.

Je lui ai d'ailleurs repris la main – ses doigts étaient glacés et elle tremblait comme une feuille.

Arik a fixé son bouclier dans son dos au moyen d'une sangle croisée sur son torse, et son ami l'a imité.

— Que comptais-tu faire avec cette agrafeuse? m'a lancé Demos.

— Je… Euh… À défaut de mieux…

— Très impressionnant, en tout cas, a-t-il fait avec un petit sourire.

— Lequel d'entre vous a récité la formule? s'est enquis Arik.

Nick a froncé les sourcils.

— Pardon?

— D'accord, a dit Lei. Vous voulez jouer à ce petit jeu-là? Dites-nous qui vous envoie ici.

— C'est ce livre, dans la bibliothèque…

Je n'ai pas pu terminer ma phrase car Arik venait de braquer sur moi ses yeux sombres aux cils épais. Troublée, je me suis figée et, cette fois encore, je n'ai pas pu proférer un son de plus. *Parle, bon sang!* ai-je songé. *Il va finir par croire que tu es idiote.*

— Quel livre? a-t-il demandé.

— Tu sais… celui que tu lisais. On était à Boston et l'instant d'après… on a atterri ici.

Je devais avoir l'air bien bête à bégayer ainsi. Il fallait vraiment que je me reprenne.

— Comment connaissiez-vous la formule?

— Mais de quelle formule parles-tu, enfin?

— Une phrase en italien, a expliqué Lei.

Mon cœur a bondi dans ma poitrine.

— Tu veux dire: « *Aprire la porta* »?

— Oui, tout à fait, a dit Demos. Qui l'a prononcée?

— Moi.

Arik m'a lancé un regard perçant. Soudain, il a fixé un point au-dessus de ma poitrine et m'a rejointe en deux enjambées.

— Comment t'es-tu fait cette cicatrice?

J'ai baissé les yeux. J'étais toute débraillée après avoir escaladé l'étagère. J'ai tiré sur mon T-shirt pour dissimuler ma cicatrice en forme de croissant de lune, qui était un peu mon baromètre: je ne portais jamais de décolletés qui la laissaient apparaître.

— Alors? Comment en as-tu hérité? a-t-il insisté.

J'ai reculé d'un pas en même temps que je couvrais la marque sur ma peau.

— C'est arrivé quand j'étais toute petite. Ma mère a refusé d'en expliquer la cause à mon beau-père… Elle se sentait peut-être un peu coupable. Je n'ai jamais pu lui poser la question. Elle est morte quand j'avais quatre ans.

Je me suis aperçue que je donnais une dimension terrible à l'événement, alors j'ai ajouté :

— C'était sans doute un petit accident domestique, rien de plus.

— Hmm… (Arik a levé un sourcil puis s'est tourné vers Lei et Demos.) L'un de vous sait-il à quoi correspond une marque en forme de croissant de lune ?

— C'est un charme de protection, il me semble, a répondu Lei. J'ai rencontré cette marque dans de vieux manuels d'incantations, mais chez nous, personne ne maîtrise ce sort. Si je ne me trompe pas, tu en connais la signification ?

— C'est une sorcière, a lancé Demos avec un grand sourire.

— Je ne suis pas une sorcière ! me suis-je écriée.

Et j'en étais certaine !

— Tu plaisantes, a renchéri Nick. Gia ne peut pas être une sorcière. Attends, qu'est-ce que je raconte ? Les sorcières n'existent même pas !

Lei s'est avancée vers moi et a posé la main sur mon bras.

— Si Demos l'a dit, c'est parce que les marques de protection sont la spécialité des sorcières. Mais il fait erreur, car elles sont incapables de franchir les portes-livres… alors que toi, tu l'es, de toute évidence.

— Les Sorcières noires, si, a objecté Demos.

Lei lui a jeté un regard incrédule.

— Les Sorcières noires sont mauvaises. Le mal déforme leurs traits. Est-ce que tu trouves qu'elle a une sale tête ?

— Vous êtes tous complètement fous ! s'est écriée Afton, qui cherchait des yeux une issue. Allons-nous-en !

Demos l'a retenue par le bras.

— Personne ne va nulle part.

— Bas les pattes! s'est exclamée mon amie avant de se dégager. Tu as du sang plein les mains. Et vous n'avez aucun droit de nous garder prisonniers ici. On file! Gia, Nick, vous venez?

Sur ces mots, elle s'est éloignée au pas de charge.

D'un seul regard, Arik nous a mis au défi de la suivre, la main posée sur la poignée de son épée, ses larges épaules menaçantes sous ses vêtements ajustés. Nous n'avons pas bougé d'un cil : nous avions bien trop peur pour tenter quoi que ce soit.

Demos s'est lancé à la poursuite d'Afton, non sans grommeler par-dessus son épaule :

— Je pense qu'il serait grand temps d'effacer leurs souvenirs!

— Tu sais bien qu'on ne peut pas s'en occuper dans l'immédiat, a dit Arik, ils seraient paralysés pendant des heures. Nous devons d'abord les emmener en lieu sûr.

Demos a rattrapé Afton et l'a forcée à nous rejoindre. Nick l'a aussitôt serrée contre lui pour l'empêcher de s'enfuir une nouvelle fois.

— Qu'est-ce qui t'a pris? lui a-t-il glissé à l'oreille. Ils auraient pu te tuer.

Les bras croisés, Lei nous a tous les trois dévisagés d'un air désapprobateur.

— On pourrait peut-être les calmer un peu. Et puis, si cette fille est une magicienne, on peut toujours essayer d'effacer ses souvenirs, ça ne marchera pas.

— C'est impossible : les magiciens sont tous des hommes, a dit Demos. À moins qu'elle nous cache quelque chose… a-t-il ajouté avec un regard suggestif.

D'abord il me traite de sorcière, et ensuite il me prend pour un garçon?

— Je suis une fille! ai-je dit, furieuse.

— Ne sois pas aussi macho, Demos, a lâché Lei en secouant la tête. Il y a eu des magiciennes, même si elles n'ont jamais été très nombreuses. On aurait très bien pu la cacher. Elle ne fait pas partie du petit peuple, en tout cas: je ne distingue aucune aura autour d'elle, et elle n'a pas d'ailes. Et ce n'est en aucun cas une créature de quelque sorte que ce soit. Peut-être est-elle une Sentinelle… Qu'en penses-tu, Arik?

L'intéressé a promené le regard sur moi. J'ai croisé les bras sur ma poitrine, gênée par sa façon de me scruter.

Nick s'est gratté la nuque.

— C'est quoi, une Sentinelle?

— Nous sommes comme qui dirait les gardiens des bibliothèques, a répondu Lei. Il existe une multitude de créatures qui voyagent au moyen des portes, en quête de… Bref. Certaines d'entre elles sont dangereuses, comme ce molosse. (Elle a posé le pied sur l'arrière-train de la bête.) On est là pour leur régler leur compte.

— Si cette fille est une Sentinelle, alors elle doit posséder des pouvoirs particuliers, est intervenu Demos. Dis-moi, Gia, tu sais te battre ou te servir de la magie?

La commissure de mes lèvres s'est mise à trembler – un fichu tic qui se manifestait quand j'étais nerveuse, que je mentais, ou que j'étais nerveuse parce que je mentais. J'avais déjà eu affaire à la magie auparavant, mais je n'avais aucune intention d'évoquer le sujet. Et moi-même, je ne détenais aucun pouvoir. Chaque fois que j'éprouvais l'envie de partager mon secret, je me sentais paralysée.

Et ce que j'avais fait n'était rien en comparaison de toutes les folies que j'avais vues et entendues aujourd'hui.

De toute façon, je ne savais même pas qui étaient ces types. Ce que je savais, en revanche, c'est que je n'allais pas les lâcher d'une semelle au cas où l'une de ces horribles bêtes pointerait à nouveau le bout de son nez.

Nick m'a lancé un regard en coin.

— Gia fait partie de l'équipe d'escrime au lycée et elle est super forte en kickboxing.

— Nick! me suis-je exclamée avant de lui donner un coup de coude.

Il s'est tâté les côtes et m'a fusillée du regard.

— Admets que tu es un cas à part.

— Tais-toi!

Cette fois, je l'ai poussé dans l'espoir qu'il lâcherait enfin l'affaire. D'accord, j'avais gagné quelques trophées d'escrime et des matchs de kickboxing. Mais je n'en étais pas pour autant une extraterrestre!

— Pas la peine d'employer la violence, a-t-il protesté. Tu vois? Tu es une vraie combattante.

— Tu plaisantes? Je n'ai pas l'âme d'une guerrière. Je n'ai jamais rien combattu du tout.

Afton m'a adressé un sourire en coin.

— À part les trucs de filles, tu veux dire.

J'ai baissé les yeux, et la vue de mes ongles nus m'a rappelé un tas d'autres petits détails. Mon amie disait vrai. Où que j'aille, je me sentais toujours en décalage avec les autres filles de mon âge.

— À mon avis, c'est une sorcière, a déclaré Demos sans se départir de son sourire suffisant.

— Arrête de l'asticoter, tu veux? (Lei s'est tournée vers moi.) Bon, as-tu déjà eu recours à la magie?

— Non! Tu es folle ou quoi? me suis-je exclamée, avant de me mordre la lèvre pour l'empêcher de trembler.

— Assez, est intervenu Arik. Vous lui faites peur. Ce n'est pas notre rôle de tirer l'affaire au clair. On remettra notre rapport au Conseil, et il s'en chargera. Pour l'instant, notre devoir est de ramener ces humains chez eux sains et saufs, et d'effacer les pistes qui permettraient de remonter jusqu'à eux.

Un téléphone s'est mis à sonner. Lei a sorti l'appareil de sa poche pour répondre. Elle a écouté son interlocuteur sans l'interrompre avant de déclarer:

— Bien sûr, nous sommes en route. (Elle a raccroché.) Les Effaceurs seront là dans dix minutes. Partons!

Devant mon air interrogateur, Lei a précisé:

— Un Effaceur se sert de sa magie pour remettre les lieux en état et s'occuper de ce genre de détail. (Elle a désigné de sa botte le cadavre de la bête avant de se tourner vers Arik.) Bon, c'est quoi le plan?

— On se sépare, a-t-il répondu. Nous devons nous transporter dans une autre bibliothèque pour éliminer l'odeur des humains.

— Pourquoi y a-t-il besoin d'éliminer notre odeur? ai-je demandé.

— Quand un humain franchit une porte, il laisse une trace olfactive derrière lui. Certaines Chimères sont prêtes à tuer tout humain qui découvre leur monde. Ces êtres, les chasseurs comme les molosses, sont capables de détecter votre odeur en un temps record.

— Quoi? s'est exclamée Afton, les yeux écarquillés. Ils n'ont pas le droit de nous tuer! C'est illégal. Appelez la police!

— Dans notre monde, ils le peuvent, a dit Lei.

— Qui sont ces Chimères? ai-je demandé.

— C'est un terme générique qui regroupe tout un tas de créatures surnaturelles, comme les magiciens et les Sentinelles.

Afton a fait la grimace et Lei s'est emportée:

— Nous avons à cœur de vous protéger, tes semblables et toi. D'accord, il existe des créatures étranges chez les Chimères. Mais elles ne sont pas toutes mauvaises. Dans la plupart des cas, elles sont même bienveillantes.

— Moi, ce sont les autres cas qui m'inquiètent, a répliqué Nick.

— Comment se fait-il qu'on n'ait jamais vu ces créatures? ai-je demandé.

— Parce que dans votre monde, elles changent de forme ou dissimulent leurs pouvoirs, a répondu Lei.

— C'est dingue! a commenté Nick, qui, nerveux, ne tenait plus en place. J'ai l'impression d'être plongé en plein cauchemar.

Lei a posé la main sur son bras.

— Ne t'inquiète pas, mon chou. Nous empêchons les Chimères de s'introduire dans votre monde et nous réglons leur compte aux méchants. Ton peuple a déjà bien à faire avec ses propres monstres. La loi des refuges interdit de s'en prendre aux humains. Tu as juste à nous faire confiance, nous te protégerons.

— Mettons-nous en route avant que de nouveaux molosses ne débarquent, a lancé Demos.

J'ai regardé la créature étendue sur le sol. Si d'autres monstres du même genre étaient à nos trousses, je n'avais aucune envie de traîner dans les parages.

Arik a commencé à distribuer les ordres :

— Demos, tu emmènes Afton en Espagne…

— Il ne l'emmènera nulle part ! l'a coupé Nick.

— Tu n'as pas ton mot à dire. Lei, tu conduis Nick en Irlande et moi, je me charge d'emmener Gia en Italie. Ensuite, on se retrouve tous à Boston. Est-ce que c'est clair ?

Lei a confirmé d'un signe de tête.

Après s'être dirigée vers le livre abandonné sur la table par ses deux autres compagnons, elle a prononcé une phrase en italien, les yeux rivés sur la page. Le seul mot que j'ai saisi était « lucarne ».

— Que fait-elle ? ai-je demandé à Arik.

— Elle glisse un œil à l'intérieur de la bibliothèque pour s'assurer que la voie est libre.

— Je n'arrive pas à savoir si j'en suis rassurée ou, au contraire, terrifiée, a lâché Afton.

Nick a passé un bras autour de ses épaules.

— On va s'en tirer, ne t'inquiète pas.

— C'est ta petite amie ? a demandé Demos, perplexe.

— De quoi je me mêle ? s'est exclamée Afton.

— Demos, ça suffit, est intervenu Arik. Allez, partez, maintenant.

— Du calme, j'y vais. Allez, viens ma belle. (Demos a saisi la main d'Afton pour l'entraîner vers le livre.) C'est plus facile si tu sautes au moment où tu sens le livre t'aspirer. Compris ?

Afton a tenté de se dégager.

— Non! Tu es dingue ou quoi?

— Allez, fais-moi confiance. (Il l'a prise par la taille, non sans adresser à Nick un sourire narquois.) *Aprire la porta.*

Afton a poussé un hurlement au moment où l'ouvrage les aspirait tous les deux. Ils ont disparu dans un volettement de pages, comme les deux garçons avant eux. Je commençais à comprendre ce qui se passait... et j'en avais la frousse. Ma mère était au courant pour les portes-livres, j'en aurais mis ma main au feu.

Nick a croisé les bras.

— Hors de question que je retourne dans le tourbillon du néant!

— C'est le seul moyen de rentrer chez toi, a dit Arik avant de lui donner une claque dans le dos. À moins que tu préfères te payer un billet d'avion?

— C'est un peu difficile au début, a admis Lei. Veille à garder les jambes tendues et tu devrais atterrir sur tes pieds.

— Ou pas, a plaisanté Arik.

— Au moins, on va peut-être échapper aux gardes de sécurité, a maugréé Nick. À tous les coups, on a dû déclencher une alarme ou se faire filmer par une caméra.

— À la seconde où quelqu'un pénètre dans une bibliothèque par le biais d'une porte-livre, la magie désactive toutes les mesures de sécurité, a expliqué Arik.

— Bien, partons avant de servir de repas aux molosses, a dit Lei.

— Tu veux bien éviter ce genre de remarques? a rétorqué Nick, qui, une fois de plus, s'est passé la main dans les cheveux d'un geste nerveux.

— Désolée, mon chou, a-t-elle lancé avant de se diriger vers le livre. Tu es prêt?

Il l'a dévisagée un instant avant de la rejoindre.

— OK, finissons-en.

Nick semblait tellement pressé de partir, qu'une fois le charme prononcé par Lei il a failli se laisser aspirer tout seul par l'ouvrage. Au dernier moment, sa guide l'a attrapé par le dos de son T-shirt et ils ont disparu ensemble dans un tourbillon.

Arik m'a adressé un sourire en coin.

— Et toi, tu es prête?

J'ai retenu mon souffle.

— Oui, je crois.

Il a feuilleté les pages du livre jusqu'à trouver celle d'une bibliothèque à Florence puis il m'a pris la main et a prononcé la clé. Dès que j'ai senti une pression s'exercer sur moi, j'ai sauté avec lui. Une bourrasque nous a soulevés juste au-dessus des pages avant de nous précipiter vers le sol. Mais au moment crucial, mon pied a heurté le livre par accident, tournant la page juste avant qu'on franchisse la porte.

J'ai entendu Arik pousser un juron.

Chapitre 4

Dans le vide d'un noir d'encre, Arik m'a pris la main. Un souffle d'air glacé m'a traversé le corps et je me suis mise à claquer des dents. Le bras tendu devant lui, il a prononcé un mot que je n'ai pas pu entendre par-dessus le rugissement du vent. Une boule de lumière s'est formée au creux de sa paume. Je ne distinguais plus rien au-delà de la porte – ni murs, ni plafond, ni sol – hormis cette source de lumière qui sondait les ténèbres.

J'ai retenu mon T-shirt, qui menaçait de s'envoler. Notre chute s'est ralentie et mes jambes se sont retrouvées au même niveau que le reste de mon corps. Je me suis débattue pour reprendre ma position initiale. À regarder Arik, c'était simple comme bonjour : on aurait dit qu'il skiait dans le vide. En comparaison, je me faisais l'effet d'un débutant sur la piste verte, qui s'efforçait tant bien que mal de rester debout.

Nous avons tout à coup émergé d'un placard, non sans répandre des piles de livres par terre. J'ai atterri sur mes pieds de justesse avant de m'affaler dans les solides bras d'Arik.

— Tu vas bien?

Il m'a considérée d'un œil amusé et j'ai senti mon ventre se nouer. Je me suis dégagée à la hâte pour cacher mes joues cramoisies et j'ai marmonné que j'étais en un seul morceau.

Arik a jeté un regard inquiet autour de lui.

— C'est pas vrai! a-t-il marmonné dans sa barbe.

Une odeur de livres poussiéreux mêlée aux effluves d'un détergent au pin flottait dans l'air. Il faisait bon dans la pièce et mes doigts commençaient à se réchauffer. Nous nous trouvions dans un vaste espace où chaque mur, colonne ou arche était orné de fresques qui représentaient des scènes de la vie des saints ou du Christ. Le moindre ornement était rehaussé d'or. J'avais déjà vu cet endroit en cours de catéchisme: le père Mortimer nous en avait montré des photos. *On est au Vatican?*

Un bruit de bottes nous est parvenu du couloir situé sur notre droite. Une fille et cinq garçons, tous de mon âge et vêtus de ce qui devait être l'uniforme des Sentinelles, sont entrés dans la salle.

Arik s'est penché vers moi. Son souffle tiède dans mon cou m'a fait frissonner.

— Fais comme moi. Ils ne doivent pas savoir que tu es humaine.

J'ai hoché la tête.

— Tiens, tiens, Arik, on ne s'attendait pas à ta visite, a lancé un garçon au nez gros comme une patate et aux cheveux noirs bouclés.

Il s'est détaché du groupe de jeunes gens pour s'avancer vers nous en faisant claquer ses bottes sur le carrelage noir et blanc. Arik a saisi ma main et l'a serrée fort.

— Salut, Antonio.

— Il est interdit de s'introduire sans permission dans la bibliothèque du Vatican, a répliqué le garçon. Tu as oublié le protocole? Ton Surveillant est censé nous envoyer une demande d'autorisation. Qu'est-ce que tu fabriques ici?

— Au départ, j'étais censé atterrir dans la bibliothèque de Florence, a répondu Arik.

— Ce n'est pas ton genre, de te tromper. Qui est cette fille?

— Une Sentinelle.

— Pourquoi est-elle accoutrée comme une humaine?

— C'est un déguisement. On s'entraîne à bondir d'un endroit à l'autre.

— Ah bon? (Antonio s'est gratté le menton, dubitatif.) Alors sa présence n'a rien à voir avec l'odeur qui imprègne les portes?

— Je n'ai pas rencontré d'humains mais on est tombés sur un molosse qui errait sans son maître. Il appartenait sans doute à une Méduse. Et ce n'était pas le premier qu'on croisait ce soir.

— Oui, on en a vu aussi. C'est la raison de notre présence ici. Il faut bien protéger le Vatican. Encore que les passages de portes sont rares, ces temps-ci… (Antonio s'est interrompu, ses yeux gris ardoise fixés sur moi.) Tu es italienne?

Arik s'est posté devant moi pour me dérober à la vue de son interlocuteur.

— Il faut qu'on rentre.

— J'ignorais qu'une novice italienne suivait la formation des Sentinelles. (Il a fait la moue sans me quitter des yeux.) Quel âge as-tu?

58

— Elle a quatorze ans et jusqu'à récemment, elle suivait des cours particuliers, a répliqué Arik. (Il m'a poussée vers le placard d'où nous étions arrivés.) On est pressés, il faut qu'on file.

J'ai baissé la tête pour qu'Antonio ne voie pas que j'étais plus âgée. Ma queue-de-cheval me sauverait peut-être la mise : tout le monde me trouvait l'air plus jeune avec les cheveux attachés.

— Bien sûr. J'adorerais voir ton élève franchir la porte.

J'ai senti mon cœur chavirer. *Génial ! Et si je n'y arrive pas ce coup-ci ?*

— Désolé pour l'infraction, a dit Arik. Ça ne se reproduira pas. On s'en va. Bonne soirée !

Antonio a incliné la tête.

— Bien sûr, bonne soirée.

Arik a posé la main sur mes hanches. Je sentais le moindre tressaillement de ses doigts sur ma peau alors qu'il me guidait vers le placard. Il a pris le livre sur les plus belles bibliothèques du monde (à l'évidence, un exemplaire se trouvait dans chacune d'entre elles) et, après avoir trouvé la photo de l'Athenæum, l'a posé sur le sol.

— Tu te souviens de la clé ?

J'ai fait oui de la tête.

Il a pris ma main tremblante dans la sienne.

— Ne te raidis pas de la sorte, sinon tu vas te planter. Tu es prête ?

J'ai pris une grande inspiration.

— Oui.

Antonio nous observait toujours.

— Elle débute, la pauvre. Ne la brusque pas.

— Tu peux le faire, m'a dit Arik.

59

— *Aprire*… euh… *apri*…

— Ne fais pas de pause.

Le regard fixé sur la page, j'ai ralenti mon souffle.

— *Aprire la porta.*

Et nous avons franchi la porte.

Les autres nous attendaient déjà quand nous avons pénétré dans l'Athenæum.

— C'est le premier pas qui coûte, pas vrai ? Au moins tu n'as pas atterri sur la tête comme ton copain.

Demos a désigné Nick, qui se tenait près d'Afton au milieu de la pièce. Il se balançait d'un pied sur l'autre comme chaque fois qu'il tentait de canaliser un trop-plein d'énergie. Lei montait la garde près de la porte, les yeux rivés sur mon ami, dont elle surveillait d'un œil méfiant la démonstration d'anxiété.

— Petit conseil : mieux vaut poser le livre par terre, a poursuivi Demos. Quand il est sur une étagère ou sur une table… gare à l'atterrissage !

— Merci… ai-je dit, faute de meilleure réponse.

J'avais déjà atterri à deux reprises au milieu des livres. J'étais parvenue à rentrer chez moi en un seul morceau, et il était hors de question que je franchisse une autre porte au moyen de ce bouquin ensorcelé.

Lei s'est avancée vers Demos.

— On devrait filer avant que quelqu'un ne remonte notre piste.

Arik les a dévisagés tour à tour.

— Je dois veiller à ce que nos protégés rentrent chez eux sains et saufs. Gia et moi, nous avons atterri par erreur dans la bibliothèque du Vatican.

Demos a ricané.

— Génial! Tu vas recevoir un blâme du Conseil des magiciens.

— Tu es mal placé pour le juger, a objecté Lei. Combien de missions te sont passées sous le nez à cause de tes mauvaises notes?

— Moi, au moins, je sais m'amuser, a protesté Demos. Personne n'a envie de se mesurer à ta perfection, madame rabat-joie!

— Moi aussi, je sais m'amuser, a marmonné Lei, de toute évidence vexée.

— On est tombés sur Antonio et sa bande, a poursuivi Arik. Ils ont eux aussi croisé des molosses dans les bibliothèques. Veillez à prévenir Merl qu'il faut augmenter la sécurité. Et demandez-lui d'interroger les Surveillants… J'aimerais savoir pourquoi la réponse à cette histoire de molosse a été aussi tardive.

— Qui est ce Merl? a demandé Nick.

— C'est l'Archimage à la tête de notre refuge, a répondu Arik.

— Drôle de nom, pour un mage.

— Merl, c'est le diminutif de Merlin, a expliqué Lei. Ce n'est pas celui du roi Arthur, bien sûr. Son père n'a rien trouvé de mieux que de l'appeler comme le magicien de la légende. Merl déteste qu'on l'appelle par son vrai nom.

— Le père de Merl était un sacré rigolo, a lancé Demos. Son fils, lui, c'est une autre paire de manches…

Arik a fusillé son ami du regard.

— Il est temps de partir.

— Ravie de vous avoir rencontrés, a dit Lei avant de prononcer la clé et de franchir la porte-livre.

Arik a ôté son plastron et l'a lancé à Demos. Il lui a ensuite tendu son fourreau et son épée.

— Tu peux les garder pour moi?

— Pas de problème, a répondu Demos en prenant les affaires.

Et après nous avoir salués à son tour, il a plongé dans le livre.

— On y va, d'accord? a lancé Arik, qui se dirigeait déjà vers les ascenseurs.

— Oh, génial! a chuchoté Nick. C'est maintenant qu'il va nous tuer.

— Tu es vraiment le roi des abrutis! a répliqué Afton avant de presser le pas derrière Arik. Il aurait pu se débarrasser de nous depuis longtemps.

— Tu y vas un peu fort, Afton, ai-je protesté. (J'ai lancé un regard compatissant à Nick.) Tu sais comment elle est…

— Elle a du répondant, c'est sûr, a-t-il observé les yeux posés sur elle. Mais c'est ainsi que je l'aime.

Nous avons rejoint Afton et Arik, qui attendaient l'ascenseur.

— Tu t'es bien débrouillée au Vatican, m'a dit Arik.

Son compliment m'a réchauffé le cœur.

— Merci! Mais j'ai failli tout faire échouer.

— Non, tu as été parfaite.

Il a souri, une lueur malicieuse dans le regard. Je me suis sentie rougir de la tête aux pieds. D'un geste qui se voulait désinvolte, j'ai lissé ma jupe. L'ascenseur a émis un tintement et les portes se sont ouvertes. J'ai évité de regarder Arik dans les yeux – la descente risquait d'être longue.

— Il faut qu'on aille récupérer nos affaires, a dit Afton au moment où les portes se refermaient.

— Quelle heure est-il ? ai-je demandé.

Nick a consulté l'écran de son téléphone.

— Presque 16 heures.

J'ai sorti mon ticket de vestiaire de ma poche.

— L'accueil ferme bientôt.

Après avoir récupéré nos sacs nous sommes sortis sous un ciel de plomb et une pluie battante. J'ai dû lutter contre le vent pour ouvrir mon parapluie. Le temps d'y arriver, j'étais déjà trempée. J'ai dévalé les marches pour rejoindre les autres.

La rue était encombrée de voitures qui ne cessaient de klaxonner ou de freiner dans des crissements de pneus. L'accoutrement d'Arik attirait des regards étonnés. La pluie plaquait ses cheveux bruns sur son front et dégoulinait le long de son menton volontaire. Chacun de ses gestes semblait désinvolte et assuré. Il n'était pas le premier beau garçon que je croisais dans ma vie, mais aucun jusqu'à présent ne possédait son allure. J'avais déjà éprouvé de l'attirance pour le sexe opposé mais là, c'était différent. Chaque fois qu'Arik me regardait, j'avais l'impression que mon estomac faisait un tour de montagnes russes.

— Tu veux t'abriter ? ai-je crié par-dessus le martèlement de l'averse qui s'abattait sur la toile rouge fané de mon parapluie.

Il m'a souri.

— Non, merci. Rien de tel qu'un peu de fraîcheur !

Un éclair a illuminé les nuages noirs, leur donnant l'aspect d'un ruban de fumée violette. À quelques mètres devant nous, Nick et Afton se disputaient. À chaque bourrasque, le parapluie noir de Nick menaçait de se retourner. J'ai pressé le pas pour les rattraper.

— Qu'est-ce qui vous arrive, tous les deux?

Un coup de tonnerre m'a fait tressaillir.

— Il est furieux parce que je l'ai traité d'abruti, a répliqué Afton d'un ton agacé.

— Pas du tout. J'ai l'habitude de tes insultes.

— C'est blessant, ai-je constaté.

— Je sais. Elle dit toujours ce qu'elle pense sans prendre de pincettes.

— N'importe quoi! a protesté Afton.

— Ah oui? me suis-je exclamée. Ma remarque s'adressait à tous les deux: vous ne cessez de vous envoyer des piques. Vous ne croyez pas qu'on a d'autres chats à fouetter en ce moment?

— Elle a raison, a dit Arik, qui venait de nous rejoindre. Le molosse qui vous a attaqués à Paris était envoyé par une Méduse.

— Tu es complètement fou, a dit Nick. J'ai l'impression d'avoir atterri dans un jeu vidéo tordu.

— Nous ne sommes pas dans un jeu. Vous n'avez pas l'air de comprendre. Nos Surveillants ont détecté votre présence au moment où vous avez franchi la porte, de même que les Méduses. Elles vous tueront si elles mettent la main sur vous. Je ne peux pas vous promettre que d'autres chasseurs ne vous ont pas détectés. Si c'est le cas, ils vous traqueront. Dès l'instant où vous laissez une trace de votre passage, je ne peux plus rien pour vous.

— Mais on a fait un saut dans une autre bibliothèque pour qu'ils ne puissent pas remonter notre piste, ai-je objecté d'une voix tremblante.

— On a gagné un peu de temps, c'est tout. (Arik a soudain fait volte-face pour scruter le bas de la rue.) Il faut trouver un abri, tout de suite !

— Pourquoi ? (Je me suis retournée pour voir ce qui l'avait distrait.) Qu'y a-t-il ?

À ce moment-là, j'ai vu une montagne de muscles remonter la rue dans notre direction. L'homme, chauve et balafré, n'avait pas besoin d'éviter les autres piétons : ils s'écartaient tous à la hâte sur son passage. J'ai senti la terreur me gagner. *« Les méchants. »* La chose que j'avais redoutée toute ma vie se ruait vers moi.

— Qui c'est, celui-là ? a demandé Nick.

— Un chasseur, a répondu Arik.

— Vite, la station de métro est au coin de la rue ! a crié Afton avant de détaler à toutes jambes.

Nous l'avons aussitôt suivie et, l'un après l'autre, nous nous sommes engouffrés dans la station de Park Street.

La peur me donnait des ailes. Arik s'est baissé pour ramasser une canette abandonnée sur le sol et l'a lancée sur le chasseur. Comme notre poursuivant ralentissait un peu sa course afin d'éviter le projectile, Arik m'a pris la main pour m'entraîner au bas des escaliers – non sans bousculer les autres passants autour de nous.

Ce n'est pas possible, je vais me réveiller ! J'ai trébuché sur la dernière marche et plongé tête la première vers le sol avant de percuter, dans un roulé-boulé, une petite rangée de vélos. Ma jambe a cogné contre une béquille tandis qu'un goût de sel et de cuivre m'emplissait la bouche. J'ai porté la main à mes lèvres : je saignais.

Arik est tombé à genoux près de moi. Afton et Nick, qui étaient déjà entrés dans la rame, nous ont fait signe de nous dépêcher.

Le chasseur venait d'atteindre le quai. Ses yeux d'un blanc laiteux étaient dépourvus d'iris et de pupille. Une expression mauvaise est apparue sur son visage mutilé alors qu'il flairait l'air. Il est passé devant nous sans nous accorder un regard et s'est dirigé droit vers Afton et Nick.

— Pourquoi les a-t-il repérés, eux… mais pas moi ? ai-je chuchoté.

J'ai essayé de bouger, mais un éclair de douleur a traversé ma jambe.

— Arrête de gesticuler, a sifflé Arik entre ses dents. Ta marque te protège. Il ne peut pas te détecter.

Comme un limier lancé sur les traces d'une proie, le chasseur a bondi vers le train. Afton a arraché le parapluie des mains de Nick et l'a jeté dans les pieds de leur assaillant, qui a trébuché dessus et s'est retrouvé à quatre pattes sur le sol.

Les portes se sont refermées. Le chasseur s'est relevé à toute vitesse avant de se jeter de toutes ses forces contre la rame. À l'intérieur, les passagers terrifiés se sont réfugiés dans un coin alors que le métro s'ébranlait lentement. Les voyageurs encore sur le quai ont pris la fuite dans un concert de hurlements. Ceux qui ne couraient pas assez vite, le chasseur les frappait ou les poussait brutalement hors de son chemin. Il a flairé l'air de nouveau et s'est dirigé à grands pas vers la sortie avec un dodelinement de la tête.

Au moment où il repassait près de nous, j'ai tenté de me relever : il fallait que je m'échappe avant qu'il mette la main sur moi.

Arik m'a serrée contre lui.

— Je t'ai dit de ne pas bouger. Les chasseurs sont presque aveugles, ce qui aiguise leurs autres sens, a-t-il chuchoté. Ils ont une espèce de sonar qui leur permet de détecter le moindre mouvement.

J'ai retenu mon souffle jusqu'à ce que notre poursuivant se soit éloigné. Avec un grognement, il a gravi les marches qui menaient à la surface quatre à quatre avant de se précipiter contre la porte vitrée de la station, qui a volé en éclats. Accompagnant la pluie de débris de verre, des cris nous sont parvenus de la rue.

Arik s'est relevé tranquillement et j'ai tiré sur ma jupe pour couvrir mes cuisses. J'avais une profonde entaille sur le mollet qui saignait abondamment, mais j'y ai à peine prêté attention. Je ne pensais qu'à ce monstre, et à la façon dont il avait secoué la rame. Comment pouvait-on arrêter une créature pareille ?

Arik a déchiré le bas de mon T-shirt pour en faire un bandage de fortune et panser ma plaie. Les dents serrées afin de supporter la douleur, j'ai contemplé la destruction que le chasseur avait laissée derrière lui. Plusieurs voyageurs gisaient sur le quai, en larmes, blessés. La scène semblait tout droit sortie d'un film catastrophe. Dans quel monde avions-nous pénétré ? Et si d'autres chasseurs comme lui arrivaient ? S'ils parvenaient à mettre la main sur mes amis ? Nous ne pourrions pas nous cacher pour l'éternité.

J'ai agrippé Arik par le bras.

— Nous devons aider Afton et Nick !

— Il est hors de question que je te laisse seule ici.

— Ce n'est pas à moi qu'il en voulait, c'était à eux.

J'ai ouvert mon sac, dont la sangle était entortillée autour de mon torse, pour en sortir mon téléphone portable.

— Je vais leur dire de te retrouver quelque part.

J'ai fait glisser mon doigt sur l'écran afin d'activer mon téléphone et j'ai commencé à taper un message.

— Je ne peux pas leur donner rendez-vous à la station… alors où ? (J'ai réfléchi un instant.) Quincy Market ! C'est un nid à touristes, là-bas. (Une fois mon message rédigé, je l'ai envoyé à Nick.) Le chasseur ne retrouvera pas leur trace de sitôt. Tu sais te repérer dans Boston ?

— Pas du tout.

Je commençais à fouiller mon sac en quête d'un papier pour y griffonner quelques indications lorsque j'ai aperçu, non loin des marches, un présentoir de la ville renversé, son contenu éparpillé sur le sol.

— Va me chercher une carte.

Arik a obéi. J'ai sorti un stylo puis déplié la carte de Boston par terre.

— On est ici. (J'ai entouré la station de Park Street.) Descends Washington Street puis prends Congress Street. (J'ai dessiné l'itinéraire avec mon stylo.) Ils t'attendront devant Faneuil Hall, juste ici.

Il s'est assis sur ses talons. Ses beaux yeux noirs étincelaient.

— Tu es blessée. Je ne peux pas…

Des sirènes ont retenti à l'extérieur.

— Je vais m'en sortir.

Je lui ai fourré la carte dans les mains.

— Tu ne manques pas de cran, a-t-il dit, d'un ton assez admiratif.

La bonne blague! S'il savait à quel point j'étais terrifiée… Mais Afton et Nick avaient plus besoin de lui que moi.

— Maintenant, file!

Arik a hoché la tête et m'a effleuré la joue du dos de la main – de surprise, j'ai retenu mon souffle. En le regardant s'éloigner dans l'escalier, j'ai senti les larmes me monter aux yeux. J'ai cligné des paupières et elles ont roulé sur mes joues. Arik s'est retourné pour me lancer un dernier regard inquiet avant de disparaître.

Chapitre 5

Je me tortillais sur mon lit, prise d'une envie irrépressible de gratter ma plaie. Trente-cinq heures s'étaient écoulées et les points me faisaient encore mal. Trente-cinq heures sans véritable sommeil. Trente-cinq heures depuis que ma vie avait basculé. Avant, tout ce dont j'avais à me préoccuper, c'était de mes tournois d'escrime. Trente-cinq heures s'étaient écoulées et je figurais désormais sur la liste des personnes les plus recherchées par les Chimères. J'étais à la fois terrifiée et surexcitée. Terrifiée à l'idée qu'un chasseur vienne s'en prendre à Nick, à Afton ou à moi. Surexcitée à la perspective d'en apprendre davantage sur cet autre monde qui me semblait étrangement familier.

Arik avait retrouvé Nick et Afton avant le chasseur et les avait escortés sains et saufs jusque chez eux. Il avait beau m'avoir juré qu'ils étaient en sécurité, en me racontant au passage une histoire dingue de traces effacées, j'étais encore rongée par l'inquiétude. Il avait aussi précisé que des gardes veillaient sur nous, mais je n'avais encore vu personne qui ressemble à l'idée que je m'en faisais.

Je n'avais plus aucune certitude, j'avais l'impression de marcher sur des sables mouvants.

J'avais beau me répéter que rien de tout ça n'était réel, la blessure à ma jambe était là pour me rappeler que je ne rêvais pas. Nous étions piégés : impossible de revenir en arrière et de faire comme si nous ne savions rien du monde des Chimères.

J'ai séché mes larmes avec le coin de mon drap et jeté un coup d'œil à mon réveil : « Trois heures ! » ai-je gémi avant de rouler sur le dos. Cléo, mon chat calico, a protesté après avoir esquivé mes pieds. Je me suis redressée dans mon lit pour prendre sur la table de nuit la mixture que Nana m'avait préparée. Des effluves boisés m'ont chatouillé les narines lorsque j'ai ouvert le pot. La pommade prescrite par le médecin n'était pas aussi efficace que la bouillie infâme préparée par Nana. Dès que je l'ai appliquée sur ma plaie, la démangeaison a cessé.

La sphère lumineuse qui éclairait la paume d'Arik lorsque nous avons franchi la porte menant à la bibliothèque du Vatican m'est revenue en mémoire. Je n'arrêtais pas de rejouer dans ma tête le moindre de ses gestes dans l'espoir de percer le secret de cette source de lumière. Je l'avais déjà vue se former dans ma propre main quand j'étais petite. Dans un premier temps, elle m'avait effrayée, puis je m'étais efforcée de la reproduire.

Après avoir remis le pot à sa place, j'ai levé la main pour tenter de me rappeler les gestes qui m'avaient permis de la faire apparaître. La première fois, j'avais tout juste quatre ans. J'en gardais pourtant un souvenir encore vif.

Le globe lumineux avait surgi de nulle part. J'étais seule dans ma chambre, en train de jouer avec, quand ma mère était entrée pour me mettre au lit. Elle avait aussitôt lâché le torchon qu'elle tenait pour se ruer vers moi et me donner une tape sur les doigts. Aussitôt, la sphère avait disparu dans une gerbe d'étincelles. Ma mère m'avait suppliée de ne plus jamais recommencer, avant d'ajouter que si les méchants la voyaient, ils s'en prendraient à moi.

Les méchants… Ils me faisaient peur. Frissonnante, j'avais enfoui le visage dans mon ours en peluche. Ma mère s'était assise sur le lit et m'avait prise dans ses bras. Là, elle avait prononcé ces quelques mots : « Je t'enchaîne à notre secret. » Oui, c'est bien ce qu'elle avait dit… Oh bon sang, elle m'avait jeté un sort ! Voilà pourquoi j'étais incapable de parler de cette boule de lumière à qui que ce soit.

J'ai agrippé ma couverture à pleines mains pour les empêcher de trembler. Pourquoi avait-elle tout caché à Pop ? Il aurait pu m'aider. Me préparer à ce qui m'attendait. À lui dissimuler la vérité, elle m'avait rendue plus vulnérable.

Une image m'est revenue en mémoire : ma mère m'embrassait le sommet du crâne avant d'écarter les cheveux de mon visage. Ce soir-là, je l'avais suppliée de me raconter mon histoire préférée avant de me coucher.

C'est pas vrai… Ma mère avait bel et bien essayé de me préparer !

L'histoire commençait toujours de la même manière. Tournée vers Cléo, j'ai marmonné :

— Il était une fois, dans un pays lointain, un puissant chevalier…

Cléo a bâillé et s'est mise à faire sa toilette. J'étais en train de perdre mon auditoire.

— C'était une fille-chevalier, Cléo.

De vieux rêves défilaient dans ma tête. Ceux d'une petite fille, peuplés de couleurs vives, avec un magnifique château.

— Elle combattait d'horribles créatures pour protéger les humains.

La gorge nouée, j'ai répété dans un souffle : « Protéger les humains. » La réalité rejoignait la fiction.

L'histoire était toujours la même, à quelques variantes près. La jeune femme s'enfuyait afin de protéger son enfant d'un mal susceptible de détruire le monde entier. Mais parce que le nourrisson restait caché, le monde demeurait en sécurité. Ce souvenir me réchauffait le cœur en même temps qu'il me faisait souffrir. Je songeais à la vie que j'aurais pu avoir si ma mère avait été présente.

M'aurait-elle tout raconté un jour ? Je ne le saurais jamais. Elle était morte peu de temps après ce souvenir. Mais il y avait un lien entre l'histoire qu'elle me racontait le soir et ce que m'avaient dit les Sentinelles à Paris, j'en étais convaincue. Il me fallait découvrir la vérité, et j'allais commencer par le globe lumineux.

Avec un soupir, j'ai allumé ma lampe de chevet. Arik avait prononcé un seul mot pour créer cette source de lumière. La deuxième fois que je l'avais fait apparaître au creux de ma paume, j'avais dix ans et je pratiquais mon italien.

Jusqu'à en avoir les yeux qui brûlent, j'ai fixé le halo lumineux de ma lampe, tout comme je l'avais fait avec celle de Nana ce jour-là. J'ai passé en revue les mots que je connaissais :

— *Illuminare. Lampada. Lume. Luce…*

Tout à coup, j'ai senti que ma paume se réchauffait. De petites étincelles ont parcouru ma peau avant de disparaître aussi vite qu'elles étaient apparues. J'ai bondi sur mon lit, au comble de l'excitation.

— *Luce !*

Rien ne s'est produit. J'ai effectué plusieurs tentatives. Toujours rien. Frustrée, j'ai éteint ma lampe de chevet et j'ai reposé la tête sur mes oreillers. La moiteur de la nuit imprégnait la pièce – j'étais couverte de sueur. J'ai repoussé les couvertures et me suis allongée sur le côté.

Roulée en boule, j'écoutais distraitement les bruits autour de moi : le « tic-tac » de mon réveil, le bruissement des feuilles à l'extérieur, les grincements de l'escalier de secours. Les paupières mi-closes, j'ai regardé les ténèbres de la nuit laisser place à la lueur pâle de l'aube. Soudain, une ombre a masqué le jour gris. Je me suis redressée en sursaut.

Une main ferme m'a bâillonnée pour étouffer mon cri.

— Chut ! a dit Arik.

J'ai poussé un soupir de soulagement – avec les doigts de la Sentinelle plaqués sur ma bouche, mon souffle a fait un bruit de ballon qui se dégonfle.

— C'est bon, tu peux me lâcher maintenant, ai-je marmonné.

Arik a obéi et s'est allongé près de moi. Je me suis recroquevillée dans un coin du lit, non sans tirer sur mon débardeur noir pour cacher mon ventre. Étonnée de le voir en vêtements de ville, j'ai risqué un autre regard vers son jean et son T-shirt, qui mettaient plutôt son corps en valeur.

— Comment va ta jambe ? a-t-il demandé avec un sourire en coin, le regard baissé sur…

— C'est ici que ça se passe ! me suis-je exclamée, deux doigts pointés vers mes yeux.

— Je ne vois pas du tout de quoi… (Il s'est interrompu.) Bon, c'est vrai, pardonne-moi.

J'ai tiré ma couverture jusqu'au menton. Cléo a bondi hors du lit et a sifflé à la vue d'Arik.

— En voilà une façon de protéger et de servir ! ai-je dit dans un éclat de rire. Tu aurais au moins pu lui griffer les yeux.

Elle a poussé un miaulement désapprobateur avant de se jucher sur mon siège de bureau sans quitter Arik du regard.

Mon visiteur a souri.

— Les chats mènent leur vie à leur guise, sans se préoccuper de leurs esclaves.

— Quoi ? Je ne suis pas son… Oh, laisse tomber. Que fais-tu ici ? Mon beau-père va te tuer s'il te trouve dans ma chambre. Comment es-tu entré, d'ailleurs ?

— Je suis passé par l'échelle.

— Tu veux dire l'escalier de secours ?

— Moi, j'appelle ça une entrée.

Sa façon de parler, son accent et son sourire à fossettes me donnaient la chair de poule.

— Comment te sens-tu ? a-t-il repris.

— À ton avis ? Je suis morte de peur ! Je n'ai ni mangé ni dormi depuis notre aventure.

— Tu dormais quand je suis entré.

— Peut-être. Mais juste d'un œil.

Nous nous sommes dévisagés en silence, et j'ai fini par baisser les yeux : son regard me troublait trop. Comme je n'étais pas douée pour les silences, j'ai cherché un sujet de conversation. Notre rencontre à l'Athenæum m'est revenue à l'esprit. Il m'avait cité un passage de mon livre préféré.

— Alors tu as lu *Le Jardin secret* ?

— Oui, plusieurs fois.

J'ai levé vers lui de grands yeux.

— Tu sembles surprise.

— Oui, assez.

— Quel est ton passage favori du livre ? m'a-t-il demandé.

Mon passage favori ? On est vraiment en train de discuter d'un bouquin ? Je n'avais encore jamais eu ce genre de conversation avec un garçon.

— Euh… Celui où Mary trouve la pièce secrète dans la maison de son oncle, fait la connaissance de Colin et apprend qu'il est son cousin. Après, elle ne se sent plus jamais seule. Et toi ?

— Quand elle découvre le jardin et qu'il la change pour toujours.

— C'est un bon passage, c'est vrai. La plupart des garçons que je connais ne liraient jamais ce genre de livre. Pourquoi te plaît-il autant ?

— Les Sentinelles sont un peu comme Mary, non ? a-t-il répondu d'un ton tranquille. Nous sommes seuls au monde, arrachés à nos vrais parents. J'aime considérer les bibliothèques comme notre jardin secret. Notre moyen d'évasion.

L'émotion qui perçait dans sa voix m'a serré le cœur. J'avais de la chance, je savais ce que c'était d'avoir une vraie famille. J'avais Pop et Nana, et le souvenir de ma mère.

Comme je n'osais toujours pas le regarder dans les yeux, j'ai décidé d'aborder un sujet moins sensible.

— Alors, d'où viens-tu?

— Je suis né à Framlingham, une petite ville du Suffolk, en Angleterre. (Un sourire doux-amer a éclairé ses traits à l'évocation de son lieu de naissance.) Je n'ai aucun souvenir de cet endroit. J'étais encore bébé quand on m'a emmené.

— Il faudra que tu ailles visiter ta ville natale un de ces jours, ai-je balbutié. Moi, je suis née ici, à Boston.

Je ne savais pas trop quoi ajouter, alors j'ai parcouru des yeux ma chambre en désordre. Était-il tombé sur des affaires embarrassantes pendant que je dormais? Nos regards se sont croisés de nouveau et il m'a souri.

— Ne t'inquiète pas, j'ai juste jeté un coup d'œil à ton journal, sur ton bureau.

J'ai étouffé un hoquet d'indignation.

— Tu n'as pas osé!

— Non, a-t-il ri. Je n'irais jamais violer ton intimité. Et puis il fait trop noir pour lire.

— Très drôle, ai-je répliqué avant de lui lancer un oreiller à la figure. Alors, qu'es-tu venu faire ici? Tu n'es pas là pour parler de la pluie et du beau temps, j'imagine.

— Je suis venu te chercher. Habille-toi. Emporte des vêtements de rechange et tes objets de première nécessité. (Il s'est dirigé vers la fenêtre et s'est retourné pour m'adresser un clin d'œil.) On se retrouve au café en bas de la rue.

— Mais pourquoi ?

— Je te le dirai une fois là-bas.

— Je suis en danger ? Pop aussi ?

— Pas si tu fais ce que je te demande.

— Une autre réponse m'aurait étonnée… ai-je répliqué, amère.

Il a enjambé le rebord de la fenêtre.

— Dépêche-toi.

— Tu sais, cette fenêtre était verrouillée.

— J'avais remarqué, a-t-il lancé avec un grand sourire avant de se glisser au-dehors et de disparaître sans un bruit dans l'escalier de secours, suivi de près par Cléo.

Tout à coup, les mots qu'il venait de prononcer et auxquels je n'avais pas prêté attention m'ont frappée : *Des vêtements de rechange ?* J'ai aussitôt repoussé les couvertures pour me précipiter à la fenêtre et lui demander pourquoi je devais faire mes bagages, mais il avait déjà regagné la rue.

Si je criais, Pop m'entendrait. *De mieux en mieux*, ai-je songé.

Une fois mon sac fait, je me suis rendue sur la pointe des pieds dans la salle de bains, l'oreille dressée pour m'assurer que mon visiteur surprise n'avait pas réveillé mon beau-père. Comme l'appartement était silencieux, j'ai pris une douche rapide et je suis retournée à toute allure dans ma chambre, une serviette enroulée autour de moi.

— Que se passe-t-il ? a demandé Pop au moment où je refermais la porte.

Il tenait à la main sa tasse favorite ornée d'un saint, offerte par sa tante d'Irlande. Une odeur de café fraîchement moulu flottait dans l'appartement et la boisson fumait : il n'était donc pas levé depuis longtemps – sans doute n'avait-il pas entendu Arik.

— Rien, ai-je répondu par la porte entrouverte. Je suis juste en retard, comme d'habitude.

— Où vas-tu à une heure aussi matinale ?

— À la bibliothèque avec Afton. On doit finir notre devoir de vacances.

Je détestais mentir à Pop, même si j'avais déjà dû inventer une histoire pour justifier ma blessure à la jambe. Impossible d'oublier son air inquiet lorsqu'il était arrivé à l'hôpital, au moment même où les infirmiers m'évacuaient de l'ambulance. Je n'avais aucune envie de lui faire éprouver à nouveau une telle angoisse.

J'ai serré les lèvres pour maîtriser mon tic nerveux. La culpabilité me nouait le ventre. Pop ne méritait pas ce manque d'honnêteté. Élever une petite peste comme moi n'avait pas été facile pendant les premières années. Rayon beaux-pères, j'avais décroché le gros lot quand ma mère l'avait épousé. Les parents de mes copains de classe ne se faisaient pas autant de souci pour leur propre enfant. Je me sentais vraiment nulle de lui mentir.

— Encore la bibliothèque ? Tu ne crois pas que tu devrais plutôt te reposer ?

— Ma blessure va mieux. J'ai mis la pommade de Nana, ai-je objecté.

J'ai glissé ma jambe dans l'embrasure afin que Pop puisse l'examiner. En bon infirmier, il faisait toute une histoire à la moindre égratignure.

— D'accord, la plaie cicatrise bien, on dirait. Mais ne te surmène pas. (Il s'est gratté la nuque.) Tu passes ta vie dans les bibliothèques. Tu n'en as jamais marre ?

— À ta place, la plupart des parents seraient ravis.

Pop ne comprenait pas ma passion pour les bibliothèques. Afin de lui expliquer, j'avais fait un parallèle avec son engouement pour l'équipe de base-ball locale, mais il avait encore des doutes. Pour lui, les bibliothèques n'étaient pas une nécessité parce qu'il ne lisait que des magazines de sport et le *Boston Globe*. Mon attirance pour ces endroits remplis de livres avait-elle un rapport avec la magie qui s'y cachait ?

— Bon, a-t-il lancé. Je vais préparer une omelette.

— Je n'en prendrai pas, on s'arrête toujours au café sur le chemin.

Là, au moins, je ne mentais pas.

— Tu as besoin d'argent ?

— Non, il m'en reste encore un peu du baby-sitting.

— Fais en sorte d'être rentrée pour le dîner, OK ?

— D'accord, ai-je lancé avant de fermer la porte.

J'ai attendu qu'il se soit éloigné puis j'ai sauté dans mon jean. Après avoir passé deux débardeurs, j'ai enfilé mes Converse noires, rassemblé mes cheveux mouillés en queue-de-cheval et jeté un rapide coup d'œil dans le miroir.

Mon reflet a fait la grimace : je faisais peur à voir.

Soudain, Cléo a bondi sur le rebord de la fenêtre.

— Tu m'as fait peur ! (Je me suis précipitée pour fermer la vitre derrière elle et, comme je passais les doigts dans son pelage, elle a fait le dos rond.) Tu restes ici, d'accord ? Avec un peu de chance, Pop te donnera un morceau d'omelette.

J'ai jeté mon sac sur mon épaule avant de prendre mon argent de poche dans ma commode. Le plancher a grincé sous mes pas alors que je me faufilais jusqu'à la salle de bains pour glisser ma brosse à dents et mon déodorant dans mon bagage.

J'ai filé dans le couloir, le dos au mur pour dérober à la vue de Pop mon sac plein à craquer. J'ai attrapé mon parapluie près du portemanteau.

— À plus tard ! ai-je lancé.

— Reste avec les autres, m'a-t-il recommandé depuis son vieux fauteuil, le journal du matin déplié devant lui.

J'aurais voulu dire un mot gentil pour me faire pardonner mes mensonges, mais il aurait senti que la situation ne tournait pas rond. J'avais le cœur brisé de le mener en bateau. Debout dans l'entrée, j'ai tenté de trouver la meilleure réponse possible à son conseil mais comme rien ne venait, j'ai crié :

— Je n'ai plus cinq ans !

Et j'ai claqué la porte avant qu'il me rappelle pour me sermonner. Une fois sur le seuil, pourtant, j'ai hésité à rebrousser chemin pour le serrer dans mes bras, mais je me suis ravisée. J'ai remonté la fermeture Éclair de mon sweat à capuche et me suis engagée avec difficulté dans l'escalier. Les points de suture tiraient sur ma plaie au moindre de mes mouvements.

Il pleuvait à verse. J'ai ouvert mon parapluie et ai descendu Baldwin Place clopin-clopant.

Les unes de tous les journaux étaient consacrées à l'attaque de la station de Park Street. D'après la presse, elle était l'œuvre d'un toxicomane. La police le recherchait activement mais je savais qu'ils ne mettraient jamais la main sur lui, ce qui ne me donnait guère envie de quitter mon appartement.

L'image du molosse dans la bibliothèque parisienne et celle du monstre chauve dans le métro me hantaient. Depuis ces étranges événements, je sursautais au moindre bruit. J'aurais pu jurer que des inconnus se cachaient derrière les fenêtres obscures des hauts bâtiments qui dominaient la rue étroite, juste pour m'espionner, et j'imaginais qu'une créature maléfique rôdait dans chaque cour d'immeuble ou chaque escalier de secours chargé de pots de fleurs. À présent que je pouvais mettre un nom sur les horreurs que ma mère évoquait quand j'étais petite, j'étais plus inquiète que jamais.

J'ai couru jusqu'au bout de la rue, du moins autant que me le permettait ma jambe blessée, tenaillée par la peur qu'une créature magique surgisse de l'ombre et se jette sur moi. Parvenue au croisement, je me suis dirigée droit sur le café.

Une fois à l'intérieur, j'ai fermé mon parapluie avant de chercher Arik des yeux. Il était assis à une table au milieu de la salle, et mon cœur a bondi à sa vue. Au moment où je m'avançais vers lui, il a secoué la tête et a porté un téléphone à son oreille. Il a fait mine d'être plongé dans une conversation.

— Fais comme si tu ne me connaissais pas, a-t-il dit lorsque je me suis approchée. Va t'asseoir à l'une des tables contre le mur.

Je l'ai dépassé sans m'arrêter et j'ai pris place à la table voisine, les yeux rivés sur la fenêtre. Mon téléphone portable a vibré dans ma poche. J'ai décroché presque aussitôt.

— Allô?

— C'est Arik. Écoute-moi avec la plus grande attention…

— Comment as-tu eu mon numéro?

— Nick me l'a donné quand je l'ai appelé tout à l'heure. Il est en route. Fais comme si tu l'attendais, compris?

— Oui. Que se passe-t-il?

— Tu vois ces deux hommes, de l'autre côté de la rue?

Les passants allaient et venaient devant la vitrine et jetaient parfois un coup d'œil à l'intérieur. Au croisement de Baldwin et de Salem, deux hommes, l'un massif, l'autre dégingandé, étaient adossés à une façade en briques.

— Qui sont-ils?

— Je ne sais pas trop. Je les ai repérés au moment de m'asseoir. Je crois qu'ils me suivent.

— Pourquoi?

— Sans doute parce que l'historique de mes derniers déplacements coïncide avec le passage d'un être humain.

— Mais presque deux jours se sont écoulés! Notre odeur ne va donc jamais disparaître?

— La porte en reste imprégnée. Les molosses vont finir par perdre la trace de votre odeur corporelle, mais les Surveillants, eux, garderont toujours l'empreinte de votre passage. Ne t'en fais pas, vous êtes sous bonne protection.

— Empêche Nick de venir ici! Ils vont reconnaître son odeur.

J'ai scruté la rue dans l'espoir que mon ami ne se montre pas.

— J'ai essayé de le joindre mais il n'a pas décroché. (Arik a marqué un silence.) Mais ne t'inquiète pas, j'ai fait en sorte de les détourner de son odeur.

Ma main s'est crispée sur mon téléphone.

— Que veux-tu dire ? Je suis censée me sentir mieux ? Et où étais-tu ces derniers jours ? Tu as dit que tu reviendrais, tu te rappelles ?

— Ce serait plus facile si tu posais une seule question à la fois.

Il commençait à me taper sur les nerfs.

— D'accord, où étais-tu passé ?

— J'avais deux ou trois affaires à régler. On a posté des gardes pour vous surveiller.

Arik s'est tu au moment où Erin, une fille de mon cours de maths qui travaillait comme serveuse dans le café, s'est avancée vers ma table.

— Salut, Gia ! Comme d'habitude ? a-t-elle lancé.

Je me suis efforcée de sourire.

— Oui, s'il te plaît.

Erin, un halo de cheveux roux autour du visage, s'est penchée vers moi, les deux mains posées sur la table, pour me murmurer d'une voix complice :

— Tu as vu le beau gosse assis là-bas ? (Elle m'a désigné Arik d'un signe de tête.) Le genre rebelle avec un accent irrésistible, moi, je fonds. J'adorerais faire sa connaissance.

Sur ces mots, elle m'a adressé un clin d'œil avant de retourner d'une démarche nonchalante vers le comptoir.

Arik a laissé échapper un petit rire satisfait à l'autre bout du fil.

— Bref, ai-je marmonné dans mon téléphone. On ne peut pas juste expliquer à ces deux types qu'il s'agissait d'un accident? On n'avait aucune intention de sauter dans ce livre.

— On ne peut pas raisonner ces gens-là. Ils ont l'odeur de Nick et d'Afton gravée dans la mémoire. (Arik a soupiré.) À cause du mal que les humains ont fait subir aux Chimères voilà bien longtemps, la plupart d'entre eux craignent que les hommes découvrent l'existence de notre monde. Le traité signé par le Conseil des magiciens et la Guilde des Chimères ne protège que les humains qui n'y ont jamais mis les pieds.

Cela signifiait-il qu'ils nous pourchasseraient jusqu'à la fin des temps?

— Mais... ils veulent vraiment nous tuer? ai-je balbutié. Et juste parce qu'on a pénétré dans votre monde par l'intermédiaire de ce fichu bouquin?

— J'en ai bien peur, a-t-il répondu. Les refuges ont été créés pour éviter aux Chimères et aux magiciens d'être persécutés par les humains. La dernière fois qu'un homme a franchi l'une des portes remonte à un peu moins d'un siècle. Un magicien qui avait épousé une humaine a décidé de l'emmener dans son refuge par le biais d'une porte-livre. Un groupe de Chimères l'a traquée puis brûlée vive, et a forcé son époux à assister à son agonie. Ce n'est pas une belle histoire. C'était un message clair adressé à toutes les Chimères afin d'éviter ce genre de tragédie à l'avenir. (Il a marqué une pause.) Ces purgeurs postés dehors ne connaîtront pas de répit tant que tes amis n'auront pas été tués. D'après moi, seules deux options s'offrent à nous : fuir ou se battre.

— Tu veux que je les affronte? Tu es dingue!

L'image du katana de Lei m'est revenue à l'esprit. Nous ne pourrions jamais vaincre une bande de Chimères dotées des mêmes armes et d'aussi bonnes aptitudes au combat. Et quand bien même je parviendrais à faire apparaître une boule lumineuse dans ma main… qu'est-ce que ça changerait? Pourtant, il était hors de question que je passe le reste de ma vie à fuir.

Nick s'est alors engouffré dans le café, dégoulinant de pluie. Dès qu'il m'a vue, il a bousculé un groupe d'ados sur le point de sortir pour me rejoindre. Il était vêtu tout de cuir et chaussé de bottes de motard: sa tenue ressemblait beaucoup à celle des Sentinelles, ce qui n'était pas pour me rassurer. Il s'est laissé choir sur une chaise en face de moi.

— Salut, a-t-il lancé, le souffle court.

J'ai hoché la tête en retour.

— Moi, je préférerais me battre, a repris Arik. Mais comme je dois vous conduire en lieu sûr, nous allons opter pour la fuite. (Il s'est tu un instant.) Nous avons découvert des informations sur toi, Gia. Tu n'es pas tout à fait humaine. Tu es une Sentinelle. Nous allons rencontrer quelqu'un qui t'expliquera tout.

— Je ne…

Je me suis interrompue net lorsque j'ai songé aux deux hommes postés dans la rue. Ils étaient bien réels, comme le chasseur qui nous avait poursuivis jusque dans la station de métro et le molosse de la bibliothèque parisienne. Sans compter que… l'affirmation d'Arik résonnait étrangement en moi. J'ai touché la cicatrice au-dessus de ma poitrine. Ma mère avait commencé à me préparer avant de mourir. Les contes, les leçons d'italien… Je devais découvrir la vérité et pour y parvenir, j'étais prête, comme Alice dans le conte, à redescendre dans le terrier du lapin.

— D'accord.

— Commande un café avec Nick, a-t-il dit. Prenez votre temps. Quand vous aurez fini, retrouvez-moi à l'Athenæum. Je vais entraîner ces types sur une fausse piste. Je vous rejoindrai dès que je me serai débarrassé d'eux.

— Et Afton ? ai-je demandé.

— On s'occupe d'elle. Elle sera au rendez-vous.

Je l'ai vu se lever et laisser deux billets sur la table qu'il occupait. Je n'avais pas envie qu'il me laisse, j'étais tellement effrayée… Mais nous n'avions pas d'autre solution.

— Sois prudent, d'accord ?

Il a observé un long silence avant de me répondre :

— Et toi, ne fais pas de bêtises. Je ne voudrais pas qu'il arrive quoi que ce soit à ta jolie frimousse.

Sur ces mots, il a raccroché. Malgré mon inquiétude, je n'ai pas pu m'empêcher de sourire. *Jolie ? C'est bien ce qu'il a dit ?*

Il est sorti d'un pas tranquille, comme s'il n'était pas surveillé. Les deux hommes qui ont émergé de l'ombre pour le prendre en filature faisaient froid dans le dos. Le plus maigre des deux a remonté la fermeture Éclair de son sweat à capuche au moment de quitter le trottoir. L'autre, le baraqué, qui portait un blouson en cuir, a jeté sa cigarette dans le caniveau et a emboîté le pas à son acolyte. Tous deux avaient le cheveu hirsute et les joues mal rasées. Ils ont emprunté la même direction qu'Arik. Une fois qu'ils ont eu disparu au coin de la rue, je me suis tournée vers Nick.

— Raconte-moi tout. Et je dis bien « tout ». Commence par m'expliquer ce que tu fais dans cette tenue.

— Ce sont les vêtements d'Arik. On a échangé nos habits pour brouiller les pistes.

— Comment?

— A priori, ses vêtements vont masquer mon odeur, le temps de les induire en erreur… Je ne sais pas trop. Tout est allé très vite! Il est venu chez moi pour me demander de le retrouver ici…

Erin a posé sur la table mon latte au caramel.

— Salut, Nick! (Elle l'a examiné de la tête aux pieds.) Tu fais de la moto maintenant? Une eau gazeuse, c'est ça?

Et elle s'est éloignée sans lui laisser le temps de répondre.

— Elle me déteste, a soupiré mon ami.

— À quoi tu t'attendais? Tu as rompu avec elle après le premier rendez-vous.

— C'était le troisième! Dépêche-toi de boire. (Il s'est levé.) Il faut qu'on s'en aille d'ici.

— Et ton eau gazeuse?

— Je n'ai rien commandé, tant pis pour elle, a-t-il répliqué avant de se diriger vers la porte.

Après avoir déposé six dollars sur la table, j'ai pris mon gobelet et mes affaires puis je suis sortie.

Nick faisait les cent pas sur le trottoir.

— Tu peux accélérer?

— Je n'allais pas partir sans payer, quand même. Et puis Arik a dit de patienter un peu avant de quitter le café.

— Je ne vais pas attendre que ces… gens me retrouvent.

J'ai jeté mon sac sur mon épaule et scruté les environs. Nous nous sommes dirigés vers la station de Haymarket en espérant qu'aucun monstre ne surgirait d'entre deux immeubles pour nous attaquer.

— Où sont tes affaires ? ai-je demandé à Nick.

— Pardon ?

— Arik m'a dit d'emporter des vêtements de rechange. Il ne t'a pas donné la même instruction ?

— Non.

— Étrange… Pourquoi ne l'a-t-il demandé qu'à moi ?

— On dirait qu'ils connaissent tout de nous. Il doit savoir que ton beau-père est de garde cette nuit. C'est peut-être pour cette raison qu'il a appelé Afton. Il veut sans doute que tu restes avec elle pour ne pas être seule.

— Peut-être, oui.

Je me suis tout à coup rappelé que Pop m'avait demandé de rentrer pour dîner avec lui avant qu'il parte travailler, et je m'en suis voulu de le laisser tomber. À cause de son emploi du temps professionnel et de mes activités, le dîner et la soirée télé du dimanche étaient nos seuls moments à deux.

Une fois sur le quai du métro, nous avons repéré Arik, qui essayait de se fondre dans la foule près d'un groupe de jeunes de notre âge. Il a ouvert de grands yeux lorsqu'il nous a aperçus, avant de tourner vivement la tête pour faire mine d'attendre la rame.

J'ai saisi Nick par le coude.

— Je savais bien qu'on aurait dû attendre!

— Mince! Essaie de te comporter de façon normale.

Les deux brutes attendaient aussi le métro au bord du quai. Le plus grand des deux types m'a surprise en train de les regarder, et un sourire sinistre a étiré ses lèvres.

Nous étions repérés.

Chapitre 6

J'ai scruté les rails, désespérée d'apercevoir la rame. Le tunnel était plongé dans l'obscurité. Le plus grand des deux hommes m'a dévisagée avec tant d'insistance que je n'avais plus aucun doute : il m'avait vue regarder Arik avant de poser les yeux sur lui. Malgré la fraîcheur qui régnait dans la station, j'ai senti des gouttes de sueur se mettre à perler dans mon dos.

Je me suis tournée vers Nick et j'ai commencé à raconter n'importe quoi.

— Qu'est-ce qui te prend ? s'est-il exclamé, nerveux. Tu as perdu les pédales ?

— Un des deux types m'a surprise en train de regarder Arik, ai-je sifflé entre mes dents. J'essayais juste de faire comme si de rien n'était !

— Bon sang ! a-t-il chuchoté. Depuis vendredi, c'est de plus en plus délirant.

— Ne m'en parle pas. Arik prétend que je ne suis pas humaine.

— Bien sûr que si, Gia. Dans le cas contraire, tu serais depuis longtemps prisonnière d'une agence gouvernementale et enfermée dans un laboratoire secret.

— Ce n'est pas drôle! J'ai une sacrée trouille.

Si ces deux types m'effrayaient, j'étais aussi super angoissée à l'idée d'ignorer qui j'étais vraiment et ce qui m'attendait. Arik et ses compagnons exigeraient-ils que je devienne comme eux? D'accord, je parlais un peu l'italien, j'étais parvenue à nous faire franchir cette porte et, à deux reprises, j'avais fait apparaître un globe lumineux au creux de ma main, mais je n'avais rien d'une combattante, alors qu'eux…

Le métro arrivait enfin. Dès que les portes de la rame se sont ouvertes, les voyageurs qui attendaient se sont engouffrés à l'intérieur. Arik est parti d'un côté, Nick et moi de l'autre, et les deux hommes sont restés au milieu du wagon.

— Garde ton calme, m'a soufflé Nick.

Pendant les quinze minutes qui ont suivi, nous nous sommes balancés au rythme du train, jusqu'à l'arrêt de Park Street, où une foule compacte se pressait sur le quai. Les passagers se sont agglutinés près des portes dans l'attente qu'elles s'ouvrent.

Une fille à la démarche assurée et aux longs cheveux noirs a surgi sur le quai. Lei? Derrière elle, j'ai aperçu Demos et les deux autres Sentinelles. Ils portaient tous des tenues passe-partout.

— Viens.

Nick m'a saisi le bras et je l'ai laissé me guider vers la sortie. Nous avons suivi la foule dans l'escalier et, juste après avoir émergé à l'air libre, j'ai tiré mon ami en arrière.

— Mais bon sang, qu'est-ce qu'on fait? Il faut les aider!

— Arik a dit de ne pas s'arrêter jusqu'à la bibliothèque.

— Mais…

Lorsque je me suis retournée vers les portes de la station, Nick m'a poussée devant lui.

— Mais rien du tout, Gia! Tu dois me croire. Ils sont à mes trousses et je doute que tes talents de boxeuse suffisent à les repousser.

— Ils ne peuvent pas détecter ton odeur puisque tu portes les vêtements d'Arik.

— Tu n'écoutes jamais rien! Arik a juste dit que ses habits brouilleraient les pistes. Mon odeur, elle, est toujours là.

Il avait raison. Je ne pouvais pas faire grand-chose pour les aider, et je risquais plus de les gêner.

— D'accord, allons-nous-en.

Afton nous attendait devant les portes de l'Athenæum, en train de se ronger les ongles. Sa tunique rose et son pantalon ample étaient tellement froissés qu'elle semblait avoir dormi dedans, et elle avait troqué ses éternels talons hauts contre une paire de ballerines. Cette tenue ne lui ressemblait pas du tout.

— Elle est dans un état! ai-je glissé à l'oreille de Nick.

— Oui… Elle paraît terrifiée.

Quand il s'est avancé vers elle, Afton s'est jetée dans ses bras.

— J'étais tellement inquiète! s'est-elle exclamée, blottie contre son épaule.

Nick lui a tapoté le dos.

— Calme-toi, on va bien.

— S'il vous était arrivé malheur… Qu'est-ce que c'est que cette tenue?

— J'allais te poser la même question. Je porte les vêtements d'Arik pour couvrir mon odeur.

— Et moi, les vêtements sales de ma mère pour la même raison.

— Pourquoi t'inquiétais-tu autant pour nous? lui ai-je demandé. C'est toi qui étais seule.

— Tu te trompes. (Elle a hoché la tête en direction de la bibliothèque.) J'ai mon garde du corps personnel.

Un homme âgé d'une quarantaine d'années, assis sur les marches, s'est levé pour s'avancer vers nous. Ce sont ses yeux, vert clair et perçants, qui m'ont d'abord frappée. Il était brun avec les cheveux bouclés. Sous son trench en cuir noir, on devinait un corps d'athlète. Son imperméable s'est ouvert au moment où il dévalait l'escalier, et nous avons découvert la poignée ornementée d'une épée sanglée à sa taille.

Il s'est arrêté devant nous.

— Bon sang, ce que tu ressembles à ta mère! a-t-il dit avec un fort accent irlandais.

— Quoi? Qui êtes-vous? ai-je bégayé, la voix soudain rauque.

— Je suis ton père.

Je me rappelle à peine le trajet jusqu'au café situé à cent mètres de la bibliothèque et le moment où j'ai commandé le généreux petit-déjeuner que le serveur venait de poser devant moi. J'avais le tournis, comme le jour où Nick nous avait emmenés à la fête de Jessie, et que j'avais bu trop de punch (et quoi qu'en dise Nick, j'ignorais qu'il contenait de l'alcool).

J'ai pris une longue gorgée de jus d'orange. Depuis vendredi, j'avais l'impression d'avoir été précipitée dans un abîme et que ma chute n'avait pas de fin. Je ne savais plus qui j'étais. Et quant à cet homme assis en face de moi… était-il vraiment mon père?

J'ai reposé mon verre.

— Quel est votre nom?

— Carrig. Carrig McCabe.

— Pourquoi pensez-vous que je suis votre fille?

— Ta mère s'appelait Marietta, ou plutôt Marty, pas vrai? Elle était enceinte quand elle est partie.

J'ai contemplé les œufs brouillés dans mon assiette le temps d'assimiler l'information.

— En effet, c'était le nom de ma mère. Pourquoi vous aurait-elle quitté?

J'ai levé les yeux vers lui: il avait les sourcils froncés et une expression inquiète sur le visage.

— Je l'aimais de tout mon cœur. Elle l'a fait pour te protéger.

— Je ne sais rien de mon père biologique. Vous pourriez très bien être un imposteur.

— Aussi vrai que j'ai un nez au milieu de la figure, je suis ton père.

— Alors pourquoi ne pas vous être manifesté plus tôt?

— J'ai parcouru le monde pour retrouver Marietta. J'ai suivi sa piste jusqu'à New York et là, je l'ai de nouveau perdue. Je ne l'ai jamais retrouvée par la suite, et j'ai fini par abandonner tout espoir de revoir ta mère un jour.

J'avais l'impression que les murs se refermaient sur moi. La gorge serrée, je me suis levée d'un bond.

— Excusez-moi, je reviens.

Afton a fait mine de me suivre, mais je l'en ai dissuadée d'un signe de tête et je me suis précipitée vers les toilettes. Je sentais le sang battre contre mes tempes.

J'avais les jambes engourdies et du mal à garder l'équilibre. Adossée à la porte, j'ai tenté de reprendre mon souffle. C'est dingue, la panique. Elle vous prend toujours par surprise. J'avais déjà fait des crises d'angoisse après le décès de ma mère, mais elles avaient disparu lorsque je m'étais mise au sport. J'avais appris à faire le vide dans ma tête, à réguler mon souffle et à contrôler mon énergie.

Des photos de fleurs kitsch étaient accrochées aux murs de la pièce qui comprenait une cabine, un lavabo et une énorme plante en pot. J'ai verrouillé la porte et je me suis penchée au-dessus de la vasque.

J'aurais voulu que Pop soit là. Les larmes me montaient aux yeux. Je les ai séchées du bout des doigts avant qu'elles coulent et je me suis examinée dans le miroir. J'avais les yeux bouffis et le visage plus pâle que d'habitude. Comme ma tête m'élançait, j'ai dénoué ma queue-de-cheval. J'ai adressé un regard sévère à mon reflet. *Reprends-toi, Gia!*

J'étais en train de perdre le contrôle.

— Pourquoi personne ne m'a parlé de lui? ai-je songé tout haut, comme si mon double dans la glace pouvait m'entendre.

J'ai secoué la tête et ouvert le robinet.

Je t'avais prévenue, ma chérie. La voix de ma mère m'a fait tressaillir. Elle semblait si réelle, si vivante! J'ai regardé autour de moi. Ma mère ne me parlait que dans ma tête – j'étais en train de perdre la boule.

Un soir, à l'heure du coucher, je lui avais demandé à quoi ressemblait mon père. Elle m'avait tapoté le nez avant de répondre qu'il avait les yeux vert clair, comme moi. J'ai de nouveau examiné mon visage dans le miroir. La couleur de mes iris, mon nez un brin retroussé et mes lèvres charnues… Nous avions les mêmes traits.

D'accord, c'est peut-être mon père… Et alors? Je devais en apprendre un maximum sur lui et sur son monde. Il fallait que je sache la vérité.

Lorsque j'ai regagné mon siège, Nick, Afton et Carrig m'ont dévisagée comme si je sortais tout droit d'un hôpital psychiatrique.

— Quoi? Je vais bien, ai-je marmonné.

— J'ai une photo à te montrer, a dit Carrig.

Après avoir pris son portefeuille dans la poche intérieure de son trench, il en a sorti un vieux cliché qu'il m'a tendu. Les bords étaient abîmés et les couleurs fanées. Une version jeune de Carrig souriait à l'objectif, un bras passé autour des épaules de ma mère, qui, radieuse, exhibait son ventre rond avec fierté.

Je ne l'avais encore jamais vue aussi heureuse sur une photo. Nous n'en avions pas beaucoup d'elle à la maison. En revanche, il en existait des tonnes de Pop et moi, toutes prises par ma mère. Elle évitait les appareils photo et, à présent, je comprenais pourquoi. Elle désirait rester cachée. Mais pour quelle raison?

Depuis toutes ces années, je n'avais qu'un seul gage du bonheur de ma mère, l'unique vidéo que nous possédions d'elle. À l'occasion de mon quatrième Halloween, déguisées en anges, nous riions et dansions toutes les deux au milieu de la cuisine. L'image tremblait un peu parce que Pop riait avec nous alors qu'il tenait la caméra.

J'avais toujours pensé que ma mère était heureuse avec mon beau-père, mais je n'en étais plus aussi certaine, désormais.

L'autre objet que m'a tendu Carrig m'a bouleversée. Le souffle coupé, j'ai parcouru la lettre écrite de la main de ma mère. Au fil de ma lecture, l'image que je me faisais du mariage de mes parents s'est brouillée jusqu'à s'évanouir tout à fait.

Carrig, mon amour,

Je n'aimerai jamais personne comme toi. Je dois fuir pour protéger notre petite fille. J'ai bien peur qu'elle soit l'enfant de la prophétie. Je connais une Sorcière blanche qui pourra nous protéger, le bébé et moi. Je t'en prie, ne nous suis pas. Tu signerais notre arrêt de mort à tous les trois. Je prie pour qu'un jour, notre famille soit de nouveau réunie. Si jamais il m'arrivait malheur, sache que tu as été le plus grand bonheur de ma vie. Je risque tout pour notre amour et je protégerai notre enfant de ma vie s'il le faut.

À jamais tienne,
M. ☆

La lettre m'est tombée des mains. *Ce n'est pas vrai. C'est un mensonge…* Elle aimait Pop. Elle l'avait épousé ! Mais la boucle caractéristique de son M et la petite étoile qu'elle ajoutait pour le style ne mentaient pas, elles. Toutes les cartes qu'elle écrivait à Pop pour Noël,

98

pour son anniversaire et à Pâques (conservées chez nous dans une boîte à souvenirs) comportaient exactement la même signature.

Comme Nick et Afton me couvaient d'un regard inquiet, je me suis tournée vers la vitrine du café le temps de recouvrer mes esprits. J'ai observé un instant les passants qui se pressaient sur les trottoirs et le défilé des voitures sur le boulevard. Un chat noir s'est avancé à pas feutrés dans la rue, me rappelant Baron, celui de Nana.

— Je ne m'attends pas à ce que tu me croies sur parole, a dit Carrig. Mais pense aux événements de ces derniers jours et demande-toi où est la vérité.

— Pourquoi personne ne m'a jamais rien dit ? me suis-je exclamée. Je suis désolée, mais ça fait beaucoup à assimiler d'un coup… (J'ai pris ma serviette en papier pour me moucher.) La lettre de ma mère mentionne une sorcière. Qui est-elle ?

— À mon avis, on devrait garder cette information pour plus tard, a dit Carrig. Tu sembles déjà avoir du mal à encaisser le reste…

— Je vais bien. Qu'est-ce qui pourrait être pire que tout ce qui s'est passé depuis vendredi ? Au moins, vous n'êtes pas un raté, comme je le soupçonnais.

J'ai pris une gorgée de jus de fruit pour me donner contenance et dissimuler mes émotions. Je n'avais qu'une envie, me dépenser, taper dans un sac de boxe pour m'éclaircir les idées.

— D'accord. (Il a bu un peu de son café avant de se racler la gorge.) Ici, une seule Sorcière blanche est capable de maîtriser un charme de protection. Son nom est Katy Kearns.

J'ai recraché mon jus d'orange et en ai aspergé Nick et la nappe.

— Enfin, Gia ! s'est exclamé mon ami, outré.

J'ai reposé mon verre.

— Vous avez bien dit Katy Kearns ?

— Oui.

— Nana ?

Le carillon de la porte a tinté. J'avais cessé de vérifier les allées et venues dans le café mais l'expression stupéfaite de Nick m'a fait tourner la tête.

— Nana ? ai-je répété d'une voix étranglée.

Elle a regardé Carrig.

— Vous auriez pu m'indiquer le lieu du rendez-vous. Sans Baron, je ne vous aurais jamais retrouvés.

— Toutes mes excuses, a répondu Carrig. Je ne connais pas bien le quartier et je ne savais pas trop où nous allions atterrir.

Nana a posé son sac en toile sur le sol et a replacé une mèche folle dans son chignon. Pop et Nana avaient les cheveux du même roux flamboyant, mais ceux de Nana grisonnaient. Elle était petite et menue, alors que Pop était grand et costaud. Il tenait plus de son père que d'elle. Vêtue d'un pantalon blanc, d'un chemisier bleu marine et d'un foulard imprimé noué autour du cou avec élégance, elle semblait tout droit sortie de la couverture d'un magazine pour seniors. À soixante-trois ans, Nana faisait plus jeune que son âge et semblait en grande forme.

— Nick, sois gentil, va me chercher une chaise, a-t-elle ordonné.

Elle a agité la main comme pour chasser un insecte invisible. Mon ami lui a lancé un regard intrigué et s'est levé pour lui offrir son siège.

— Merci, tu es un gentil garçon, a-t-elle dit avant de lui tapoter le bras. Tu voudrais bien aller me chercher une tasse de thé bien chaud ? De l'Earl Grey, s'ils en ont.

Elle a rapproché sa chaise de la mienne, s'est assise avec grâce et a pris mon menton dans sa main.

— Sache que je n'ai jamais voulu te faire de la peine, Gia.

Son regard gris-bleu m'a aussitôt calmée. C'était ce même regard tendre qui avait apaisé mes craintes tant de fois.

— Ce que je suis sur le point de te révéler va peut-être te faire souffrir, mais tu dois te rappeler que c'est l'amour qui a guidé nos actes.

J'ai hoché la tête en reniflant.

— Bien. (Nana m'a lâché le menton et m'a souri pour me rassurer.) Il existe deux genres de sorcières dans le monde. Les Sorcières noires qui jettent des mauvais sorts et les Sorcières blanches qui mettent leurs charmes et leurs sortilèges au service des bonnes causes. Je suis l'une d'elles.

De stupeur, Afton a laissé tomber sa fourchette sur la table.

— Vous êtes une sorcière ?

— Et Pop… c'est un sorcier ? ai-je demandé.

— Non, a répondu Nana. Son père était humain. Il n'a pas hérité de ma magie. Et il ignore d'ailleurs ma vraie nature.

Des souvenirs de mes visites chez Nana, dans sa maison pittoresque de Mission Hill, me sont revenus en mémoire : son chat noir qui m'observait toujours d'un regard insistant, sa collection de livres en latin emplis d'illustrations de plantes et d'animaux, les dames plutôt excentriques de son club de lecture… Sans oublier sa mixture qui marchait mieux que la pommade du médecin. Tous ces petits détails étranges qui, une fois rassemblés, racontaient une tout autre histoire. Nana n'était pas étrange… c'était une sorcière ! Une authentique sorcière qui m'avait caché la vérité pendant toutes ces années, et qui m'avait tenue éloignée de mon véritable père.

Toute ma vie n'avait été qu'une série de mensonges et de demi-vérités. Même si l'intention était de me protéger, c'était tout de même difficile à avaler. J'étais partagée entre la fureur et la crainte. Quels individus pouvaient être assez horribles pour que ma mère ait quitté l'homme qu'elle aimait afin de me mettre à l'abri ? Magiciens… Chimères… Chasseurs… Qui d'autre ? Les pensées se bousculaient dans ma tête. De quoi me croyaient-ils capable ? J'avais tant de questions que je ne savais pas par où commencer.

Nick est revenu, une petite théière fumante dans une main et une tasse accompagnée d'une soucoupe dans l'autre. Il a posé le tout devant Nana.

— C'était rapide, a commenté Afton.

— C'est juste de l'eau chaude et un sachet. (Il s'est assis sur une chaise et a commencé à se balancer.) Qu'est-ce que j'ai loupé ?

— Nana est une sorcière, a chuchoté Afton.

— Rien de surprenant jusqu'ici, a-t-il répliqué.

Ma grand-mère lui a lancé un regard sévère.

— Je peux continuer ?

— Euh… Oui, bien sûr, allez-y.

Il a ramassé sa fourchette et s'est mis à battre la mesure avec. Lorsqu'il se sentait nerveux, il avait tendance à tripoter le premier objet qui lui tombait sous la main. En période d'examens, les professeurs lui demandaient toujours de se calmer.

— Sans bruit de fond, a ajouté Nana.

Nick a suspendu son geste.

— Pardon.

— Merci ! Une Sentinelle, qui est en partie humaine, naît avec un gène particulier lui permettant de créer des globes magiques, notamment lumineux, et de s'en servir lors des combats. Les Surveillants sont capables de détecter ce gène et de traquer ainsi une Sentinelle lorsqu'elle franchit les portes. Après avoir fui les refuges, ta mère est venue me demander de l'aide. Elle m'a raconté que des êtres malveillants les recherchaient, son bébé et elle. J'ai eu recours à une marque pour vous éviter d'être retrouvées. Voilà comment tu as obtenu cette cicatrice.

J'ai porté la main à ma poitrine.

— Tu m'as marquée alors que je n'étais qu'un bébé ?

— Ne t'inquiète pas, tu n'as rien senti. (Elle s'est essuyé la commissure des lèvres avec sa serviette en évitant de croiser mon regard puis elle s'est raclé la gorge.) Ta mère et ton père étaient tous deux des Sentinelles. Or, les lois des magiciens interdisent aux Sentinelles d'avoir des enfants depuis qu'un prophète a prédit que l'un d'eux précipiterait la fin des mondes des hommes et des Chimères. Marty a fui pour te mettre en lieu sûr.

Ma grand-mère a ôté le couvercle de la théière et remué son sachet dans l'eau bouillante, les lèvres pincées. Ce tic révélait toujours qu'elle ne parvenait pas à trouver le courage d'annoncer une mauvaise nouvelle.

— Viens-en au fait, Nana, ai-je dit d'une voix pressante.

— On pense que cet enfant, c'est toi.

Chapitre 7

— Pardon ? me suis-je étranglée avant de renverser mon verre.

Nick a regardé le ruisseau de jus d'orange qui se formait sur la table.

— Je crois qu'elle essaie de t'annoncer que tu es l'Enfant de l'Apocalypse.

Afton, qui venait d'attraper des serviettes en papier pour éponger le jus d'orange avant qu'il ne coule par terre, s'est exclamée, furieuse :

— Quel tact, Nick !

Il s'est rembruni.

— Elle n'est pas la seule à se coltiner cette situation de m…

— Surveille ton langage, jeune homme ! l'a coupé ma grand-mère.

— Je suis désolée, ai-je murmuré, toujours sous le choc. J'ai semé une sacrée pagaille.

— Mais non, c'était juste un accident, a temporisé Nana alors qu'elle ajoutait sa serviette à celles d'Afton.

Je me suis massé les tempes pour soulager un début de migraine.

— Admettons que tu dises vrai. Pourquoi Arik et les autres n'étaient pas au courant de mon existence? Et maintenant qu'ils le sont, le danger, c'est eux, non? Et... et si tu me cachais, comment Carrig nous a retrouvées?

— Tu poses beaucoup de questions, a répondu Nana avec une petite moue. Tout d'abord, seuls Arik et Merl, l'Archimage à la tête d'Asile, connaissent la vérité, et ils te protégeront. Ta naissance a peut-être déclenché la fin du monde, mais ils pensent que tu es aussi la clé qui permettra de l'empêcher. Quant aux autres, ils ne connaissent pas ton ascendance. Tu ne dois jamais révéler qui est ton père biologique. Les magiciens et les Chimères pensent que l'enfant de la prophétie n'est pas encore né: laissons-les dans l'ignorance le plus longtemps possible. Pour répondre à ton autre question, Cléo est mon espionne, en quelque sorte. Elle m'informe de tes conversations téléphoniques avec Nick et Afton. C'est par elle que j'ai appris ton aventure à Paris et ta rencontre avec ce chasseur dans le métro. Comme je te savais en danger, j'ai songé que Carrig serait le mieux à même de te protéger. Je l'ai contacté par le biais d'une adresse que ta mère m'avait laissée en cas d'urgence. Par chance, il a eu mon message.

— Cléo? me suis-je exclamée. Mon chat?

Toujours plus de mensonges! Des sortilèges de protection. Des espions griffus. Pouvais-je encore me fier à quelqu'un?

— Comme la plupart des sorcières, je sais communiquer avec les animaux, et en particulier avec les chats. Tu connais notre attachement pour ces bêtes, non? Baron est à moi. Cléo appartient à ta tante. Nous te l'avons envoyée afin qu'elle veille sur toi… (Elle a fait rouler une cuillère entre ses doigts.) Afin qu'elle soit mes yeux et mes oreilles, pour ainsi dire.

— C'est un grand honneur d'être une Sentinelle, Gia, a déclaré Carrig.

— Dans les jeux vidéo, les Sentinelles sont des types bien, ils protègent des objets ou des personnes, a lancé Nick.

— C'est un peu l'idée, a convenu Carrig, un brin irrité par l'interruption. Ils ont été créés à partir de chevaliers et ils ont peu de pouvoirs magiques en comparaison des magiciens, mais ce sont de grands guerriers.

— Génial! s'est exclamé Nick. Je t'avais bien dit que tu avais tout d'une combattante, Gia! Et ton côté garçon manqué s'explique enfin.

— Tu n'es pas croyable! a lancé Afton. Tu ne veux pas lui ficher un peu la paix?

— Bon sang! a grogné Carrig. Ce n'est pas bientôt fini, ces enfantillages?

Mes deux amis se sont aussitôt tus. Ma grand-mère a pris mes mains dans les siennes.

— Tu ne te sens pas bien, ma chérie?

— Comment veux-tu que j'aille bien? Mon univers vient de… Je ne sais même pas comment l'exprimer. (La tête baissée, je me suis efforcée de rassembler mon courage.) Dis-moi la vérité: est-ce que ma mère aimait Pop?

Elle a serré mes mains tremblantes.

— Bien sûr, ma chérie! Ton beau-père est tombé amoureux d'elle à la seconde où je les ai présentés et, peu après, il lui a demandé de l'épouser. Il était tellement heureux à l'idée d'être un père pour son enfant nouveau-né. Pour lui, tu comptes plus que tout au monde, Gia.

— Tu as dit qu'il l'aimait, mais elle?

Nana a lâché mes mains pour porter sa tasse à ses lèvres, et l'a reposée sans y avoir touché.

— Je crois qu'elle tenait beaucoup à lui mais que ces sentiments n'ont jamais remplacé l'amour qu'elle éprouvait pour Carrig. Et c'est cet amour qui a provoqué sa mort.

L'intéressé s'est étranglé sur sa bouchée de toast.

— Nous étions sorties faire des courses, Marty, Gia et moi. La petite s'est mise à courir dans la rue bondée. Marty l'a rattrapée et me l'a mise dans les bras. Tout à coup, elle a semblé voir quelqu'un sur le trottoir d'en face. Son visage s'est éclairé. Elle s'est avancée pour traverser la rue et… (La voix de Nana s'est brisée.) Elle s'est fait renverser par un camion. Le dernier mot qu'elle a prononcé, c'est votre nom, Carrig. Je pense qu'elle vous avait vu.

— Ce n'était pas moi… Je n'avais jamais mis les pieds ici avant aujourd'hui, a-t-il protesté, les yeux brillants.

Il a baissé la tête pour essuyer ses larmes de ses poings. Nous avons tous gardé le silence pendant quelques instants. Comme il ne semblait pas se remettre de cette révélation, j'ai posé ma main sur la sienne et il a levé les yeux, surpris. Je savais ce qu'il ressentait.

J'ai fini par ôter ma main et reporter mon attention sur Nana.

— Pop n'est pas au courant, n'est-ce pas?

— Marty ne lui a jamais raconté son histoire car elle partait du principe que moins on en saurait sur toi, plus

108

ce serait difficile de retrouver ta trace. (Une fois encore, Nana a porté sa tasse à ses lèvres sans toucher à son contenu.) Elle craignait, si les refuges apprenaient ton existence, qu'ils décident de te former afin que tu deviennes la force prédite par le devin.

Carrig, qui semblait remis de ses émotions malgré ses yeux rouges, l'a interrompue :

— On ne sait pas quels sont tes pouvoirs au juste. Jusqu'à présent, personne n'avait encore eu deux Sentinelles pour parents.

— Alors je suis une erreur de la nature ?

— Allons, ne te surestime pas ! Tu es particulière, c'est tout, a répliqué Carrig avec un sourire. Notre professeur de magie déterminera à quel point quand tu le rencontreras.

Nana a alors sorti de son sac un vanity-case noir dont elle a tiré une sorte d'outil en forme de pistolet. La stupéfaction s'est peinte sur le visage d'Afton.

— C'est du matériel de tatouage, non ?

Elle connaissait bien le sujet. L'année précédente, elle voulait à tout prix se faire tatouer un papillon sur le pied, mais ses parents avaient tenu bon.

Ma grand-mère a confirmé d'un signe de tête avant de sortir une rallonge électrique du vanity-case pour la tendre à Nick.

— Tu veux bien la brancher, mon petit ?

— Les gens nous regardent, Nana.

J'imaginais déjà un autre client en train de la filmer avec son téléphone portable pour poster la vidéo sur YouTube.

— Ne t'inquiète pas. J'ai protégé notre table avec un sortilège d'illusion. Quand les gens regardent dans notre direction, ils nous voient en train de bavarder autour d'un copieux petit-déjeuner.

Après avoir examiné la rallonge d'un œil intrigué, Nick a haussé les épaules et l'a déroulée jusqu'à la prise la plus proche.

— Que fais-tu ? ai-je demandé à Nana.

— Je m'installe.

Elle a pris dans son sac une paire de gants en caoutchouc, des sachets d'aiguilles et plusieurs flacons d'encre colorée. Puis elle a sorti un bocal qui contenait une petite quantité de liquide clair, un pulvérisateur et d'autres objets que je n'avais encore jamais vus.

— Katy Kearns, la tatoueuse ! s'est esclaffé Nick.

— Pour être honnête, je trouve que marquer les gens, c'est archaïque, a expliqué l'intéressée, occupée à assembler ses outils. Et puis, à force d'entendre les activistes chimériques reprocher aux sorcières leur cruauté envers les humains, j'ai décidé de tatouer les charmes sur leur peau plutôt que de les marquer comme du bétail.

J'ai jeté un coup d'œil vers les tables voisines. Personne ne prêtait attention à Nana et à son salon de tatouage improvisé. Une fille qui sortait des toilettes s'est pris les pieds dans le fil de la rallonge qui traînait par terre. Elle s'est retournée, perplexe, puis a rejoint sa table.

— Sur qui vas-tu tatouer un sortilège ? ai-je demandé.

Nana a levé vers la lumière le bocal de liquide clair.

— Il reste à peine assez de potion pour deux. J'ai trouvé ce charme de protection dans un vieux manuel de sortilèges roumain. Ruth Ann, du club de lecture, me l'a emprunté car elle croyait qu'il s'agissait d'un livre de magie comme les autres. C'est ta tante Eileen qui l'a récupéré pour moi. Quand elle est revenue avec le livre, quelqu'un avait déchiré la page de la recette et Ruth Ann avait disparu. Ce grimoire contient des charmes dangereux… Pour plus de sûreté, je lui ai jeté un sort. Il ne ressortira pas de chez moi, je peux te l'assurer.

— Deux tatouages suffiront, a dit Carrig pour interrompre les digressions de Nana.

— Qui vas-tu tatouer ? ai-je insisté.

— Afton et Nick, bien sûr.

— C'est hors de question ! s'est exclamé Nick.

Afton a fixé l'aiguille que Nana était en train de visser au pistolet.

— Mon père va me botter les fesses si je me fais tatouer !

— Sornettes ! Tu n'as pas le choix si tu veux vivre, a rétorqué Nana du même ton que si Afton venait de refuser du sucre dans son thé.

Carrig a tourné sa chaise vers mes deux amis.

— Vous ne voudriez pas que des monstres comme celui que vous avez rencontré à Paris vous retrouvent, pas vrai ?

— Tu vas juste sentir une piqûre, a renchéri Nana. En tout cas, c'est ce que la fille m'a dit. En temps normal, je fais des protections contre le mauvais œil, des porte-bonheur, ce genre de talismans. (Ma grand-mère a fixé le flacon d'encre noire au pistolet.) Je commence à bien me débrouiller avec les tatouages.

Les aiguilles me fichaient les jetons, et celle-là semblait très pointue.

— Euh… De quelle fille tu parles ?

— Je vais lui expliquer pendant que vous tatouez Nick, a dit Carrig. Il est presque midi, le père d'Afton ne va pas tarder, et Nick devrait partir avec elle.

— Je ne peux pas rentrer chez moi, a-t-il protesté. Ces types savent où j'habite.

— Ils connaissent ton quartier, c'est tout. Les chasseurs sont des marionnettes sans cervelle. S'ils ne sentent plus ton odeur, ils ne peuvent pas te retrouver.

Nick a lancé un regard dubitatif à Carrig.

— Vous avez intérêt à avoir raison.

— Fais-moi confiance, a dit la Sentinelle.

Ses paroles m'ont semblé sincères.

— D'accord. (La gorge serrée, Nick a déboutonné sa chemise.) Allez-y, a-t-il marmonné, le torse bombé.

Nana a appuyé sur un bouton et le pistolet s'est mis à ronronner à grand bruit. Alors qu'elle traçait une ligne sur la peau de Nick, j'ai regardé autour de moi. Personne ne semblait avoir remarqué qu'un garçon se faisait tatouer au beau milieu du café.

Carrig s'est frotté le menton, songeur.

— Bon, par où commencer ? Tous les huit ans, une nouvelle génération de Sentinelles naît parmi les humains. Ces individus de sang mêlé ne connaissent pas leur ascendance. À de rares occasions, ils descendent d'un magicien issu d'une lignée moins bien dotée en pouvoirs magiques. Chaque fois qu'une Sentinelle est conçue, son changelin grandit dans le Jardin de la Vie, au milieu du petit peuple. Ce changelin est le jumeau de la Sentinelle. Toutes les Sentinelles en ont un.

— Le Jardin de la Vie? (La confusion qui se peignait sur le visage d'Afton reflétait mon propre trouble.) Où se trouve-t-il?

— Au royaume du Crépuscule. C'est un endroit au-delà de ce monde.

Incrédule, j'ai dévisagé Carrig. Toute cette histoire ne tenait pas debout. J'étais sur le point de formuler ma pensée mais il a levé la main.

— Ne dis rien, Gia, contente-toi de m'écouter, nous n'avons pas beaucoup de temps. Dix jours environ après la naissance d'une Sentinelle, un parent désigné parmi le petit peuple échange le bébé contre son changelin. Celui-ci mène la vie de la Sentinelle et, de son côté, le parent-fée élève cette dernière jusqu'à ce qu'elle ait atteint l'âge d'entrer dans l'une de nos académies. Le changelin, quant à lui, ne saura jamais qui il est en réalité et vivra la vie que devait mener la Sentinelle à sa place.

— C'est cruel! me suis-je exclamée, incapable de me taire plus longtemps. Comment peut-on arracher un enfant à sa mère?

— Le procédé peut paraître impitoyable, mais les Sentinelles protègent les bibliothèques et assurent la sécurité des deux mondes. Le petit peuple les a créées il y a bien longtemps en mêlant le sang des magiciens à celui des chevaliers afin de protéger l'humanité des Chimères. C'est un petit sacrifice comparé à ce qui est en jeu. La plupart des familles ne s'aperçoivent de rien.

— Moi, je parie que les mères le savent, ai-je dit.

— Je t'assure que non. Le moindre cheveu, la moindre tache de naissance sont reproduits à l'identique.

— Bon, d'accord, et ensuite ? Que se passe-t-il une fois que la Sentinelle a terminé son éducation ?

— À l'âge de seize ans, elle devient gardienne des bibliothèques et veille à la sécurité de tous ceux qui en franchissent le seuil. Elle s'assure que les entrées des refuges de magiciens et de Chimères restent dissimulées aux yeux des humains. Après huit ans de service, elle prend sa retraite, épouse le partenaire qu'on lui a assigné et fonde une famille.

— Le partenaire qu'on lui a assigné ? ai-je répété, les yeux ronds.

— Pour éviter que la prophétie ne se réalise, le Conseil des magiciens arrange le mariage des Sentinelles.

Afton a ricané.

— C'est un peu archaïque, non ?

— Tout à fait, a admis Carrig.

Nick a froncé le nez.

— La poisse, si tu tombes sur une moche !

— Ou un idiot, a répliqué Afton en le regardant droit dans les yeux.

Nick était sur le point de riposter avec une remarque idiote mais je l'ai interrompu.

— Seize ans, c'est jeune pour risquer sa vie, non ?

— C'est un système très ancien, a expliqué Carrig. Autrefois, les jeunes de seize ans étaient considérés comme des adultes.

— Alors vous êtes un peu vieux pour être une Sentinelle.

— Je fais partie des Maîtres. Je demeure en service afin de former les jeunes.

J'ai repensé à cette histoire de changelin. Si j'étais une Sentinelle, alors j'en avais sans doute un, moi aussi. Mais je ne pouvais pas avoir un double identique quelque part dans le monde. Je l'aurais su. Je l'aurais senti… Non ?

La gorge nouée, j'ai posé la question bien que je ne sois pas certaine de vouloir en connaître la réponse.

— Vous voulez dire qu'un autre moi se promène dans la nature ?

Le silence s'est tellement étiré qu'il m'a semblé que Carrig ne répondrait jamais. Quand il s'est enfin décidé à hocher la tête, j'ai demandé, incrédule :

— Et où se trouve mon changelin, en ce moment ?

Mon interlocuteur savait ménager ses effets. Je me suis penchée sur ma chaise pour attendre la suite.

— J'ai conclu un arrangement avec Merl et… on l'a amené chez toi ce matin. Il va vivre ta vie pendant que tu suivras ta formation de Sentinelle. Mme Kearns l'a déjà tatoué.

J'ai bondi de ma chaise, qui est tombée.

— Qu'est-ce que vous me racontez ? Personne ne va me voler ma vie !

Nana avait à peine fini de tatouer un croissant de lune noir sur la poitrine d'Afton et de Nick quand M. Wilson s'est garé devant le café. Mes deux amis ont pris congé malgré eux, et leur départ m'a serré le cœur. Quand allais-je les revoir ?

Je n'arrêtais pas de repenser à ce que m'avait dit ma grand-mère sur mon changelin. D'après elle, il n'allait pas me voler ma vie, c'était juste un emprunt. Je pourrais la retrouver un jour. Mais cette fille me ressemblait-elle vraiment? Et lui suffisait-il de toucher mes objets pour avoir accès à mes souvenirs et à mes secrets, comme on me l'avait expliqué? Je me sentais violée.

Ma vie m'avait été dérobée en un clin d'œil, et Nana avait laissé faire. C'était comme si un nuage noir planait sans cesse au-dessus de ma tête, et que sa présence me suffoquait. Je manquais d'air. Chaque fois que je respirais, je sentais un poids sur ma poitrine. Pop ne saurait jamais qu'une étrangère avait emménagé chez nous puisque, d'après Nana, il ignorait tout du monde des Chimères. Il dînerait avec une jeune fille qui ne le connaissait pas et ne l'aimait pas. Quelle cruauté! Je ne pouvais pas laisser faire ça.

Nana a posé sa main sur la mienne.

— Respire. Je suis avec toi.

J'ai hoché la tête et séché mes larmes. Carrig avait beau être assis en face de moi, sa voix me semblait lointaine alors qu'il exposait son plan à Nana.

Nous devions nous rendre en Angleterre par le biais de la porte-livre de l'Athenæum. Le problème, c'est qu'il nous fallait une carte de membre pour entrer dans la bibliothèque. Ma grand-mère est allée nous inscrire à l'accueil pour en obtenir deux, et je suis restée seule avec ce père dont je ne savais presque rien. Je l'avais implorée. J'avais même usé de mes meilleures tactiques pour la faire changer d'avis: regard triste, voix suppliante, insistance. Elle n'avait pas cédé.

J'ai observé Carrig, qui me faisait toujours face. Il m'a dévisagée en retour.

Quelle situation embarrassante! Pourquoi Nana ne m'avait-elle jamais rien dit? Comment pouvait-elle les laisser m'emmener ? Je lui faisais confiance. Comment avait-elle pu me mentir tout ce temps, et pourquoi ? J'ai toujours su que j'étais différente. Lors des matchs de kickboxing et des tournois d'escrime, je gagnais presque toujours contre mon adversaire, même quand c'était un garçon. J'avais une énergie folle qui bouillonnait à l'intérieur de moi, sous ma peau. Comme l'homme qui me faisait face, j'étais une Sentinelle.

— Quand mon changelin est-il arrivé chez moi ? ai-je demandé pour rompre le silence.

— Tôt ce matin. Je l'ai d'abord conduite auprès de ta grand-mère pour qu'elle la protège au moyen d'un charme, puis elle est partie.

— Où était-elle pendant tout ce temps ?

Carrig s'est renfoncé dans son siège.

— Elle n'avait nulle part où aller quand tu as disparu, a-t-il répondu. Merl me l'a amenée. Je l'ai recueillie et élevée comme mon propre enfant. C'est une gentille fille, et elle n'a pas plus envie que toi d'être dans ta vie.

— Je n'y avais pas pensé… Elle doit avoir peur, elle aussi.

Il a sorti un mouchoir de sa poche pour essuyer la sueur sur son front. Porter un trench au mois d'août, c'était tout à fait ridicule, même pour cacher une arme. Pas étonnant qu'il soit en nage ! Il aurait dû se contenter d'emporter un poignard ou une autre arme discrète qu'il aurait pu glisser dans sa botte.

— Elle connaît les risques. Et elle sait que tu dois accomplir ton devoir, c'est-à-dire protéger les biblio-thèques. (Il s'est penché par-dessus la table pour me prendre la main.) Ma seule préoccupation, c'est la sécurité de mes deux filles.

Je sentais à peine le contact de ses doigts. Tout mon corps était engourdi, comme si mon esprit s'était enfui et l'avait abandonné derrière lui.

Je me suis raclé la gorge avant de parler :

— J'ai tout de même l'impression que l'une de nous deux va courir plus de risques…

Le regard triste, il a scruté mon visage.

— Tu es ma chair et mon sang, Gia. Je n'ai jamais voulu que mon enfant affronte les mêmes dangers que moi. Ta mère ne le souhaitait pas non plus. C'est pour cette raison qu'elle a disparu. Elle a fait preuve de courage en s'en allant. Je ne l'en aime que davantage, bien que son départ m'ait brisé le cœur.

Je ne comptais pas le nombre de fois où je m'étais imaginé mon père biologique – qui, d'ailleurs, ne ressemblait pas du tout à Carrig – me tenir ce genre de propos.

— Quand Merl m'a confié le changelin pour me demander de l'élever, a-t-il poursuivi, je n'ai pas pu refuser. Il savait que tu étais ma fille et il avait conscience du danger que tu courais si on découvrait que tu étais l'enfant de la prophétie. Alors je me suis rendu à Tearmann et j'ai caché ton changelin dans une maison à l'écart d'un village reculé d'Irlande. Pas un jour, pas un instant ne passait sans que je pense à toi quand je voyais ton double grandir. (Son regard s'est assombri.) Je devrais l'appeler par son prénom, Deidre.

— Vous l'avez élevée seul ?

— Dans un premier temps, oui. Je voulais vous rejoindre, Marietta et toi, avec Deidre, pour fonder une vraie famille. Je vous ai cherchées pendant des années. Toutes mes tentatives pour vous retrouver ont échoué. (Il s'est retourné pour jeter un œil à la pendule suspendue derrière le comptoir.) Il se fait tard…

— Personne ne m'a demandé si j'étais d'accord pour aller à… Je ne sais même pas où vous comptez m'emmener. Mais vous ne pouvez pas m'y forcer.

Soudain, j'avais trop chaud – j'ai tiré sur le col de mon T-shirt. Il fallait que cette folie s'arrête.

— Le nom que tu cherches, c'est « Asile ». Et en l'occurrence, tu n'as pas le choix.

« C'est ce que vous croyez », avais-je envie de répondre, mais son air sévère m'en a dissuadée.

— Tout à l'heure, vous avez parlé d'un arrangement avec Merl, de quoi s'agit-il ?

— J'ai failli oublier…

Les traits de Carrig se sont figés comme si on l'avait tout à coup débranché. J'ai attendu, à l'affût de la moindre expression sur son visage. Il était plutôt impressionnant avec ses larges épaules, ses mains robustes et son regard perçant. Puis, tel un ordinateur qui redémarre, il a posé les yeux sur moi.

— Bon sang, je suis crevé ! Qu'est-ce que je disais ?

Que venait-il de se passer ? Quoi qu'il en soit, son comportement étrange m'avait effrayée. J'ai jeté un coup d'œil autour de moi pour constater avec soulagement que le café était toujours bondé.

— Ah oui, voilà, a-t-il repris.

Étonnée, je l'ai regardé se masser le front.

— Nous avons un cœur, tu sais. Nous n'allons pas te priver complètement de ta famille et de tes amis.

Tu t'entraîneras avec moi jusqu'à la fin de l'été pendant que Deidre se fera passer pour toi. Durant l'année scolaire, tu suivras l'enseignement de notre académie mais tu pourras rentrer chez toi pour les vacances et les week-ends.

— Génial… ai-je marmonné, le cœur serré.

— Désolé. C'est la meilleure offre que je puisse te faire.

Son ton ferme m'a convaincue que je ne pouvais espérer rien de plus.

— D'accord. Au moins je continuerai à voir Pop et mes amis.

Il a souri.

— Bien. Et maintenant, tu as des questions?

— Si mon cerveau n'était pas en surchauffe, j'en aurais sans doute des milliers, ai-je répondu. La seule qui me vienne à l'esprit, c'est… eh bien… Qu'est-ce qui se passera si je suis nulle?

— Tu veux dire pour te battre ou pour faire de la magie?

— Vous rigolez? La magie, je n'y connais rien!

J'ai serré les poings jusqu'à enfoncer mes ongles dans mes paumes. Je n'arrivais pas à décider si je devais parler ou non des expériences – ou plutôt « désastres », devrais-je dire – que j'avais menées auparavant.

Carrig a paru amusé.

— Bien sûr que si. Tu es une Sentinelle. Ta magie a besoin d'être invoquée, c'est tout.

— Tu parles d'une pression! Après tout, ce n'est pas comme si j'étais l'élue et que le destin de l'univers reposait sur mes épaules.

Allez, reprends-toi, Gia. Respire!

— Il se pourrait que tu sois l'élue. On n'en est pas encore certains, a-t-il dit, de nouveau sérieux. Mais si c'est le cas, toi seule pourras mener le combat.

J'ai scruté son visage, la boule au ventre.

— Vous vous fichez de moi ?

Une étincelle de malice a éclairé son regard.

— Un peu. Je pense qu'il faudra plus d'une personne pour affronter ce qui nous attend. L'issue sera plus terrifiante que le pire de tes cauchemars. Et elle ne se limitera pas au royaume des Chimères. Elle pourrait bien anéantir l'humanité tout entière. Tous ceux que tu aimes sont en danger.

En effet, je n'avais pas le choix…

— Un dernier point, ai-je dit. Mon père, c'est Brian Kearns, aussi je préférerais que vous me traitiez comme une élève et non comme votre fille.

J'aurais juré avoir vu son regard s'assombrir mais il n'a pas cessé de sourire.

— Marché conclu ! Mais tu risques de regretter cette décision. Sache que le professeur est bien plus sévère que le père.

Le carillon de l'entrée a tinté et Nana s'est précipitée vers notre table.

— C'est bon, j'ai les cartes.

Carrig s'est levé.

— Alors, en route.

Je me suis tournée vers ma grand-mère.

— Tu viens, toi aussi ?

— Je ne te laisserais jamais seule, ma chérie. (Elle m'a adressé un sourire tendre.) Je suis désolée, Gia, j'ai détesté te mentir tout ce temps. Mais je l'ai fait pour te protéger.

J'ai senti ma gorge se nouer. Elle avait toujours été là pour me réconforter quand c'était nécessaire, elle avait assisté à tous mes matchs… Je ne me sentais pas encore prête à lui pardonner mais je comprenais ce qui l'avait poussée à agir de la sorte.

— Je sais, ai-je dit d'une voix tremblante. Je t'aime, Nana.

— Moi aussi, ma puce.

Elle ne m'avait pas appelée ainsi depuis que j'étais petite. À présent, ce mot affectueux signifiait bien plus pour moi. Je l'ai gardé à l'esprit alors que nous nous dirigions vers l'Athenæum. La perspective de l'inconnu me mettait les nerfs à vif.

Chapitre 8

Les nuées s'accrochaient comme de la barbe à papa grise aux immeubles de brique. La pluie ruisselait dans les caniveaux et sur les pavés rouges des trottoirs, leur donnant l'aspect d'un miroir. J'étais contente de me dégourdir les jambes après être restée longtemps assise, mais j'avais du mal à suivre les pas de géant de Carrig.

— Alors, où est-il, cet endroit que vous appelez « Asile » ?

— Nous passerons par l'Angleterre pour nous y rendre, a-t-il répondu.

— Comment ?

— À l'aide d'un passage secret situé derrière une étagère de livres, dans une bibliothèque d'Oxford. Le Conseil des magiciens a fait construire ces tunnels afin de relier tous les refuges à la bibliothèque la plus proche.

— Les refuges se trouvent dans le monde des humains ? ai-je demandé.

— Non, dans un autre royaume connecté à celui-ci et créé par les magiciens mais détruit par la magie instable, qui a fait des refuges des sortes d'îlots, éloignés les uns des autres.

Ah… Poser des questions n'était peut-être pas une si bonne idée. Chaque réponse que j'obtenais était plus incroyable encore que la précédente et me poussait à m'interroger sur ma santé mentale.

— Tu vas adorer Asile, m'a affirmé Nana, qui avait réglé son pas sur le mien. Je me suis déjà rendue dans d'autres refuges : c'est un peu comme visiter des villes d'Europe. Tu auras l'impression d'étudier à l'étranger.

J'ai souri. Elle avait le don de toujours voir le bon côté des choses. Même en pleine apocalypse.

— Un refuge, c'est un endroit où on se sent en sécurité. Or, les lieux dont tu me parles ne me semblent pas très sûrs, ai-je objecté.

— C'est un terme ancien, a expliqué Carrig. À l'époque de leur création, les refuges accueillaient les Chimères et les magiciens persécutés par les hommes. Et comme rien n'est jamais parfait…

Les Sentinelles nous attendaient sur les marches de la bibliothèque. Dans leurs vêtements ordinaires, qui avaient remplacé leur tenue de guerriers du vendredi précédent, ils ressemblaient à n'importe quels adolescents. Les cheveux noirs de Lei lui tombaient sur les épaules, et la tignasse blonde de Demos était coiffée en épis. Les deux autres Sentinelles qui avaient aidé à abattre le molosse à Paris se sont présentées.

— Je m'appelle Kale, a dit le garçon au teint hâlé.

— Et moi Jaran, a enchaîné celui aux dreadlocks.

Arik, qui portait toujours les vêtements de Nick, avait l'air de s'être battu. Il avait un œil poché, une belle égratignure sur la joue, et semblait porter le poids des deux mondes sur ses épaules.

Que lui est-il arrivé ? J'ai fait un pas vers lui mais Lei m'a dissuadée de l'approcher d'un mouvement de la tête.

Je me sentais très mal : je détestais l'idée que quelqu'un soit blessé par ma faute. J'ai serré plus fort le manche de mon parapluie – au moins, je ne serais pas tout à fait sans défense si nous tombions à nouveau sur un molosse.

Munie de sa toute nouvelle carte d'adhérente, Nana a franchi la porte rouge de l'Athenæum en compagnie de Demos, Kale et Arik. Au bout de quinze minutes, j'ai fait entrer Carrig, Jaran et Lei avec la mienne. Nous avons retrouvé ma grand-mère et les autres dans la salle de lecture du quatrième étage, celle où j'avais découvert la porte-livre et prononcé la formule pour la première fois.

Nous nous sommes séparés en petits groupes pour aller nous asseoir à différents endroits. Nana et Lei se sont installées à l'une des grandes tables avec moi. Les autres ont pris place sur des sièges çà et là tandis que Carrig et Arik se posaient dans l'une des alcôves ménagées entre les rayonnages et faisaient mine de s'absorber dans une conversation, penchés l'un vers l'autre.

Une fois la salle vidée de ses autres visiteurs, nous nous sommes cachés sous les grandes tables.

— Pourquoi ne pas se transporter maintenant, tant que la voie est libre ? ai-je suggéré.

— C'est trop dangereux, a répondu Carrig. Nous sommes trop nombreux pour nous transporter tous en même temps, nous laisserions une trace d'énergie derrière nous. Et il ne faudrait pas qu'un des documentalistes nous surprenne.

Nana nous a jeté un sort d'invisibilité puis nous avons attendu la fermeture de la bibliothèque et le départ de tous les employés. Bientôt, les lumières se sont éteintes et un silence absolu s'est abattu sur les lieux.

Carrig a émergé de notre cachette.

— Allons-y. Jaran, va chercher le livre. Kale, cours récupérer nos affaires au vestiaire.

J'ai rampé de dessous la table.

— C'est vrai, je les avais oubliées! Mais alors ils savent qu'on est encore ici.

Nana a lissé son chemisier.

— Tu sous-estimes mes pouvoirs, ma chérie. Nos affaires ont disparu, comme par magie, juste après qu'on les a déposées, m'a-t-elle dit avec un clin d'œil.

Jaran s'est dirigé vers l'autre côté de la salle, a pris le fameux livre relié de cuir sur une étagère et l'a posé sur une table pour trouver la bonne page.

Arik s'est avancé vers l'ouvrage et, sitôt la formule prononcée, il a disparu dans un tourbillon de fumée multicolore. Au bout de quelques secondes, le livre s'est immobilisé.

Je me suis tournée vers Lei.

— Qu'est-ce qu'il a?

— Il s'est fait prendre au piège par un assujetti, a-t-elle murmuré. Ils ont une façon bien à eux de torturer leurs victimes: ils les forcent à revivre des événements douloureux et sources de regrets.

Je l'ai regardée sans mot dire.

— C'est une pratique épouvantable. L'assujetti est lui-même victime d'un sortilège de contrainte. L'espérance de vie du magicien qui le contrôle se trouve nettement diminuée pendant l'opération. Il faut être fou ou désespéré pour user d'une telle méthode.

— Quelle horreur! Peut-on faire quoi que ce soit pour l'aider?

Lei m'a tapoté le dos.

— Ne t'inquiète pas pour lui, mon chou, il s'en remettra vite. On nous a appris à vaincre leurs stratagèmes. Certaines visions marquent plus que d'autres. Ce doit être le cas de celle-ci.

— Gia, Demos va t'escorter pour franchir la porte, a dit Carrig.

Kale s'est avancé vers nous avec mon sac à dos et le sac en toile de Nana. Il avait oublié mon arme de fortune, le parapluie rouge, l'un des rares objets que je tenais de ma mère. À présent qu'Arik était parti et que tout le monde avait hâte d'en faire autant, je n'avais pas le temps d'aller le récupérer. Il faudrait que je revienne plus tard. J'ai attrapé mon sac et remercié Kale.

Carrig m'a dévisagée pendant un instant.

— Je vais franchir la porte avec Mme Kearns. Tu es prête à sauter?

— Oui, je vais m'en sortir.

Tu parles! J'étais terrifiée à cette idée. Je ne savais plus à qui faire confiance, et mon radar interne, toujours prompt à m'avertir d'un danger, était devenu incontrôlable. Pour être franche, la situation ne pouvait pas être pire. *Enfin, si: je pourrais me rompre le cou ou atterrir une fois de plus au Vatican.*

— Bien, a dit Carrig. Une fois que le livre se sera immobilisé, suivez-nous.

Demos a hoché la tête.

Les autres Sentinelles sont passées les premières, au cas où une mauvaise surprise nous attendrait de l'autre côté. Carrig a pris le bras de ma grand-mère, et ils ont disparu à l'intérieur des pages du livre. J'ai regardé la photographie de la bibliothèque Duke Humfrey, à Oxford, et me suis concentrée pour rassembler mon courage.

— Tout ira bien, m'a dit Demos. Je suis juste derrière toi.

Avant de changer d'avis, j'ai prononcé la clé :

— *Aprire la porta.*

C'était la quatrième fois que je franchissais une porte, et je commençais à m'habituer à la sensation de chute. J'avais déjà moins de difficultés à me tenir droite, bien que je sois forcée pour y parvenir d'agiter bras et jambes. J'ai atterri avec lourdeur sur le sol dur et, après deux ou trois pas titubants, j'ai réussi à recouvrer l'équilibre.

Demos a surgi du livre juste après moi.

— Bravo, Gia ! s'est exclamé Kale. Tu as le saut dans le sang !

— On dirait bien, ai-je lancé, ravie du compliment.

J'ai tout de même inspiré de grandes bouffées d'air pour me remettre du voyage. Je me suis ensuite précipitée vers Nana pour la serrer dans mes bras.

— Comment s'est passé ton bond ?

Elle s'est tapoté la poitrine.

— Mon dernier remontait à un sacré bout de temps… J'en ai le souffle coupé.

— Oui, on croirait faire un tour en montagnes russes, pas vrai ?

— À qui le dis-tu ! Excuse-moi, j'ai une question à poser à Carrig.

Elle s'est dirigée vers le Maître Sentinelle, qui était en grande discussion avec Jaran et Demos. Arik se tenait un peu à l'écart du groupe, le dos voûté.

Je me suis rapprochée de Lei.

— Je n'ai pas l'impression qu'il aille beaucoup mieux… Comment est-ce arrivé ?

— On a été séparés. Les deux hommes qui nous suivaient n'étaient que des appâts. Ils ont conduit Arik jusque dans une ruelle, où un assujetti l'attendait. Il a dû rester sous son emprise plus longtemps qu'il veut bien l'avouer. Arik est le chef de notre groupe, et il n'aime pas qu'on le voie en position de faiblesse.

Le jeune homme se tenait près d'une grande fenêtre de style gothique, d'où se déversait le clair de lune. Les grains de poussière qui dansaient dans la clarté laiteuse lui donnaient l'air d'un personnage de film muet. Sa silhouette semblait minuscule à côté des imposantes étagères de bois sombre qui couvraient les murs.

Du coin de l'œil, j'ai vu qu'il me regardait. Mon cœur a bondi dans ma poitrine et j'ai détourné la tête.

Carrig nous a ordonné de le suivre dans une longue pièce tapissée d'ouvrages. Des tables s'alignaient entre les rayonnages. Au-dessus de nos têtes, des arches en bois soutenaient un plafond marqueté avec des motifs qui représentaient des livres ouverts. Carrig s'est arrêté à hauteur du troisième rayonnage à sa gauche.

— C'est le passage secret qui mène à la ville d'Asile.

Le Maître Sentinelle a tiré sur deux espèces de boutons qui flanquaient un coffrage ornemental en bois fixé sur le côté de l'étagère.

— *Ammettere il pura*, a-t-il récité.

« Accepte la pureté. » J'étais certaine à présent que si ma mère avait tenu à ce que je prenne des leçons d'italien, c'était parce que toutes les clés étaient dans cette langue.

Le sol a tremblé sous les pieds de Carrig et l'étagère s'est ouverte dans un grincement pour dévoiler un escalier qui s'enfonçait dans l'obscurité.

Hormis Carrig et Arik, toutes les Sentinelles ont tendu la main avant de dire : « *Luce.* » Aussitôt, une sphère lumineuse de la taille d'une balle de tennis s'est formée au creux de leur paume. Un par un, les guerriers se sont engouffrés dans l'escalier, à la lumière de leurs globes qui dansait sur les murs de pierre. Carrig a aidé Nana à descendre à son tour.

Arik a lui aussi fait apparaître une sphère de lumière et s'est avancé vers moi. Le sang sur sa joue avait séché et son œil droit n'était presque plus visible sous sa paupière enflée. J'ai fait mine de toucher sa blessure mais j'ai hésité lorsque je l'ai vu froncer les sourcils.

— C'est douloureux ?

— Pas le moins du monde, a-t-il répondu d'un ton sec. Avance.

Je l'ai dévisagé avec colère.

— Tu peux me dire pourquoi tu m'en veux ?

Il a regardé le reste du groupe disparaître au détour de l'escalier.

— Je ne t'en veux pas.

— Alors c'est quoi, ton problème ?

— Je ne vois pas de quoi tu parles.

— Jusque-là, tu as été très attentionné avec moi, et maintenant tu me regardes de travers.

— Tu fais allusion à ce matin ?

Il s'est passé la main dans les cheveux. Le globe lumineux éclairait son beau visage et se reflétait dans ses yeux telle une étoile dans un ciel d'encre.

— Écoute, je ne vais pas te mentir… J'avais… un petit faible pour toi, a-t-il murmuré. Ton sang-froid à Paris. Ton courage, même désarmée. La détermination avec laquelle tu nous as transportés seule loin du Vatican. Mais tu es une Sentinelle, et nos lois…

— Un petit faible pour moi? ai-je balbutié, stupéfaite.

— Gia… Ce n'est pas ça qui compte. Toute relation entre deux Sentinelles est interdite, et sévèrement punie.

— Tu ne crois pas si bien dire. C'est moi, l'Enfant de l'Apocalypse. Alors oui, tu as intérêt à garder tes distances.

Je lui ai tourné le dos, prête à descendre l'escalier. Mais Arik m'a saisi le bras avant que je puisse poser le pied sur la première marche.

— Qui t'a raconté ça?

Furieuse, j'ai fait volte-face pour me dégager et j'ai trébuché sur le sol inégal, manquant de tomber. Il m'a rattrapée de justesse.

— Attention, a-t-il murmuré.

J'ai reculé d'un pas, le regard planté droit dans le sien.

— Carrig et Nana. Ce sont eux qui me l'ont dit.

Le visage sombre, il s'est mis à faire les cent pas en me jetant des regards en coin. Il a fini par me saisir la main et souffler:

— Gia, je te jure… que je ne permettrai pas qu'il t'arrive quoi que ce soit!

J'ai fait un nouveau pas en arrière. Ses doigts ont serré plus fort les miens et je me suis mordu la lèvre pour l'empêcher de trembler. Pourquoi montrer autant d'inquiétude, tout à coup ? *À moins que…*

— Laisse-moi deviner. L'assujetti que tu as affronté t'a montré une vision de moi, pas vrai ?

— Non, la vision ne concernait que moi. Seuls le passé et les peurs les plus intimes de sa victime lui sont accessibles, rien d'autre. Inutile de t'en faire. Tu es en sécurité, crois-moi.

— Rien à voir avec moi ?

— Je te le jure…

— Tu me demandes de te faire confiance, mais ce n'est pas réciproque, à ce que je vois.

Il a baissé la tête.

— Très bien… J'avais quatorze ans. Lors d'un entraînement, un molosse s'est attaqué à mon escouade. Ce jour-là, exceptionnellement, Oren, mon parent-fée, se trouvait avec moi. Le monstre lui a planté les crocs dans la jambe et l'a traîné jusqu'à la porte-livre avant de l'emmener. Je n'ai rien pu faire, je suis resté paralysé. Quand les autres Sentinelles l'ont retrouvé, il était mort… Voilà les images que l'assujetti m'a montrées. Assorties d'une menace : il m'a prédit que je serais de nouveau confronté à une situation semblable. Et que j'échouerais… (Sa voix s'est brisée.) Oren me manque terriblement… C'était un père extraordinaire. C'est comme si le molosse avait arraché une partie de mon cœur lorsqu'il l'a emmené.

J'ai serré sa main dans la mienne.

— Tu étais trop jeune. Tu n'aurais rien pu faire.

— C'est ce que les autres n'ont cessé de me répéter… mais ce souvenir me hante encore. Chaque fois que j'ai une insomnie, je vois la souffrance sur le visage d'Oren quand le monstre s'est emparé de lui.

Mes propres pensées m'ont rattrapée. *Je me rends dans un endroit où vit ce genre de créature… Si on découvre qui je suis, je ne donne pas cher de ma peau.*

— J'ai peur, ai-je soudain confessé, la bouche sèche.

Il m'a dévisagée un long moment sans parvenir à cacher son inquiétude, et le temps s'est arrêté.

— Gia, a-t-il murmuré, le visage à quelques centimètres du mien.

Il sentait le cuir, la sueur et le savon. Il m'a enlacée et je me suis laissée aller contre lui. Mon cœur battait à tout rompre. Il a appuyé sa joue contre ma tête, et j'ai senti son souffle chaud dans mes cheveux.

Soudain, j'ai senti une créature grimper sur ma chaussure. J'ai reculé d'un bond et j'ai perdu l'équilibre sur la première marche de l'escalier. Il m'a rattrapée juste avant que je ne dégringole jusqu'en bas, et la sphère de lumière qu'il tenait toujours au creux de sa paume lui a échappé avant d'éclater en milliers de petites étincelles.

— Tu es un vrai danger, ma parole ! s'est-il esclaffé.

Mon gémissement de douleur lui a fait retrouver son sérieux.

— Ça va ?

— C'est juste ma blessure à la jambe : les points tirent. Une bête m'a grimpé sur le pied… Et vu sa taille, ce n'était pas un rat !

— Détrompe-toi, les rats sont énormes, par ici. Ils occupent les lieux depuis des siècles. Mais ils sont inoffensifs.

— C'est toi qui le dis !

Encore gênée par ce qui venait de se passer entre nous, j'ai regardé autour de moi, frissonnante.

— On devrait rejoindre les autres. (Il m'a pris la main pour en examiner la paume.) Tu connais le charme qui permet de faire apparaître un globe lumineux ?

— Oui, je t'ai entendu le dire. « *Luce* », c'est bien ça ?

— Exact ! Fais le vide dans ton esprit et ne pense qu'à la lumière.

— Attends, je ne sais pas…

Il a posé un doigt sur ses lèvres, et la chaleur de son sourire m'a éblouie.

— On ne peut savoir tant que tu n'as pas essayé.

En cet instant, il occupait toutes mes pensées. Difficile de se concentrer sur autre chose. Mais la lampe de Nana, avec ses trois perroquets en verre teinté posés sur un perchoir en bronze, m'est revenue à l'esprit. C'était cette lampe que je fixais lorsque j'avais fait apparaître pour la seconde fois une courte étincelle au creux de ma paume. Cette lampe me fascinait car, quand elle était allumée, les perroquets projetaient un arc-en-ciel de couleurs sur le mur voisin.

— *Luce*, ai-je dit.

Rien.

J'ai répété le mot magique avec un peu plus de conviction.

Nada.

Arik a tenu ma main dans la sienne et j'ai senti mon pouls s'emballer.

— Essaie encore.

— *Luce.*

Ma paume s'est éclairée et une bulle étincelante grande comme une balle de tennis est apparue. J'avais de la lumière au creux de ma main ! Arik a désigné l'escalier d'un signe de tête.

— On y va ?

Nous nous sommes mis en route. Le bruit de nos pas se répercutait sur les parois de pierre à mesure que nous descendions. Le passage était tellement étroit qu'il y avait à peine la place pour une personne à la fois, et j'ouvrais la marche, le globe lumineux en suspension au-dessus de ma main.

J'étais si occupée à admirer la lumière que j'ai trébuché sur un caillou qui a roulé sous mon pied. La douleur dans ma jambe s'est réveillée et je suis parvenue à recouvrer mon équilibre *in extremis*.

— Fais attention, tu vas te fouler la cheville, m'a dit Arik.

Une odeur nauséabonde flottait dans l'air. De l'eau dégoulinait du plafond et des parois. Les pierres bougeaient sous nos pieds. Au moins, je n'étais pas claustrophobe.

Les lourdes bottes d'Arik claquaient dans mon dos. J'ai jeté un coup d'œil derrière moi, croisé son regard et détourné aussitôt la tête avant de tirer sur le bas de mon sweat de ma main libre.

— Qui d'autre sait que tu détiens le pouvoir de créer de la lumière ? a-t-il demandé.

— Personne.

— Combien de fois en as-tu fait apparaître ?

— J'aimerais bien te répondre, mais ma mère m'a jeté un sort pour éviter que j'en parle.

— Attends, a-t-il dit.

J'ai fait volte-face, et il a pris mon visage dans ses mains. La surprise m'a coupé le souffle – j'ai failli en faire tomber ma sphère de lumière. J'ai fait mine de me dégager mais il m'a serrée plus fort.

— Que fais-tu?

— Je romps le charme. (De près, il avait des yeux captivants, où se lisait un certain tourment.) *Annullare tutte le magie*, a-t-il récité avant de me lâcher.

— Tu as réussi?

— Je n'en suis pas certain. Combien de fois as-tu fait apparaître un de ces globes lumineux?

Il m'a fait signe de me remettre en route.

— Plus d'une, ai-je répondu. La première, c'était accidentel et je devais avoir quatre ans. Celle d'après, j'en avais environ dix. (Je l'ai regardé par-dessus mon épaule.) On dirait bien que tu as réussi!

— En effet. Comment connaissais-tu le charme?

— Je ne le connaissais pas. Je pratiquais mon italien quand une étincelle s'est allumée au creux de ma paume. C'est le fruit du hasard. Je ne me rappelle pas comment c'est arrivé quand j'avais quatre ans. J'ai peut-être entendu ma mère le faire.

— Gardons le secret pour l'instant, d'accord?

— Pourquoi?

Derrière moi, je l'entendais respirer au même rythme que les battements de mon cœur.

— Avec tout ce qui se passe en ce moment, mieux vaut ne pas évoquer ton ascendance.

L'air se faisait de plus en plus froid dans le passage, et j'ai frissonné.

— Pourquoi vous ne protégez que les bibliothèques ? Ces molosses pourraient s'attaquer aux passants dehors.

— Elles sont protégées par des charmes qui empêchent les Chimères d'en sortir. Pour pénétrer dans le monde des humains, il faut obtenir une autorisation, ce qui est très difficile. Si elle est accordée, on introduit un petit appareil sous la peau de l'intéressé, et il peut ainsi passer d'un monde à l'autre. Notre rôle est de maintenir la paix entre les espèces qui traversent les portes et d'assurer la sécurité de tous les hommes.

Le passage s'est élargi et nous avons pu marcher côte à côte. J'ai dû ralentir un peu la cadence à cause de ma jambe. Arik a réglé son pas sur le mien.

— Tu veux te reposer un peu ?

— Non, je peux marcher. C'est le fait de courir qui m'épuise.

— Alors on va y aller en douceur.

Nous avons continué pendant une bonne vingtaine de minutes avant que le tunnel s'étrécisse de nouveau. Arik m'a fait signe de passer la première. Le grand sourire qu'il affichait me déstabilisait.

— Pourquoi souris-tu ?

— Je suis impressionné. Pour une novice, tu maintiens ce globe lumineux depuis un moment.

— J'avais oublié qu'il était là, ai-je menti.

J'avais mal au bras à force de tenir la sphère en équilibre au-dessus de ma main, mais j'étais déterminée à la garder allumée, surtout à présent qu'Arik m'avait fait cette remarque.

Nous nous rapprochions de quatre globes qui brillaient devant nous.

— Pour la petite histoire, les passages qui permettent d'accéder aux refuges multiplient notre vitesse naturelle, a dit Arik. Une journée de marche dans le monde humain correspond à une heure ici. Tu noteras que nous n'avons pourtant pas l'impression de progresser très vite.

— Ah oui ?

Arik m'a retenue par l'épaule.

— Tu as l'air de fatiguer.

Je me suis dégagée. Chaque fois qu'il me touchait, mon estomac faisait un soubresaut et cette réaction commençait à m'inquiéter. *Reprends-toi*, me suis-je dit. *C'est juste un garçon comme un autre.*

— Laisse-moi prendre un peu le relais avec la lumière.

J'ai accepté sans protester, car mon épaule me faisait souffrir. J'ai baissé le bras, tout engourdi à force de le maintenir levé, et la sphère a disparu dans une gerbe d'étincelles.

— Pourquoi devons-nous rejoindre un de ces refuges ? ai-je demandé. Ils sont peuplés de molosses, de chasseurs et d'assujettis, après tout !

— Autrefois, on y vivait en paix, a répondu Arik.

Le globe lumineux qu'il venait de créer éclairait un côté de son beau visage, et sa silhouette se détachait sur la paroi du tunnel.

— Depuis peu, des troubles ont éclaté, a-t-il poursuivi. C'est Conemar, un magicien assoiffé de vengeance, qui en est à l'origine. Ne te fie qu'à moi et à Merl. On ignore à qui va la loyauté de chacun.

— Que veut-il, ce Conemar ?

Un bruit de coquille écrasée s'est fait entendre, et je n'ai pas pu retenir une grimace. Je n'avais aucune envie de savoir ce qui venait de disparaître sous la botte d'Arik.

— Que recherchent ces fous, pour la plupart? a-t-il dit. Le pouvoir, bien entendu! Conemar veut régner sur les deux mondes. Il lui faut les artefacts qui lui permettront de libérer une créature des plus puissantes, capable de déclencher des catastrophes naturelles et de mettre des populations à genoux.

— Merci, je me sens beaucoup mieux, tout à coup…

Il m'a jeté un regard en coin.

— Désolé, je ne voulais pas t'effrayer. Nous veillerons sur toi. Cet assujetti n'a pas mis beaucoup de temps à me débusquer dans le métro. (Il a baissé la voix au moment de rejoindre les autres, qui gravissaient une volée de marches.) Ce qui me laisse à penser que le magicien qui le contrôle a été renseigné par un membre de notre refuge. Donc, restons sur nos gardes!

Je me suis figée.

— Alors pourquoi allons-nous là-bas?

Arrêté sur la première marche, il s'est retourné pour me dévisager.

— C'est le seul endroit où l'on pourra te protéger et te préparer à ce qui t'attend. Tant que l'identité de ton père biologique reste secrète, tu ne risques rien. On continue?

J'ai acquiescé.

— Bien, a-t-il dit avant de grimper les marches quatre à quatre.

Je l'ai suivi à moins vive allure: ma blessure se réveillait à chaque pas. L'idée qu'un magicien ait employé un sortilège de contrainte me donnait la chair de poule, au même titre que la présence de rats géants dans le tunnel. Je n'avais aucune intention de rester seule ici, même un bref instant.

Parvenue à la moitié de l'escalier, j'ai regardé par-dessus mon épaule : le tunnel était plongé dans l'obscurité. Un bruit semblable à un raclement de griffes sur la pierre s'est élevé dans les ténèbres. *Sans doute un rat*, ai-je songé. Au-dessus de moi, Arik a franchi une porte. Le cœur battant, j'ai gravi tant bien que mal les dernières marches en m'efforçant d'ignorer la douleur dans ma jambe. Une fois sur le seuil, je me suis immobilisée, à mi-chemin entre les deux mondes : encore accrochée au premier, je sentais le second m'appeler. Dès que j'aurais fait un pas de plus, les histoires de ma mère prendraient vie et je ne pourrais plus jamais revenir en arrière.

Arik m'a tendu la main.

— Tout ira bien, m'a-t-il. Je ne vais pas te laisser seule.

Ne te berce pas d'illusions, Gia. Il n'y a pas de retour possible.

J'ai accepté sa main pour franchir le seuil, sans savoir ce qui m'attendait de l'autre côté.

Chapitre 9

Nous avons pénétré dans une pièce nue aux dimensions de ma chambre. Face à nous, une lumière bleutée filtrait par une porte entrouverte. Nous nous sommes dirigés vers elle. Le plancher craquait sous nos pieds, et nos pas soulevaient de petits nuages de poussière qui m'ont fait tousser.

L'air libre nous attendait de l'autre côté du battant : j'en ai inspiré de grandes goulées. Une odeur de terre et d'herbe coupée me chatouillait les narines. Un croissant de lune suspendu dans un ciel noir moucheté d'étoiles projetait un mince faisceau de lumière blanche. À quelques centaines de mètres devant nous, je distinguais la masse sombre d'un château perché sur une colline et tout autour, des constructions plus modestes qui, dans l'obscurité, m'évoquaient les tombes d'un cimetière.

— Le château qui se trouve devant nous est le refuge de notre clan, m'a expliqué Arik. Tu vois les lumières à l'horizon, juste derrière la colline ? C'est la ville d'Asile.

Nous avons traversé une vaste prairie. Les silhouettes de nos compagnons, toujours devant nous, ont disparu derrière un petit talus.

— Où se trouve Asile, au juste ?

— Aux confins de l'Angleterre. Le monde des Chimères se divise en sept refuges de magiciens. Les autres sont situés en Irlande, en Espagne, en France, en Italie, en Russie et en Afrique du Sud, à proximité de villes cachées.

— OK, j'ai bien compris qu'on était en Angleterre, mais dans quelle région ? Tu peux me donner un repère plus précis, comme Stonehenge, par exemple ?

— Eh bien, la localisation exacte d'Asile est secrète, a-t-il répondu. La ville se trouve dans un autre royaume protégé par la magie. Le seul moyen d'y accéder et d'en sortir est celui que nous venons d'emprunter. Les murs qui cernent Asile sont protégés par des sortilèges chargés d'éloigner les importuns. Tous les refuges fonctionnent de la même manière. Le monde des Chimères recèle une multitude de labyrinthes et autant d'entrées qui mènent à des guets-apens. C'est un monde peuplé de mystères et de dangers. Tu as tout intérêt à rester dans l'enceinte de la ville.

J'ai trébuché sur le sentier caillouteux qui s'ouvrait devant nous, bordé de chaque côté par d'épais buissons et des herbes hautes. J'ai eu le réflexe de tendre les bras pour amortir ma chute et éviter de justesse de me fracasser le crâne sur une pierre. Je me suis relevée d'un bond, sans accepter la main qu'Arik me tendait.

Comme je pestais contre ma maladresse, j'ai frotté mes paumes endolories sur mon jean pour ôter les minuscules cailloux qui s'y accrochaient. *La honte, Gia… Maintenant, il te prend pour une idiote, c'est sûr.*

Amusé par ma petite chute, Arik a lancé :

— Tu montreras ta jambe à l'une de nos Guérisseuses.

— Je vais bien. La plaie n'a pas fini de cicatriser, c'est tout.

Je suis repartie en boitillant, le regard fixé droit devant moi, accompagnée par le rire d'Arik. Je lui ai jeté un regard par-dessus mon épaule : une lueur malicieuse brillait dans ses yeux.

— Quoi ?

— Tu es du genre têtu, non ?

— J'aime penser que je suis déterminée, ai-je rétorqué sans m'arrêter.

Devant nous, le reste du groupe était parvenu devant la porte du mur d'enceinte qui protégeait le château de style médiéval. Dans l'obscurité de la nuit, le lierre accroché à la muraille évoquait une multitude de petites créatures parasites. Les masures bâties au pied du château crachaient des rubans de fumée dans l'air nocturne.

Carrig a poussé la lourde porte. Il a attendu que nous soyons tous passés, puis il a pesé de tout son poids sur le panneau pour le refermer. Nous nous trouvions à présent dans une cour arborée et entretenue avec soin. Plusieurs allées pavées serpentaient parmi la végétation et desservaient les nombreuses entrées du château. Au centre de la cour, des bancs et des massifs de fleurs délimitaient un patio circulaire.

Alors que nous approchions de l'entrée principale, deux portes massives se sont ouvertes devant nous. Une vingtaine d'hommes en uniforme noir et cuirasse étaient postés de chaque côté d'un grand vestibule. Leurs rangs comptaient une poignée de créatures, certaines dotées de crocs, d'autres de cornes ou d'une peau à la couleur inhabituelle. Je leur ai adressé un sourire nerveux au passage, mais elles ne m'ont pas rendu la pareille.

Après l'obscurité de la nuit, mes yeux ont mis un moment à s'accommoder à la lumière qui régnait à l'intérieur. Au-dessus de nos têtes, un lustre dont l'une des ampoules en forme de flamme rendait son dernier souffle jetait des ombres menaçantes sur les murs. Une porte à ma droite menait à une pièce plongée dans la pénombre.

Ce n'est pas du tout intimidant… ai-je pensé. J'ai essuyé mes mains moites sur mon jean, me demandant une fois encore dans quel guêpier je m'étais fourrée.

Lei s'est approchée de moi.

— Ne t'inquiète pas, mon chou. L'endroit semble plus effrayant qu'il ne l'est en réalité.

— Je… je n'ai pas peur, ai-je protesté.

— L'expression de ton visage et le tremblement de ta voix laissent penser le contraire.

J'ai redressé les épaules et relevé la tête pour me donner contenance. Une gigantesque tapisserie qui représentait un homme à la barbe grise, un globe de verre fumé dans sa main tendue, était suspendue au-dessus d'un escalier.

— Qui est cet homme ? ai-je demandé.

Lei a suivi mon regard.

— C'est Taurin, le septième magicien, le fondateur de notre refuge. Il donne la chair de poule, pas vrai ?

— À peine… ai-je marmonné.

Mes oreilles se sont mises à bourdonner. Il m'a semblé que la tapisserie se liquéfiait sous mes yeux : des rides se

144

formaient sur le tissu telles des vaguelettes à la surface d'un lac. Un courant électrique a parcouru le globe de Taurin dans un crépitement d'étincelles. Ses yeux ont pris vie et se sont braqués sur moi. Un frisson m'a parcouru l'échine. Les lumières du lustre ont vacillé avant de s'éteindre, toutes les voix autour de moi se sont tues et le présent s'est évanoui.

Je me tenais juste derrière Taurin, tout près d'un candélabre aux bougies allumées. En équilibre au-dessus des doigts du magicien brillait un globe lumineux chargé d'électricité.

— Arrière ! a crié Taurin à l'intention d'une silhouette encapuchonnée qui se trouvait à l'autre bout du couloir.

— Jamais, a sifflé l'homme. Donne-moi les *Chiavi*, Taurin.

Les Chiavi ? *C'est un mot italien*, ai-je songé. *La forme plurielle de* chiave… *Il veut des clés ? Pour quoi faire ?*

— Tu n'es qu'une brute avec un cœur de chien ! a rugi Taurin, avant d'avancer d'un pas vers l'homme. Les refuges sont gangrenés par ta cupidité. Je ne te donnerai pas les artefacts. La Tétrade restera à jamais enfouie.

Le septième magicien a brandi le globe dans sa main, mais avant qu'il ait pu le lancer sur son adversaire, un couteau lui a transpercé le dos. Il a laissé tomber son projectile, qui a explosé sur le sol et y a creusé un trou. Des traces noires étaient apparues sur le mur voisin. Puis Taurin s'est effondré par terre.

Lorsque j'ai baissé les yeux vers ma main moite, je me suis surprise à contempler de longs doigts épais qui ne m'appartenaient pas : c'étaient ceux d'un homme. Une lame maculée de sang se trouvait dans cette main. Elle venait de tuer. J'aurais voulu hurler mais ce corps n'était pas le mien, et je n'avais aucun pouvoir sur cette bouche.

— Imbécile ! Maintenant il ne peut plus nous dire où il a caché les *Chiavi* ! a aboyé l'homme à mon intention.

L'image de sept baguettes fines, de la taille d'une brosse à cheveux, s'est insinuée dans mon esprit. Le corps dans lequel j'avais atterri assimilait ces baguettes aux fameuses *Chiavi*. Quand on les combinait, elles formaient une seule et même clé magique. Mais une clé pour ouvrir quoi ? La silhouette de l'homme à la cape est devenue floue et mes oreilles se sont remises à bourdonner.

Une voix grave s'est élevée :

— Il n'aurait jamais accepté de nous les remettre. Si nous torturions ses fils, nous pourrions obtenir les sortilèges…

J'ai tenté de m'immiscer un peu plus loin dans ses pensées afin d'en apprendre davantage sur cette clé mais la voix s'est tue, et j'ai plongé dans les ténèbres.

— Gia, tu vas bien ?

La voix de Lei m'a ramenée vers la lumière et au présent.

J'ai contemplé mes mains. Le couteau ensanglanté avait disparu et elles avaient recouvré leur aspect familier. *Super, voilà que j'ai des visions, maintenant !* ai-je songé. Je venais d'être projetée à l'intérieur du corps d'un meurtrier. J'avais l'impression d'avoir moi-même poignardé Taurin, et j'en étais terrifiée. Je contrôlais mes tremblements au prix d'un gros effort. Ce que je venais de voir avait à n'en pas douter une signification… mais je ne pouvais en parler à qui que ce soit. « *Ne fais confiance à personne* », m'avaient dit Nana et Arik. Heureusement, mon moment d'absence n'avait, semblait-il, pas été remarqué. J'ai adressé un faible sourire à Lei.

— Oui, tout va bien.

Un homme âgé d'une quarantaine d'années, vêtu d'une veste en tweed et aux cheveux noirs grisonnants, s'est avancé dans le vestibule avant de s'éclaircir la voix. Je me suis rapprochée de ma grand-mère.

Carrig s'est dirigé vers le nouveau venu.

— Bonsoir, Merl.

— Votre voyage s'est déroulé sans encombre, n'est-ce pas ? a dit l'homme.

Carrig lui a tendu la main.

— Dans l'ensemble, il n'y a eu aucun problème.

Merl lui a lancé un regard étrange, presque hésitant, avant de la lui serrer. Le Maître Sentinelle s'est ensuite tourné vers Nana et moi.

— Voici Gianna et sa grand-mère, Mme Kearns.

— Vous pouvez m'appeler Katy, a dit Nana.

Le visage de Merl s'est éclairé. Il a échangé une longue poignée de main avec elle.

— Je suis ravi de vous rencontrer, a-t-il susurré d'une voix douce et grave.

— Tout le plaisir est pour moi, a répondu Nana.

Beurk ! Il était temps de mettre fin à ce flirt éhonté.

— Je préfère qu'on m'appelle Gia, ai-je lancé.

Merl s'est tourné vers moi.

— Gia… je t'aurais reconnue entre toutes. Tu as hérité de la beauté de ta mère. Notre peuple se réjouit d'accueillir la fille d'une Sentinelle talentueuse.

J'ai rougi.

— Merci… Comment saviez-vous que je venais?

— Un article consacré à la fille de Marietta Bianchi et de Brian Kearns est paru dans la gazette hebdomadaire de la ville. Je sais d'expérience que dès lors qu'on livre deux ou trois informations au public, il pose moins de questions.

Plutôt malin, me suis-je dit. Et si tous les regards n'avaient pas été braqués sur moi, je m'en serais peut-être sentie moins nerveuse.

— Vous devez être fatiguées, toutes les deux, a-t-il poursuivi. Faith va vous montrer vos chambres.

— Nous souhaitons dormir dans la même pièce, ai-je balbutié.

Il était hors de question que je dorme seule dans cet endroit sinistre, surtout après avoir eu cette vision cauchemardesque du meurtre de Taurin. Ce château était un refuge, certes, mais pour les fantômes! Et pas n'importe lesquels! Les esprits qui hantaient ces lieux étaient sans doute des magiciens, des guerriers ou pire encore. Je n'osais pas m'imaginer le reste, et c'était bien ce qui m'effrayait: l'inconnu.

— C'est une bonne idée. Des chambres mitoyennes feront l'affaire, a dit Nana. Qu'en penses-tu, Gia?

— Oui, c'est parfait, ai-je répondu, un brin dubitative.

— Je m'appelle Faith, a soudain déclaré une fille d'une pâleur cadavérique que je n'avais pas remarquée, et

148

dont l'intervention m'a fait sursauter. Suivez-moi, s'il vous plaît.

Nana et moi avons emboîté le pas à l'apparition qui se faisait appeler Faith, et juste avant de quitter la pièce, j'ai entendu Arik commencer à détailler à Merl son face-à-face avec l'assujetti.

Une porte a claqué et étouffé le bruit de leur conversation. J'ai supposé que Merl, Carrig et les Sentinelles s'étaient enfermés dans une pièce attenante au vestibule afin de pouvoir discuter en paix. Je me suis alors promis d'en apprendre davantage sur les sortilèges de contrainte.

La chevelure blond terne de Faith ondulait au rythme de sa démarche paresseuse. Elle s'est retournée à plusieurs reprises pour s'assurer que nous la suivions. Sa peau livide luisait dans la pénombre et son corps filiforme donnait l'impression qu'elle n'avait rien mangé depuis des semaines.

Nous avons gravi les marches de l'escalier en acajou qui menait à l'étage. Sur le palier, deux grandes portes voûtées desservaient chacune un corridor. Nos pas résonnaient sur les murs en pierre. Une étrange odeur de plantes flottait dans l'air – elle me rappelait l'encens qu'Afton faisait souvent brûler dans sa chambre.

Nous avons pris le couloir de droite et je me suis penchée vers Nana.

— C'était quoi, ce numéro de séduction avec Merl ? Il est beaucoup trop jeune pour toi !

— Pas du tout ! a-t-elle répliqué avec un geste dédaigneux de la main. Il a cent deux ans, soit, en années de magicien, quarante-huit ans environ. C'est ce que racontent les tabloïds chimériques, en tout cas.

Je me suis arrêtée net. *Des tabloïds chimériques?*

J'ai dû ensuite presser le pas pour rattraper Faith et ma grand-mère.

— S'il était humain, tu serais quand même plus âgée que lui de quinze ans. Espèce de cougar!

Elle a éclaté de rire.

— Je ne m'intéresse pas aux hommes de mon âge. Ils sont trop… vieux.

J'ai reporté mon attention sur la décoration murale pour chasser de mon esprit la vie amoureuse de Nana. En contraste avec les armes et les tableaux austères accrochés aux murs, de délicates appliques en cristal éclairaient le couloir, dont chaque détour révélait de nouveaux corridors et escaliers. Nous avons parcouru encore plusieurs couloirs avant de faire halte devant une porte, que Faith a ouverte.

— Voici ta chambre, m'a-t-elle dit avant de se tourner vers Nana : La vôtre est juste à côté mais vous pouvez entrer avec nous, les deux pièces communiquent.

Elle nous a souri pour dévoiler de longues canines. Il m'a semblé entendre la musique d'un film d'horreur résonner dans ma tête. Lorsqu'elle m'a tendu la clé de la chambre de ses doigts osseux, j'ai hésité avant de la prendre.

— Euh… merci. Nous pouvons nous débrouiller seules, maintenant.

— Ils ne vous ont pas parlé de moi, pas vrai?

— Il… il y a quelques détails à connaître? ai-je balbutié.

— Toujours, a-t-elle répondu. Madame Kearns, entrez, je vous prie.

D'un regard appuyé, j'ai tenté de dissuader Nana d'obéir, mais elle s'est contentée de sourire avant de se jeter dans la gueule du loup, et j'ai été assez bête pour la suivre. Après avoir frôlé Faith, j'ai failli vomir : elle sentait le bouc, ma parole !

Ma chambre ressemblait à une chambre d'hôtel tout à fait normale, exception faite des meubles en bois, de style clairement médiéval.

J'ai posé mon sac par terre.

— Quoi, pas de télé ? ai-je dit pour plaisanter.

— Non, mais ne te fie pas au décor. D'un point de vue technologique, le monde des Chimères est aussi évolué que celui des humains. Au sous-sol se trouve une salle avec télévision, jeux vidéo et bar. C'est ouvert nuit et jour, si tu as envie d'y aller…

— Non merci, je m'en passerai.

Si elle s'imaginait que j'allais me rendre là-bas toute seule, elle se fourrait le doigt dans l'œil ! J'ai traversé la pièce pour aller jeter un coup d'œil à la salle de bains. Au fond de la pièce se trouvait une seconde porte, qui devait communiquer avec la chambre voisine.

Faith s'est dirigée vers le lit pour s'asseoir sur l'édredon.

— À ce que je vois, tu n'avais encore jamais rencontré d'individu de mon espèce.

Elle a croisé ses jambes anormalement longues et posé ses mains frêles sur ses genoux cagneux. Elle avait une cage thoracique fort large mais très peu de poitrine. Elle me faisait penser à un lévrier.

— Il ne faut pas avoir peur de moi, a-t-elle poursuivi.

— Pourquoi voudrais-tu qu'on ait peur ? ai-je répliqué, mal à l'aise.

— Non seulement je travaille dans l'équipe des gardes employés par Merl, mais je suis une Laniar. Vous autres, humains, vous nous confondez avec les vampires de vos légendes. À cause de… (Elle a ouvert la bouche et tapoté de sa langue l'une de ses canines.) Certaines histoires de vampires sont inspirées par les Laniars. Elles datent de l'époque où nous vivions parmi les humains, sans nous cacher. On nous a aussi confondus avec des loups-garous.

— Vous êtes une sorte de croisement entre les deux, alors ?

Les dents de cette fille auraient pu crever un pneu.

— Devez-vous boire du sang pour vous nourrir ? ai-je poursuivi.

De crainte qu'elle ait une petite faim, j'ai rentré la tête dans mes épaules. Les yeux plissés, ma grand-mère a dévisagé Faith.

— Puisqu'on en est aux présentations, alors autant que je te prévienne. Je suis une Sorcière blanche spécialisée dans la magie d'Incantora. Tu as entendu parler de son héritage ?

— Elle pouvait carboniser ses victimes de l'intérieur, n'est-ce pas ?

— Exact. Gia est ma petite-fille, et si tu touches à un seul de ses cheveux, je t'incinère, compris ?

— Et tu n'as pas non plus le droit de boire mon sang, ai-je précisé.

Faith a ricané.

— Même si la croyance populaire dit le contraire, les humains ne sont pas du tout comestibles. Ils ont un goût

152

salé et amer. Rassurez-vous, je suis responsable de votre sécurité et je dois d'ailleurs veiller sur vous durant votre sommeil. Je vous promets de ne pas vous manger pendant la durée de mon service.

— On en a de la chance!

— Vous auriez pu tomber sur Herman. C'est un Aqualien. (J'ai perçu une pointe de moquerie dans sa voix.) Mais il est un peu visqueux.

En fin de compte, on allait peut-être bien s'entendre, mais elle avait besoin de se laver.

— Comptes-tu passer la nuit ici? Si jamais tu as besoin d'utiliser la salle de bains, n'hésite pas.

Faith a esquissé un sourire.

— L'expérience pourrait être amusante. Je ne me souviens pas de la dernière fois que j'ai pris un bain.

— Tu ne t'en souviens pas? ai-je lâché, estomaquée.

— Personne ne m'a jamais expliqué à quelle fréquence me laver. À la mort de mes parents, c'est la meute qui m'a élevée.

— Tu veux dire que tu es née Laniar?

— Tu croyais qu'on m'avait transformée? (Elle a ri.) Une fois de plus, nous ne sommes ni des vampires, ni des loups-garous, ni des molosses, d'ailleurs.

— Désolée, ai-je bredouillé.

— Ne t'excuse pas. Je me souviens à peine de ma famille. J'aimais bien vivre avec la meute. J'y ai rencontré Ricardo.

— Oh, c'est ton petit ami?

— C'était, jusqu'à ce qu'il décide de rompre. Comme j'étais raide dingue de lui, j'ai eu beaucoup de peine et j'ai quitté la meute. C'est là que Merl m'a recueillie.

— Moi aussi, j'ai connu un type nommé Ricardo quand j'étais plus jeune, a dit Nana d'un ton compatissant. Notre aventure n'a pas duré longtemps mais c'était formidable.

Pitié! Personne ne devrait entendre sa grand-mère évoquer ses histoires d'amour.

— Viens, petite, on va te faire couler un bain, a-t-elle repris. Une vraie demoiselle se lave une fois par jour.

Nana aimait prendre sous son aile les âmes errantes, même lorsqu'elles avaient des canines pointues.

— Voire deux, si tu fais beaucoup de sport comme moi, ai-je ajouté avant de leur emboîter le pas.

Au passage, j'ai pris un petit couteau posé sur un plateau chargé de fruits et de fromage qui trônait sur la table basse, et je l'ai glissé dans ma poche. Qui sait ce qui rôdait dans ces sinistres couloirs… ou pouvait traverser les murs.

Pour faire sortir Faith de la baignoire, nous avons dû user des mêmes stratagèmes que pour éloigner Afton d'un centre commercial. Le jour se levait et, apparemment, les Laniars ne supportaient pas le soleil en raison de la finesse de leur peau, et leur sang se consumait quand on l'exposait à une chaleur excessive. Je commençais à soupçonner les Laniars d'être de vrais vampires, et de ne simplement pas apprécier la stigmatisation qui allait de pair avec ce nom. Je connaissais très bien ce sentiment : moi-même, je détestais quand on me traitait de garçon manqué.

Après le bain, et en dépit de mes protestations, Nana a insisté pour que Faith s'installe sur le canapé de ma chambre plutôt que de monter la garde dans le couloir. Elle avait l'air sympa mais je craignais tout de même qu'elle soit prise d'une envie subite de manger salé. Vautrée au milieu des coussins, elle s'est mise à feuilleter l'un des nombreux tabloïds mis à disposition sur la table basse.

Allongée sur le lit, je promenais les doigts sur les broderies dorées de l'édredon, les yeux rivés au baldaquin, bien décidée à ne pas succomber au sommeil. Au bout d'un moment, incapable de lutter davantage, j'ai fermé les yeux. Si Faith avait voulu nous dévorer, elle aurait eu tout le temps de le faire et d'aller nous digérer dans un coin tranquille. En outre, je me sentais plus à l'aise depuis que Merl était passé nous voir un peu plus tôt pour s'assurer que nous étions bien installées. Selon lui, Faith n'avait aucune intention de s'en prendre à moi.

— Tu ne dors pas, Gia?

— Non.

— Nous ne sommes pas des vampires.

Elle lit dans mes pensées ou quoi?

— Je tenais à le clarifier au cas où tu te poserais encore la question. Les vampires sont morts. Moi, je suis bien vivante. J'ai le sang chaud. Viens me toucher si tu ne me crois pas.

Consciente que si je n'obéissais pas à sa requête, elle ne cesserait d'insister, je me suis levée du lit et j'ai posé la main sur son bras.

— Ta peau est carrément brûlante!

D'accord, peut-être disait-elle la vérité. Je suis retournée me coucher.

— Bonne nuit. Euh… journée ?

— Dors bien, m'a-t-elle dit. Oh, et merci d'avoir été honnête avec moi pour le bain, et de m'avoir laissée m'installer sur le canapé pour monter la garde. C'est beaucoup mieux que de rester debout dans le couloir.

— Aucun problème.

J'ai tâté mon oreiller pour m'assurer que le couteau à fromage était toujours là.

— Une dernière information sur les Laniars : nous sommes d'excellents gardiens. Nous avons l'ouïe plus fine que celle d'un chien.

— C'est bon à savoir, ai-je répondu dans un bâillement.

Puis j'ai fermé les yeux et sombré dans un sommeil agité.

Des images ont défilé derrière mes paupières closes. Je marchais dans un long corridor éclairé par des torches, la peur au ventre. Des bribes de pensées me traversaient l'esprit.

Je ne peux pas échouer, sans quoi des milliers de personnes vont mourir. De terribles ouragans. Des morts. Tellement nombreux, déjà. J'y suis presque. La trappe. Où est-elle ?

Les talons de mes chaussures ont claqué sur une surface métallique recouverte de paille. La trappe ! J'ai laissé échapper un soupir. Parvenue au bout du couloir, j'ai tourné la poignée de l'unique porte.

Quoi, elle est verrouillée ? Impossible !

Un grondement semblable à un coup de tonnerre a résonné dans le couloir. Je me suis retournée et j'ai vu une silhouette se refléter dans la vitre d'une fenêtre qui donnait sur l'obscurité de la nuit. Je m'attendais à voir mon propre reflet, mais c'était celui d'une belle jeune femme aux longs cheveux blonds qui, dans sa robe rouge et or longue jusqu'aux pieds, ressemblait à une princesse de conte de fées. Elle tenait une épée dans ses mains tremblantes.

Une ombre gigantesque s'avançait dans le corridor. J'ai retenu mon souffle – ou plutôt la Belle au Bois Dormant l'a fait. Le plancher craquait sous les pas de l'énorme créature, qui s'est avancée dans la lumière. Malgré ses traits léonins (regard féroce, nez aplati, lèvre supérieure fendue, crocs acérés) et sa fourrure jaune sale qui frôlait les lustres du plafond, elle possédait des manières presque humaines avec ses mains hérissées de griffes. Son visage et ses énormes bras étaient couturés de cicatrices. On aurait dit qu'elle avait été taillée en pièces puis recousue à la hâte dans le cadre d'une expérience qui avait mal tourné. Et elle avait des amis. Trois autres créatures la talonnaient.

La première avait une tête de sanglier avec des défenses acérées qui pointaient de sa mâchoire inférieure. Une fourrure de poils drus et noirs recouvrait presque la totalité de son corps. La deuxième avait un torse et des bras d'homme, mais deux énormes cornes de bélier lui sortaient du front, et il se déplaçait sur deux pattes arquées.

Je trouvais déjà ces trois créatures effrayantes, mais lorsque le dernier monstre s'est avancé dans la lumière, un hurlement a franchi mes lèvres. Sa langue fourchue s'aventurait de temps à autre au-delà d'une rangée de dents tranchantes comme des rasoirs. Des écailles recouvraient ses bras et ses jambes souples comme les pattes d'un lézard. Son torse gonflé, son cou et son abdomen seuls étaient humains.

Les quatre créatures bougeaient comme un seul homme: leurs moindres pas ou gestes étaient parfaitement synchronisés. C'était comme s'ils étaient actionnés par des fils invisibles qui les reliaient les uns aux autres.

L'homme-lion s'est approché le premier.

— N'ayez crainte, Athela, m'a-t-il dit. C'est moi, Barnum.

— Non, c'est impossible! s'est-elle écriée avant de brandir son épée vers lui. Vous avez péri lors de la grande bataille. C'est moi qui ai préparé votre corps avant la mise en terre.

— Mykyl m'a ramené à la vie... sous cette forme.

— Mon... mon père?

Je ressentais l'horreur qu'éprouvait Athela face à la créature devant elle.

— Oui! a crié le monstre, et son rugissement a fait trembler les vitres autour d'elle. Il ne m'a pas laissé reposer en paix, guerrier au faîte de sa gloire. Je suis donc une bête désormais, et mon âme est reliée à celle des autres morts qu'il a ressuscités.

La jeune femme a reculé d'un pas.

— Pourquoi vous a-t-il fait subir une telle horreur?

— Il avait juste besoin d'un corps, et la vie m'avait déjà quitté.

La peur a submergé Athela, et j'ai éprouvé la même sensation au creux de l'estomac. J'étais elle, ou plutôt je me trouvais à l'intérieur de son corps sans qu'elle en ait conscience. J'aurais bien voulu lui faire savoir que j'étais là, qu'elle n'était pas seule, mais j'ignorais comment m'y prendre. Malgré sa terreur, elle faisait preuve de courage face au monstre.

— Et les autres, qui sont-ils? a-t-elle demandé.

— Chetwin, Felton et Harlan, a répondu le monstre.

Il a désigné à tour de rôle l'homme-sanglier, l'homme-lézard et l'homme-bélier.

— Maître, sssssois généreux! Partage-la avec nous! a sifflé Felton, dardant sa langue noire.

— Non! a rugi Barnum. Elle est mon épouse!

— Mais nous serons là! a ricané Chetwin. Ne compte pas te débarrasser de nous aussi facilement. Dis-lui!

— Dis-lui que seule ton âme a survécu à la métamorphose, a ajouté Harlan, frappant le sol de son sabot, et que son père l'a insufflée à nos trois corps. Nous sommes une seule et même âme dotée de quatre esprits. (Son regard s'est posé sur Athela.) Donne-toi à nous. Ce sera comme si tu étais avec Barnum.

Pour toute réponse, Athela a étouffé un sanglot.

— Silence! a crié Barnum avant de frapper Harlan de son poing.

L'homme-bélier a titubé en arrière, et les deux autres ont fait de même, entraînant Barnum avec eux.

— Quel sort me réservez-vous? s'est enquise Athela.

— Vous serez mienne, a répondu l'homme-lion.

— Me partagerez-vous avec eux? a-t-elle repris, un goût de bile dans la bouche.

— Non! Je ne les laisserai jamais… (Barnum s'est interrompu pour secouer la tête.) Ma mie, je sens que mon humanité m'abandonne. J'ignore ce que je deviendrai. Il se peut qu'un jour le mal prenne possession de moi en entier.

— Je porte votre enfant.

Barnum a relevé la tête, et les autres l'ont imité. Il s'est penché pour effleurer de sa main griffue la joue de la jeune femme. Les autres ont reproduit son geste et caressé le vide.

— Il ne vous sera fait aucun mal. Fuyez, à présent.

D'un coup de poing, Barnum a brisé la fenêtre la plus proche. Une pluie de verre s'est abattue sur le sol, laissant une ouverture assez grande pour permettre à Athela de s'y glisser.

Après avoir relevé le bas de sa robe, la jeune femme a enjambé le rebord de la fenêtre et posé le pied dans le jardin qui entourait le bâtiment. Les joues inondées de larmes, elle s'est retournée pour lancer un dernier regard à la créature. Ce n'était plus son époux qui se tenait là mais l'instrument d'une force maléfique capable d'anéantir les mondes. Le piège s'était refermé, et ces monstres pourriraient pour l'éternité dans leur tombeau de tungstène enseveli sous une montagne à un emplacement connu des seuls Archimages. Son cœur s'est serré à la perspective de l'enfer qui attendait son bien-aimé. Il resterait piégé entre la vie et la mort. Elle désirait pourtant qu'il sache que son souvenir perdurerait. Une ultime lueur d'espoir pour l'apaiser avant que la folie ne le submerge et qu'il ne soit plus Barnum.

Son chagrin m'étouffait. J'aurais voulu la consoler, la serrer dans mes bras. Quel horrible destin pour ces deux amants !

— Mon cœur est avec vous, Barnum, a-t-elle dit. Votre enfant saura que son père était un grand guerrier.

Un grincement terrible a retenti et une lourde cage en fer s'est abattue du plafond sur Barnum et ses compagnons dans un nuage de poussière. Prise d'une quinte de toux, Athela s'est protégé le nez et la bouche de sa main. Sept hommes à la barbe grisonnante ont encerclé la cage, baguettes brandies. Autant d'éclairs bleus en ont jailli pour venir frapper dans une pluie d'étincelles les barreaux métalliques de la cage.

Athela a croisé le regard de l'un des hommes. Sa barbe et ses épais sourcils noirs contrastaient avec la pâleur saisissante de sa peau. *Vous m'avez trahie, père! Ne pouviez-vous pas offrir à Barnum et à ses compagnons le repos éternel? Quel est donc ce mal qui vous consume?*

De noirs projets de vengeance germaient déjà dans son esprit. Alors qu'elle reculait, elle s'est pris les pieds dans le bas de sa robe et s'est étalée dans l'herbe détrempée. Frigorifiée dans ses vêtements humides, elle ne pouvait s'empêcher de s'interroger: *Pourquoi la porte était-elle verrouillée? Père espérait-il que ces créatures me tueraient? Pourquoi?*

J'ai songé: *Tu as sans doute été témoin d'une scène que tu n'étais pas censée voir. C'est toujours pareil dans les films: le personnage ne demande qu'à se mêler de ses affaires, mais il se trouve au mauvais endroit au mauvais moment et, ensuite, il le paie de sa vie.*

Elle a planté son épée dans le sol pour se relever, mais, au dernier moment, elle s'est tordu le pied en trébuchant sur une motte de terre. Nous avons tressailli de concert.

Aïe! Ça fait mal.

— Qui va là? a demandé Athela d'une voix où perçait la panique.

Tiens donc, elle peut m'entendre! Les pensées se bousculaient dans ma tête. Comment pouvais-je lui venir en aide? Et pourquoi ne fuyait-elle pas? Moi, à sa place, je n'aurais pas demandé mon reste.

Elle a regardé autour d'elle.

— Montre-toi!

Une idée m'est venue. *Je suis ton subconscient. C'est le moment ou jamais de prendre tes jambes à ton cou!*

Après avoir ramassé son épée, Athela a relevé d'une main ses jupes et détalé dans l'obscurité.

Chapitre 10

Soit j'étais en train de rêver d'un marteau-piqueur, soit quelqu'un tambourinait contre la porte de ma chambre. Les lourdes tentures qui protégeaient le lit ne laissaient pas filtrer la moindre lumière.

L'imbécile de l'autre côté de la porte a frappé de plus belle.

— Assez, j'arrive ! a crié Faith.

Je l'ai entendue s'extraire d'un bond du canapé. J'ai roulé de l'autre côté du lit et écarté les tentures.

— Qui c'est, cet enquiquineur ?

— Je ne sais pas, a-t-elle répondu.

Les martèlements ont repris.

— En tout cas, la patience n'est vraiment pas son fort, ai-je grommelé.

Toutes griffes dehors, Faith a entrouvert le battant et risqué un coup d'œil dans l'embrasure. Une voix masculine s'est élevée :

— Vous savez l'heure qu'il est ?

— Non, a-t-elle répondu en ouvrant enfin grand la porte de la chambre.

Un homme brun se tenait sur le seuil, droit comme un i, les sourcils froncés. Il a sorti une montre à gousset du gilet de son costume trois-pièces gris et, sans prendre la peine de la consulter, il l'a brandie sous le nez de son interlocutrice.

— Il est exactement 15 h 30, et Gianna était censée me rejoindre dans mes appartements à 15 heures précises. Carrig a peut-être reporté son entraînement à demain mais en ce qui me concerne, mes leçons sont toujours au programme. (Son regard a croisé le mien.) Tu as beaucoup à apprendre et peu de temps pour le faire.

— Quoi… (Je me suis éclairci la voix.) Euh… de quelles leçons parlez-vous ?

— De tes leçons de magie, bien entendu. On ne t'a donc rien expliqué ?

J'ai secoué la tête avant de me frotter les yeux. *Encore ce mot ! « Magie. »* Il me donnait des aigreurs d'estomac. *Et, non, personne ne me dit rien.* Mais son air sévère m'a dissuadée de lui faire cette réponse.

— Va t'habiller, m'a-t-il ordonné. Je t'attends.

Faith a refermé la porte.

— Mince, j'ai oublié de te prévenir ! Cet homme est Philip Attwood. En fait, tu dois l'appeler « professeur Attwood ». Il est très attaché au protocole. (Elle s'est rallongée sur ses coussins.) Tu ferais mieux de te dépêcher. Il déteste attendre.

— Tu crois ? Il m'a l'air psychorigide, oui.

J'ai tressailli au moment de poser les pieds sur le sol carrelé, gelé.

— Tu aurais quand même pu me prévenir que j'avais des leçons, ai-je ajouté.

— Je viens de te dire que j'ai oublié.

— Bon, d'accord. Laisse tomber. Mais ce type est super flippant...

J'ai pris dans mon sac un jean, un T-shirt et un sweat-shirt. Une fois habillée, j'ai foncé vers la porte après un : « À plus tard ! »

— Dépêche-toi, a dit le professeur Attwood, qui s'éloignait déjà dans le couloir. Je n'ai pas de temps à perdre pour une jeune insolente. Si j'ai accepté de travailler plus tard, c'est juste parce que ton entraînement doit commencer le plus vite possible.

— Je suis navrée, j'ignorais que j'étais censée vous retrouver. Personne ne m'a rien dit. Le cas échéant, j'aurais été à l'heure.

Il n'avait pas besoin de savoir que j'étais une incorrigible retardataire. Je me suis promis de toujours être ponctuelle avec lui. Avec un peu de chance, j'apprendrais assez de tours utiles pour compenser son comportement désagréable.

D'un coup, il s'est arrêté pour se tourner vers moi.

— J'ai bien peur, Gianna, que nous soyons partis du mauvais pied. Je suis le professeur Philip Attwood, et tu dois m'appeler « professeur Attwood ». Pas « Philip » ni « monsieur Attwood », c'est compris ?

— Oui.

Cet homme était tellement intimidant que je n'avais aucune intention de lui préciser que je préférais être appelée Gia.

— Je suis le demi-frère de ta mère.

— Oh... mon oncle, donc ?

J'ai fait de mon mieux pour contenir ma surprise. Combien de membres de ma famille, dont je n'avais jusqu'à présent aucune idée de l'existence, allais-je encore rencontrer ?

— Oui, mais ne crois pas que je vais me montrer plus coulant avec toi pour autant. (Il s'est remis en marche.) Suis-moi.

J'ai levé les yeux au ciel. *Je m'en doute bien.*

— Et ne lève pas les yeux au ciel !

— Comment savez-vous…

— J'ai de l'intuition.

Je me suis un peu voûtée.

— Tiens-toi droite, Gianna.

J'ai obéi, non sans chercher autour de moi la présence d'un miroir, mais je n'en ai vu aucun. Nous avons gravi une volée de marches au détour d'un corridor, puis le professeur Attwood s'est arrêté devant une porte où était fixée une petite plaque en bois gravée à son nom. Il a sorti une longue clé tarabiscotée pour ouvrir le battant.

Nous avons pénétré dans un bureau éclairé par plusieurs lampes qui baignaient les meubles d'une lumière égale. Des étiquettes roses ou jaunes étaient collées sur le bord des étagères qui tapissaient les murs de la pièce. Des piles de livres accompagnées de tas de paperasse envahissaient le plancher en bois sombre et un bureau imposant. Pour un homme aussi attaché à la ponctualité, il était très désordonné.

Dans le coin gauche de la pièce, sur un socle en forme de serres d'oiseau, reposait un énorme globe en verre dont la surface transparente était traversée d'éclairs bleus. Près du globe, un cacatoès blanc somnolait sur un gros perchoir en bois. Une pierre ronde de couleur claire était suspendue à son cou au moyen d'une cordelette en cuir. Une fine volute de fumée s'échappait d'un bâtonnet d'encens posé en équilibre sur un bol métallique, lui-même placé sur une table installée entre deux fauteuils, et une odeur de cèdre flottait dans la pièce.

L'oiseau sur le perchoir avait le regard vide et gris.

— Il est aveugle ? ai-je demandé.

— Eh bien, au moins tu es observatrice, a répliqué le professeur d'un ton sec. Il est peut-être aveugle, mais il voit bien mieux que nous autres, les voyants…

— Qui est-ce ? a croassé l'oiseau avant de pousser un cri.

— Pip, je te présente Gianna, a répondu le professeur Attwood d'une voix douce. Si tu ne peux pas sentir son odeur, c'est parce qu'elle est protégée par un charme.

— C'est Gia, ai-je marmonné.

Devant le regard désapprobateur du professeur, j'ai ajouté :

— Euh… je veux dire, je préfère qu'on m'appelle Gia, s'il vous plaît.

— Bonjour, Gia. (Pip a tourné la tête de gauche et de droite.) Elle est magicienne ?

— Non. C'est une Sentinelle d'Asile qui avait disparu.

Pip a battu des ailes et s'est balancé sur son perchoir pour crier de plus belle.

— Ce n'est pas tout. Il y a plus !

Le professeur lui a donné un biscuit.

— Du calme, mon ami.

L'oiseau a gobé le gâteau. Puis, après avoir étiré ses jolies ailes blanches, il a repris sa position initiale, la tête baissée.

— Il va bien?

— Pip est un Surveillant. Le globe est son instrument. Il ne peut discerner que ce qui se penche au-dessus de la sphère, ce que détectent les yeux de surveillance, ou ce qui franchit les portes.

— Les yeux de surveillance? On se croirait dans un roman d'espionnage.

Le professeur Attwood a laissé échapper un soupir de frustration.

— Les yeux ne surveillent que les endroits publics. Si Pip percevait une menace derrière ce qu'ils voient, il donnerait l'alerte. Pip se moque bien de ce qui touche au domaine privé.

— Comment fonctionne-t-il?

J'ai touché le verre du globe et retiré aussitôt ma main: la surface, froide comme de la glace, m'avait brûlé la peau.

— C'est du verre magique fabriqué avec du sable des rivages d'Alato, la terre des hommes-oiseaux. C'est à cause de la magie qu'il est aussi froid au toucher.

C'est maintenant qu'il me le dit! Mes doigts me faisaient mal.

Le professeur Attwood s'est assis dans son fauteuil en cuir derrière le bureau et m'a fait signe de prendre place dans le siège en face de lui. Les bras posés sur les accoudoirs, les mains jointes en une cloche devant lui, il m'a dévisagée de ses yeux bleus perçants.

Mal à l'aise, j'ai croisé les jambes et reporté le regard sur la fenêtre derrière lui. Dehors, des nuages s'amoncelaient au-dessus de la campagne.

— Hmm… Par où commencer? a-t-il dit. D'ordinaire, une Sentinelle débute son instruction à un âge beaucoup moins avancé que le tien, ce qui lui donne plus de temps pour développer sa magie.

— Je peux vous poser une question ?

Il m'a encouragée d'un signe de tête.

— Quelqu'un m'a dit qu'ici, à Asile, on ignore à qui va la loyauté de chacun. Qu'entendait-il par là ?

Il s'est enfoncé dans son fauteuil.

— Il y a quelques jours, une ville chimérique a subi une attaque et nous ne savons pas qui l'a orchestrée. Beaucoup pensent que c'est un magicien français en exil qui se cache derrière cet assaut.

— Vous voulez parler de Conemar ?

Puisque j'allais passer un certain temps dans ce monde, il me fallait en apprendre plus sur les intrigues qui s'y tramaient.

— Oui. Si c'est bien lui le coupable, alors il a le soutien de son refuge d'adoption, Estril.

— Où se trouve cet endroit ?

— En Russie. Tant que la menace ne sera pas écartée, l'accès aux portes est limité. Asile est l'un des refuges ouverts à l'ensemble du monde des Chimères. Nous avons beaucoup de visiteurs venus travailler ou suivre les enseignements de notre académie. La personne mal-intentionnée qui a fomenté ces troubles a une taupe ici, c'est certain. (Il s'est penché vers moi.) Ce « quelqu'un » qui t'a renseignée… je suis d'accord avec lui. Tu devrais rester sur tes gardes. Mais il faudra que tu me fasses confiance, afin que je puisse t'aider à révéler ton pouvoir.

— Une taupe, vous avez dit ? Que cherchent ces gens ?

— Le bruit court dans les villes chimériques qu'une énigme qui permet de localiser des artefacts très puissants est dissimulée quelque part dans Asile. Mais ce n'est pas ce qui nous préoccupe dans l'immédiat. Nous sommes ici pour tes leçons. Commençons ! As-tu déjà produit de la magie, de façon volontaire ou accidentelle ?

J'ai hésité.

— Eh bien, hier, j'ai créé un globe lumineux.

— Hier seulement ? Jamais auparavant ?

— Si, par hasard, quand j'étais petite. Hier, je l'ai fait exprès.

Mes jambes commençaient à trembler. J'étais aussi nerveuse que la fois où j'avais été convoquée dans le bureau du principal parce que j'avais dépassé de loin le nombre autorisé de retards.

— Tu en as créé un sans problème ni faux départ ? m'a-t-il demandé.

— Il y a eu quelques ratés. Arik m'a aidée.

— Je vois. Et ta mère, elle ne t'a jamais parlé de notre monde ?

— Si, enfin plus ou moins. J'avais quatre ans quand elle est morte, alors vous savez…

La commissure droite de mes lèvres s'est mise à trembler à son tour, au même rythme que mes jambes.

— Non, je ne sais pas.

— Eh bien, elle ne m'en a pas parlé directement mais elle a évoqué le sujet au travers d'histoires…

— Je vois. Tu lui ressembles. Marietta Bianchi… (J'ai cru voir des larmes briller dans ses yeux.) Ta mère avait le même tic que toi. C'était le seul moyen de deviner qu'elle était nerveuse, sous sa carapace de Sentinelle.

— Et quel est votre lien de parenté, déjà ?

— Nous avons le même père. J'avais trois ans quand ma mère est morte et, quelque temps après, mon père s'est remarié. Un an plus tard, Marietta est née de cette nouvelle union. Puis son parent-fée l'a emmenée afin qu'elle débute l'entraînement.

— Mais vous-même, vous n'êtes pas Sentinelle, si? Alors comment le saviez-vous? On m'a expliqué que personne n'était au courant de ces échanges d'enfants.

— Rares sont les Sentinelles qui sont nées dans les familles des refuges. En général, elles voient le jour dans le monde humain, de parents qui sont de lointains descendants des chevaliers originels. Ceux dont le petit peuple s'est servi pour créer les premières Sentinelles. La naissance de Marietta est une exception. Le dernier cas avant elle remonte à presque soixante ans. Selon le département des Sciences magiques, il s'agit d'une anomalie génétique.

— Ce devait être étrange, ces deux filles cent pour cent identiques qui évoluaient dans le même monde.

— Les changelins ne sont pas autorisés à rester dans les refuges. Ils ne connaissent pas la vérité sur leurs origines et ignorent tout du monde chimérique. Mes parents ont été forcés de s'installer dans le monde des humains avec elle. Je leur rendais visite à l'occasion, c'est-à-dire pas très souvent. Elles étaient peut-être identiques en apparence, mais un changelin développe une personnalité propre, comme un clone le ferait. Or, ce changelin-là était une véritable peste. D'un autre côté, Marietta, elle, était un ange.

— Je serais née dans un refuge si ma mère était restée dans ce monde, ai-je observé.

171

— Oui. (Il a fixé le fond de la pièce, et son regard s'est assombri.) Elle aurait été forcée de s'en aller, tout comme nos parents.

J'ai suivi la direction de son regard : une photo de lui adolescent, vêtu d'une toge, avec un document roulé à la main. La remise des diplômes ? À quoi pensait-il ? Au fait que ses parents n'étaient pas plus présents sur la photo que dans sa vie ?

J'ai cru le voir ébaucher un sourire mais je n'en étais pas certaine, en raison de la lumière tamisée.

— Marietta et moi, nous avons découvert l'existence l'un de l'autre par accident. J'ai tout de suite su qu'elle était ma sœur. Elle ressemblait trait pour trait à son changelin, jusqu'au grain de beauté qu'elle avait sur la joue. J'ai du mal à croire qu'elle n'est plus…

Il s'est tourné vers la fenêtre.

— Vous avez dit que le nom de ma mère était Bianchi. Mais elle s'appelait Marty Costa, pas Bianchi.

— Costa ? C'était le nom d'une de ses amies d'enfance. Elle ne pouvait pas se servir de son véritable patronyme. Elle ne voulait pas qu'on la retrouve.

Bien sûr, c'est logique !

— Bon, ce n'est pas la peine d'évoquer tous ces tristes souvenirs dans l'immédiat. Et si nous nous mettions au travail ?

J'ai acquiescé, la gorge nouée. Le professeur Attwood s'est levé. Il a d'abord tenu à me faire répéter la formule qui servait à ouvrir les portes-livres, puis à m'apprendre celle qui les refermait. Ces phrases fonctionnaient aussi pour les véritables portes. Une fois que j'ai eu mémorisé les mots, nous sommes passés aux globes.

172

— Une Sentinelle peut faire apparaître deux sortes de globes, a-t-il dit. Les globes lumineux, que tu connais, et ceux de combat. Attention, il est interdit de les utiliser dans le monde des humains, excepté dans les bibliothèques. (Il a contourné son bureau pour se rapprocher de moi.) Lève-toi et donne-moi ta main.

J'ai obéi et posé ma main dans la sienne.

— Bien. Comme nous savons déjà que tu es capable de créer un globe lumineux, nous allons tenter de définir quelle est ta spécialité en combat. Commençons par le feu. Aplatis bien ta paume, a-t-il ordonné avant de déplier mes doigts. Et maintenant, concentre-toi sur tout ce que tu sais sur le feu. Imagine une flamme en train de te consumer l'esprit. Sens la chaleur et la fumée qui s'en dégagent. Écoute son crépitement. La magie provient du tréfonds de ton être, de ton essence même.

Je me suis figée pour m'efforcer de ne songer qu'au feu. J'ai même fait rôtir en pensée un gros marshmallow.

— Et maintenant, invoque-le par le mot « *fuoco* ».

— *Fuoco!* me suis-je exclamée.

Rien ne s'est produit.

— Essaie encore.

J'ai obéi. Toujours rien.

— Bon, on peut éliminer le feu. Essayons l'eau.

J'ai essayé de me concentrer sur cet élément, avec pour seul effet de me donner soif. Ensuite, j'ai tenté ma chance avec le vent. Nous avons continué à passer en revue la liste des pouvoirs possibles.

C'était l'ascendance d'une Sentinelle qui déterminait ses capacités. La spécialité de ses ancêtres magiciens ressortait dans les globes qu'elle faisait apparaître. Or, ma lignée en avait beaucoup. Outre l'eau, le feu et le vent, nous avons exploré d'autres possibilités : la foudre, la fumée – pour faire écran – et même le son, qui, sous forme d'onde, pouvait terrasser un adversaire.

Une heure s'est écoulée sans que nous ayons obtenu le moindre résultat. J'avais beau me concentrer, réfléchir, déployer des trésors d'imagination, rien n'y faisait. Peut-être que j'étais incapable d'invoquer des globes, en fin de compte. J'avais eu beaucoup de mal à empêcher ma lumière de s'éteindre dans le tunnel.

Aussi frustré que moi, le professeur a fini par lâcher ma main.

— Il ne reste plus qu'un globe. J'espérais pouvoir l'écarter.

— Pourquoi, il est dangereux ?

— Il peut l'être. Il nécessite du sang. Si c'est bien ce globe qui est concerné, tu dois me promettre de faire tout ce que je te dis.

Parfait, très rassurant ! Si j'avais été superstitieuse, j'aurais croisé les doigts derrière mon dos au moment de répondre :

— C'est promis !

Il s'est penché pour prendre une punaise sur son bureau, dont il s'est piqué le doigt avec la pointe. J'ai senti la panique m'envahir : je ne supportais pas la vue du sang.

— Je ne vais pas te piquer, m'a-t-il dit. Je veux juste voir si tu es capable de faire apparaître un globe de vérité. Je n'en suis pas certain. Il est très difficile de l'invoquer, mais un de tes ancêtres le pouvait.

Je lui ai tendu ma main tremblante. Il l'a retournée

dans la sienne et a pressé son doigt sur ma paume jusqu'à ce que le sang imprègne les plis de ma peau.

— Maintenant, il faut que tu répètes : « Montre-moi la vérité » en italien. On dit…

— *Mostrami la verità.*

Des étincelles ont parcouru ma paume avant de disparaître.

— Eh bien, nous avons trouvé ton globe, a-t-il conclu d'une voix sombre. Allez, essaie encore.

J'ai dû m'y reprendre à plusieurs fois. Une fine membrane grandissait au creux de ma main jusqu'à prendre la forme d'une bulle mais elle explosait avant d'avoir pu s'épanouir. La main du professeur Attwood commençait à ressembler à une pelote d'épingles.

— Je n'y arrive pas, ai-je maugréé.

— Tu peux le faire. Concentre-toi.

Il a déposé une énième goutte de sang au creux de ma main. Fatiguée, affamée et frustrée, je l'ai fixée d'un regard noir. Pourquoi ce satané globe ne voulait-il pas apparaître ? La colère m'échauffait les joues. Tout à coup, j'ai senti une vibration dans mon ventre, qui s'est propagée à mon dos. Ma main a tremblé à son tour et des étincelles ont jailli de mes doigts.

— *Mostrami la verità*, ai-je dit.

Et, telle une plante qui émerge de terre, une sphère argentée s'est élevée au-dessus de ma paume.

Chapitre 11

J'ai réprimé un bond d'excitation, et le globe a tangué sur ma main.

— Voilà, tu y es! s'est exclamé le professeur Attwood. Maintenant, demande-lui si je suis digne de confiance. Tu peux formuler ta requête dans n'importe quelle langue, il te répondra dans la même. Souviens-toi, seuls les formules et les charmes doivent être prononcés en italien.

— Pourquoi en italien, d'ailleurs?

— Autrefois, c'était le latin qu'on employait. Et puis un magicien a décidé de tout traduire en italien. Ce changement, qui avait pour but de faciliter la pratique de la magie, a été adopté et, très vite, tout le monde s'est servi de cette langue. (Il a désigné le globe d'un signe de tête.) Vas-y, demande-lui.

— Le professeur Attwood est-il digne de confiance?

L'image trouble du professeur est apparue à l'intérieur de la sphère et, d'une voix métallique, il a répondu: « Oui, tu peux te fier à moi. »

— Et maintenant, serre le poing pour faire disparaître le globe.

J'ai refermé la main et la sphère a explosé comme une bulle et libéré de petites étincelles argentées. Une fois rassise, je me suis penchée en avant, le corps secoué de tremblements. J'avais une terrible envie de vomir.

— Ce sont sans doute les effets secondaires de ton pouvoir, a dit le professeur. D'ici quelques semaines, ton corps s'y sera habitué et ces symptômes ne se manifesteront plus. Tu peux éviter ce genre de réaction grâce à un régime alimentaire équilibré. Surtout, ne saute pas de repas.

— Je n'ai pas pris de petit-déjeuner. Ni de déjeuner, d'ailleurs.

Le professeur Attwood a pris une brique de jus de fruit dans un petit frigo installé derrière son bureau, et me l'a tendue.

J'ai examiné l'emballage, intriguée.

— Quoi ? Tu n'aimes pas le jus de fruit ?

— Si. J'aurais pensé que vous me donneriez une boisson étrange versée dans un calice.

Alors que je me débattais avec ma paille, il me l'a prise des mains, en a ôté le plastique et l'a plantée dans le carton.

— J'adore ces trucs-là. Les gamins m'en rapportent du monde des humains. (Le professeur Attwood s'est rassis pendant que j'avalais ma ration de sucre salutaire.) Autrefois, ceux qui savaient faire apparaître les globes de vérité étaient considérés comme des voleurs de secrets, car ils avaient le pouvoir de confondre les menteurs. Chaque fois que tu douteras de quelqu'un, je veux que tu te serves de ce globe. Mais il te faudra rester prudente. Tu devras te débrouiller pour trouver un moyen de prélever un peu de sang de l'intéressé à son insu.

— Pourquoi ?

— S'il n'est pas digne de confiance, il te tuera peut-être pour la seule raison d'avoir posé la question.

— Oh !

Mon cœur s'est serré. Mon pouvoir ne me semblait pas très utile. Ni très rassurant.

— Ce globe ne t'aidera pas lors de combats, mais il pourra répondre à certaines de tes questions. (Il a saisi un stylo pour prendre des notes.) Tu ne seras pas une Sentinelle de première ligne. En outre, tu te sentiras faible après avoir eu recours à ton pouvoir, aussi il faudra que tu veilles à avoir toujours du sucre sur toi.

— Et mes parents, quels étaient leurs globes ?

Il m'a lancé un regard perçant.

— Tes parents ?

Zut, zut, zut. Trouve une parade, et vite ! Je me suis efforcée de paraître calme, mais son regard sévère me déstabilisait.

— Je voulais dire « parent » au singulier.

Mais oui, bien sûr... On pouvait difficilement trouver plus pitoyable. De toute évidence, je n'étais pas faite pour garder un secret.

Il a levé un sourcil, dubitatif.

— Et pourtant, c'est bien « mes parents » que j'ai entendu. Si tu voulais parler de ta mère, c'est ce mot-là que tu aurais employé. Pourquoi ne me dis-tu pas la vérité ?

La gorge nouée, j'ignorais quoi faire. D'après le globe de vérité, je pouvais lui faire confiance. J'ai décidé de tenter le coup en priant très fort pour que cette histoire de sang soit fiable.

— Carrig est mon père. Marietta est ma mère. Mettez-les ensemble et hop! Me voilà!

Il en a lâché son stylo.

— Je ne te crois pas. Pourquoi Marietta aurait-elle défié la loi? Carrig est une Sentinelle, bon sang, et pas des plus réfléchies!

Pas des plus réfléchies? Étrange… Il faudrait que je me penche sur la question plus tard. Je me suis mordu la lèvre. Peut-être le professeur allait-il m'affirmer que Carrig et Arik avaient tort, et que la prophétie n'était qu'une légende, rien de plus?

— C'est une erreur, pas vrai? Je ne peux pas être l'Enfant de l'Apocalypse?

— Si cette prophétie existe vraiment, Gia, je pense que tu seras notre salut et non notre perte. (Son sourire m'a réconfortée et j'ai poussé un soupir de soulagement.) Il existe un moyen de connaître la vérité. Une goutte de ton sang pourrait faire l'affaire.

— Vous voulez que j'essaie le globe sur moi?

— Ou nous pourrions nous contenter d'oublier cette histoire et de continuer à ignorer tes origines.

Il n'était pas très doué pour le sarcasme…

Avec un soupir, j'ai pris la punaise posée sur le bureau et je me suis piqué le doigt, puis j'ai appuyé dessus pour faire couler une goutte de sang dans le creux de ma main. Je me suis concentrée sur le globe et, très vite, j'ai reconnu la vibration dans mon corps. J'ai récité le charme, et la sphère argentée a pris forme dans ma paume.

Le professeur Attwood a contourné le bureau et s'est posté devant moi.

— Demande-lui de te révéler l'identité de tes véritables parents.

— Montre-moi mes parents, ai-je ordonné.

Aussitôt, des images floues ont défilé à l'intérieur du globe à la manière d'un film. Les acteurs étaient Marietta et Carrig. J'avais envie de tendre la main vers ma mère pour la toucher : elle semblait si pleine de vie, avec ses lèvres charnues et ses cheveux bruns soyeux qui lui tombaient sur les épaules. Elle a caressé la joue de Carrig et il l'a serrée dans ses bras.

— Je t'aime, a-t-il murmuré.

— Je t'aime aussi. (Ma mère avait un vilain bleu sur la joue.) Mais la loi nous interdit d'être ensemble.

Bon, c'était un film à l'eau de rose. Mais cet hématome sur le visage de ma mère me préoccupait.

— Quand j'ai failli te perdre, j'ai voulu mourir, moi aussi, a poursuivi Carrig. Je ne peux pas vivre sans toi.

— Mon amour, tu occupes toutes mes pensées, a-t-elle répondu, les joues inondées de larmes. J'ai du mal à respirer quand tu n'es pas là. On se verra en secret mais il faudra rester prudents.

— C'est promis.

Il a séché les larmes de ma mère avec ses doigts.

J'ai levé les yeux vers le professeur Attwood.

— Dois-je comprendre qu'ils sont bien mes parents ?

— Le globe montre la vérité. Il ne peut mentir. (Il s'est massé les tempes.) Je me souviens du jour où Marietta a été blessée. Quand elle a franchi la porte-livre, elle était couverte de bleus et de sang. Un molosse l'avait attaquée et elle s'en était sortie de justesse. Carrig semblait très inquiet pour elle, et maintenant je comprends pourquoi.

— J'ai l'impression qu'ils n'étaient pas très prudents, ai-je observé avant de faire exploser la sphère du bout des doigts.

— Ah! Ils n'étaient pas raisonnables, c'est le moins qu'on puisse dire. Ils auraient pu être bannis. On les aurait envoyés à…

— Où? ai-je demandé lorsqu'il a hésité.

— À Somnium. Là-bas, il existe de nombreux endroits isolés. Ils auraient été condamnés à errer dans les limbes. C'est un peu comme un rêve éternel où il ne se passe rien.

— L'endroit n'a pas l'air si terrible.

— Tu t'imagines le rien en question? Un paysage désolé qui ne change jamais, où tu erres seule pour l'éternité?

— D'accord, c'est terrible. Où est-ce?

— Les entrées qui mènent à ce lieu se trouvent pour la plupart dans les bibliothèques. Nous en connaissons certaines que nous utilisons comme prisons. Celles que nous n'avons pas explorées sont un peu comme des trappes qu'on peut ouvrir par inadvertance… et là, on est aspiré.

Les guets-apens mentionnés par Arik. J'ai frissonné.

— Je ne remettrai plus jamais les pieds dans une bibliothèque.

— Il existe un moyen de détecter les énergies émanant des entrées qui conduisent aux limbes. Je t'apprendrai.

— Eh bien… tant mieux. Mais, et les humains? Que se passe-t-il s'ils se font aspirer par Som… Sommachin-chouette?

— Somnium, a-t-il corrigé. Les humains sont immunisés contre ces trappes.

— Et que va-t-on faire pour… Comme je suis… vous savez?

Il m'a questionnée du regard.

— L'Enfant de l'Apocalypse… ou quel que soit le nom qu'ils me donnent.

— Je n'en suis pas sûr, mais on va tirer cette histoire au clair. Je dois t'instruire le plus vite possible afin que tu sois capable de te protéger. L'attaque menée il y a quelques jours n'est que le début. Je crains que d'autres clans ne soient victimes du mal qui est à l'œuvre. (Il a griffonné quelques notes sur son carnet.) Quelqu'un d'autre est-il au courant pour tes parents ?

— Eh bien, Carrig, bien sûr, ma grand-mère, Merl… et Arik.

Il a reposé son stylo.

— Je me demande pourquoi Merl ne m'en a pas parlé…

J'ai haussé les épaules.

— Il faut que tu fasses passer le test du globe à Arik le plus tôt possible, a-t-il enchaîné. Je vais te donner un livre de sortilèges et un autre sur les Chimères. Étudie-les à fond, car tu dois te préparer à une éventuelle attaque. Commence par apprendre les faiblesses propres à chaque espèce de Chimère.

Il s'est dirigé vers sa bibliothèque pour y prendre deux ouvrages. Par certains côtés, ses gestes me rappelaient ceux de ma mère.

J'ai pensé à Pop. Avait-il vraiment compté pour elle ? Je l'ai imaginé avec mon changelin. Je savais qu'elle ne pourrait jamais l'aimer autant que moi, mais qu'elle finirait par s'attacher à lui. Remarquerait-il la différence ? J'éprouvais de l'amertume à l'idée qu'elle ait pris possession de ma petite vie tranquille alors que je me trouvais

182

en plein tumulte. Mais surtout, j'étais triste de ne pas avoir mon beau-père à mes côtés. À l'exception de Nana, je n'avais personne. J'aurais voulu dire à Pop que je l'aimais, mais il s'écoulerait des mois avant que je puisse le revoir.

— Il est temps de partir, a dit le professeur en me remettant les livres qu'il avait choisis à mon intention.

— Où allons-nous?

Une main ferme posée sur mon épaule, il m'a poussée vers la porte.

— Moi, j'ai un rendez-vous. Toi, tu dois retrouver Arik et t'assurer qu'il est digne de confiance avant l'heure du dîner. Je sais que tu le considères déjà comme un garçon fiable, mais fais tout de même en sorte d'en avoir le cœur net. Tiens, voici une carte du château, a-t-il ajouté. (Il m'a mis le document en question dans la main.) Elle t'aidera à trouver le quartier des Sentinelles. Ta chambre se trouve dans le couloir des visiteurs. Tout figure dessus.

— C'est fou! Comment voulez-vous que je m'y prenne pour prélever un peu de son sang?

— Tu trouveras bien un moyen. Tu as peur de lui?

L'image d'Arik a surgi dans mon esprit. Grand, large d'épaules, plein d'assurance, et sans doute capable de tuer. Pourtant, j'avais confiance en lui. Il m'avait déjà sauvé la vie plus d'une fois.

— Non.

— Bien. S'il avait voulu te tuer, il l'aurait déjà fait.

— Merci, je me sens tout de suite beaucoup mieux!

— Tu fais du sarcasme?

Pour toute réponse, j'ai levé les yeux au ciel. Il a souri, ce qui lui donnait l'air moins intimidant.

— Allez, file. Nous n'avons pas beaucoup de temps.

Je ne comprenais pas pourquoi il était aussi pressé.

— Mais qu'est-ce qu…

Le professeur Attwood a ouvert la porte. Un homme enveloppé dans une cape se tenait sur le seuil, le capuchon rabattu sur sa tête.

— Excusez-moi, ai-je dit alors que je me faufilais pour passer. (Lorsque son capuchon a glissé et découvert son visage, je l'ai aussitôt reconnu.) Oh, je vous connais !

— Je regrette mais nous ne nous sommes jamais rencontrés, a-t-il répliqué avec un fort accent avant d'entrer dans la pièce.

— Ce n'est pas tout à fait vrai : je vous ai vu l'autre jour à l'Athenæum, en compagnie d'Arik. Plus tard, il a prononcé votre nom… Edgar, n'est-ce pas ?

Le professeur Attwood m'a empoignée par le bras.

— Je dois te demander de ne pas mentionner la visite d'Edgar à qui que ce soit. C'est une question de vie ou de mort.

J'ai jeté un coup d'œil par la porte entrouverte : l'homme fixait un petit objet métallique sur le globe de Pip.

— Que fait-il ?

Le professeur Attwood a refermé la porte derrière lui.

— C'est son enregistreur de mission, a-t-il chuchoté. Il transfère l'information à Pip.

— Qui est cet homme ?

— Je t'ai demandé de ne pas révéler sa présence ici. (Le professeur Attwood m'a adressé un sourire bienveillant.) Tu veux bien le faire pour moi et ne plus poser de questions ?

Son regard implorant laissait entendre qu'il ne me dirait rien de plus malgré toutes mes supplications.

— D'accord, ai-je répondu à contrecœur.

Une fois encore, on me laissait en partie dans l'ignorance.

— Bien. Je te verrai tout à l'heure, au dîner.

À ces mots, il a regagné son bureau et m'a laissée plantée sur le seuil.

À cause de mon très mauvais sens de l'orientation, je me suis perdue malgré la carte que le professeur Attwood m'avait remise. Après maintes allées et venues, j'ai fini par trouver le long corridor qui desservait les chambres des Sentinelles. J'ai frappé à la porte que le professeur avait indiquée sur la carte. J'ai dénoué mes cheveux et laissé mes longues mèches brunes retomber sur mes épaules. Comme je n'obtenais pas de réponse, j'ai frappé plus fort.

— C'est Arik que tu cherches? m'a demandé une fille à peine plus âgée que moi avec un fort accent français.

Elle s'est avancée dans le couloir, une pile de serviettes serrée contre elle. Ses cheveux blonds balayaient ses épaules au rythme de sa démarche. Elle était d'une beauté à couper le souffle.

— Oui, ai-je répondu, fascinée par ses yeux en amande presque trop bleus.

— Eh bien, il n'est pas là. Toutes les Sentinelles ont été envoyées en mission ce matin.

— Tu sais quand elles reviendront?

— Dans quelques jours ou quelques semaines, je n'en sais trop rien. Moi, je ne suis que la femme de chambre.

— Merci…

J'ai rebroussé chemin, mes livres serrés contre ma poitrine pour qu'elle ne puisse pas en déchiffrer les titres. Au détour du couloir, je me suis retournée pour l'observer. Une main posée sur la hanche et l'autre toujours serrée sur la pile de serviettes, elle me toisait d'un regard glacial. Elle possédait des biceps plutôt impressionnants pour une femme de chambre. Pour moi, cette fille avait tout d'une espionne. Il me faudrait en toucher deux mots au professeur Attwood… mais, pour l'heure, je voulais retrouver ma chambre et faire le point avec Nana.

Alors que je parcourais à la hâte les couloirs, j'avais l'impression désagréable que quelqu'un me suivait. Je jetais des coups d'œil furtifs par-dessus mon épaule mais il n'y avait personne.

Lorsque j'ai débouché sur un autre corridor désert, j'ai entendu couiner des semelles en caoutchouc derrière moi. J'ai fait volte-face.

— Qu… qui va là ? ai-je balbutié.

Aucune réponse. J'ai pressé le pas, les oreilles bourdonnantes, le souffle court. J'entendais des grattements au-dessus de ma tête. J'ai levé les yeux : rien. Un bruit sourd a résonné dans le couloir vide.

Au moment où j'atteignais enfin ma chambre, l'air autour de moi s'est épaissi. J'avais du mal à respirer, les poumons comme écrasés par l'atmosphère pesante.

— À l'aide, ai-je articulé d'une voix faible.

Les mains tremblantes, j'ai tenté d'introduire la clé dans la serrure de ma porte. J'étais cernée par une énergie menaçante. J'avais l'impression que des serpents invisibles rampaient sur ma peau. Au prix d'un effort terrible pour maîtriser le tremblement de mes mains, j'ai tourné la clé. Prise d'un vertige, je me suis appuyée contre le battant le temps de recouvrer mon équilibre. Des points lumineux avaient envahi mon champ de vision.

En proie à la panique, j'ai poussé de tout mon poids contre la porte et titubé à l'intérieur avant de refermer derrière moi. À cause des lourdes tentures qui masquaient les fenêtres, la pièce était aussi sombre qu'une caverne. Soudain, un coup de vent a fait voler les rideaux. À ce moment-là, la porte de la salle de bains s'est ouverte à la volée, et j'ai lâché un cri.

— Nom de D…

J'ai plaqué la main sur ma bouche face au regard sévère de Nana. Faith a surgi de derrière les rideaux et atterri à quatre pattes entre ma grand-mère et moi.

Nana portait une longue robe élégante du même gris que ses yeux.

— Qu'est-ce qui te prend de claquer les portes et de jurer comme un charretier ? m'a-t-elle lancé.

— Pardon. Mais tu m'as fichu une peur bleue.

Tremblante de la tête aux pieds, je me suis affalée sur le lit. On m'avait suivie depuis le quartier des Sentinelles et on avait tenté de m'étouffer juste de l'autre côté de cette porte. À moins que j'aie rêvé ? Je devais reprendre mes esprits coûte que coûte. Cet autre monde et ce château effrayant me faisaient perdre la boule.

— Nous allons être en retard pour le dîner, a dit Nana. C'est une grande occasion, et il va te falloir une robe.

— Je n'en ai pas apporté.

— Tu en trouveras dans l'armoire, a lancé Faith, occupée à mettre des boucles d'oreilles.

187

— Il fait encore jour, ai-je dit. Pourquoi es-tu debout ? Et que faisais-tu derrière les rideaux ?

— J'ai senti que quelque chose ne tournait pas rond, alors j'ai voulu jeter un coup d'œil dehors.

— Mais je croyais que tu ne supportais pas la lumière du soleil ?

— Ma peau ne brûle que si elle est exposée directement à ses rayons. Là, je ne risque rien. À cette heure de la journée, nos fenêtres sont protégées par l'ombre du château.

— Bon, tout va bien maintenant, alors tu peux retourner te coucher.

Sans un mot de plus, Faith s'est vautrée sur le canapé et a rabattu une couverture sur sa tête.

— Pourquoi es-tu aussi nerveuse ? m'a demandé Nana.

— Je ne peux pas te le dire…

— Avant, nous n'avions pas de secrets l'une pour l'autre.

— Ah oui ? Il me semble pourtant que tu m'as caché un ou deux petits détails sur mes origines ! me suis-je exclamée.

— Bon, à une exception près, nous nous sommes toujours dit la vérité.

— Tu veux dire que moi, je t'ai toujours dit la vérité !

Elle a froncé le nez – un tic qu'elle avait quand elle s'efforçait de ne pas pleurer. Je me suis sentie horrible, tout à coup.

— Oublie ça, ai-je repris. Je ne peux rien te dire sauf… sauf si je te soumets au test du globe de vérité. C'est un peu comme une sphère de lumière, mais qui permet de savoir si une personne est digne de confiance.

— Sans blague ? a lancé ma grand-mère avec une petite moue. En voilà un drôle de globe ! Nous ferions mieux de nous en occuper dans ma chambre. (Son regard s'est posé sur Faith.) Il ne faudrait pas la déranger.

Comme la faim me tenaillait, j'ai pris une poignée de fraises présentes sur le plateau posé sur la table basse et j'ai suivi Nana dans sa chambre sur la pointe des pieds. J'ai fait apparaître le globe et elle a passé le test haut la main.

— Ne mets jamais en doute mon affection pour toi, ma chérie, m'a-t-elle dit tout sourire.

— Pardon. (J'ai baissé les yeux.) Tu sais que je t'aime. Mais avec tout ce qui se passe… je ne sais plus à qui me fier.

Nana m'a serrée fort dans ses bras, ce qui m'a aidée à me calmer.

— Allons, allons. (Elle m'a tapoté le dos.) Je sais que tout ça est assez effrayant mais tu es une fille courageuse. Tu peux surmonter cette épreuve, et je suis là pour t'épauler.

J'ai hoché la tête et fait bonne figure malgré la crainte qui me tenaillait.

— Maintenant, va te changer, a-t-elle poursuivi.

J'ai pris une douche avant de regagner ma chambre pour choisir une tenue. Des robes plus tapageuses les unes que les autres s'alignaient sur les cintres de la penderie. De toute évidence, la personne qui avait sélectionné ces vêtements ne connaissait rien aux adolescentes. J'ai arrêté mon choix sur une robe couleur cognac à manches courtes avec un corsage et une jupe légèrement évasée, qui me semblait plus moderne que les autres.

À l'aide des produits de Nana, j'ai tenté de reproduire le maquillage « yeux charbonneux » d'Afton puis j'ai relevé mes cheveux en chignon avant de m'examiner dans le miroir. *Pas si mal.* Peu convaincue par le rouge à lèvres de ma grand-mère, j'ai opté pour mon baume hydratant et me suis imaginé les grands cris que pousserait Afton si elle me voyait. À la pensée de mon amie, j'ai senti mon cœur se serrer : j'espérais que Nick et elle étaient en sécurité. Elle aurait adoré s'habiller pour cette occasion. J'ai ravalé mes émotions – elles risquaient en plus de ruiner mon maquillage – et rejoint Nana, qui m'attendait dans le couloir.

— Je me sens ridicule dans cette robe, et je n'arrive pas à respirer, ai-je chuchoté au moment de pénétrer dans l'immense salle à manger.

J'ai rajusté le buste de ma robe, dont le tissu me démangeait.

— Cesse de te tortiller, tu es ravissante, a répliqué ma grand-mère.

Elle s'est avancée dans la salle et je lui ai emboîté le pas. Les invités, environ une centaine, dont quelques créatures, étaient répartis autour de nombreuses tables. Tous ont levé les yeux à notre approche. J'ai aperçu un homme tellement poilu qu'il me rappelait le yéti. De nombreux Laniars étaient présents, sans oublier une créature à la peau visqueuse, avec des branchies de chaque côté de la tête, vêtue d'un costume étrange cerclé d'une multitude de tubes transparents entortillés et qui faisaient circuler un drôle de liquide. L'Aqualien dont m'avait parlé Faith, sans doute. Effrayée à l'idée de croiser le regard de ces êtres déconcertants, j'ai gardé les yeux baissés.

Fêtaient-ils un événement particulier ou se mettaient-ils toujours sur leur trente et un pour dîner? Les hommes arboraient tous de beaux costumes et un accessoire en tartan multicolore : une écharpe drapée sur les épaules, nouée en ceinture autour de la taille ou une cravate qui tranchait sur leur chemise immaculée. Deux d'entre eux portaient un vrai kilt écossais. Quant aux femmes, elles étaient vêtues de robes de style Renaissance. J'avais l'impression d'avoir fait un bond dans le passé ou d'assister à un dîner à thème médiéval. Au moins, ma tenue, que je trouvais pourtant voyante, se fondait dans la masse.

J'ai failli trébucher à la vue d'Arik, assis à côté de la Française que j'avais croisée dans le couloir un peu plus tôt.

Femme de chambre, mon œil !

Chapitre 12

La fille portait une robe aguichante à souhait. Il lui aurait suffi de tousser pour faire exploser son décolleté. Sa tenue n'avait rien de médiéval : les sequins noirs de sa robe n'auraient pas détonné sur scène, au concert d'un groupe pop-rock.

Merl est venu à notre rencontre.

— Je vois que vous avez trouvé le chemin toutes seules.

— Le professeur Attwood est-il ici ? ai-je demandé.

— Oui. Je suis content que vous puissiez assister à la fête de ce soir. Aujourd'hui, nous fêtons les six cents ans de l'alliance conclue entre les sept refuges de magiciens. (Il a offert son bras à Nana pour nous guider jusqu'à notre table.) Philip m'a parlé de ton globe. Je suis ravi, vraiment : personne n'avait manifesté le pouvoir de créer un globe de vérité depuis des siècles. C'est un don très rare. Nous avons tant à apprendre de cet objet, mais c'est le genre de sujet dont il vaut mieux discuter en privé, tu ne crois pas ?

J'ai ouvert la bouche pour répondre mais je me suis aussitôt ravisée lorsque j'ai compris qu'il n'attendait aucune réaction de ma part : il venait de me donner un ordre.

Le professeur Attwood et ses voisins de table se sont levés à notre approche. Il a tiré la chaise à côté de lui et m'a fait signe de m'installer. Merl et Nana se sont dirigés vers une autre table.

— Voici ma nièce, Gianna, a dit le professeur.

Les femmes assises autour de la table m'ont adressé un sourire.

— Gia, ai-je bredouillé avant d'ajouter : Enchantée.

J'ai salué les invités d'un signe de tête à mesure que le professeur Attwood me les présentait.

— Il paraît que tu es la fille de Marietta ? a lancé une femme d'un certain âge dont j'avais déjà oublié le nom.

Gênée, je me suis efforcée de sourire.

— Je viens de vous le dire, tante Mae, a gentiment répondu le professeur Attwood à ma place.

— Ah oui, c'est vrai. À mon âge, c'est tout juste si l'on se souvient de son propre nom.

Une assiette m'attendait déjà à ma place. Elle contenait des sardines et une espèce de bouillie verte dressées avec art. Je n'ai pu réprimer une grimace : j'avais horreur du poisson. J'ai tout de même fait honneur au plat – avant d'engloutir deux ou trois crackers, piochés dans un bol posé au milieu de la table, pour faire passer le goût.

Après avoir parcouru la salle du regard, je me suis penchée vers le professeur Attwood.

— Où est Carrig ? Je ne le vois nulle part.

— Il s'est rendu à Tearmann, le refuge irlandais. Il sera de retour dans la nuit. Ta première leçon avec lui a lieu demain matin à 10 heures. Ne sois pas en retard. Carrig n'est pas aussi compréhensif que moi.

— Alors ce doit être un monstre, ai-je répliqué.

— Je ne suis pas si terrible que tu le crois, a-t-il protesté avec un clin d'œil.

— Non, pas du tout, ai-je ironisé.

Alors que je ne prêtais attention que d'une oreille aux conversations qui allaient bon train à ma table, j'observais du coin de l'œil Arik et la Française. À un moment, le regard d'Arik a croisé le mien et il m'a souri. J'ai gigoté sur ma chaise et bousculé par mégarde le serveur qui était en train de poser un bol de soupe devant moi. Une partie de son contenu s'est renversée sur l'assiette de présentation en dessous.

— Je suis désolée, ai-je bredouillé.

— Ce n'est pas votre faute, a dit le serveur. Pardon de vous avoir fait sursauter. Je vais vous chercher un autre bol.

— Oh non, laissez, s'il vous plaît. Ça ira très bien.

Il s'est éloigné avec un hochement de tête.

J'ai pris une cuillerée de ma soupe, que j'ai très vite terminée. Un vrai délice! On m'a aussitôt présenté une autre assiette qui contenait une espèce de feuilleté.

— Qu'est-ce que c'est? ai-je demandé.

— Du bœuf Wellington. Goûte, tu vas aimer, a répondu le professeur Attwood avant d'attaquer son plat.

En effet, il avait raison. Mais, malgré la qualité de la cuisine, j'avais toujours un goût amer dans la bouche. Ma rencontre avec cette fille un peu avant le dîner me chiffonnait encore. Comme tous les convives autour de la table étaient absorbés dans leur conversation, j'ai profité de l'occasion pour aborder le sujet avec le professeur Attwood.

— Arik n'était pas dans sa chambre lorsque je suis allée le trouver cet après-midi, ai-je chuchoté. Dans le couloir, je suis tombée sur la fille qui est assise à côté de lui à table, une Française. Elle m'a raconté qu'il était parti en mission et qu'il ne rentrerait pas avant plusieurs semaines, et pourtant il est là. C'est louche, vous ne trouvez pas?

— Il était en mission ce matin. Il n'y a rien de louche là-dedans. Personne ne sait jamais combien de temps s'absente une Sentinelle.

Le professeur a coupé un morceau de bœuf dans son assiette et l'a fourré dans sa bouche.

— Elle m'a dit être la femme de chambre.

— Son nom est Véronique Lefèvre. C'est une Sentinelle. Elle se sera sans doute demandé ce que tu fabriquais dans le quartier des Sentinelles. Elle vient du refuge français.

— Qui l'a invitée?

— Elle n'a pas besoin d'invitation. Nous pouvons circuler sans contrainte dans les refuges de nos alliés. Or, aux dernières nouvelles, la France en faisait toujours partie.

Tante Mae, qui essayait tant bien que mal de se couper un morceau de bœuf, a fait tinter la lame de son couteau contre son assiette. Levant les yeux, j'ai vu Arik s'avancer vers nous. Il était vêtu d'un costume noir ceinturé d'une étole à carreaux. Le sourire qu'il m'a adressé m'a coupé le souffle. Mon couteau m'a glissé des mains pour atterrir avec fracas sur la table.

Tante Mae m'a lancé un regard amusé, presque complice, comme heureuse de ne pas être la seule convive maladroite.

Arik s'est adressé à la tablée, le regard fixé sur moi.

— Bonsoir. Professeur Attwood, puis-je avoir un mot en privé avec Mlle Kearns ?

Mon cœur s'est emballé : c'était la première fois que j'entendais Arik prononcer mon nom.

— Bien sûr, a répondu le professeur. Si Gia n'y voit pas d'inconvénient, cela va de soi.

J'ai bondi de ma chaise et j'ai sur-le-champ regretté mon attitude : j'avais dû paraître bien empressée. Après m'être excusée auprès de la tablée, j'ai suivi Arik dans le patio. Il m'a examinée du coin de l'œil.

— Tu es ravissante ce soir.

Son compliment m'a prise de court.

— Oh non, pas du tout.

— Tu dois être de ces filles qui ne savent pas comment réagir à un compliment, a-t-il ri. Tout ce qu'on attend de toi, c'est que tu dises merci et que tu rougisses un peu. Essaie, à l'occasion.

D'après la chaleur qui se propageait sur mes joues, j'avais au moins rempli une partie du contrat.

— Merci… ai-je répondu. Tu es très élégant, toi aussi.

Un bref bourdonnement près de mon oreille m'a fait tourner la tête, mais au lieu du gros insecte que je m'attendais à voir, j'ai aperçu une pierre ovale noire de la taille de mon poing, suspendue dans le vide à quelques mètres de moi. Elle a pivoté au ralenti pour révéler un œil jaune fixé sur moi.

— Ce n'est qu'un œil de surveillance, a dit Arik avant de me guider vers le mur d'enceinte du patio, une main posée sur ma taille. Le château en compte plusieurs. Ils sont reliés au Surveillant.

La chaleur de ses doigts me donnait des frissons. Je me suis écartée de lui pour m'appuyer à une balustrade en pierre.

— Pip, tu veux dire?

— Oui. Il signale toute activité suspecte au professeur Attwood.

— De quoi voulais-tu me parler?

— Je souhaitais savoir comment tu allais.

La nuit était glaciale, et j'ai serré les bras autour de moi pour me réchauffer.

— J'ai vu pas mal d'étrangetés ces jours-ci, mais je vais m'y faire. Enfin j'espère.

— Tu as froid? a-t-il demandé avant d'ôter sa veste.

— Non, non, je...

Sans tenir compte de mes protestations, il l'a drapée sur mes épaules. Je ne savais plus si c'était le froid ou le frôlement de ses mains qui me donnait la chair de poule.

— Merci... ai-je dit alors que je respirais les effluves discrets de son eau de Cologne sur sa veste.

— Véronique m'a dit que tu étais venue frapper à ma porte cet après-midi. Pourquoi voulais-tu me voir?

— Elle m'a raconté qu'elle était la femme de chambre.

— Tu l'as prise de court. Elle ne t'avait encore jamais vue. Tu aurais très bien pu être une espionne ou une assujettie.

— Est-ce que j'ai une tête d'assujettie, à ton avis? D'ailleurs, je ne sais même pas à quoi ils ressemblent.

— Ce sont des gens tout à fait normaux possédés par un magicien qui cherche à les utiliser. Dès qu'il exerce son pouvoir sur un assujetti, l'air autour du possédé s'épaissit et quiconque se trouve dans les parages a du mal à respirer…

Je lui ai aussitôt agrippé le bras.

— Tu plaisantes? C'est exactement ce que j'ai ressenti tout à l'heure au moment de regagner ma chambre.

— Tu en es sûre? Véronique a éprouvé la même sensation dans le couloir. Elle m'a dit qu'elle s'était dissipée quand tu es partie.

— Sûre et certaine. J'ai eu super peur.

J'ai jeté un coup d'œil par-dessus mon épaule: Véronique était toujours assise à côté de la chaise vide d'Arik et me fusillait du regard.

— Mais je l'ai ressentie bien après avoir quitté le quartier des Sentinelles, ai-je ajouté.

— Comme tu n'es pas coutumière de cette sensation, tu ne t'en es peut-être pas aperçue tout de suite. (Il s'est tourné pour scruter la salle.) C'était toi, et non pas elle, qui étais suivie. J'ai l'impression que ton secret n'en est plus tout à fait un.

— À ce propos… Tu te souviens du conseil que tu m'as donné avant qu'on arrive ici? Je dois être sûre de pouvoir te faire confiance…

Je me suis tue pour réfléchir à une façon pas trop étrange de lui demander un échantillon de son sang.

— Je n'ai pas manqué d'occasions de te tuer. Si j'en avais eu l'intention, je l'aurais fait dans ta chambre. (Il m'a souri d'un air malicieux et, une fois de plus, je me suis sentie rougir.) Tu peux me faire confiance.

Il disait vrai. Il aurait pu me régler mon compte des dizaines de fois. J'ai tout de même rassemblé mon courage pour balbutier:

— Eh bien, il me faudrait un peu de…

Je ne supportais pas la vue du sang. Pourquoi avais-je manifesté ce pouvoir précis ?

— Je t'écoute. Que veux-tu ?

— Il me faudrait une goutte de ton sang.

— J'en déduis que ce bon vieux professeur a trouvé ton globe. Je suis impressionné. On croyait pourtant que les globes de vérité avaient disparu. (Il a tourné le dos à la salle de réception.) Approche.

Mais avec plaisir ! J'ai obéi et il a sorti un couteau de la poche intérieure de sa veste. Debout côte à côte, nous avons fait mine de contempler le paysage plongé dans l'obscurité pour nous cacher des convives. Il s'est piqué l'index de la pointe de son couteau puis il m'a saisi la main.

Mon estomac s'est soulevé à la vue de la trace écarlate qu'Arik avait laissée au creux de ma paume blanche. Non sans retenir mon souffle, j'ai accompli le rituel de vérité. Une fois que l'image d'Arik dans la sphère a déclaré qu'il était digne de confiance, j'ai expulsé l'air que je retenais dans mes poumons.

Je me suis appuyée au mur pour ne pas perdre l'équilibre. Des points lumineux avaient envahi mon champ de vision et tout mon corps tremblait. Il me semblait que le moindre de mes muscles avait été soumis à un rude effort.

— Tu te sens bien, Gia ?

— Oui, tout va bien, ai-je répondu. Excuse-moi. Je vais me laver les mains.

Arik m'a escortée jusqu'aux toilettes et je lui ai rendu sa veste avant d'entrer. Les yeux fixés sur son sang séché au creux de ma paume, j'ai éprouvé du réconfort à l'idée qu'il soit de mon côté, mais je mourais d'en savoir plus sur Véronique et lui. Après avoir vérifié que toutes les cabines étaient vides, je me suis plantée devant le lavabo.

— *Mostrami la verità*, ai-je dit. (Une fois la sphère apparue.) Montre-moi la vérité sur Arik et Véronique, ai-je ajouté.

J'ai failli faire tomber la sphère lorsque les deux sont apparus en train d'échanger un baiser dans ce qui devait être la chambre d'Arik. Un de ces baisers fiévreux qui mènent plus loin. *Arrête, s'il te plaît !* ai-je supplié en pensée. Comme si on m'avait entendue, quelqu'un, dans la sphère, a frappé à la porte de la chambre.

— Arik ? (Une voix masculine s'est élevée de l'autre côté du battant.) Qu'est-ce que vous fabriquez là-dedans, tous les deux ?

Arik s'est écarté de Véronique.

— Mince, c'est Demos ! Il ne faut pas… Les règles…

Elle a plaqué ses lèvres contre les siennes et marmonné :

— Je me fiche pas mal des règles.

Les coups contre la porte ont redoublé.

— Venez, Merl est dans le couloir, a dit une voix féminine qui m'a semblé familière.

Lei, peut-être ?

Le globe m'a glissé des mains et a explosé contre le bord du lavabo. *Quelle idiote tu fais, Gia ! Les types comme Arik ne s'intéressent pas aux filles comme toi.*

J'avais été folle de croire le contraire. J'étais loin d'être aussi séduisante que Véronique. Je ne lui arrivais même pas à la cheville.

Je me suis lavé les mains sous le robinet. J'étais en train de les sécher quand Véronique est entrée dans les toilettes, perchée sur des talons aiguille.

— Tiens, c'est drôle de se croiser ici, non ?

— Non… Euh… oui, ai-je balbutié. (J'ai essayé de me frayer un chemin vers la sortie.) Excuse-moi.

Elle m'a dévisagée avec insistance.

— Comment est-ce que tu t'adaptes à la vie au refuge ?

— Bien, ai-je répondu, décontenancée par l'inquiétude qui transparaissait sur son visage.

Tout à coup, je me suis sentie un peu coupable de l'aversion que j'éprouvais pour elle à cause de ce que j'avais vu dans le globe.

— Eh bien, je suis là si tu as besoin d'aide.

Elle m'a souri avant d'appliquer une bonne couche de rouge sur ses lèvres.

À la sortie des toilettes, j'ai trouvé Arik qui m'attendait, adossé au mur. Dès qu'il m'a vue, son sourire s'est évanoui et il s'est précipité vers moi.

— Qu'y a-t-il ? Tu as eu un souci ?

J'ai baissé les yeux.

— Je ne comprends pas… Pourquoi m'as-tu dit que tu m'aimais bien alors que tu es déjà avec une autre ?

— Pardon ?

Mon regard blessé a croisé le sien.

— Véronique ?

Il n'a rien dit pendant quelques secondes. Puis son air confus a laissé place à un sourire.

— Il n'y a rien entre nous… mais je vois que tu t'es déjà fait une opinion de moi. Peut-être que nous ferions mieux d'en rester là. Je vais te raccompagner jusqu'à ta place.

— Je peux me débrouiller seule, merci.

Je me suis éloignée, bien consciente du bruit de ses pas derrière moi. Il m'a suivie jusqu'à ma table et j'ai évité de croiser son regard lorsqu'il a tiré ma chaise pour moi.

— Merci, ai-je dit d'un ton sec.

— Bonne soirée, a-t-il répondu, adressant un signe de tête aux autres personnes assises à la table.

J'ai déplié ma serviette sur mes genoux. Les autres étaient trop occupés à manger leur dessert pour remarquer le tremblement de mes mains. J'ai gardé les yeux rivés sur mon assiette.

— C'est un pudding au caramel, m'a dit le professeur Attwood. Goûte, tu…

— Je vais aimer, je sais.

— Je deviens prévisible, j'en ai peur, a-t-il répondu, amusé.

Véronique m'a souri tandis qu'elle se frayait un chemin jusqu'à sa table de sa démarche chaloupée. Elle a posé la main sur le bras d'Arik et, pour reprendre une expression de Nana, s'est mise à glousser comme une dinde à chaque fois qu'il ouvrait la bouche.

Rien entre nous… mais bien sûr !

J'ai planté ma cuillère dans ma part de pudding et j'en ai englouti une grosse bouchée.

Peu après le dîner, je me suis installée au bureau de ma chambre pour feuilleter les livres que le professeur Attwood m'avait donnés. Je me sentais mieux depuis que j'avais ôté ma robe lacée. *Comment faisaient les femmes pour manger à cette époque ?*

En apprendre plus sur les charmes, sortilèges et autres pouvoirs magiques me fascinait et m'effrayait en même temps. Certains magiciens détenaient le pouvoir de s'immiscer dans les pensées d'autrui. Ils s'en servaient pour espionner et, dans certains cas, usurper une identité.

J'ai bâillé.

— Super. Maintenant même nos cerveaux doivent être équipés de pare-feu.

J'ai mis de côté le manuel sur les charmes pour me consacrer à un ouvrage consacré aux Chimères : *Lieux invisibles* de Gian Bianchi, un professeur de magie. Sur la page de garde tachée d'encre, on avait griffonné un poème et laissé une empreinte de doigts. Le titre du poème était en italien, mais le reste en anglais, ce qui m'a paru assez étrange.

Libero Il Tesoro

Le talisman d'un prêtre pendu à sa soutane ;
Au-dessus de nos têtes, une école de putti ;
Sur le plafond peint, une poignée de femmes ;
L'une de la Sentinelle porte l'habit.
Dans sa main une pointe enchantée ;
Derrière Léopold elle se dresse, une main posée
Sur une couronne, l'autre tient un prix ;
Elle a des nombres en tête, le savoir dans ses mains,
Sur son front une couronne luit.
Devant le monde, sur sa poitrine il porte son honneur ;
Sous le saccage et la ruine, il inscrit le mot avant que sonne l'heure ;
Tout cela dans une bibliothèque, à l'abri.

Parfois, la poésie n'a ni queue ni tête. Afton adorait déchiffrer des vers, et j'aurais voulu qu'elle soit là pour m'aider à y voir plus clair. Je suis passée sans tarder au premier chapitre. Lire quelques pages m'avait toujours aidée à trouver le sommeil, et cet ouvrage semblait assez assommant pour me faire piquer du nez en un temps record.

Le premier chapitre concernait les créatures mythiques qui vivaient autrefois au grand jour parmi les humains, sans craindre de montrer leur apparence inhabituelle ou l'étendue de leurs pouvoirs. Mais la population humaine avait augmenté à une vitesse folle, jusqu'à dépasser celle des Chimères. Certaines d'entre elles ont alors mal tourné, et sont allées jusqu'à tuer des hommes pour se nourrir ou pour accomplir un rituel. Guidés par la peur, les humains ont pourchassé à leur tour les Chimères, y compris celles qui étaient innocentes. Des sabbats entiers ont été décimés.

Les Chimères, par crainte des différences qui existaient entre leurs espèces, ont refusé de s'unir contre les hommes. Parmi les plus faibles d'entre elles, un grand nombre a donc sollicité l'aide des magiciens, qui ont dissimulé leurs refuges et bâti des villes à proximité afin que les Chimères pacifiques puissent y vivre sous leur protection. Les portes-livres ont été créées par le petit peuple pour faciliter le déplacement d'un refuge à l'autre. Afin d'empêcher les Chimères malveillantes de voyager au moyen des portes et de tuer les humains, les magiciens ont chargé le petit peuple de créer une force composée de chevaliers aux pouvoirs magiques, les Sentinelles. Avec l'aide de cette garde, le Conseil des magiciens a pris le contrôle des portes et des bibliothèques. Grâce aux Sentinelles, une centaine d'attaques seulement étaient désormais perpétrées chaque année contre les humains par les Chimères, et très peu d'entre elles étaient mortelles.

Je me suis étirée, puis j'ai bâillé.

— On compte tout de même une petite dizaine de morts par an…

Le chapitre suivant traitait des Laniars. Dans l'ensemble, l'auteur tenait le même discours que Faith la nuit précédente. Au fait… où était Faith ? J'ai balayé la pièce du regard. Elle aurait dû être là pour veiller sur moi. Son sac traînait près du lit et une poignée de livres et de magazines, sans oublier une série de babioles, étaient éparpillés sur la moquette. Quelques gouttes de liquide ambré qui provenaient d'une canette de boisson énergétique avaient coulé sur la table de nuit.

Je m'en voulais tellement de ne pas m'être aperçue plus tôt de son absence que je me serais giflée. Je devais me montrer plus attentive à ce qui se passait autour de moi, sans quoi je risquais de nous exposer à de graves dangers.

Chapitre 13

J'ai déboulé dans la chambre de Nana.

— Tu as vu Faith ? Elle n'est pas dans ma chambre. Elle avait pourtant bien dit que la nuit, elle devait monter la garde.

Ma grand-mère, comme momifiée dans son lit, les mains dépassant à peine des couvertures pour tenir l'ouvrage qu'elle était en train de lire, m'a lancé un coup d'œil par-dessus ses lunettes.

— Merl l'a peut-être convoquée ?

Elle s'est penchée au-dessus de la table de chevet pour décrocher le combiné du téléphone.

— Tu as un téléphone fixe, toi ?

J'avais tenté de faire fonctionner mon portable à plusieurs reprises, mais l'appareil ne captait aucun réseau.

— Il ne permet pas d'appeler à l'extérieur d'Asile. Attends, ça sonne… Oui. L'Archimage, je vous prie. (Elle a posé la main sur le récepteur du téléphone.) Quand l'as-tu vue pour la dernière fois ?

— Comme toi, juste avant le dîner.

Une voix a résonné à l'autre bout du fil.

— Oh, bonsoir, Merl. Je suis désolée de vous déranger à une heure aussi tardive, mais Gia s'inquiète pour Faith… (Elle s'est interrompue pour écouter ce qu'il disait.) Non, elle n'est pas là et la dernière fois que nous l'avons vue, c'était avant d'aller dîner. (Une pause.) D'accord, à tout de suite.

Après avoir raccroché, Nana a enfilé sa robe de chambre et s'est précipitée vers la salle de bains, où je l'ai suivie. Elle a commencé à se brosser les cheveux devant le miroir.

— Comment peux-tu penser à tes cheveux dans un moment pareil ?

— Eh bien, Merl et moi, nous sommes allés nous promener après le dîner, et je crois qu'il était à deux doigts de m'embrasser.

Pitié !

— Tu as utilisé un philtre d'amour sur lui, avoue !

Elle a appliqué le doigt sur un vieux tube de rouge à lèvres avant de s'en tapoter les lèvres.

— Non, je ne recours jamais à la magie pour mon intérêt personnel. J'aime bien le désordre de la vie. Je déteste quand les choses arrivent trop facilement.

— Donne-moi cette brosse, tes cheveux sont tout emmêlés à l'arrière du crâne.

Une fois que j'ai eu fini d'aider ma grand-mère, je me suis mise à faire les cent pas jusqu'à ce qu'on frappe à la porte. C'est Nana qui est allée ouvrir. Merl n'était pas venu seul, des Sentinelles en uniforme, dont Arik, l'escortaient.

— Elle est revenue ? a-t-il demandé.

— Non, mais entrez, a répondu Nana d'un ton plutôt engageant.

L'Archimage a secoué la tête.

— Je n'ai pas le temps. Nos guetteurs et les yeux de surveillance la recherchent pendant que nous parlons. Je lui ai strictement interdit de laisser Gia seule et elle ne m'a jamais désobéi jusqu'à présent.

L'inquiétude se lisait sur ses traits : les petites rides autour de ses yeux semblaient s'être creusées.

Arik s'est adossé au chambranle, les bras croisés. Ses yeux noirs m'étudiaient derrière les fentes de son heaume.

— Kale montera la garde ici ce soir, a poursuivi Merl. Verrouillez bien votre porte et n'ouvrez à personne avant mon retour.

J'allais devenir folle, à attendre des nouvelles de Faith. J'avais beau ne pas lui faire tout à fait confiance, je m'en serais beaucoup voulu s'il lui était arrivé malheur à cause de moi.

— Je veux vous aider à la chercher.

— Je préfère que tu restes ici en lieu sûr, a-t-il répondu.

— Elle peut venir avec moi, a proposé Arik. (Une lueur inquiétante brillait pourtant dans ses yeux sombres, qui ne me quittaient pas.) Je veillerai à sa sécurité.

— Je vais me changer, ai-je lancé sans attendre la réponse de l'Archimage.

Je n'avais aucune envie de me retrouver seule avec Arik, car je craignais qu'il me fasse encore tourner la tête, mais c'était ma seule chance de sortir de cette chambre.

Une fois habillée, j'ai accompagné la Sentinelle dans les couloirs pour inspecter salles de classe et dortoirs. Seul le bruit de nos pas, qui résonnait contre les murs et les plafonds voûtés, venait troubler le silence de mort qui régnait.

Arik a fini par prendre la parole.

— Comment vas-tu?

— Très bien.

— J'aime bien quand tes cheveux bouclent de cette manière.

J'ai passé les doigts dans mes mèches folles et bouclées grâce au chignon que j'avais défait après le dîner.

— Merci…

Encore une fois, son compliment m'a chamboulée. Je me suis répété qu'il ne sous-entendait rien, puisqu'il sortait avec la fille la plus séduisante de la planète.

— Ne t'inquiète pas pour Faith, je suis sûr qu'elle va très bien.

— Alors pourquoi déployer tous ces efforts pour la retrouver?

— Touché. J'essayais juste de te rassurer. (Parvenu à l'angle d'un couloir, il a glissé un coup d'œil pour vérifier que l'endroit était désert.) Merl est inquiet, c'est vrai. Faith n'aurait jamais abandonné son poste. Avec le récent soulèvement dans le monde chimérique et un assujetti en liberté dans Asile, on est en alerte maximale. Tout ce qui peut sembler anormal doit être signalé.

— Vous n'avez toujours pas retrouvé l'assujetti? me suis-je écriée.

— Non. Les yeux de surveillance n'ont rien enregistré de ta rencontre avec cette âme infortunée, que ce soit dans le quartier des Sentinelles ou dans le couloir qui mène à ta chambre. Cette créature sait comment s'y prendre pour contourner notre système de sécurité.

Je n'ai rien dit: la peur me muselait et les couloirs plongés dans la pénombre me semblaient soudain plus sinistres que jamais. Se pouvait-il qu'on s'en soit pris à Faith ? Mais pourquoi ? Parce qu'elle me protégeait ? J'ai repensé à la sensation oppressante que j'avais éprouvée dans le corridor… J'avais peut-être conduit cette créature jusqu'à Faith.

Au moment où nous arrivions dans le quartier des Sentinelles, Véronique est sortie de sa chambre en tenue de sport ultra-moulante. À notre vue, elle m'a une fois encore adressé une œillade assassine.

Génial… J'ai redressé les épaules.

— Que se passe-t-il ? a-t-elle demandé. J'entends beaucoup d'agitation dans les couloirs.

— On cherche Faith. Tu l'as vue ?

— Non. Je peux vous donner un coup de main ?

— Si tu veux, a répondu Arik.

Je me suis efforcée de sourire.

— Ce n'est sans doute rien. Faith doit vaquer à ses occupations habituelles.

Je n'avais vraiment aucune envie que Véronique nous accompagne.

— Non, non, je veux vous aider. Donnez-moi juste une minute, a-t-elle ajouté avant de retourner dans sa chambre.

Elle en est ressortie quelques instants plus tard, vêtue d'un plastron, son épée sanglée contre sa hanche.

Une corne d'appel a sonné au-dehors, et nous sommes partis au pas de course à travers les couloirs pour sortir du château.

Une fois à l'extérieur, j'ai continué à courir dans l'herbe humide et glissante, derrière les ombres d'Arik et de Véronique. La couleur violette du ciel annonçait que

210

l'aube était proche. Les autres Sentinelles ainsi qu'un groupe d'individus que je ne connaissais pas s'étaient rassemblés dans la prairie au bas de la colline du château. Une silhouette pâle et frêle était enchaînée au tronc épais d'un érable.

J'ai rejoint Arik et Véronique, le cœur serré. Impossible que ce soit Faith…

Arik s'est tourné vers moi et m'a attrapée par les épaules.

— Retourne dans ta chambre.

— Non !

Je me suis dégagée et j'ai couru vers l'arbre. Jaran a tenté de me barrer le passage mais je suis parvenue à l'éviter. À deux ou trois mètres de l'érable, je me suis figée. C'était bien elle, agenouillée dans la boue. Ses bras blancs étreignaient le tronc auquel elle était enchaînée et sa tête retombait sur sa poitrine.

Arik m'a prise dans ses bras.

— Ne regarde pas.

Agrippée à lui, les yeux brillants de larmes, j'ai continué à crier avant de souffler :

— C'est ma faute.

— Ce n'est la faute de personne, a-t-il murmuré avec une douceur qui m'a étonnée.

— Si. C'est à cause de moi si…

Je me suis tue lorsque j'ai vu Merl traverser le pré.

— Que tout le monde regagne sa chambre sauf les Sentinelles, a-t-il lancé, chassant la foule d'un grand geste. Allez, obéissez. (Il est tombé à genoux devant Faith et lui a pris le menton.) Elle est toujours vivante. Allez me chercher une pince !

Je me suis débattue dans les bras d'Arik mais il m'a serrée plus fort.

— Reste là. Tu ne peux rien pour elle. Tu vas juste les gêner.

Quelques minutes plus tard, Jaran est revenu avec une pince pour sectionner les chaînes qui retenaient Faith prisonnière. Des étincelles ont jailli du métal lorsqu'il a tenté de s'en servir.

— Elles ne risquent pas de céder, a-t-il dit après avoir jeté son outil à terre. Elles sont ensorcelées.

Faith a secoué la tête en gémissant.

— Laissez-moi! a-t-elle rugi tel un animal blessé.

Véronique a dégainé son épée et l'a abattue sur les chaînes. Au contact du métal, la lame a tinté comme la cloche d'une église, mais les maillons ont tenu bon. Le choc de l'impact a fait tituber la Sentinelle.

— Qu'est-ce donc? s'est-elle exclamée.

L'Archimage a fixé l'horizon. Le ciel violet se teintait à présent d'un rose sombre.

— Qui t'a attachée? a-t-il demandé à Faith.

— Moi-même, a-t-elle répondu.

— Pourquoi?

— Laissez-moi! Il essaie de m'obliger à vous tuer, Gia et vous. Je ne peux pas. Je refuse de vous nuire, Merl. Et c'est mon devoir de protéger Gia. Laissez-moi mourir.

— Quelqu'un désire assassiner Merl et Gia? s'est exclamée Véronique. Pourquoi?

Après m'être enfin arrachée à l'étreinte d'Arik, je me suis précipitée auprès de Faith.

— Qui t'a lancé un sortilège de contrainte? ai-je demandé.

212

— Je ne l'ai pas vu… Il portait une cape. (Faith a levé les yeux vers moi.) Je suis désolée de t'avoir fait peur dans le couloir.

— C'était donc toi ?

L'image de Faith dissimulée derrière les rideaux de ma chambre m'est revenue en mémoire.

— Ces chaînes ensorcelées sont à moi, a dit Merl. (Il s'est tourné vers les Sentinelles.) Demos, va chercher la clé dans mon bureau.

— Il ne la trouvera pas, a dit Faith d'une petite voix tandis que la Sentinelle s'éloignait à grandes foulées vers le château. Je l'ai cachée.

Le regard soudain farouche, elle a montré les dents.

J'ai aussitôt reculé.

— Qu'est-ce qui lui prend ?

— Sa volonté a cédé face au sortilège, a répondu Arik.

— Qu'on ramène Gia dans sa chambre ! a ordonné l'Archimage. Véronique, donne-moi ton épée.

— Je m'occupe de Gia, a répondu la Sentinelle avant de remettre son arme à Merl.

Elle m'a ensuite saisi le bras.

— Non, attends. (Elle m'a tirée mais je n'ai pas bougé.) Que comptez-vous faire ?

— C'est un acte de miséricorde, a répondu Merl d'une voix chargée d'émotion, et il s'est raclé la gorge avant de poursuivre : Je ne peux pas faire tomber ces chaînes sans la clé. Je ne peux pas non plus abattre cet arbre d'ici le lever du soleil, il est trop massif. Si nous avions recours à la magie, au feu ou au tonnerre, nous tuerions sans doute Faith. Je la considère comme ma fille. Je n'ai pas envie qu'elle souffre. La mort provoquée par la lumière du soleil est un véritable supplice.

— Attendons Demos, ai-je imploré. Il va trouver la clé.

— Tu as entendu Faith, elle l'a cachée.

Les yeux de Merl brillaient mais il semblait résolu.

— Non ! ai-je crié. Je ne vous laisserai pas la tuer.

Faith s'est débattue, griffant l'air pour m'atteindre. Arik s'est interposé.

— Tu veux te faire mordre ? a-t-il maugréé.

— Je suis sûre que nous pouvons trouver une solution, ai-je murmuré avant de tomber à genoux, hors de portée de Faith, une main plaquée sur la bouche pour ne pas pleurer.

Mais rien ne semblait pouvoir les empêcher d'agir. J'ai fermé les yeux. *Ce n'est pas possible, elle ne peut pas mourir…*

Les larmes qui roulaient sur mes joues sont tombées au creux de ma main et j'ai ressenti des picotements à peine perceptibles sur la peau. J'ai examiné mes paumes, qui semblaient dégager de la chaleur. Une lueur rosée avait envahi mon champ de vision. Pendant un long moment, j'ai cru que c'était le soleil qui se levait, et j'ai attendu que Faith se désintègre sous mes yeux, mais rien ne s'est produit. Tout à coup, ses chaînes sont tombées au sol. Je me suis relevée avec peine.

Véronique nous observait, bouche bée.

— Que s'est-il passé ? a-t-elle demandé.

— Lève-toi, a dit Arik, qui pointait son épée sur Faith.

Véronique a ramassé son arme, que Merl, de surprise, avait laissée tomber, et a imité Arik.

— Emmenez Gia, a ordonné l'Archimage, qui faisait à présent tournoyer une boule d'électricité dans ses mains. Elle n'est pas en sécurité ici.

— Ne lui faites pas de mal ! me suis-je écriée avant de me précipiter vers Faith.

Arik m'a saisie par la taille et soulevée de terre.

— Lâche-moi !

Je lui ai donné un coup de pied dans le mollet. Il a grimacé mais n'a pas relâché son étreinte.

Merl a lancé sa boule de feu, qui s'est abattue sur Faith dans une pluie d'étincelles. La Laniar s'est écroulée, le corps ligoté par des cordelettes lumineuses parcourues d'électricité. Après s'être agenouillé auprès d'elle, l'Archimage lui a pris le visage entre les mains et a fermé les yeux.

Les pupilles de Faith ont roulé dans leurs orbites : on ne lui voyait que le blanc de l'œil. Soudain, son corps s'est mis à trembler avec violence.

Je me suis débattue dans les bras d'Arik.

— Il va la tuer !

— Calme-toi, bon sang ! Il veut juste vérifier qu'elle n'est plus assujettie, m'a-t-il expliqué.

Merl a fini par lâcher Faith et ses liens ont aussitôt disparu.

— Tu as toujours envie de me tuer ? a-t-il demandé.

— Non.

— Et Gia ? Tu veux la tuer ?

— Non. (Faith m'a souri.) Je suis libre ?

— Oui, mais je veux que tu viennes avec moi. Je dois te faire passer quelques tests pour m'assurer que tu es tout à fait délivrée du sortilège. (Merl lui a tendu la main pour l'aider à se mettre debout.) Dépêche-toi, le soleil va bientôt se lever.

Véronique s'est tournée vers les autres.

— Vous avez vu cette bulle ?

— Je crois que c'était plutôt un globe, a objecté Merl, et de taille impressionnante.

— Est-ce lui qui a rompu le charme ?

— Je n'en suis pas certain. J'étudierai la question plus tard. Pour le moment, dépêchons-nous de la mettre à l'abri.

Merl s'est dirigé avec Faith vers le sommet de la colline. Lei a jeté un manteau noir sur la tête de la Laniar et les a suivis jusqu'au château.

— Tu peux me lâcher maintenant, ai-je marmonné.

Arik s'est exécuté.

— Tu peux rester ici deux minutes avec moi ? m'a-t-il demandé. Je voudrais te parler seul à seule.

— Tu ne peux pas attendre ? J'aimerais accompagner Faith, m'assurer qu'elle va bien.

— Elle est entre de bonnes mains. S'il te plaît.

Je n'étais pas d'humeur à me faire sermonner, mais je suis restée parce que j'étais curieuse d'entendre ce qu'il avait à me dire.

— Tu veux que je t'attende ? a demandé Véronique à Arik.

— Non, ce n'est pas la peine, a-t-il répondu avant d'ôter son heaume.

La mine renfrognée, elle a suivi les autres Sentinelles vers le château et nous a laissés seuls, Arik et moi.

J'ai gardé les yeux fixés sur le soleil qui se levait au-dessus des collines. Je n'avais aucune envie d'être aimable : je me sentais fébrile et j'avais une migraine épouvantable.

— Que veux-tu ?

— Tu étais à l'intérieur d'une bulle. Elle s'est mise à grossir en avalant Faith. Et là, ses chaînes ont cédé.

Cette révélation a balayé ma colère. Les jambes flageolantes, j'ai regardé autour de moi comme si la lumière rosée m'enveloppait encore. Comment avais-je pu accomplir un tel miracle ? Mystère.

— Qu'est-ce que c'était ? ai-je demandé.

— Je n'en sais rien. Tu te sens bien ?

Je tremblais de tous mes membres et la tête me tournait. Je me sentais comme hébétée. Quelques jours plus tôt, j'étais incapable de produire une étincelle sans l'aide d'un autre, et voilà que je faisais apparaître des globes de lumière rose.

— Oui, je crois.

Il a lâché son heaume pour me prendre par les épaules.

— Tu dois être tellement effrayée…

Sa douceur a fait fondre mes dernières résistances. Pourtant, j'ai tenté de protester :

— Je…

— Et ne me dis pas que tu vas bien. Tu n'as pas à être forte en ma présence.

Il s'est penché vers mon visage, la mine grave, tout à coup. J'ai retenu mon souffle. Il était tellement près… J'ai reculé d'un pas mais la frustration qui s'est peinte sur ses traits m'a dissuadée de m'éloigner encore. Il a passé les doigts dans ses cheveux ébouriffés.

— Pardon… Je ne voulais pas…

J'ai contemplé la prairie déserte.

— Il vaut mieux qu'on reste juste amis, tu ne crois pas ?

— Pour moi, tu es plus qu'une amie. Quand je pense aux dangers qui te menacent… Je me sens le devoir de te protéger. C'est peut-être parce que je t'admire beaucoup d'affronter ce monde dont tu ne sais rien plutôt que de rester cachée dans ton coin. Tu m'as tenu tête pour sauver Faith, que tu connaissais à peine et qui désirait attenter à ta vie. À Boston, tu m'as congédié alors que tu étais blessée pour que je protège tes amis. Ta témérité me pousse à m'inquiéter encore davantage pour toi.

Le cœur serré, je me suis demandé à quoi il jouait, et ce qu'il voulait de moi.

— Que veux-tu que je te réponde ?

— Je ne sais pas. Ce que tu veux. Rien.

— Et Véronique alors ? Les lois. Tu t'en souviens ?

J'avais beau lui en vouloir de m'avoir un peu menée en bateau, je n'avais aucune envie qu'il atterrisse en prison par ma faute. L'idée qu'il se retrouve peut-être à Somnium pour avoir enfreint les règles me donnait la chair de poule. Personne ne méritait d'être condamné à une éternité de néant.

Il a poussé un gros soupir.

— On en a déjà parlé. Je t'ai dit qu'il n'y avait rien entre nous.

— Eh bien, au dîner, votre attitude suggérait le contraire.

J'ai soupiré à mon tour. À quoi bon se mettre en colère ? Il ne s'était rien passé entre nous. J'ai levé les bras au ciel.

— Désolée. J'ai compris. Vous devez garder votre histoire secrète. Mais pourquoi courir un tel risque ? C'est vraiment idiot de ta part.

Il m'a regardée comme si je l'avais giflé.

— Écoute, ai-je repris. Je veux juste être ton amie. Un peu de soutien ne serait pas de trop. Je me sens complètement perdue ici.

— Très bien, dans ce cas, je n'ajouterai rien, a-t-il répliqué avant de prendre la direction du château. Tu viens ? Je dois t'escorter jusqu'à ta chambre.

— Tu dois ? me suis-je exclamée, pressant le pas pour le rattraper. J'ai l'air d'une demoiselle en détresse ?

Il s'est arrêté net pour me dévisager.

— Ne sois pas bête. Tu n'es pas en sécurité ici, tu n'as jamais combattu une Chimère ! Ce n'est pas un jeu.

Bête ? J'étais à deux doigts d'exploser.

— Je pars pour une courte mission dans la matinée, a-t-il lancé par-dessus son épaule. (Il m'a escortée jusqu'à une entrée dérobée.) Carrig sera là pour veiller sur toi.

— Je n'ai pas besoin d'un garde du corps.

Avec un soupir de frustration, il a ouvert la porte et l'a tenue pour moi. Lorsque je suis passée près de lui, je n'ai pas pu retenir un frisson.

Nous n'avons pas échangé un mot pendant tout le reste du trajet.

— Je te demande pardon, a-t-il dit, arrivé devant ma chambre. Peu importe que tu sois…

J'ai fini sa phrase pour lui :

— L'Enfant de l'Apocalypse ?

— Je ne t'ai pas appelée ainsi.

— Tu n'y étais pas forcé, non.

— Ce que je voulais dire, c'est que même si le compte à rebours a déjà commencé… (Il s'est interrompu.) Quels que soient mes sentiments, la loi reste la loi. Je suis le chef de mon groupe de Sentinelles, et je dois suivre les règles.

Parce que tu les as suivies en ce qui concerne Véronique ? Je savais reconnaître une excuse bidon quand on m'en servait une.

Comme je ne répondais pas, il a ajouté :

— Essaie de rester à l'écart des ennuis en mon absence.

— Tu n'es pas mon père.

Les mains tremblantes, j'ai repensé à ce qu'il m'avait dit : « *Pour moi, tu es plus qu'une amie.* » Comment pouvait-il me tenir un discours pareil s'il était avec une autre fille ? Je ne croyais pas à ses arguments. M'admirer, moi ? Je n'étais qu'une imposture : j'avais l'impression de jouer à l'un des jeux vidéo de Nick et j'agissais comme si toute cette histoire n'était qu'une comédie.

Pour toute réponse, il a poussé un grognement avant de s'éloigner dans le couloir dans un claquement de bottes.

Hors de question que je trahisse la moindre faiblesse.

— Sois prudent, ai-je lancé avant d'ouvrir ma porte.

Je l'ai regardé disparaître au détour du couloir sans même se retourner.

— Alors, tu entres ou tu restes dehors ?

Lei feuilletait l'un de mes livres, les pieds sur le bureau. Sa chevelure se déployait tel un rideau de soie noire sur le dossier de la chaise. Son épée dépassait du fourreau sanglé à sa taille.

J'ai refermé la porte derrière moi et tiré le verrou.

— Que fais-tu ici?

— Je remplace ton garde du corps jusqu'à son retour.
(Elle a poursuivi sa lecture.) Il y a des informations
intéressantes sur les globes, dans ce bouquin.

— Quel est le tien?

— Celui de foudre.

— Et ceux des autres Sentinelles?

— Jaran fait apparaître un globe d'eau. Un jour, il a
inondé la Bibliothèque nationale d'Autriche. Demos,
c'est le vent. Reste à l'écart quand il utilise son pouvoir…
Il est plutôt étourdi. Kale a le pouvoir de stupéfier les
gens, c'est-à-dire de les figer. Une fois, il s'est paralysé
lui-même par accident dans le musée Madame Tussauds
de Londres. On a dû faire appel à un magicien d'urgence
pour qu'il vienne le délivrer.

— Que faisiez-vous là-bas?

— On était à la poursuite d'un félin enragé.

— Un quoi?

— Ce sont des métamorphes qui ne prennent que la
forme de chats. Bref, Arik, lui, sait faire apparaître des
globes de feu. C'est le meilleur. Il peut manipuler le feu
comme un fouet, et il ne touche jamais les murs ni les
livres. J'ai hâte de savoir quel est ton globe. (Elle a sursauté
après avoir tourné une page.) Mince, je me suis coupée!

Elle s'est redressée pour examiner son égratignure.

— Je ne me suis pas loupée.

Deux gouttes de sang sont tombées sur le bureau.
Elle a porté son doigt à sa bouche et filé dans la salle de
bains.

Les deux minuscules gouttes écarlates brillaient sur
le plateau en laque. J'ai jeté un coup d'œil vers la porte

de la salle de bains, restée entrouverte. J'entendais couler l'eau du robinet et Lei fouiller dans les placards.

J'ai frotté mon doigt sur le bureau avant d'étaler le sang au creux de ma paume. Les mises en garde du professeur Attwood m'ont fait hésiter. Si Lei me surprenait, elle pouvait très bien me régler mon compte avec la lame très affilée de son katana. Avant de changer d'avis, j'ai fait apparaître un globe.

— Puis-je faire confiance à Lei?

— Qu'est-ce que c'est? a demandé l'intéressée dans mon dos.

Le souffle court, je l'ai regardée s'avancer vers moi, la main posée sur la poignée de son sabre. *Pourquoi a-t-elle toujours cette épée à portée de main?*

Chapitre 14

« Oui, tu peux me faire confiance », a répondu l'image de Lei dans la sphère.

— Génial, ton globe est celui de vérité ! s'est-elle exclamée avec un grand sourire.

Je ne m'attendais pas du tout à cette réponse. Mon corps vidé de son énergie s'est mis à trembler.

— Eh bien, tant mieux ! a lancé Nana depuis le seuil de la salle de bains. On aurait été embêtées si tu n'avais pas été digne de confiance, Lei. (Ma grand-mère s'est dirigée vers la penderie, en a sorti une chemise de nuit et une robe de chambre, et a pris ma trousse de toilette sur une étagère.) Kale m'a dit que vous avez retrouvé Faith. Elle va bien ?

— Oui, ai-je répondu d'une voix hésitante au souvenir du corps enchaîné de la Laniar. Mais c'était horrible à voir. (Nana a fermé la penderie.) Qu'est-ce que tu fabriques avec mes affaires ?

— Tu devrais prendre un bain chaud pour te détendre, a-t-elle répondu. La nuit a été longue.

— Vas-y, Gia, je donnerai les détails à Mme Kearns, a dit Lei.

J'ai pris une banane sur le plateau de fruits. Le temps d'atteindre la salle de bains, je l'avais déjà engloutie. Une fois déshabillée, je me suis immergée jusqu'au menton dans l'eau brûlante. Pendant quelques instants, je me suis imaginé que j'étais dans ma baignoire, à la maison. Pop me manquait tant… Immobile, j'ai laissé la chaleur du bain détendre mes muscles. Lorsque je me suis sentie mieux, je me suis séchée et j'ai enfilé ma chemise de nuit et ma robe de chambre. J'ai essuyé la buée sur le miroir et commencé à démêler mes cheveux mouillés, mais je me suis interrompue en entendant frapper à la porte.

— Entrez.

Lei s'est glissée derrière moi. J'ai observé son reflet dans le miroir. Nous étions presque de la même taille, à deux centimètres près.

— Tu es contrariée ?

— Non, tout va bien.

Pourquoi est-ce que je passe mon temps à le répéter ? Est-ce que j'essaie de m'en convaincre moi-même ? Ce n'est pas comme si les habitants d'Asile étaient odieux avec moi. Enfin, hormis Véronique.

— Tiens, dis-moi, que sais-tu de Véronique ?

— C'est une folle, cette fille. (Lei s'est examinée dans le miroir et a frotté une trace noire sous son œil gauche.) Elle ne cesse de se jeter au cou d'Arik. Je crois qu'elle lui plaisait au début mais il s'est détourné d'elle quand il a découvert son vrai visage. Fais attention à elle. Elle est dangereuse.

Alors ils ne sont pas ensemble ? J'avais peut-être une chance, après tout.

Le sourire aux lèvres, j'ai recommencé à me peigner.

— Admets qu'elle est belle.

— Oui, une belle vipère.

J'ai ri.

— Pourquoi dis-tu ça?

— Elle a passé un an à s'entraîner avec nous à l'académie. Avant, elle avait un prof particulier. Lors des batailles, les Sentinelles se serrent les coudes. Elle n'a jamais eu l'esprit d'équipe. Pendant les entraînements, tout ce qui l'intéressait, c'était d'être la meilleure.

— Et c'était le cas?

— Non, elle n'a jamais pu égaler Arik.

J'ai souri. Lei m'a adressé un regard amusé.

— Tu l'aimes bien, pas vrai?

J'ai observé un silence avant de hausser les épaules.

— Oui, bien sûr. Je t'aime bien aussi.

— Tu sais très bien ce que je veux dire.

— C'est aussi visible que ça?

— Comme le nez au milieu de la figure.

J'ai pris le pot de crème de Nana et j'en ai étalé un peu sur mon visage.

— Je ne vais pas me voiler la face. Je ne peux pas rivaliser avec Véronique. Et à vrai dire, je ne sais même pas si j'ai envie d'essayer.

Elle m'a adressé un sourire compatissant.

— Tu sous-estimes ta beauté. Tu as un visage à l'ovale parfait avec de grands yeux verts, des lèvres boudeuses, des traits magnifiques. Les hommes aiment bien s'amuser avec des diablesses comme Véronique mais pour les sentiments, ils préfèrent les filles moins superficielles, comme toi.

J'ai souri à son reflet dans la glace.

— Merci…

— C'est une conversation stérile, de toute façon. Tu es une Sentinelle, et c'est illégal de sortir avec l'un de nos semblables.

J'ai essuyé l'excès de crème sur mon visage avec un gant humide. J'ai renoncé à lui révéler que j'étais l'Enfant de l'Apocalypse et que de fait, peu importait qu'Arik et moi soyons tous deux des Sentinelles.

— Et puis, on est censés rester pures jusqu'à nos fiançailles, a-t-elle ajouté.

Peut-être, mais moi, j'étais différente. Quoi qu'en dise Carrig, le Conseil des magiciens ne me forcerait pas à épouser un étranger.

Lei a pris le flacon de parfum de ma grand-mère et l'a débouché pour le sentir.

— Ne t'inquiète pas, a-t-elle ajouté, le nez froncé. Il nous reste encore huit ans avant de nous marier, alors on a le droit de flirter un peu. Si tu ne te fais pas remarquer, tu peux faire ce que tu veux tant que l'histoire ne finit pas au lit.

— Écoute, je suis fatiguée, ai-je dit. Je vais me coucher, essayer de grappiller quelques heures de sommeil avant mon entraînement.

— OK. Si tu as besoin de moi, je serai sur le canapé.

Je me suis glissée sous les draps en bâillant et j'ai fermé les tentures autour du lit. Avant de m'endormir, j'ai pensé à Pop. J'espérais que Deidre prenait bien soin de lui.

J'ai glissé dans un rêve dès l'instant où j'ai fermé les yeux, juste au moment de sombrer. Assis derrière un énorme bureau, Taurin, le magicien de la tapisserie, était en train de rédiger une lettre à la lumière d'un candélabre. Il ne ressemblait pas tant à un magicien qu'à un monarque.

— Pardonnez mon intrusion, Taurin.

Le septième magicien a levé les yeux.

— Oh, Athela, entrez.

Un sac en toile de jute serré contre la poitrine, elle a hésité avant de s'avancer dans un bruissement d'étoffe. Son visage aux traits délicats trahissait une certaine inquiétude.

— J'aimerais m'entretenir avec votre fils.

— Barnum ? a-t-il dit, stupéfait. Mais… il est mort depuis des mois, que pouvez-vous bien avoir à lui dire ?

— Mon père a commis un acte atroce qui le concerne de près.

Taurin s'est redressé.

— Poursuivez.

Il m'a semblé qu'Athela regardait vers moi.

— Peut-on discuter en privé ?

— Bien sûr, Madame, a répondu la voix appartenant au corps que j'occupais.

L'homme est sorti de la pièce et s'est tapi dans la pénombre afin d'espionner la conversation de Taurin et d'Athela par la porte entrebâillée.

— J'aimerais vous parler des quatre créatures que mon père appelle la Tétrade. Elles ont semé un chaos terrible : tremblements de terre, tempêtes, incendies… Ces désastres ont fait de nombreuses victimes et n'ont épargné ni les femmes ni les enfants…

La jeune femme, qui semblait lutter contre les larmes, a fini sa phrase dans un souffle.

— C'est mon père, le responsable de ces atrocités. Il devrait en répondre.

Taurin s'est levé, a contourné son bureau et lui a tendu un mouchoir en soie.

— Vous n'avez plus à vous soucier de la Tétrade. Nous l'avons enterrée sous une montagne.

Athela s'est essuyé les yeux avec le mouchoir.

— Mon père s'est servi de moi pour attirer ce monstre. Comment a-t-il pu… Il savait que je distrairais l'homme-lion. Je l'ai reconnu sur-le-champ. C'était Barnum.

— Vous vous méprenez.

— Non! (Athela a secoué la tête.) Il m'a reconnue, lui aussi, et m'a confirmé que c'était bien lui. Les autres créatures étaient ses frères d'armes, ceux qui sont morts lors de la même bataille. Mon père les a ressuscités pour les transformer en monstres.

— C'est impossible, a marmonné Taurin.

— Vérifiez par vous-même, si vous le souhaitez. (Elle a pris la main du magicien pour la plaquer sur sa joue.) Je vous en prie, a-t-elle ajouté d'un ton tellement suppliant que mon cœur s'est serré.

Taurin a baissé la tête, la main toujours posée sur le visage d'Athela. Le corps de la jeune femme s'est mis à trembler et ses yeux se sont révulsés. L'inquiétude et la peur déformaient les traits du magicien. Il s'est écoulé quelques minutes avant qu'il ne lâche Athela.

— C'est la vérité… Barnum, mon fils. (Son regard s'est posé sur son interlocutrice.) Vous portez son enfant.

— Oui.

— Je dois réunir le Conseil des magiciens.

— Impossible, mon père les a tous empoisonnés.

Elle a posé son sac en toile sur la table et le contenu a tinté. Une par une, elle a sorti plusieurs baguettes en métal longues comme la main.

— J'ai trouvé ces objets dans les appartements de mon père.

— Les *Chiavi*, a murmuré Taurin.

— Oui, toutes sauf la dernière. Mon père les a volées aux autres magiciens. Il viendra chercher la vôtre, puis contrôlera la Tétrade. Il désire régner sur tous les royaumes. Vous devez les cacher à tout prix.

— Mes fils et moi-même, nous y veillerons. Mais Mykyl n'a que faire de votre lien de parenté. Il cherchera à vous faire payer votre trahison.

— Un serviteur zélé m'attend en bas avec un attelage. Je pars me réfugier à…

— Ne me dites pas où vous allez. N'en parlez à personne. Partez et ne revenez jamais, pour votre salut et celui de ma descendance.

Après avoir déposé un baiser sur la joue de Taurin, Athela a tourné les talons.

Alors que l'homme dont j'occupais le corps s'enfuyait avant qu'Athela ait pu quitter les appartements de Taurin, j'ai compris qu'il se rendait chez Mykyl pour l'informer que son rival détenait toutes les *Chiavi*. J'avais aussi conscience que c'était ce même individu qui, par la suite, poignarderait Taurin dans le dos.

Je me suis réveillée en sursaut et ensuite, impossible de me rendormir. J'ai fini par me traîner jusqu'à la salle de bains. Après avoir noué mes cheveux en queue-de-cheval, j'ai pris une douche et me suis lavé les dents.

Je me suis observée dans le miroir. Rien n'avait changé, et pourtant je ne me reconnaissais plus. J'avais des cernes noirs sous les yeux et les cheveux emmêlés. *Je ne suis plus la même... Qui suis-je, alors ?* ai-je songé. Je ne pouvais pas revenir en arrière, feindre de ne rien savoir. Mes cauchemars n'auraient de cesse de revenir à la charge, et je devais apprendre à m'en accommoder. Les mêmes mots tournoyaient sans arrêt dans mon esprit : *Qui suis-je ? Qui suis-je ?*

La voix de Faith a mis un terme à mes lamentations.

— Entrez. Posez-la là.

Même s'il faisait à présent jour, il était encore tôt. Après avoir resserré la ceinture de ma robe de chambre, je suis sortie de la salle de bains. Qui pouvait bien nous rendre visite à une heure aussi matinale ?

Deux hommes étaient en train d'installer une nouvelle armoire dans la chambre.

— Qu'est-ce que c'est ? ai-je demandé.

— Je ne sais pas trop, a répondu Faith.

Son regard de prédateur semblait intimider les deux types.

Lorsqu'ils ont eu fini d'installer la nouvelle penderie à côté de celle qui se trouvait déjà là, ils sont partis sans demander leur reste et ont claqué la porte derrière eux.

— Quand es-tu rentrée ?

— Pendant que tu étais sous la douche. (Faith a ouvert les portes de l'armoire – elle se comportait comme s'il ne s'était rien passé à peine trois heures plus tôt.) C'est ta tenue de combat.

Pantalons en cuir, cuirasses légèrement bombées et tuniques bleu ciel étaient rangés sur des cintres à l'intérieur de la penderie. Sur l'étagère du haut s'alignaient trois heaumes argentés en forme de tête de chat. Cinq fourreaux incrustés de pierres bleues étaient suspendus à un crochet, fixé sur l'une des portes, et deux boucliers à tête de tigre étaient accrochés en face. La garde des cinq épées était elle aussi à l'effigie d'un félin, avec des saphirs en guise d'yeux. Le cœur battant, j'ai écarté les vêtements pour examiner les trois paires de bottes en cuir qui se trouvaient au fond. Tout était bien réel : je ne pouvais plus nier que j'allais suivre un entraînement pour apprendre à me battre.

J'ai attrapé l'un des pantalons pour l'enfiler et je me suis accroupie pour vérifier sa solidité.

— Il est moulant mais le cuir est souple, et les poches… J'adore !

J'ai jeté sur le lit la tunique bleue que me tendait Faith et pris un de mes T-shirts noirs à manches longues à la place.

— Hors de question que je porte ce vêtement ! Ce n'est pas du tout mon style.

— Mais c'est ton uniforme, a protesté Faith.

— Ne t'inquiète pas. J'y mets juste mon grain de sel.

J'ai fait passer la cuirasse par-dessus ma tête et Faith m'a aidée à nouer les sangles sur les côtés.

— Elle tombe à la perfection. Comment connaissaient-ils ma taille ?

— Quelqu'un aura pris tes mesures à l'aide d'un sortilège. (Faith m'a examinée quelques instants.) Tu as fière allure.

— Merci, je trouve aussi ! ai-je dit avec un grand sourire.

Elle a détourné le regard.

— Merci de m'avoir sauvé la vie… d'autant plus que tu as encore peur de moi. (Elle a secoué la tête.) Il faut une magie très puissante pour rompre un charme comme celui dont j'étais victime. On m'avait pourtant dit que tu n'étais pas entraînée et que tu ne maîtrisais pas bien la magie, mais…

— On t'a dit vrai. (J'ai examiné ma nouvelle tenue.) Je n'ai aucune idée de ce que j'ai fait. D'ailleurs, je ne suis pas certaine de pouvoir recommencer. (Du coin de l'œil, j'ai vu qu'elle m'observait et je me suis tournée vers elle.) Mais je suis contente que ça ait fonctionné.

J'ai esquissé un sourire, qu'elle m'a rendu. Le silence s'est étiré pendant quelques secondes mais la gêne s'était dissipée. Faith a parlé la première

— Tu ferais mieux d'aller prendre ton petit-déjeuner pendant qu'il en est encore temps, a-t-elle dit avant de se diriger vers la salle de bains. Et ne tue personne avec cette épée… En tout cas dans l'immédiat.

Le terrain d'exercice était désert. Carrig avait du retard, alors, en attendant, j'ai fait quelques mouvements pour m'échauffer. Lorsqu'il s'est enfin montré, il faisait une tête d'enterrement. Il m'a surprise en train de l'observer et aussitôt, son visage a retrouvé une expression plus amène.

Mince ! Il était en colère pour une raison inconnue, ce qui n'augurait rien de bon pour l'entraînement.

— Content de voir que tu t'es déjà échauffée. (Il a laissé tomber sur le sol le grand sac de sport qu'il tenait à la main et m'a examinée de la tête aux pieds.) Bon sang, tu as l'air d'une vraie guerrière dans cette tenue!

Il s'est agenouillé près du sac, en a sorti deux épées en bois et deux petites balles en mousse, qu'il a posées sur le sol.

— Donne-moi ton épée, m'a-t-il dit.

Je lui ai remis mon fourreau et mon arme, qu'il a rangés avec soin dans le sac.

— Nous utiliserons des épées d'exercice et des balles pour figurer nos globes, a-t-il déclaré. Il ne faudrait pas qu'on s'embroche le premier jour, pas vrai?

— Mais les suivants, si.

Sans tenir compte de ma remarque sarcastique, il m'a tendu l'une des épées en bois. L'entraînement risquait d'être long.

— Commençons par le commencement, a-t-il dit.

— Chez moi, je fais partie d'une équipe d'escrime de haut niveau. Je connais déjà toutes les bases.

— Vraiment? Et quelles sont-elles?

J'ai fait un bond en avant, l'épée de bois pointée devant moi.

— Ça, c'est une *balestra*! Et en voilà une avec une fente avant.

J'ai joint le geste à la parole.

— Bien. Montre-m'en davantage.

Il s'est élancé vers moi et j'ai reculé d'un pas en effectuant une petite torsion du buste pour esquiver son attaque.

— Une quarte!

— Tu as un bon équilibre, je te l'accorde. Nous allons sauter les bases et je vais plutôt te montrer la pratique réelle de l'escrime. Nous n'allons pas nous limiter à des *balestra* et à des quartes. Le seul moyen de te protéger d'une lame tranchante, c'est de savoir te servir de ton intelligence et de ton instinct. En outre, manier une épée se révèle plus difficile quand on tient un bouclier de l'autre main et qu'il faut contrôler un globe en même temps.

— D'accord, je suis prête. Apprenez-moi à me battre comme un homme !

Il n'a pas réagi à mon trait d'humour – quelque chose n'allait pas. Il s'était montré plutôt aimable et souriant au café, mais là… Certes, je lui avais demandé de me traiter comme son élève et non comme sa fille, mais j'avais l'impression qu'il y avait une autre raison à son attitude désagréable. J'ai repensé à Pop, qui me manquait de plus en plus.

— Pour commencer, le professeur Attwood a-t-il trouvé ton globe de combat ?

Son air renfrogné m'a surprise. J'hésitais à lui demander un peu de son sang et à lui parler du globe de vérité, mais ses réactions étranges m'encourageaient à mentir… du moins pour le moment.

— Non. Pourquoi ?

— Une fois que tu auras ton globe, nous nous entraînerons avec lui. (Il s'est mis en position de défense.) À ton tour de m'attaquer.

Chapitre 15

Plus tard, lorsque j'ai retrouvé le professeur Attwood après le déjeuner, pour ma leçon de magie, je lui ai fait part du malaise que j'avais ressenti en présence de Carrig, de son agressivité pendant l'entraînement et de mon mensonge sur le globe de vérité. Il a téléphoné à Merl pour l'informer de mes appréhensions.

— Dites-lui que j'ai des bleus qui peuvent le prouver.

Il a posé la main sur le récepteur du téléphone.

— Il conseille de ne pas t'inquiéter. Carrig est l'un de nos meilleurs Maîtres Sentinelles. On peut lui faire confiance. Merl lui demandera de se montrer plus aimable lors des prochaines séances.

Je me suis enfoncée dans mon siège alors que le professeur Attwood retournait à sa conversation.

— Je suis sûre que cette remarque va tout changer, ai-je maugréé.

Le professeur a ignoré mon commentaire.

— D'accord, a-t-il conclu. J'y serai demain.

Puis il a raccroché.

— Je sais, je sais, ai-je marmonné devant son regard mécontent. J'aurais dû me taire, n'est-ce pas ?

— On ne m'interrompt pas quand je suis au téléphone avec l'Archimage, Gia.

— Désolée.

— En ce qui concerne Carrig, ne le provoque pas pendant l'entraînement, a repris le professeur Attwood avant de consulter d'un œil le coucou mécanique accroché au mur.

— Moi, le provoquer ? me suis-je indignée. (J'ai croisé les bras.) Vous savez, Faith m'a dit qu'il ne se montrait jamais aussi brutal avec ses autres élèves. Pourquoi est-il aussi dur avec moi ? Je ne lui fais pas confiance.

— Nous avons le devoir de protéger les visiteurs de notre ville. Il vaut mieux traiter ce genre de problème avec diplomatie. C'est de magie qu'il est question, après tout. Carrig est une Sentinelle de premier plan. S'il est derrière le récent soulèvement, ce dont je doute fort, et que nous abordons le sujet avec lui, la conversation pourrait mal finir. Il pourrait te tuer, toi et beaucoup d'autres, avant qu'on puisse l'arrêter.

— Bon, d'accord, mais je refuse de rester seule avec lui.

— Je vais poster une Sentinelle dans la salle à manger au cas où tes inquiétudes seraient fondées. Depuis les fenêtres, on a une vue imprenable sur le terrain d'exercice sans être repéré du dehors. (Il a souri.) Cette mesure te convient ?

— Je suppose, oui.

— Parfait. Outre ton globe de vérité, tu en as créé un second ce matin pour rompre un sortilège. Je veux que tu t'exerces à le contrôler tout à l'heure, quand on aura fini. J'ai fait venir quelqu'un pour t'instruire. (Il a inscrit quelques notes dans son carnet.) Tu m'impressionnes. En un rien de temps, tu psalmodieras des sortilèges comme une vraie magicienne !

J'ai agrippé les bras de mon fauteuil.

— Je peux vous faire un aveu ?

Il a répondu sans cesse de griffonner dans son carnet, les yeux baissés sur sa page.

— Oui. Qu'y a-t-il ?

— Depuis que je suis ici, je fais des rêves étranges.

Il a reposé son stylo sur le bureau, les yeux à présent rivés sur moi. Après que je lui ai raconté mes visions en détail, il a hoché la tête et s'est dirigé vers la fenêtre pour regarder au-dehors.

— Tes rêves sont conformes à la vérité historique. Mykyl a bel et bien engendré la Tétrade. Chaque partie de cette monstruosité contrôle un élément : l'eau, l'air, la terre et le feu. Elle a dévasté des villages entiers au moyen de tremblements de terre, ouragans, inondations et autres incendies jusqu'à ce que les sept magiciens originels unissent leurs forces pour la prendre au piège. C'est l'esprit du prophète qui a prédit ta naissance qui doit te donner ces visions, afin de te préparer à ce qui t'attend. Tu n'as pas à les craindre.

Le passé ne me dérangeait pas, mais si un esprit me préparait à un avenir commun avec cette Tétrade… j'en avais froid dans le dos. J'avais besoin d'en apprendre le plus possible sur cette histoire.

— Mykyl recherchait des sortes de clés. *Chiavi*, c'est le mot qu'il a employé. Qu'est-ce que c'est ?

— Ce sont sept clés magiques qui, combinées entre elles, peuvent délivrer la Tétrade de son tombeau de tungstène. Lorsque Taurin a découvert que Mykyl voulait utiliser la Tétrade pour servir son dessein, il a caché les clés. Mykyl a fait assassiner le septième magicien, comme tu l'as vu. Pour venger la mort de leur père, les fils de Taurin ont capturé Mykyl et l'ont crucifié.

» La guerre a éclaté, et chaque refuge a choisi son camp. La France, l'Italie et l'Irlande se sont rangées du côté des fils de Taurin en Angleterre, alors que les autres rejoignaient les héritiers de Mykyl en Russie. Les deux camps ont combattu jusqu'à se trouver dans une impasse. Pour finir, les fils de Taurin ont été tués et ils ont emporté dans leur tombe le secret de l'emplacement des clés. Du moins jusqu'en 1890, quand un professeur a découvert un vieux coffre enfoui dans un passage secret sous le Vatican. Hanté par des visions des destructions causées par la Tétrade, il a décidé de transformer les *Chiavi* en objets et de les disséminer dans plusieurs bibliothèques du monde.

— Alors n'importe qui peut trouver ces clés et libérer cette monstruosité ? l'ai-je interrompu. Pourquoi ne les a-t-il pas détruites ?

— Impossible, elles étaient ensorcelées. (Il a jeté un coup d'œil vers moi avant de reporter son attention sur la fenêtre.) Mais pour éviter que le contrôle de la Tétrade ne tombe entre de mauvaises mains, les refuges de magiciens ont signé un traité de paix et formé une alliance. Depuis des siècles, toutes les Chimères, quelle que soit leur espèce, recherchent les *Chiavi*. Les Sentinelles se sont battues pour empêcher des individus malintentionnés de les retrouver. Grâce à nos efforts, la Tétrade demeure ensevelie. (Il s'est détourné de la fenêtre.) Par ton arrière-grand-mère paternelle, tu descends du septième magicien, Taurin, et de l'enfant d'Athela et de Barnum.

Je me suis redressée brusquement sur mon siège.

— Attendez… Quoi? Mon ascendance aurait un lien avec la prophétie?

— Je n'en suis pas certain mais…

— Nous tirerons cette histoire au clair? ai-je lancé.

Il a ri.

— Je me répète, on dirait. Revenons-en à nos charmes. Je veux t'interroger sur ce que nous avons appris hier. Quelle phrase faut-il prononcer pour poser un verrou sur une porte, quelle qu'elle soit?

— *Bloccare la porta*.

— Et pour la déverrouiller?

Facile! C'était la formule qui avait chamboulé mon existence la première fois que je l'avais prononcée, à l'Athenæum.

— *Aprire la porta*.

— Bien.

Juste à ce moment, quelqu'un a frappé à la porte. Le professeur a jeté un coup d'œil au vieux réveil posé sur son bureau.

— Il est en avance. Entre!

Le nouveau venu a poussé lentement le battant comme pour ménager son effet, et j'ai vu Arik glisser la tête dans l'embrasure. Mon cœur a bondi dans ma poitrine et je me suis redressée pour décroiser les jambes. Mon pied a cogné avec un bruit sourd contre le bureau du professeur Attwood, qui m'a lancé un regard intrigué.

— Je suis en avance? a demandé Arik.

— À vrai dire, tu tombes à pic, a répondu le professeur. Gia est prête.

Mal à l'aise, j'ai regardé tour à tour Arik et le professeur.

— Prête pour quoi ?

Le professeur Attwood s'est levé.

— Le reste de ta leçon d'aujourd'hui, c'est Arik qui s'en charge. Il va t'aider à maîtriser ce nouveau globe. J'ai une réunion au Vatican. Par chance, j'ai pu les convaincre d'abandonner les charges contre vous pour cette histoire de transport illégal la semaine dernière.

— On y va ? a lancé Arik à mon intention.

« Pour moi, tu es plus qu'une amie. » Les mots qu'il avait prononcés avant l'aube me trottaient encore dans la tête. Je risquais d'être terriblement mal à l'aise. Je me suis éclairci la voix.

— Oui, allons-y.

J'ai enfilé mon sweat-shirt, que j'avais posé sur le dossier de mon siège, et j'ai suivi Arik dans le couloir. Il ne cessait de me regarder du coin de l'œil tandis que nous nous dirigions vers un escalier. Pourquoi fallait-il qu'il soit aussi beau ? Ça m'empêchait d'avoir les idées claires. Un blouson en cuir jeté sur l'épaule, il portait un jean et un T-shirt bleu qui épousait son torse à la perfection.

— On ne va pas se changer et mettre notre uniforme ? ai-je demandé.

— On n'en a pas besoin. On va juste travailler sur ton nouveau globe.

Chaque fois qu'on passait sous l'une des appliques qui jalonnaient le couloir, ses yeux marron prenaient la couleur de la sève qui coule sur le tronc du grand chêne devant chez Nana par une journée ensoleillée. Son regard posé sur moi me faisait frissonner comme une feuille du même arbre à la fin de l'automne, et mon cœur battait la chamade.

Nous sommes arrivés au sous-sol du château, dans une vaste salle haute de plafond meublée de fauteuils rembourrés, de tables de jeux et de flippers. Un bar avait été aménagé le long d'un des murs. La fille qui se tenait derrière avait de longs lobes d'oreille, de petites cornes qui dépassaient de son grand front bombé et une peau caramel. L'air maussade, elle pianotait sur le comptoir de ses ongles longs comme des griffes.

À notre vue, elle s'est redressée et a souri, découvrant une rangée de dents pointues.

— Salut Arik, je te sers une boule de feu, comme d'habitude?

— Non merci, Titania. Plus tard, peut-être.

— D'accord.

Elle s'est de nouveau accoudée au comptoir et m'a observée d'un regard suspicieux.

— C'est quoi, une boule de feu? ai-je demandé.

— Un café avec du chocolat et beaucoup d'épices. Il faudra que tu goûtes. On en commandera un lorsque nous reviendrons. Cette boisson brûle les poils des narines!

— Je crois que je vais passer mon tour…

Arik a ri.

— Comme tu veux mais c'est délicieux après la première gorgée.

Il a ouvert une grande porte qui donnait sur un tunnel aux parois de pierre lisse. Les semelles en caoutchouc de mes tennis ont couiné sur le sol en ciment.

— Où va-t-on? ai-je demandé.

241

— Je ne peux pas te le dire. Nous ne sommes pas seuls.

— De quoi parles-tu ? (J'ai jeté un coup d'œil dans mon dos puis scruté l'obscurité du passage.) Il n'y a que nous, ici.

Il m'a lancé un regard d'avertissement.

— Les murs nous écoutent, a-t-il chuchoté.

— Tu veux dire : « Les murs ont des oreilles », l'ai-je corrigé.

Comme il me lançait un regard interloqué, j'ai cru bon d'ajouter :

— L'expression, c'est : « Les murs ont des oreilles. »

— Quelle importance ? a-t-il répliqué. Puisque tu t'es sentie obligée de me corriger, j'en déduis que tu m'avais compris.

Sa réplique m'a coupé le sifflet. Pop me faisait toujours la guerre quand je reprenais les autres. C'était sans doute une mauvaise habitude de ma part, mais moi, j'aurais aimé qu'on me signale mon erreur. J'étais sur le point de présenter mes excuses à Arik, mais il s'est éloigné au pas de charge, furieux.

Je me suis arrêtée net.

Lorsqu'il a vu que je ne le suivais pas, il a fait demi-tour.

— Qu'y a-t-il ?

— Tu es en colère, ai-je répondu, les bras croisés.

— On n'a pas le temps de se disputer pour des histoires puériles, Gia.

— Je n'ai pas envie de passer l'après-midi avec toi si tu es furieux contre moi.

Il s'est approché et j'ai reculé contre le mur. Son corps était tellement près du mien que je voyais sa poitrine se soulever au rythme de sa respiration.

— On se connaît à peine mais tu sembles tout savoir à mon sujet.

Faisait-il allusion au fait que je l'avais repris ou à notre dispute de la veille ?

— Ces petites histoires ne m'intéressent pas, a-t-il poursuivi. La porte que tu vois devant nous conduit en ville. Je dois rester concentré pour te protéger d'éventuelles menaces.

— Je... Euh...

— Enfin, tu es à court de mots ! s'est-il exclamé, et son regard s'est radouci. On ne s'était pas mis d'accord pour être amis, à l'aube ?

Amis. Mon moral s'est effondré comme un château de cartes. De toute évidence, je l'avais blessé lors de notre tête-à-tête à l'extérieur du château, qu'il le mérite ou pas. Je me suis raccrochée à l'aveu qu'il m'avait fait juste avant : il m'admirait et se sentait le devoir de me protéger. Une fois de plus, je me suis sentie fondre sous son regard. *C'est parce qu'il te plaît, bécasse ! Mais tu n'as pas pu t'empêcher de l'ouvrir et de tout gâcher.*

— Si. On est amis. Vraiment amis. (*Tais-toi, Gia.*) Eh bien, mon ami, il serait temps de se remettre en route, qu'en dis-tu ? (*Oh, quelle nulle !*)

— Bonne idée.

Il me parlait d'une voix très lente, et j'en ai déduit qu'il me prenait pour une idiote. Par chance, il s'est éloigné de moi et mon cerveau a pu recommencer à fonctionner normalement.

Au bout du tunnel, une porte nous attendait. Arik l'a ouverte à l'aide d'une sorte de passe en métal qu'il a glissé dans la serrure. Nous avons émergé dans une rue pavée, sous un soleil aveuglant.

Sans un mot, il m'a guidée dans les rues sinueuses de la petite ville. Elles étaient bondées de passants qui entraient et sortaient des échoppes, les bras chargés de paquets. Cet endroit me rappelait le joli village de Noël emprisonné dans l'une des boules à neige de Nana. Arik est entré dans une pâtisserie et s'est dirigé vers le comptoir. Une odeur délicieuse flottait dans l'air, et mon estomac s'est mis à gargouiller. Arik a acheté un paquet de biscuits, des petits gâteaux au chocolat et deux bouteilles d'eau. Nous avons ensuite traversé la cuisine, ouvert une porte et débouché dans une petite ruelle. Une odeur atroce émanait des nombreuses poubelles pleines à craquer qui s'y entassaient. Une fois sortis de la venelle, nous avons marché jusqu'à l'orée d'une épaisse forêt.

Après l'avoir suivi pendant quelques minutes entre les arbres touffus, j'ai demandé :

— C'est encore loin ?

— On y est presque.

Quelques minutes après, il s'est arrêté devant un mur recouvert de vigne de plus de deux mètres de haut, qu'il a escaladé en s'agrippant au feuillage.

— À ton tour. Ce n'est pas difficile.

J'ai grimpé jusqu'au sommet du mur, mais lors de la descente de l'autre côté, j'ai perdu l'équilibre et atterri de tout mon poids sur les fesses. Je suis restée assise dans la terre meuble pendant quelques secondes, hébétée, le temps que la douleur se dissipe.

— Tu ne t'es pas blessée ?

L'inquiétude qui s'est peinte sur le visage d'Arik m'a réchauffé le cœur.

— Je vais bien, ai-je répondu avant d'épousseter mes vêtements.

J'ai regardé autour de moi : nous nous trouvions dans un amphithéâtre en ruine envahi par la végétation. Le vent charriait une odeur de terre humide.

— Autrefois, avant que cet amphithéâtre soit détruit, on y jouait de nombreuses pièces, m'a expliqué Arik.

— Tu m'as dit que les bibliothèques étaient un peu ton jardin secret… mais cet endroit pourrait aussi l'être.

Il s'est frayé un chemin parmi les herbes hautes.

— Impossible. D'horribles souvenirs hantent l'endroit. Après la mort du premier Archimage d'Asile, c'est devenu un lieu d'exécutions. Mais ici, nous aurons assez de place et de tranquillité pour nous entraîner.

Une récente averse avait laissé des gouttelettes sur les feuilles. Je me suis avancée vers lui, non sans m'éclabousser les pieds de boue. Après avoir posé le petit sac de courses par terre, il s'est tourné vers moi.

— Donne-moi ta main.

Je la lui ai tendue et il a posé sa paume contre la mienne. Il m'a fallu faire un effort pour ne pas trembler à ce contact. Je sentais ma main se réchauffer.

— Tu sens la chaleur ? a-t-il demandé.

Il plaisante ? Je ne sens rien d'autre quand je suis près de lui. J'ai hoché la tête sans le quitter des yeux.

— Oui, et c'est de plus en plus chaud.

Le vent lui rabattait les cheveux sur le front et rosissait ses joues.

— C'est mon globe de combat. Si je le laisse s'épanouir, il va te brûler. Quand j'avais six ans, Oren, mon parent-fée, m'a appris à l'enflammer à volonté. La plupart des Sentinelles doivent réciter un charme. Je me suis entraîné sans relâche jusqu'à en faire une fonction naturelle, comme marcher ou parler. À mon avis, tu es en mesure d'y parvenir, toi aussi.

Il a ôté sa main.

— J'en doute.

Avec un soupir, il a sorti un livret de la poche intérieure de son blouson.

— Aie confiance en toi. Tu es capable de créer un globe lumineux et un globe de combat. On ne sait pas bien quel est le troisième que tu as fait apparaître ni quels sont ses pouvoirs, mais tu devrais pouvoir l'invoquer aussi facilement que les autres. (Il a tourné des pages cornées de son livret.) Dans ce petit manuel, un magicien du refuge a rassemblé une poignée d'informations sur ton mystérieux globe. Il a fait une découverte alors qu'il effectuait des recherches sur ton arbre généalogique ce matin. Hormis toi, seule une personne était capable d'invoquer ce globe : un garçon qui vivait il y a de nombreux siècles. Malheureusement, le garçon est mort de la peste avant d'avoir pu fêter son treizième anniversaire, aussi nous avons très peu d'informations à glaner de ses expériences avec le globe, et nous ne savons rien de ses pouvoirs.

— A priori, il ne protège pas des épidémies, ai-je tenté de plaisanter.

— En effet. (L'inquiétude plissait le front d'Arik et il a observé un silence avant de poursuivre.) C'est sans doute effrayant pour toi alors, dès que tu voudras t'arrêter, on fera une pause.

— Je peux y arriver, ai-je objecté sans grande conviction.

Il a posé le doigt sur une page.

— Il est écrit que tu dois penser à des scènes rassurantes pour faire apparaître le globe.

— Super. N'importe quoi ?

— Oui. Tente le coup.

Ce globe s'est révélé beaucoup plus compliqué à invoquer que les deux autres. D'abord, j'ai fait apparaître un globe lumineux puis un globe de vérité. Je ne savais pas trop comment les distinguer l'un de l'autre. Je m'efforçais de penser à tout un tas d'éléments qui m'aidaient à me sentir en sécurité, des systèmes d'alarme aux personnes de mon entourage : Pop, Nana, voire Arik. Mais rien ne fonctionnait.

Des nuages noirs roulaient dans le ciel. Tout à coup, un éclair a interrompu le fil de mes pensées. Des gouttes se sont mises à tomber et j'ai songé au parapluie rouge de ma mère, que j'aurais voulu avoir avec moi. Une douleur subite m'a vrillé l'estomac et il m'a semblé que mes entrailles prenaient feu. Un grognement a franchi mes lèvres et Arik m'a retenue par le bras au moment où mes genoux se dérobaient sous moi.

— Accroche-toi à ce souvenir, m'a-t-il dit d'un ton pressant. Ne laisse pas ton esprit s'en détacher.

Le parapluie ? Après la mort de ma mère, j'avais pris l'habitude de dormir avec. Je l'emportais partout. C'était ma façon de la garder près de moi. Un courant électrique a parcouru ma poitrine et mes bras, puis une sphère rose de la taille d'une pêche est apparue au creux de ma paume, avant d'exploser.

— Tu tiens le bon bout! (Son excitation enfantine m'a étonnée.) Il t'a prise de court. Voilà pourquoi tu as perdu le contrôle. Recommence!

Je me suis concentrée sur le parapluie pendant plusieurs minutes. Quand le globe s'est de nouveau matérialisé, il a commencé à gonfler comme une bulle de chewing-gum.

— À ton avis, il sert à quoi? ai-je demandé.

— Comme toi, tout ce que je sais, c'est qu'il a brisé les chaînes ensorcelées qui emprisonnaient Faith. (Il s'est frotté la nuque.) Essaie de le lancer, pour voir.

J'ai pris mon élan et projeté le globe, qui tremblait comme de la gelée dans ma main. Il a atterri non loin de nous dans une explosion.

— Quel magnifique lancer! a ironisé Arik. À croire que tu es née avec une balle dans la main!

Je l'ai foudroyé du regard.

— Ce truc est juste impossible à manipuler!

Il a observé le ciel.

— Un gros orage se prépare. Il nous reste juste le temps de faire un autre essai.

Créer ce globe avait épuisé mes forces.

— Je ne me sens pas très bien.

— Faisons une pause, dans ce cas.

On s'est assis sur la marche la plus basse des gradins de l'amphithéâtre, et il a sorti du sac l'un des gâteaux au chocolat, que j'ai englouti en quelques bouchées. N'ayant rien avalé depuis le déjeuner, j'étais affamée. Il m'a regardée manger, amusé, avant de prendre à son tour un gâteau.

— Bon sang, qu'est-ce que c'est bon ! me suis-je exclamée, la bouche pleine.

La bruine avait laissé place à une pluie plus drue.

— Je n'en ai jamais trouvé de meilleurs. (Il a sorti du sac l'une des bouteilles d'eau, qu'il m'a tendue, avant de m'observer avec attention.) Tu as une miette, là.

— Oh.

Je me suis essuyé la joue.

— Elle est toujours là.

De son pouce, il a frotté la commissure de mes lèvres. Surprise par son geste, j'ai fait tomber la bouteille. Lorsque je me suis redressée après l'avoir ramassée, mon visage s'est retrouvé à quelques centimètres de celui d'Arik. Je sentais son haleine chocolatée sur mes lèvres et chaque parcelle de mon corps semblait réagir à la proximité du sien. La pluie, qui avait redoublé, fouettait le sac à côté de nous et la terre alentour.

Arik a cette fois essuyé ma lèvre inférieure de son doigt, et une myriade de petits chocs électriques se sont propagés à ma peau.

— Ces gâteaux laissent des miettes, j'aurais dû emporter des serviettes, a-t-il dit. Bon, on ferait mieux de trouver un abri avant d'être trempés.

Nous avons couru dans la boue sous une pluie battante. Au moment d'escalader le mur envahi par la vigne, je n'arrêtais pas de glisser. De retour en ville, nous avons trouvé les rues presque désertes. Nous avons parcouru les derniers mètres jusqu'au passage qui menait au château en slalomant entre les flaques.

Une fois dans le tunnel, dégoulinants de pluie, nous nous sommes arrêtés pour reprendre notre souffle. J'étais gelée mais trop prise par le moment pour m'en préoccuper. Le rire d'Arik me fascinait. On aurait dit un enfant enchanté par la pluie. Ses yeux brillaient et ses fossettes se creusaient à chaque nouvel éclat de rire.

— Tu es trempée, a-t-il lancé d'un ton malicieux. Et tu as le derrière couvert de boue.

Dans les couloirs du château, nous n'avons pas cessé de nous observer à la dérobée. Il me regardait et je tournais la tête vers le mur. Je le regardais et il baissait les yeux. À chaque fois, nous nous efforcions de dissimuler notre sourire.

Arrivée devant ma chambre, j'étais presque déçue.

— Eh bien, merci de m'avoir raccompagnée.

— Avec plaisir.

Le pense-t-il vraiment ou est-il juste poli ?

— Et merci pour la leçon ! ai-je ajouté.

Il a repoussé ses cheveux humides de son front.

— Tu t'es bien débrouillée. Entraîne-toi à faire apparaître le globe jusqu'à la prochaine fois.

Je n'avais pas envie qu'il parte.

La porte s'est ouverte et Faith a froncé les sourcils à ma vue.

— Tu sors d'un combat de boue ?

— C'est l'impression qu'elle donne, a répliqué Arik, un sourire narquois aux lèvres. Je pars ce soir pour une nouvelle mission. À mon retour, nous reprendrons les leçons.

— Tu ferais mieux de te dépêcher de te laver avant le dîner, a dit Faith, nous dévisageant tour à tour.

— C'est pour moi le signal du départ, semble-t-il. (Il est resté immobile pendant quelques secondes, les yeux rivés sur moi.) Bonne soirée, a-t-il fini par dire.

— À plus tard, ai-je répondu d'un ton qui, je l'espérais, ne trahissait pas mon trouble.

En le regardant s'éloigner d'un pas nonchalant dans le couloir, j'ai ressenti une grande déception. Éprouvait-il les mêmes sentiments que moi ? Tous ses gestes semblaient le confirmer. J'ai secoué la tête. *Qu'est-ce qui cloche chez moi ?* Il n'y avait peut-être rien entre Véronique et lui, mais il avait sans doute une promise quelque part, alors à quoi bon se fatiguer ? Arik était un aller simple pour le pays des cœurs brisés.

Après avoir refermé la porte, je me suis dirigée vers la salle de bains. Pourtant, je ne pouvais pas m'empêcher de penser à lui, à son corps si près du mien, à son souffle chaud sur mes lèvres. Il était le seul point positif dans ma nouvelle vie.

Chapitre 16

J'ai passé des jours entiers à m'entraîner avec Carrig, à apprendre à tenir un globe au creux de ma main tandis que de l'autre, le bras lesté d'un lourd bouclier fixé au moyen de lanières serrées, je maniais l'épée. Mon Maître gagnait à chaque fois, mais je me défendais bien. Il se comportait avec moi comme un coach avec son élève, et non pas comme un père. Il était clair qu'il ignorait comment s'y prendre avec les adolescents. Au fond de moi, je plaignais Deidre d'avoir été élevée par cet homme. Il m'a fendu deux fois les lèvres, fêlé une côte et poursuivie jusqu'à ce que je dégringole le flanc d'une colline rocailleuse.

Nana était en colère contre lui et s'en est ouverte à Merl. L'Archimage lui a répondu qu'elle se montait la tête et lui a assuré que Carrig savait ce qu'il faisait. Cette réponse n'a eu pour effet que d'énerver encore plus ma grand-mère.

Arik et les autres étaient partis en mission depuis trois semaines. Dans mon monde, l'école reprendrait bientôt. Je n'appréciais guère l'idée que Deidre aille en cours à ma place : je tenais à conserver mes bonnes notes.

Le ciel était bas et l'atmosphère brumeuse lorsque j'ai terminé ma session d'entraînement avec Carrig, ce jour-là. Le professeur Attwood, à la vue de mes bras égratignés et de mon front ensanglanté, a annulé notre leçon et m'a dit de retourner à ma chambre, où Faith m'a envoyée au lit sans autre forme de procès.

Recroquevillée sous les draps, j'ai plongé mon visage dans l'oreiller pour crier. Comment pourrais-je en supporter davantage? C'était trop difficile. Je n'avais qu'une envie, rentrer à la maison. Je haïssais cette nouvelle vie, et Pop me manquait cruellement.

Faith a écarté quelques mèches emmêlées sur mon front.

— Tout va bien se passer… Ne t'inquiète pas, la douleur ne sera bientôt plus qu'un mauvais souvenir.

Elle a attrapé une bouteille sur la table de chevet, versé un peu de l'élixir concocté par Nana dans un petit verre et me l'a tendu.

— Tu vas voir, la potion va agir en un rien de temps!

J'ai avalé le liquide cul sec.

— Parfait. Ne bouge pas, je reviens.

Elle est sortie chercher ma grand-mère.

J'ai attendu qu'elle ait disparu pour m'envoyer une seconde rasade de potion.

Quelques minutes plus tard, Faith est revenue suivie de Nana, déjà occupée à enduire un morceau de coton de je-ne-sais-quelle pommade.

— Grand Dieu! s'est-elle écriée. Dans quel piteux état je te retrouve… Ce bonhomme va m'entendre, tu peux en être sûre!

Elle s'est assise au bord de mon lit et a commencé à tapoter mes plaies du bout de son coton.

La douleur s'estompait peu à peu, et bientôt j'ai eu l'impression que mon corps flottait au-dessus du matelas. Toutes mes peurs se sont évanouies, comme les aigrettes d'un pissenlit s'égaillent dans le vent.

J'ai pouffé.

— Tu sais quoi, Nana ? Tu devrais vendre cette potion, elle déchire. Elle s'appellerait… Neutralino ! « Avec Neutralino, dites adieu à vos bobos ! »

— Faith… tu lui as redonné de l'élixir ?

— Oui, vous m'avez demandé de lui en administrer en cas de blessures.

— Tu lui en as donné beaucoup ?

— La moitié d'un petit verre, conformément à vos instructions.

J'ai éclaté d'un rire bête.

— Je m'en suis resservi un. Et entier !

Nana a froncé les sourcils :

— Jeune fille, prendre soin de vous est éreintant.

— Que voulez-vous dire ? a demandé Faith.

— Elle essaie de dire que je suis fatigante… Enfin je crois, ai-je gloussé.

— Habille-toi pour le dîner. L'estomac plein, tu ressentiras moins les effets secondaires.

— C'est parti mon kiki !

L'état d'euphorie ne m'a pas quittée tandis que ma grand-mère m'aidait à me changer. J'ai tenté de protester lorsqu'elle m'a fait enfiler une robe de mousseline rose – en vain. Avec son nœud de satin noir autour de la taille, ce n'était pas tout à fait mon style, mais au moins elle ne datait pas du siècle dernier. Nana a dû requérir l'assistance de Faith pour parvenir à me faire chausser les escarpins à talons qu'elles avaient choisis pour moi. J'étais persuadée que je n'arriverais pas jusqu'à la salle à manger sans ajouter une cheville foulée à la liste de mes blessures.

Véronique, qui sortait de la salle, nous a saluées à notre arrivée.

Mes jambes ont vacillé et la Sentinelle m'a retenue par la main pour aider Faith à me stabiliser. Une odeur musquée est venue me chatouiller les narines, ce qui m'a fait tousser.

— Merci! ai-je dit, retenant un hoquet, avant de retirer ma main avec précipitation.

— Mais de rien.

Elle m'a gratifiée d'un grand sourire et s'est éloignée.

Je me suis tournée vers Nana:

— Tu as senti?

— Quoi donc, ma chérie?

— Cette odeur humide, de moisi…

— Non, absolument pas. Reprends-toi je te prie, tout le monde nous observe.

Elle s'est faufilée entre les tables, tout sourire.

La nourriture a bien atténué les effets secondaires de l'élixir, mais un peu trop à mon goût: la douleur recommençait à poindre. Les bavardages incessants de tante Mae agressaient mes tympans avec plus de force que d'habitude. Pour ne rien arranger, une migraine implacable me lacérait le crâne. Je me suis excusée auprès des convives pour regagner ma chambre.

La nuit, les couloirs nimbés d'ombres du château semblaient plus étroits. De minuscules créatures ailées sont venues voleter autour de moi, et je les ai chassées de la main. L'une d'elles, l'expression renfrognée et dotée d'un corps gracile et vert comme celui d'une mante religieuse, a plané devant mon nez. Elle a secoué la tête et a fait non du doigt juste sous mon nez, avant de s'enfuir, poursuivie par ses congénères.

Génial, j'ai des hallucinations maintenant ! Nana devrait breveter sa potion, elle ferait fortune. D'ailleurs…

— Il se pourrait bien qu'elle en vende déjà… ai-je murmuré.

Ma voix m'a semblé pâteuse.

J'ai stoppé net en plein milieu du couloir : ma tête tournait et j'avais l'estomac au bord des lèvres. Un verre supplémentaire d'élixir ne pouvait pas me rendre pompette à ce point. Ce n'était pas la première fois que j'en prenais double dose, et jamais je n'avais eu l'esprit aussi embrouillé. Je sentais que quelque chose n'allait pas, mais je ne parvenais pas à me concentrer sur le problème : plisser les yeux pour discerner mon chemin mobilisait toute mon attention.

Alors que je tombais à la renverse, une paire de bras m'a soutenue avant de m'allonger au sol. Le visage d'une femme mince, la trentaine, dotée d'une chevelure rousse ébouriffée et d'oreilles pointues, me fixait de ses yeux gris en amande.

— Vous êtes réelle ? ai-je demandé.

— Oui. Tu es blessée ?

— Je ne crois pas. Qui êtes-vous ?

— Je suis Sinead. Du petit peuple.

— Sinead-du-petit-peuple ?

— Non, mon nom est Sinead, et j'appartiens au petit peuple.

Elle a pris mes poignets et m'a aidée à me relever.

— Allez, fais un effort! Tu ne vas pas rester plantée là.

Une fois remise sur mes pieds, j'ai contemplé son dos.

— Vous n'avez pas d'ailes, ai-je constaté.

— Eh oui, je suis du peuple silencieux, et nous ne volons pas, à la différence de nos congénères. Tu peux marcher?

— J'ai l'impression d'avoir des jambes en guimauve.

Elle a passé mon bras sur ses épaules avant de me prendre par la taille.

— Je te ramène à ta chambre, tu y seras en sécurité.

J'ai forcé mes pieds à avancer, l'un après l'autre, et quelque temps plus tard, nous avons enfin atteint ma porte.

Faith l'a ouverte à la volée.

— Que t'est-il arrivé?

Elle a dévisagé Sinead.

— Qui êtes-vous?

— Elle m'a aidée, ai-je dit. Laisse-nous entrer…

— Tu es complètement soûle! Combien as-tu pris de verres d'élixir? Tu vas avoir de gros ennuis avec Nana si elle te voit, c'est moi qui te le dis…

— Chut, Faith, j'ai la tête qui tourne…

Sinead m'a traînée jusqu'à mon lit et m'a laissée m'effondrer au milieu des coussins.

— À mon avis, on l'a droguée, a-t-elle déclaré.

C'est le moment qu'a choisi ma grand-mère pour entrer en trombe dans la pièce.

— Vous devriez avoir honte, jeune fille!

Elle s'est figée à la vue de notre hôte.

— Que se passe-t-il, ici?

— Je suis Sinead, la femme de Carrig.

La fée s'est alors laissée tomber sur le lit à mes côtés.

— Vous êtes la femme de qui ? ai-je dit, ébahie.

Ses yeux se sont embués de larmes.

— Depuis tout ce temps, j'attendais de pouvoir retourner à Asile… J'étais avec Carrig lorsqu'il est allé faire l'échange entre Gia et Deidre. J'ai attendu devant chez Mme Kearns le temps qu'il entre avec Deidre, pour son sort de protection. Lorsqu'elle est ressortie, je l'ai emmenée chez Gia. Carrig est resté avec vous.

Nana a refermé la porte.

— Il m'a dit, en effet, qu'une personne se chargeait d'escorter Deidre chez mon fils. C'était vous ?

Elle s'est soudain rendu compte de mon état et a pris un air horrifié.

— Qu'avez-vous fait à ma petite-fille ?

— Rien, a répondu Sinead. Mais il est clair que quelqu'un en a après elle.

— Éloignez-vous, a exigé Nana. Je dois l'ausculter.

Elle s'est penchée sur moi et m'a saisi le menton pour me faire tourner la tête de droite à gauche.

— Tu as les pupilles contractées… As-tu vu quoi que ce soit d'inhabituel ?

— Oui, ai-je répondu dans un bâillement. Des petites créatures volantes.

— Potion d'illusion, a-t-elle tranché, avant de se précipiter vers sa chambre.

De la salle de bains nous sont parvenus des bruits de sacs froissés, de bouteilles qui s'entrechoquent et d'eau qui coule. Elle est réapparue avec un verre d'eau trouble.

— Bois !

Je me suis redressée pour ingurgiter le breuvage épais et insipide, avant de me laisser retomber au milieu des coussins. Après quelques instants pourtant, je me suis relevée, et toutes trois m'ont dévisagée comme si j'étais devenue bleue ou que des cornes m'avaient poussé sur la tête.

Sinead a brisé le silence :

— Alors, comment te sens-tu ?

— Bien mieux. J'ai eu de la chance de tomber sur vous.

— Je te cherchais. (Elle a marqué une pause, le regard plongé dans le mien.) Te souviens-tu de ce que j'ai dit tout à l'heure ? J'attendais devant la maison de Mme Kearns…

Soudain, elle a sorti une fine dague du fourreau suspendu à sa taille et l'a brandie sous la gorge de Nana.

— Arrêtez ! ai-je hurlé avant de sauter hors du lit.

Sans penser aux conséquences de mon geste, j'ai envoyé un grand coup de pied dans le bras de la fée. L'arme lui a échappé et est allée cogner contre la porte.

— Que pensiez-vous faire ? a craché Faith.

Les lèvres retroussées sur ses canines aiguisées, elle était prête à bondir.

Sinead nous a lancé à toutes un regard glacial avant de se ruer vers la dague, mais j'ai été plus rapide qu'elle. D'un autre coup de pied, j'ai envoyé l'arme sous le lit, hors de sa portée.

— L'homme qui est ressorti de chez vous, ce n'était pas mon Carrig ! a-t-elle vociféré à l'intention de Nana. J'étais juste devant lui, entourée de mon aura habituelle, et il ne m'a pas reconnue! Dites-moi ce que vous lui avez fait!

— Je ne lui ai rien fait du tout, a répondu ma grand-mère. Laissez-moi réfléchir… Ce jour-là, après avoir terminé le tatouage de Deidre et lui avoir dit au revoir, je me suis rendu compte que j'étais à court d'encre noire. Je suis allée en acheter au magasin situé au coin de la rue, et, pendant ce temps, Carrig est resté avec ma belle-fille, Eileen.

— Vous mentez, a répondu Sinead. Écarte-toi, Gia, cette femme n'est pas ta grand-mère.

— Bien sûr que si! ai-je répliqué sans bouger. Le globe de vérité m'a confirmé qu'elle était digne de confiance. Pour autant que je sache, c'est vous qui mentez.

— À la bonne heure…

Comme je l'y ai autorisée d'un mouvement de tête, elle s'est penchée pour récupérer son arme.

— De tous les globes qui existent, tu as hérité du globe de vérité? Je te plains de tout mon cœur.

— Pourquoi?

— À quoi va-t-il te servir, sur un champ de bataille? Et… tu as déjà testé la loyauté d'autres personnes?

— Oui. Je peux faire confiance au professeur Attwood, à Arik, Merl et Lei.

Sinead a penché la tête vers Faith, qui s'est remise en position d'attaque.

— Et elle?

— Le globe de vérité ne fonctionne pas sur les Laniars. Mais Merl l'a… Comment vous dites déjà? C'est un procédé qui équivaut à peu près à lire dans les pensées de la personne…

— La scrutation, m'a rappelé Nana.

— Voilà, Merl l'a scrutée, et elle a réussi le test.

— Je vois. Tu as besoin de beaucoup de sang ?

— Juste une goutte.

— D'accord. S'il faut en passer par là pour obtenir votre confiance, j'accepte de m'y soumettre. Nous réfléchirons à un plan après.

Elle a de nouveau sorti sa dague et s'est piqué un doigt. Préoccupée, elle a regardé son sang tomber au creux de ma paume.

Le globe s'est matérialisé, déformant le visage de la fée jusqu'à lui donner les traits d'un insecte : son nez était aplati, ses oreilles élargies et leur sommet exagérément pointu.

« Je suis digne de confiance », a prononcé l'image de Sinead.

J'ai fait disparaître le globe avant d'observer notre nouvelle alliée.

— En réalité, ai-je dit, j'ai aussi un sentiment de malaise vis-à-vis de Carrig. Il est impitoyable à l'entraînement. Il veut à tout prix que je devienne une combattante hors pair mais il ne semble jamais vouloir apprendre à me connaître… Et puis, il ne m'a jamais parlé de toi. Nana, il a dû se passer quelque chose pendant que tu es partie acheter de l'encre !

— Je ne vois pas… On a décidé de se retrouver à côté de la bibliothèque en prenant deux itinéraires différents. D'après lui, il fallait éviter qu'on nous voie ensemble.

— Gia, as-tu déjà vu autre chose qu'une personne te disant si elle était sincère, dans ton globe ? m'a demandé Sinead.

— Eh bien…

J'ai hésité – elles allaient sans doute me prendre pour une folle…

— Après avoir pratiqué le test sur Arik, j'ai… Euh… Je n'ai pas essuyé son sang tout de suite, et j'ai fait apparaître un nouveau globe.

— Continue, m'a pressée la fée.

— Je lui ai demandé de me montrer Arik et Véronique. Alors j'ai vu…

Je me suis tue, gênée au possible, quand Sinead a terminé pour moi :

— Tu en as vu plus que ce que le globe te montre d'habitude.

— Hmm…

Le seul fait d'imaginer Arik avec Véronique me donnait la nausée.

Sinead m'a caressé la joue. Aussitôt, une douce chaleur a traversé mon corps et apaisé ma peine.

— Nous sommes tous faibles face aux tourments de notre cœur. C'est naturel de vouloir en savoir plus sur celui que tu aimes.

— Mais je ne l'aime pas !

— Inutile de cacher tes sentiments aux gens du petit peuple. Je ressens toutes les émotions des personnes présentes dans cette pièce. Maintenant, concentre-toi et essaie de faire apparaître le souvenir de ta grand-mère de ce fameux matin, m'a-t-elle demandé avec un sourire.

— Je vais essayer.

Nana est allée chercher une épingle à nourrice dans la salle de bains et s'est piqué le doigt avec. Une goutte de sang a atterri au creux de ma main. J'ai récité le charme, et le globe, brillant, est apparu.

— Montre-moi le matin du 9 août, dans le salon de Nana…

La sphère a ondoyé, changé de couleur, et ma grand-mère s'est matérialisée sous mes yeux. Assise sur une chaise dans son salon, elle tatouait une adolescente installée sur un tabouret devant elle. Cette fille était mon portrait craché.

— Voilà, terminé! s'est exclamée ma grand-mère.

— Parfait, a répondu le Maître Sentinelle avant de quitter le vieux sofa de Nana. Deidre va se rendre chez votre fils, maintenant. Une personne l'attend dehors pour l'escorter. Elle sera vite là-bas.

On a entendu Nana les raccompagner jusqu'à la porte. De retour dans la pièce, elle s'est mise à ranger son nécessaire à tatouages, et a secoué l'une des bouteilles d'encre.

— Zut! Je n'en aurai jamais assez.

On a frappé à la porte: elle a disparu pour aller ouvrir avant de réapparaître accompagnée de Carrig, qui a repris sa place sur le canapé.

— Vous semblez soucieuse…

— Je suis à court d'encre noire. Nous pourrions en acheter sur le chemin de la bibliothèque. Le magasin est juste au coin de la rue.

Carrig tentait désespérément de trouver une position confortable entre les petits coussins du sofa.

— À mon avis, il vaut mieux pour vous que l'on ne vous voie pas en ma compagnie. Je vous rejoindrai devant la bibliothèque. D'ailleurs, si vous n'y voyez pas d'inconvénient, j'aimerais rester ici le temps que ma partenaire revienne…

— Bien sûr.

Nana a noué un foulard autour de son cou.

— Désirez-vous un peu de thé ?

— Je ne voudrais pas abuser…

— Pas le moins du monde. Eileen ! a-t-elle appelé, tournée vers la cuisine.

Tante Eileen, sa belle-fille, est entrée dans le salon. Enroulée dans un châle à fleurs effiloché, elle portait une tenue noire, comme à son habitude. Elle n'avait pas de travail mais Nana la payait pour aider un peu à la maison.

— Oui ?

Elle a penché la tête, faisant rouler sur le côté un gros chignon qui emprisonnait sa chevelure rousse et crépue.

— Peux-tu servir une tasse de thé à M… Oh, pardonnez-moi, je ne crois pas avoir déjà entendu Marietta prononcer votre nom.

— McCabe.

— Voilà, un peu de thé pour M. McCabe, je te prie. Je vais à la boutique.

— Bien sûr, a répondu tante Eileen, posant ses yeux beaucoup trop fardés sur Carrig. Comment l'aimez-vous ?

— Avec une pointe de lait et du sucre, si ce n'est pas trop vous demander…

Nana s'est emparée de son sac avant de se diriger vers la cuisine, son chat sur les talons.

— Faites comme chez vous. Oh, et Eileen, apporte-lui donc aussi quelques-uns des biscuits au citron tout juste sortis du four.

Avant que ma grand-mère sorte de la pièce et du globe, Sinead s'est agrippée à moi.

— Ne ferme surtout pas la main! Pas encore… Peut-être que la magie des globes de vérité opère même après que le protagoniste a disparu de la scène… C'est notre seule chance de savoir ce qui s'est passé après le départ de Mme Kearns.

Dans la sphère, Carrig attendait son thé sans cesser de gigoter sur les coussins. Lorsque tante Eileen est revenue avec un plateau en argent, il s'est levé.

— Je vous en prie, asseyez-vous, a protesté ma tante. Je m'en charge.

Carrig a obéi et Eileen a déposé la collation sur la table basse près de lui. Elle a rempli de thé une tasse en porcelaine et la lui a tendue, avant de prendre place en face de lui sur un fauteuil rembourré.

— N'hésitez pas à vous servir en biscuits au citron.

— Merci! (Il a porté la tasse à ses lèvres.) Êtes-vous aussi une sorcière?

— Oui.

Tante Eileen était d'une timidité maladive. Tenir une conversation était au-dessus de ses forces et les gens se méprenaient souvent sur son caractère étrange. Quand j'étais petite pourtant, et qu'il n'y avait pas d'autres enfants alentour, elle pouvait jouer avec moi des heures durant.

— Quelle est votre spécialité?

— Les potions.

Elle s'est plongée dans l'étude de sa propre tasse.

— Fort bien, a dit Carrig, avant de se pencher pour atteindre un biscuit.

Les yeux rivés sur le coucou du salon, il a mordu dedans à pleines dents.

Ils ont siroté leur thé sans rien dire. Une fois qu'il a eu fini sa tasse, Carrig l'a reposée sur la soucoupe. Alors, il s'est frotté les tempes, a tangué un peu et s'est effondré sur les coussins.

Un petit sourire satisfait sur les lèvres, tante Eileen s'est levée pour se diriger vers l'entrée, disparaissant du champ de vision du globe. On a entendu la porte s'ouvrir avant de distinguer des bruits de pas qui entraient dans la maison.

Le globe a soudain éclaté dans ma main.

Nous retenions toutes notre souffle.

Chapitre 17

Je jouais avec une petite balle en mousse lorsque Carrig est arrivé et a déposé le matériel d'entraînement sur le sol. Le soleil venait tout juste de poindre à l'horizon. La veille, de crainte que leur appel téléphonique ne soit intercepté, Sinead et Faith avaient décidé d'aller en personne informer Merl et le professeur Attwood de notre découverte.

Tante Eileen avait drogué Carrig, aucun doute sur ce point, mais on ignorait ce que la personne qui était ensuite entrée lui avait fait subir. Un sortilège de contrainte ne l'aurait pas empêché de reconnaître Sinead, même nimbée de son aura. Avec un peu de chance, le professeur saurait déterminer quel sort l'avait frappé.

Le sentiment que de graves événements se préparaient commençait à m'effrayer et j'espérais que les Sentinelles reviendraient bientôt de leur mission. J'avais besoin de leur parler.

— Et si on essayait avec les vraies épées aujourd'hui ? ai-je proposé.

J'aurais volontiers troqué ma tenue de combat pour un jean et mes tennis. Mes bottes, encore mal assouplies, me serraient les pieds.

Carrig a paru amusé.

— Alors, tu te crois prête à combattre avec de véritables armes ?

Pas vraiment… Mais j'avais besoin de son sang afin de faire éclater la vérité.

— Je suis prête. J'ai envie de connaître la sensation de tenir une véritable épée, de sentir son poids, de croiser le fer…

— De ne plus faire qu'une avec ton arme, tant que tu y es ?

Occupée à passer mon bras dans les lanières du bouclier, j'ai froncé les sourcils.

— C'est censé être drôle ?

— Quoi, c'est une expression humaine, non ?

Le voilà qui essayait de m'amadouer avec son charme irlandais. Il ne cessait de passer du chaud au froid avec moi, bien trop vite pour que j'arrive à suivre.

— Très bien, dans ce cas !

Il a dégainé son épée du fourreau et je l'ai imité.

— Garde bien en tête que tu as une véritable épée entre les mains : pas de botte. (Il s'est mis en position.) Et maintiens bien ta lame éloignée.

— Oui, je sais, ai-je répondu. Comme avec les épées en bois : pas de contact au corps.

Même si en réalité tu ne cesses de me frapper avec…

— Dans ce cas, donne tout ce que tu as !

J'ai pris une grande inspiration, sans écouter la petite voix dans ma tête qui hurlait que s'entraîner avec de vraies épées était une très mauvaise idée.

J'ai écarté les pieds de la même distance qui séparait mes épaules et je me suis mise en garde, le bouclier cognant contre ma ceinture. Nous nous sommes mis à tourner l'un autour de l'autre. J'avais beau être en meilleure forme que lui, il était bien plus fort et plus expérimenté. Concentrée sur mon souffle, je glissais avec souplesse sur l'herbe et ne soulevais jamais les pieds de plus de quelques centimètres du sol. En escrime, tout était question d'équilibre et de respiration, et j'avais besoin de tous les avantages que m'offrait ma jeunesse sur Carrig.

Il a frappé. J'ai paré. Il s'est aussitôt retourné pour porter un autre coup, que je n'ai évité que d'un cheveu.

Il a esquivé sans peine le globe d'exercice que je lui ai lancé. La balle est tombée à terre avant de dégringoler en bas de la colline.

Il a porté un coup plus lentement : il tentait de me berner avec une feinte. J'ai frappé son épée au milieu avec ma lame. J'ai vu son épaule se tendre et je me suis fendue pour contrer son attaque basse. Tant que je restais ainsi en défense, je ne pouvais pas espérer le faire saigner. Je bougeais sans arrêt pour éviter d'être une cible facile à atteindre.

Lorsqu'il a commencé à s'essouffler, j'ai su que j'avais gagné. Je m'étonnais toujours de le voir s'épuiser le premier. Pour un entraîneur et un Maître, il n'était pas en forme olympique.

Sans cesser de valser autour de lui, je l'ai nargué :

— Alors, on fatigue ?

— Je n'ai pas beaucoup dormi.

Il s'est avancé. J'étais dans le feu de l'action, prête à en découdre. Il a rapproché ses pieds trop près l'un de l'autre et a trébuché. L'occasion était trop belle : j'en ai profité pour lancer une estocade qui lui a entaillé la joue.

— Merde! a-t-il grogné. Tu m'as fait saigner!

— Vous êtes tombé sur mon épée, me suis-je défendue.

Sans cesser de pester, il a essuyé le sang sur sa joue.

— Ne bouge pas. Je reviens.

Il s'est élancé à travers la prairie et a disparu derrière les portes à double battant qui menaient à la salle à manger.

Le dos tourné au bâtiment, j'ai passé le doigt sur ma lame, où perlait le sang de Carrig, avant de le presser au creux de ma paume et de réciter le charme. Le globe de vérité s'est matérialisé.

— Carrig McCabe est-il digne de confiance?

Son image, qui tremblotait dans la sphère, a répondu: « Impossible à dire. »

Le souffle coupé, les mains tremblantes, j'ai lâché mon épée. Pourquoi, « Impossible à dire »? Que pouvais-je en conclure? Les questions affluaient par dizaines dans mon cerveau, à tel point que j'ai commencé à voir des éclairs blancs zébrer mon champ de vision. Prise de vertige, les tempes douloureuses, j'ai précisé ma question:

— Pourquoi est-ce impossible à dire?

L'image de Carrig a laissé place à celle d'un drapeau noir orné d'une flamme rouge qui flottait au vent.

Une vague de frustration a déferlé en moi: j'étais incapable de déchiffrer ce message.

J'ai fait disparaître le globe scintillant lorsque j'ai entendu Carrig revenir vers moi. Il pressait un chiffon contre sa joue.

— Rien de grave, ce n'est qu'une égratignure.

— Je ne me sens pas bien, ai-je dit sans me retourner vers lui. Je crois que j'ai besoin de m'allonger.

Faire apparaître un globe de vérité me demandait toujours autant d'énergie.

Sa main s'est posée sur mon épaule, il m'a forcée à lui faire face.

— Qu'est-ce que c'est? Des traces d'étincelles? Je croyais que tu n'avais pas encore découvert ton globe! Qu'as-tu fait?

Les jambes en coton, je me suis écartée de lui.

— Rien.

— Tu mens!

Il a agrippé mon poignet.

— Tu me prends pour un idiot?

J'ai tenté de me libérer de son étreinte, mais il en a resserré l'étau. Mon cœur cognait violemment contre ma poitrine.

Il n'y avait personne pour m'aider. Sinead, le professeur Attwood, Merl et même Nana, tous plus puissants que moi, savaient très bien qu'il était dangereux que je me mesure à lui, car on ignorait quel mal le possédait. J'aurais dû suivre leur conseil et éviter de provoquer Carrig. Un garde était censé nous surveiller depuis la salle à manger, mais pour l'instant je me trouvais seule face à une Sentinelle expérimentée.

Tu ne peux compter sur personne d'autre que toi. Tu peux le battre. Tu n'as pas le choix.

J'ai ralenti mon souffle pour me concentrer sur l'invocation d'un globe rose. J'ai senti une vague de chaleur irradier en moi, me picoter la peau. La sphère s'est élargie jusqu'à nous envelopper, Carrig et moi.

La peur. Les pensées qui me rassurent. L'angoisse ressentie lorsque je croyais que Faith allait mourir… Toutes mes émotions, quelles qu'elles soient, générèrent ce globe.

Le ventre et la poitrine parcourus d'étincelles, j'ai résisté de toutes mes forces pour maintenir la magie. La bulle a tenu bon un petit peu plus longtemps cette fois, avant d'échapper à mon contrôle et d'éclater.

Carrig est tombé à genoux, hagard.

— Que s'est-il passé ? s'est-il écrié. Qui es-tu ?

J'ai fait quelques pas en arrière pour ramasser mon épée.

— Vous ne vous souvenez pas de moi ?

— C'est la première fois de ma vie que je te vois.

— Pourtant, je suis le portrait craché de Deidre. Vous vous souvenez d'elle, n'est-ce pas ?

— Je ne connais pas de Deidre. (Il jetait des regards affolés autour de lui.) Où suis-je ?

Fantastique… Soit je l'ai rendu amnésique, soit il se fiche de moi.

J'ai pointé mon arme sur son torse et l'ai regardé droit dans les yeux.

— De quoi vous souvenez-vous ?

La lame me semblait plus lourde qu'à l'accoutumée, et mon corps trop fébrile. Les effets secondaires liés à la création du globe étaient violents et je devais lutter pour ne pas lâcher la poignée de mon arme.

— Mon dernier souvenir… c'est que je suis allé au pub après le travail. J'y ai descendu deux ou trois pintes. Ah oui, et j'ai rencontré cette fille, une Française. Elle m'a offert un verre d'un truc plutôt costaud, et maintenant… Je suis ici, avec toi… (Il est devenu très pâle.) Que m'arrive-t-il ?

— Vous vous souvenez de son nom, à cette fille ?

— Voyons… ça commençait par un V… Véra ? a-t-il répondu, incertain.

Non, impossible…

— Véronique ? ai-je demandé.

— Oui, voilà ! Elle est de cette taille environ. (Il a hasardé sa main à un mètre cinquante du sol.) Et plutôt bien roulée…

— Nous parlons bien de la même personne. C'est une Sentinelle, Carrig, ne me dites pas que vous ne l'avez pas reconnue ?

— Je ne m'appelle pas Carrig.

J'y étais peut-être allée un peu fort, avec le globe.

— Ah bon ? Quel est votre nom ?

— Sean McGann.

Je me suis mordu les lèvres le temps d'analyser ces informations.

— Oh mon Dieu… vous êtes le changelin de Carrig…

Mon globe avait dû le libérer d'une emprise exercée sur lui jusque-là. À moins qu'il ne s'agisse d'un piège ?

— N'importe quoi ! a-t-il bougonné.

J'avais demandé au globe si Carrig était digne de confiance. Pas Sean. Il me fallait vérifier son identité, m'assurer qu'il disait vrai.

— Vous connaissez des contes de fées irlandais, je suppose ? lui ai-je demandé d'un ton plus gentil.

— Pour sûr.

— Eh bien nous y sommes. En plein dedans. Je fais de la magie, et j'aurais besoin d'une goutte de votre sang.

Il a tergiversé un moment avant de comprendre que, vu la situation, il n'avait rien à perdre. J'ai tendu la main, soulevé un pan de son bandage et passé mon doigt sur sa blessure.

Le globe de vérité a confirmé que Sean était bien le changelin de Carrig. Le livre de magie que le professeur Attwood m'avait donné mentionnait qu'un magicien pouvait entrelacer deux esprits afin de n'en faire qu'un. Se pouvait-il que le tissage des deux esprits ait été tellement serré que même mon globe ne parvenait pas à les distinguer ? Et si c'était le cas, qui était responsable de ce stratagème, et où se trouvait Carrig ? Quelqu'un avait échangé les deux hommes, et le pire, c'était que tante Eileen était impliquée.

J'ai contemplé Sean, puis les sombres fenêtres du château, incertaine de la marche à suivre. Une Sentinelle n'était-elle pas censée me surveiller depuis la salle à manger ? Pourquoi personne ne venait me porter assistance ?

J'ai remis l'épée au fourreau avant de tendre la main à Sean, qui a accepté mon aide pour se remettre debout.

— Je vais vous présenter à un homme bien. Il va s'assurer que vous puissiez rentrer chez vous sain et sauf.

— On ne va pas m'emprisonner ou me réserver un sort du même genre ?

— Non, n'ayez crainte.

— De toute façon, je n'ai pas le choix, pas vrai ?

Il m'a suivie à travers le terrain d'entraînement. Le professeur Attwood m'avait assuré que les effets secondaires qui suivaient l'utilisation de la magie disparaîtraient après quelques mois de pratique. Je récupérais déjà bien plus vite qu'au départ. Je sentais le globe rose palpiter juste sous ma peau, et je n'ai eu qu'à déplier les doigts pour qu'il se matérialise au creux de ma main, tremblotant au rythme de mes pas. Peu à peu, la magie devenait une extension de mon corps. Selon mes envies, je pouvais lui faire prendre la taille d'un ballon de basket ou d'une balle de golf.

— Vas-tu arrêter de jouer avec ce truc? C'est très dérangeant.

— Oh, désolée!

J'ai dissipé le globe.

Les portes du château se sont ouvertes à la volée pour laisser passer Arik, qui fonçait droit sur nous. Sinead le talonnait de près.

— Vite! a-t-il crié. Elle arrive!

— Qui?

— Véronique! Ne reste pas plantée là, cours!

Arik m'a empoigné le bras pour m'entraîner à sa suite. Sinead est arrivée à ma hauteur.

— Sean! ai-je crié. Suis-nous!

— Sean?

Arik a lancé un coup d'œil par-dessus son épaule.

— C'est le changelin de Carrig. Longue histoire. Je t'expliquerai.

J'ai sauté par-dessus un rocher.

— Qu'est-il arrivé à la Sentinelle censée me protéger?

— Aucune idée. Elle n'était pas là.

Je me suis assurée que Sean nous suivait toujours. Il était bien là, mais Véronique et un homme à l'allure menaçante, vêtu comme l'un des gardes du château, gagnaient du terrain. Paralysée par la peur, j'ai interrompu ma course.

Arik a dérapé.

— Ne t'arrête pas !

Véronique a levé la main pour faire apparaître un globe rouge qu'elle a lancé sur nous. Le projectile s'est changé en boule de feu avant de foncer droit sur moi. Sean s'est jeté à terre pour l'éviter.

Arik m'a plaquée au sol. J'ai senti mes poumons se vider sous l'impact. Le globe nous a évités de peu et a laissé une traînée d'herbe brûlée derrière lui.

Une pluie de boules de feu s'est abattue autour de nous : Véronique les créait et les projetait à une vitesse prodigieuse.

— Lève-toi, m'a intimé Arik. Sinead ! Emmène le changelin dans les dépendances !

Je me suis relevée tant bien que mal. Mon compagnon a riposté : Véronique a esquivé une boule de feu, son acolyte deux.

— Respire. Concentre-toi, m'a lancé Arik. Ils nous rattraperont avant qu'on atteigne les dépendances. Jette tes globes lumineux sur Véronique. Retiens son attention, je m'occupe du garde.

J'ai tenté de reprendre mon souffle et de rassembler mon courage. Le premier globe que j'ai lancé a manqué sa cible d'un bon mètre, mais Véronique en est restée stupéfaite, assez pour permettre à Arik de s'attaquer au garde. L'une après l'autre, j'ai continué à propulser mes boules de lumière vers elle. On aurait dit une star mitraillée par les flashes. Elle s'est couvert les yeux des mains.

Le garde s'est rué vers elle pour la protéger, mais Arik a été plus rapide : le globe de feu dans sa paume s'est changé en un long fouet. Le lasso a pris l'homme à la gorge pour le forcer à mettre un genou en terre. L'instant d'après, il gisait au sol, inanimé.

Arik est revenu vers moi au pas de course alors que je lançais une énième boule lumineuse.

— On fonce! a-t-il hurlé.

Je me suis élancée, mon cœur battant à tout rompre dans ma poitrine. Un globe de feu a ricoché contre ma botte. Malgré la chaleur ressentie, les flammes n'avaient pas traversé le cuir.

Arik s'est retourné pour envoyer une dernière salve à notre poursuivante avant que nous nous engouffrions dans les dépendances. Sinead a refermé la porte derrière nous à la hâte. Des flammes ont pénétré par les interstices.

— On a besoin d'un charme, et vite! s'est écriée la fée.

Un sort. Vite, vite, réfléchis! On ne doit pas la laisser entrer...

Face à la porte, fébrile, j'ai hurlé:

— *Bloccare la porta! Aperto solo per Merlin!*

Les flammes qui s'immisçaient dans l'encadrement de la porte se sont évanouies et ont laissé place à des volutes de fumée. Incapable de tenir debout plus longtemps, je me suis adossée au mur et laissée glisser sur mes talons. Une terrible migraine me vrillait les tempes.

— Gia, tout va bien? m'a demandé Arik, qui venait de s'agenouiller devant moi.

— Elle... elle a essayé de nous tuer.

Sinead s'est assise près de moi, a fermé les yeux et murmuré des paroles dans une langue inconnue, sans doute celle du petit peuple. On aurait dit de la musique.

Alors, la douleur s'est atténuée, et mes membres ont cessé de trembler. Elle m'a regardée dans les yeux.

— Tu te sens mieux ?

— Beaucoup mieux, merci. (Je me suis relevée avec elle.) Comment se fait-il que tu puisses accomplir ce genre de merveilles, mais que tu ne prononces pas de charmes ?

— Les gens du petit peuple ne peuvent pas lancer de sorts. Mais toi, tu viens d'en lancer un double.

— Tu l'as remarqué ?

— J'ai entendu la formule…

— C'est vrai : j'ai d'abord scellé la porte, puis j'ai empêché quiconque de l'ouvrir à part Merl. Le professeur Attwood m'a enseigné la technique.

Arik a souri.

— Tu as bien fait ! Alors, qui est Sean ?

— C'est le changelin de Carrig. J'ai bien peur que leurs esprits n'aient été entrelacés.

— Ce qui expliquerait pourquoi il en savait autant sur Carrig… Un magicien a dû opérer le tissage avant d'assujettir Sean. Il entendait par ses oreilles et voyait par ses yeux. Carrig était capable de résister à ce sort, voilà pourquoi on s'est servi de son changelin.

— Mais alors, comment se fait-il que Sean ne t'ait pas reconnue sous ton aura, Sinead, lorsque tu étais devant chez Nana ?

— Parce que mon aura est de nature magique. On ne peut échanger les souvenirs d'éléments magiques, même si on entrelace deux esprits.

— Quoi qu'il en soit, ai-je dit, c'est terrifiant. N'importe qui peut nous espionner à notre insu !

— En partie seulement. Le magicien qui contrôle l'assujetti n'a pas accès à la totalité des souvenirs de sa victime, a répondu Arik.

Sinead s'est dirigée vers une porte au fond de la pièce.

— Ne restons pas ici, nous devons trouver de l'aide.

La boule de lumière que j'ai fait apparaître au-dessus de nos têtes a illuminé la pièce. La fée m'a remerciée avant de tourner la poignée.

Elle a franchi l'ouverture avant de commencer à descendre des marches.

J'ai jeté un coup d'œil à Sean avant de m'engager à la suite de Sinead. Il m'a rendu un sourire nerveux et nous a suivies.

— Que s'est-il passé, là-bas ? ai-je demandé à Arik.

— Nous allions retrouver Merl quand Véronique nous a tendu un piège. J'ignore si elle agit seule, mais je l'espère pour Asile... Dieu merci, elle ne s'est pas aperçue que la Laniar s'était échappée ! Notre seul espoir désormais, c'est que Faith parvienne à alerter Merl ou le professeur Attwood avant que Véronique ne mette ses plans néfastes, quels qu'ils soient, à exécution.

J'ai pensé très fort à Nana et prié pour qu'elle soit en sécurité.

— Nous devons trouver les autres Sentinelles, a repris Arik. Où habitez-vous, Sean ?

— À Galway.

— Nous vous déposerons à la bibliothèque de Trinity College, à Dublin. Je n'ai rien de plus proche.

— Du moment que je sors d'ici... a-t-il répliqué.

Parvenus au bout du tunnel, nous avons remonté un autre escalier. Arik a actionné un levier et une étagère a pivoté pour nous laisser entrer dans la bibliothèque Duke Humfrey d'Oxford, avant de reprendre sa place.

— Asseyez-vous, Sean, a-t-il dit en lui désignant un fauteuil de lecture. Nous devons trouver le livre, Gia.

Chaque porte-livre portait le même code en classification décimale universelle, le système de classement des documents utilisé dans la plupart des pays, aussi était-il facile de la retrouver dans n'importe quelle bibliothèque du monde.

J'ai récité le charme qui le ferait sortir de sa cachette.

— *Sei zero sette periodo due DOR!*

Je mettais enfin en pratique ce que j'avais appris avec le professeur Attwood.

Une rangée de livres a tremblé contre un mur. Un volume s'est détaché de l'étagère avant de léviter jusqu'à nous.

Sinead l'a attrapé, posé sur une table et ouvert au hasard. Elle a fait le geste d'envoyer un baiser de la main, et aussitôt sont apparus des papillons d'argent qui ont virevolté devant ses yeux. Usant d'un langage séculaire, la fée a parlé aux créatures étincelantes, qui se sont fondues dans le livre.

— OK, dis-je, le coup des papillons d'argent, je ne connaissais pas. Ils servent à quoi?

— Ce sont des chercheurs. (Elle m'a prise par le bras pour me faire reculer.) Leur rôle est de ramener les personnes que je leur demande, pour peu qu'elles se trouvent dans une bibliothèque. Restez en arrière: j'ai convoqué les autres Sentinelles, et elles risquent de nous atterrir dessus.

L'appréhension m'a noué les tripes. Après plusieurs minutes sans que rien ne se passe, j'ai entrepris de meubler notre attente :

— Que peux-tu me dire sur le petit peuple ?

— C'est une autre façon de désigner les fées. Nous nous mouvons de manière furtive, sans bruit. Nous sommes les jardiniers des changelins et avons aussi des pouvoirs magiques.

— Les changelins… a répété Sean. On parle bien de ces créatures difformes que les mauvais esprits échangent à la place des bébés ?

— Au diable ces histoires odieuses, inventées par les parents déçus d'avoir donné naissance à des enfants imparfaits ! a répondu Sinead d'un ton sec. Un humain qui a découvert notre secret a répandu toutes sortes de légendes à notre propos. Et n'oubliez pas que vous êtes, vous-même, un changelin…

— Ben voyons…

— Très bien, vous deux, cette discussion est terminée, a dit Arik.

Sean s'est rassis.

Je me suis tournée vers Sinead.

— Tu as parlé de jardiniers ?

— Oui. Lorsque naît une Sentinelle, un cocon pousse dans le Jardin de la Vie. Au bout de dix jours, un changelin éclôt sous la forme d'un enfant. Au fond du cocon se trouve une perle colorée, qui est connectée aux gènes du bébé Sentinelle qui lui correspond. Grâce à elle, le parent-fée peut trouver l'alter ego du changelin. Une fois les deux enfants échangés, la Sentinelle est sous sa responsabilité. Il l'élève comme son propre enfant, et son amour pour lui est incommensurable.

— Et… de quelle Sentinelle as-tu eu la garde ? ai-je demandé, bien qu'au fond de moi je connaisse déjà la réponse.

— Tu étais celle dont j'aurais dû m'occuper, a-t-elle dit en se rapprochant du livre posé sur la table.

J'étais ébranlée. Qu'avait-elle pu ressentir lorsque ma mère s'était enfuie, enceinte ? Je n'ai pas su quoi lui répondre.

— Quand je n'ai pas pu te trouver, a-t-elle repris, je n'ai pas su quoi faire. Carrig est venu me voir lorsqu'il a su ce qui s'était produit. Il m'a expliqué qu'il était le père de la Sentinelle disparue, et Marietta sa mère. J'étais terrifiée. Nous savions que tu étais celle que le prophète avait vue, alors nous avons gardé le secret. Nous avons élevé Deidre ensemble. Au fil du temps, Marietta a de moins en moins occupé les pensées de Carrig, et nous sommes tombés amoureux l'un de l'autre. En fin de compte, il s'est convaincu qu'il valait mieux pour toi que tu ne saches rien de notre monde.

— Alors, tu n'es pas en colère pour ce que ma mère a fait ?

— Oh non ! a-t-elle répondu avec un faible sourire. Elle voulait te protéger. J'aurais agi comme elle.

— Au fait ! J'ai oublié de vous dire : lorsque j'ai demandé au globe pourquoi il ne pouvait me donner une réponse claire sur Carrig, enfin Sean, il m'a montré un drapeau noir orné d'une flamme rouge en son centre.

Sinead a porté la main à sa bouche.

— L'étendard d'Estril… a dit Arik. C'est Conemar qui détient Carrig.

— Conemar… le magicien français qui a commandité l'attaque de l'un des refuges ?

— Lui-même. Son âme a toujours été noire. Sa mère était assujettie à un magicien lorsqu'elle l'attendait. L'homme responsable du sort a perdu la vie au cours du processus, ce qui aboutit toujours à rendre la victime folle. Lancer un sortilège de contrainte est loin d'être anodin pour un magicien : son espérance de vie décroît très vite en raison de l'énergie demandée. Cet homme était encore jeune, il aurait tout de même dû tenir plusieurs mois avant de rendre l'âme, mais il est mort au bout de deux semaines : le bébé avait aspiré son énergie vitale à une vitesse prodigieuse.

J'ai tressailli. Cette histoire me donnait froid dans le dos.

— Où est Conemar aujourd'hui ?

— Il a été banni pour suspicion de meurtre. Estril, le refuge russe, l'a accueilli à bras ouverts, trop heureux de compter à nouveau un Archimage dans ses rangs. Une malédiction lancée par l'enchanteresse Athela au XVIᵉ siècle les en avait empêchés. On dit qu'elle n'avait pas supporté la mort de son époux…

En même temps, difficile de rester saine d'esprit quand votre père ressuscite votre mari pour le transformer en monstre…

Sean s'est tortillé sur son fauteuil.

— Je vais moisir ici encore longtemps ? Vous me fichez la frousse avec vos histoires.

Il n'a pas tort…

— On ne vous a rien demandé! s'est énervée Sinead. Nos amis vont arriver d'une minute à l'autre, et on pourra vous ramener en Irlande. D'ici là, taisez-vous!

— Eh, lâche-le un peu, a dit Arik. Il n'a pas demandé à être embarqué dans l'aventure.

— Pardon, a-t-elle murmuré. Je suis inquiète pour Carrig, et cet homme me le rappelle à chaque seconde…

Le livre s'est mis à trembler sur la table, les papillons argentés s'en sont échappés avant d'imploser en milliers de paillettes, qui sont retombées doucement au sol. Les pages se sont mises à tourner à toute allure avant de tout à coup s'arrêter. Demos est apparu en tourbillonnant pour atterrir debout sur la table et sauter ensuite à terre.

— On m'a appelé?

Un sourire en coin, le regard malicieux, il m'a reluquée de la tête aux pieds.

— La tenue de combat te sied à ravir, ma chère Gia!

Chapitre 18

Arik s'est dirigé vers son camarade. Le visage grave de Sinead a dû alerter Demos car son sourire s'est évanoui.

— Que s'est-il passé? Vous avez un problème, Carrig?

— Ce n'est pas Carrig, l'a interrompu Arik. Conemar l'a capturé et a envoyé son changelin à la place. On pense qu'il a entrelacé leurs esprits.

Demos, intrigué, a examiné Sean.

— Incroyable… Mais comment est-il parvenu à franchir la porte-livre?

— Tant que leurs esprits sont entrelacés, Sean a accès aux souvenirs et aux capacités de Carrig, a expliqué Sinead.

— Avant de continuer, Gia va te faire passer un petit test, a dit Arik.

J'ai invoqué un globe de vérité et l'image de Demos m'a affirmé que la Sentinelle était digne de confiance. Je lui ai ensuite expliqué comment le globe rose avait libéré Sean du sortilège de contrainte.

— Je crois qu'il se nourrit de mes émotions, et qu'il annule les charmes et les sorts.

— C'est sans doute la raison pour laquelle Véronique nous a attaqués, a dit Sinead.

Demos a écarquillé les yeux.

— Véronique?

— Je crois qu'elle est impliquée dans les récentes attaques de Chimères.

Un voile de déception a obscurci le regard d'Arik.

— Je dois parler à Merl.

Il a sorti une fine baguette de sa poche, composée en réalité de deux bâtonnets aimantés l'un à l'autre. Lorsqu'il les a séparés, comme s'il ouvrait un rouleau, une lueur bleue est apparue entre eux. On aurait dit une tablette tactile.

— Merlin Sagehill, a dit Arik.

— Qu'est-ce que c'est? ai-je demandé.

— Une fenêtre de communication, a-t-il répondu. C'est le seul moyen d'entrer en contact avec Asile, puisque les charmes de protection bloquent les réseaux télé-phoniques.

Au bout de quelques minutes, j'ai considéré l'appareil d'un air suspicieux.

— Il est cassé, ton truc...

— Laissons-lui du temps. Ce n'est pas évident de trouver un endroit sûr pour répondre.

La lueur bleue a clignoté et laissé place au visage fantomatique de Merl.

— Parfait, a dit le magicien. Gia est avec vous! Vous a-t-elle mis au courant des derniers événements?

— Oui. Quelles sont les nouvelles, à Asile?

Les yeux de Merl se sont posés sur moi, ce qui m'a mise un peu mal à l'aise.

— C'était très rusé de ta part, Gia, de doubler le charme de la porte scellée, de sorte que je sois le seul à pouvoir l'ouvrir. C'est là que nous avons capturé Véronique, alors qu'elle tentait de s'échapper. (Il s'est de nouveau tourné vers Arik.) Nous avons scruté son esprit. Elle conspire avec Conemar, qui a orchestré les récentes attaques de Chimères. Il possède des taupes dans tous les refuges. Véronique a espionné nos conversations lorsque nous parlions d'avoir retrouvé Gia. Conemar a voulu en savoir plus, aussi a-t-il fait en sorte d'échanger Carrig avec son changelin pour observer Gia...

L'écran s'est figé. Arik a réglé la position des bâtonnets pour obtenir une meilleure réception.

— Que lui veulent-ils ?

— Oui, bonne question, ai-je dit avant de m'approcher pour mieux entendre.

— D'après ce que j'ai pu tirer de Véronique, ils espéraient qu'elle les conduirait... l'énigme... localiser... *Chiavi*...

— Attendez, on vous perd.

Arik s'est déplacé vers une fenêtre, moi cramponnée à lui comme une huître sur son rocher. La connexion s'est rétablie.

Merl nous sondait du regard à travers l'écran.

— Vous m'entendez mieux ?

— Oui, poursuivez.

— Véronique a envoyé les adresses de Gia, Nick et Afton aux Chimères malveillantes qui en avaient après eux. Elle a trouvé ces informations dans tes comptes rendus de mission. D'ailleurs, nous discuterons plus tard des conditions qui lui ont permis d'y avoir accès.

Pour l'heure, il y a plus grave : Brian Kearns et Deidre sont en danger.

— Quoi ?

J'ai eu le souffle coupé. Arik a posé une main sur mon épaule pour me calmer.

— Vous devez les secourir, a poursuivi Merl, ainsi que les deux jeunes, Afton et Nick, et les conduire à Asile. Le Conseil des magiciens a autorisé leur venue et nous en avons informé les Surveillants. Les humains ne seront pas détectés lors du franchissement des portes.

— Ce sera fait, a répondu Arik. Mais nous n'avons pas encore terminé notre mission précédente. La plupart des villes sont sécurisées, et, si Méduses ont été défaites, certaines sont parvenues à s'échapper.

L'expression de Merl s'est assombrie.

— J'envoie des gardes pour retrouver les survivantes et les mettre à l'abri. Rappelle-moi dès que vous aurez trouvé les humains. Pas d'imprudence.

— Attendez ! Ma grand-mère et Faith vont-elles bien ?

— Oui, je veille sur elles. Ne t'en fais pas.

La lumière bleue s'est éteinte. Arik a rassemblé les bâtonnets avant de les plonger dans sa poche.

J'ai laissé échapper un soupir de soulagement, avant de me souvenir du danger qui menaçait mon beau-père et mes amis. Je me suis précipitée vers le livre et l'ai feuilleté pour trouver la bibliothèque de Boston.

— Pop est en danger ! Nous devons le trouver !

Arik m'a pris les mains pour m'arrêter.

— Pas de précipitation. On attend les autres, et on ne partira qu'une fois qu'ils auront tous passé le test du globe de vérité.

— On n'a pas le temps !

— Bon sang, Gia, vas-tu m'écouter ? Nous avons besoin des autres Sentinelles, on ne va pas se pointer à deux pour sauver tout le monde !

— Je ne vais pas courir le risque de laisser Pop sans protection un instant de plus.

Il m'a foudroyée du regard.

J'ai plongé mes yeux dans les siens, sombres et froids.

— J'irai, même sans toi.

— Mais quelle tête de mule ! s'est-il écrié, au comble de l'exaspération. Ce n'est pourtant pas compliqué à comprendre !

J'ai croisé les bras, au bord des larmes.

— Tout ce que je comprends, c'est que Pop est en danger et, avec Nana, il est tout ce que j'ai au monde. Nous devons partir maintenant, les autres nous rejoindront.

— Oh et puis va te faire voir ! a-t-il dit en levant les bras au ciel.

— Qu'est-ce qui te prend, Arik ? a lancé Sinead. Cesse d'être aussi dur. Sa famille est menacée et tu n'as pas eu un seul mot de réconfort pour elle.

Il a baissé les yeux et grommelé un peu avant de dire d'une voix radoucie :

— Je suis désolé. Je ne voulais pas…

— J'ai peur, ai-je dit, incapable de retenir plus longtemps mes larmes.

— S'il te plaît, ne pleure pas… Je ne laisserai rien ni personne faire du mal à ton père et à tes amis. Peux-tu me faire confiance ? Si nous partons chacun de notre côté, nous sommes perdus.

Il m'a prise dans ses bras.

— Tu te souviens du chasseur, dans le métro? Plus nous serons nombreux, plus nous serons forts. Regarde ce qu'on a accompli face à Véronique!

Chaque seconde de plus à attendre était une torture, mais il avait raison. Nous avions besoin des Sentinelles.

Je me suis laissée aller contre son torse. J'avais conscience qu'il risquerait sans doute sa vie pour tenir sa promesse, et cette pensée m'horrifiait. Je n'avais pas envie qu'il arrive quoi que ce soit à Pop ou à mes amis, mais à lui non plus. Prise d'un léger vertige, j'ai respiré son odeur. Je voulais apprendre à mieux le connaître. Lui dire à quel point j'admirais sa bravoure. Or, je n'en avais pas le courage – j'ai refoulé toutes mes émotions.

— J'ai confiance en toi, ai-je dit.

— C'est dimanche aujourd'hui, a-t-il déclaré, plus serein. Ton père est au travail, Deidre à ton entraînement, Nick vient juste de terminer son service au restaurant de ses parents et Afton fait du baby-sitting chez ses voisins. Il nous reste une bonne heure avant que chacun rentre chez soi.

J'ai relevé la tête.

— Comment connais-tu leur emploi du temps?

— Je l'ai appris des gardes qui vous ont surveillés après votre excursion à Paris.

Ses paroles m'ont quelque peu calmée.

Les autres Sentinelles ont fini par arriver, et j'ai invoqué pour Kale et Jaran un globe de vérité. Pendant ce temps, Lei, installée dans un fauteuil, se curait les ongles à l'aide d'un petit poignard. Une fois les deux Sentinelles examinées, Arik a mis tout le monde au courant de la situation. Sean serait reconduit à Dublin par Sinead et Jaran.

— Bonne chance ! m'a dit l'Irlandais. J'espère que tu sauveras ton père et tes amis.

La sincérité de ses mots m'a à la fois surprise et touchée.

— Merci… Bon vent à vous.

Il a pris la main que Sinead lui offrait et s'est accroché au bras de Jaran.

— Attendez ! me suis-je exclamée. La lettre de ma mère, et la photo de mes parents, je peux les récupérer ? Elles doivent être dans votre portefeuille…

Il a sorti l'objet de sa poche et l'a examiné avant de me le tendre.

— Ce n'est pas le mien.

J'ai pris la feuille et la photo puis confié le reste à Sinead. Ce n'étaient que de maigres souvenirs, mais ils me reliaient à celui de ma mère, tout comme son parapluie à la couleur passée.

Jaran a récité la formule, et le livre les a aspirés tous les trois dans la photo de la bibliothèque de Trinity College à Dublin.

Je me suis dirigée vers l'étagère la plus proche pour contempler les volumes alignés et tenter ainsi de me calmer. Mon cœur battait à tout rompre et j'avais la gorge serrée. Mon seul désir : être auprès de Pop. Au bout d'un petit moment, Arik a fini par me rejoindre.

— Tout va bien se passer, m'a-t-il dit.

— Je l'espère…

Le retour de Jaran et Sinead nous a interrompus.

— Cette bibliothèque de Dublin mériterait un bon coup de ménage ! s'est exclamée la fée, qui s'essuyait les mains sur son pantalon. Après que j'ai effacé tous ses souvenirs liés à notre monde, Sean s'est endormi derrière un bureau. Il ne bougera pas avant que quelqu'un ne vienne le réveiller, à l'ouverture demain matin. Les gens croiront qu'il a été enfermé.

Arik s'est adressé aux Sentinelles, assises autour d'une table.

— Il nous faut un plan d'action!

Je me suis dépêchée de rejoindre le cercle.

Demos m'a passé un bras autour des épaules.

— Tu t'en sors?

— J'essaie.

— Fantastique. Tiens, enfile ça.

Il m'a tendu un trench-coat beige.

— Pour quoi faire?

— Tu tiens à ce que tout Boston te voie en tenue de combat? Nous allons tous en porter un.

— C'est l'été, tu es au courant? Tout le monde va nous trouver louches.

— Mets-le, s'il te plaît. (Il m'a lancé un clin d'œil.) Et puis, peut-être aurons-nous la chance qu'il pleuve?

— Je voudrais juste qu'on parte, maintenant.

— On va se séparer, a repris Arik, non sans jeter un coup d'œil appuyé au bras de Demos autour de mes épaules.

Le garçon l'a aussitôt retiré.

— Bien. Sentinelles, on nous a beaucoup parlé de ce jour au cours de notre formation, même si nous ne pensions pas qu'il adviendrait de notre vivant. Or, nous sommes à l'Avènement, et notre devoir est de combattre toutes les forces du mal qui se présenteront. Si j'ignore ce que nous aurons à affronter, soyez certains que je n'irai pas combattre avec d'autres guerriers que vous à mes côtés.

— Et je n'irai pas avec un autre chef que toi, a répliqué Jaran, du tac au tac. Je me battrai jusqu'à mon dernier souffle.

— Tout comme moi, a ajouté Lei.

— Et moi, a dit Kale.

— Comme c'est émouvant ! a lancé Demos, un sourire goguenard aux lèvres.

Sa plaisanterie lui a valu un regard noir de Lei.

— OK, je me rends ! s'est-il écrié. Je voulais juste dédramatiser un peu la situation, vous savez bien que je suis le premier à me jeter au cœur du danger !

Mes mains étaient moites et mes genoux tremblaient. Comment aurais-je pu leur dire que c'était moi, l'Avènement ? Je n'en connaissais même pas la signification exacte… Et puis, à leur différence, la perspective de mourir sur un champ de bataille m'était insupportable. Je voulais juste que Pop, Afton et Nick soient en sécurité. Et retrouver ma vie d'avant.

— Prenez tout, sauf vos casques, a dit Arik. Kale et Gia, vous partez chercher Afton. Demos et Jaran, vous vous occupez de Nick. Lei, Sinead et moi, nous partons chez Gia.

J'ai fait un pas en avant.

— Je viens avec vous.

— Ce n'est pas une bonne idée. Vous devez rester séparées, Deidre et toi. Que se passerait-il si un voisin vous apercevait ensemble ? Je te ramènerai ton père sain et sauf.

Il n'avait pas tort : que penserait-on si on nous voyait toutes les deux ? Sans compter que Pop serait choqué, avant qu'on ait eu le temps de tout lui expliquer. Nous devions le mettre en sécurité le plus vite et le plus discrètement possible.

Il me fallait surmonter ma crainte et accepter de confier la vie de Pop à d'autres. Accompagnée de Kale, j'ai donc prononcé la formule pour sauter jusqu'à l'Athenæum.

Mon compagnon sur les talons, je me suis précipitée hors de la bibliothèque sans attendre le reste du groupe. Une fois sur le trottoir, j'ai avisé les lourds nuages qui s'amoncelaient à l'horizon et boutonné mon imperméable. Il allait pleuvoir… Au moins, le climat nous couvrait.

— Tu as de l'argent ? ai-je demandé à Kale.

Il m'a regardée comme si je parlais une langue étrangère.

— Quoi ?

— De l'argent ! De la monnaie, tu as quelques devises sur toi ?

— Quel genre ?

C'est une blague ? Mais où croyait-il être ?

— Le genre qui circule aux États-Unis.

— Oh, bien sûr.

Il a extirpé de sa poche une liasse d'euros, quelques billets de vingt dollars et même deux ou trois coupures de cent.

J'ai hélé un taxi qui passait près de nous.

La course jusqu'à la maison d'Afton m'a paru durer une éternité. Il y avait trop de feux rouges et une armée de piétons indisciplinés. J'ai cru que j'allais exploser lorsqu'un bus s'est arrêté juste devant nous.

Kale a tapoté la main nerveuse que je laissais traîner entre nous.

— Calme-toi. On ne peut pas tout maîtriser.

— Comment veux-tu que je me calme? Alors qu'ils vont peut-être capturer Pop et le livrer à Conemar! Il faut qu'on arrive avant les Chimères malveillantes. S'il perdait la vie…

— Là où je suis né, les gens croient que l'âme est éternelle et qu'elle se réincarne. Je ne suis que de passage dans ce corps. Je trouve cette pensée rassurante.

— Où es-tu né?

— À Manipur, au nord-est de l'Inde. (Il s'est tourné vers la vitre.) J'y suis allé deux fois. La première, pour observer la vie qui aurait dû être la mienne et que vivait mon changelin. La seconde quand… quand j'ai appris sa mort.

— Je suis désolée, ai-je dit.

C'était vrai. Mais je n'avais jamais su trop quoi dire à quelqu'un qui avait perdu un être cher.

Il a soupiré.

— Merci… C'était pénible de voir ma mère biologique souffrir de sa perte. J'aurais voulu me montrer, lui expliquer qui j'étais et lui permettre de reporter tout son amour sur moi. Mais c'eût été insensé.

Et moi, comment supporterais-je de voir Deidre vivre ma propre vie? Lui en voudrais-je, ou tâcherais-je de l'aimer?

— J'ai peur.

— Il ne faut jamais penser au combat qui vient.

— Je n'ai pas peur de combattre… J'ai peur de me perdre, moi.

— On ne perd que ce que l'on décide de perdre.

J'ai médité ses paroles en regardant les premières gouttes d'eau s'écraser sur la vitre. En un mois, ma vie avait changé du tout au tout… Je n'étais plus la même personne. Ma magie n'était pas des plus offensives, mais j'avais troqué mon fleuret d'escrime contre une lame bien aiguisée. Tuerais-je quelqu'un ? Je n'avais pas envie de me perdre, mais j'ignorais ce dont j'étais capable, confrontée à la terreur.

Le taxi a tourné à l'angle de Massachusetts Avenue et s'est engagé dans Lexington.

— On y est presque !

Je me suis avancée sur mon siège pour scruter la rue à travers le pare-brise.

— C'est la grande maison blanche, là-bas.

Les pneus ont crissé : le conducteur venait d'écraser la pédale de frein et je me suis cogné la tête contre la vitre qui nous séparait de lui.

Je l'ai gratifié d'un regard courroucé au moment de lui tendre ses billets.

— Vous avez eu votre permis, alors que moi, non. Je conduis trop lentement, paraît-il… Et dire que vous avez failli nous tuer !

Une fois que nous sommes sortis, il a redémarré en trombe.

Sous une pluie battante, nous sommes restés un instant sur le trottoir, à observer notre objectif. Mon cœur a bondi : la porte était entrouverte.

Afton ! J'aurais voulu crier, mais j'ai plaqué ma main sur ma bouche.

Chapitre 19

Kale a désigné la maison d'un mouvement du menton. Nous nous sommes approchés le cœur battant, à l'affût du moindre danger. J'ai posé le pied sur la première marche du perron.

Oh mon Dieu… Afton! Non!

— C'est étrange… D'habitude, cette maison est aussi cadenassée que Fort Knox, même quand ils sont présents.

Kale m'a attrapé le bras pour m'empêcher d'aller plus loin.

— Il faut nous préparer avant d'intervenir.

Rongée par l'angoisse, incapable d'attendre immobile, je me suis balancée d'un pied sur l'autre pendant que Kale sortait une paire de gants de sa poche, dont il a noué les lanières autour de ses avant-bras. Grâce aux plis de son pardessus noir, on ne les voyait pas.

Exact : il fallait se préparer. Je devais commencer à me comporter comme une guerrière, et non comme une petite fille apeurée. C'était tellement difficile d'agir avec calme, alors que dans mon esprit se bousculaient un millier de scénarios – qui se terminaient tous mal pour Afton.

J'ai ravalé ma peur. Je tenais mon épée tout contre moi, et le bouclier dans mon dos, sous mon trench-coat, devait me donner des airs de bossu de Notre-Dame.

J'ai rejoint Kale sur le porche.

— C'est trop calme… ai-je murmuré.

Il a replié ses deux majeurs au creux de ses mains. Deux lames affilées se sont étirées au-dessus de ses phalanges. Il a récité un charme et, d'un geste de la main gauche, a fait apparaître un globe violet.

— Je croyais qu'on n'avait pas le droit de les utiliser à l'extérieur des bibliothèques ?

— C'est un globe de stupéfaction : il n'a pas le pouvoir destructeur des boules de feu d'Arik ou de la foudre de Lei. Reste derrière moi.

Je lui ai emboîté le pas, prête à bondir avec mon épée.

— Calme-toi, Gia.

Le rez-de-chaussée était désert… ce qui ne me disait rien qui vaille. Où étaient-ils tous passés, un dimanche ?

À l'étage, la première chambre était vide. La deuxième était celle d'Afton, et l'odeur habituelle d'encens y flottait. Des vêtements s'empilaient sur le cadre de son lit et des chaussures étaient éparpillées un peu partout sur le sol. La chaîne, sur la table de chevet, passait des chansons de Taylor Swift. Les crèmes, bouteilles de parfum et différents accessoires de maquillage encombraient la coiffeuse – tout était normal.

On a entendu un grand fracas métallique dans la salle de bains.

— Afton ! ai-je crié.

— Oh, Gia, tu es en avance ! Je viens juste de rentrer

du baby-sitting, a-t-elle dit avant d'émerger dans le couloir. Mais qu'est-ce que…

Son regard a glissé de moi vers Kale pour en fin de compte venir se poser sur mon épée, que j'ai rengainée.

— Afton, c'est moi. La véritable Gia.

J'ai défait mon plastron et baissé le col de mon T-shirt pour lui montrer ma cicatrice.

— Tu vois? Ce n'est pas un tatouage.

Elle s'est approchée pour vérifier avant de s'écrier:

— Si tu savais comme tu m'as manqué!

Elle m'a sauté au cou et je l'ai serrée fort dans mes bras.

— Pourquoi la porte d'entrée était-elle ouverte?

— Maman est partie prendre le thé chez la voisine. Le verrou est cassé: il suffit d'un coup de vent pour ouvrir la porte.

Elle s'est reculée, le visage déformé par l'angoisse.

— Mais… que fais-tu ici? L'autre Gia ne devrait pas tarder.

Une voix familière a résonné dans le couloir.

— Afton? Qu'est-ce qui se passe ici, la porte d'entrée était grande…

Pop a lâché ses clés de voiture. Son regard allait de moi à Deidre, qui se tenait derrière lui.

— Pop! Tu es sauf!

Je me suis précipitée dans ses bras. Les larmes ont roulé malgré moi sur mes joues et j'ai sangloté contre son épaule. C'est alors que je me suis aperçue qu'il était resté immobile. Je me suis écartée pour l'observer: ses yeux hagards n'en finissaient plus de faire l'aller-retour entre mon changelin et moi.

Et zut! Cette fois, aucun mensonge au monde ne pourrait me sauver la mise.

Le regard de Pop s'est de nouveau posé sur moi.

— Pourquoi vous ressemblez-vous autant ?

— Eh bien, euh… ai-je bredouillé, serrant mon imperméable contre moi pour cacher mon épée. Je suis ta fille, Pop. Et cette personne s'appelle Deidre, en réalité.

Pop m'a dévisagée. Lui faire subir une telle épreuve me brisait le cœur.

— Vous êtes jumelles ? Non, ce n'est pas possible, j'étais là à ta naissance… Vous êtes de la même famille, alors ?

Son front s'est plissé, comme toujours sous l'effet de la confusion.

— Qui êtes-vous ?

— Nous ne sommes ni jumelles, ni même parentes, a dit Deidre. Je ne suis pas votre fille, Gia l'est.

Je savais que je n'étais pas autorisée à révéler l'existence des Chimères, mais au point où on en était… De toute façon, Pop découvrirait la vérité lorsque nous l'emmènerions au merveilleux pays d'Oz. J'avais tant de fois essayé de lui parler des boules de lumière, sans jamais y parvenir !

— Nous ne sommes pas en sécurité, ici, est intervenu Kale. Nous devons partir.

— Tu as raison, filons d'ici. Les autres nous attendent peut-être déjà à l'Athenæum. Je t'expliquerai en route, Pop. Tu nous fais confiance ?

Il a interrogé Deidre du regard.

— Allons-y, a-t-elle dit.

300

Il a opiné du chef et l'a suivie dehors. Je n'ai pas pu m'empêcher de ressentir une pointe de jalousie envers cette fille qui avait pris ma place.

Afton a glissé sa main dans la mienne.

— Allez, viens.

Assise à l'arrière de la Volvo de Pop, je le voyais serrer le volant si fort que ses jointures blanchissaient. Les muscles de ses mâchoires ont tressailli : je savais qu'il serrait les dents. Je ne supportais pas qu'il soit effrayé ou se sente perdu par ma faute.

Je me suis avancée pour m'agripper à son siège.

— Tu te rappelles la rentrée, en primaire, quand j'avais tellement peur que je ne voulais pas aller à l'école ? Tu m'appelais « Petite Abeille » à cette époque… Tu m'as dit que le départ piquerait un peu, mais que la suite serait douce comme du miel. Je n'ai jamais compris ce que tu avais voulu dire. Mais c'était mignon. Encore aujourd'hui, j'en souris.

— Je n'ai jamais été très bon en métaphores.

— C'est rien de le dire !

Il a jeté un coup d'œil à Deidre, assise sur le siège passager, avant de se concentrer sur la route.

— Gia, explique-moi qui est Deidre, et pourquoi vous vous ressemblez comme deux gouttes d'eau.

Nous y sommes. D'un regard noir, j'ai fait taire mon changelin, qui s'apprêtait à répondre.

— Tu vas croire que je suis folle.

— C'est un risque à prendre.

Alors, pendant que les autres faisaient mine de s'absorber dans la contemplation du paysage qui défilait à travers les vitres, j'ai tout expliqué à Pop. J'ai décidé de lui montrer mes boules de lumière lorsqu'il ne conduirait plus, histoire de ne pas risquer un accident. Mais je n'étais pas certaine de vouloir lui faire lire la lettre de Maman. Il n'avait peut-être pas besoin de savoir à quel point elle avait aimé Carrig.

Il a reporté son regard sur mon changelin.

— Je me disais aussi que tu agissais de manière étrange, ces derniers temps…

— Et donc, ai-je conclu, tu dois venir avec nous. Tu n'es plus en sécurité ici, à Boston.

— Ma mère est une sorcière, alors ? Je comprends mieux, maintenant…

Il s'est frotté le cou.

— Je t'aime, Pop.

Il a tendu sa main en arrière pour serrer la mienne.

— Moi aussi, ma puce. J'ai l'impression d'avoir des jumelles… En vérité, j'avais quelques soupçons. Tu sais, Deidre, tu es l'exact opposé de Gia. Elle est désordonnée et incapable de faire des œufs au plat. Tu es soigneuse et excellente cuisinière. Je commençais à craindre qu'elle n'ait reçu un coup un peu trop violent à la tête à l'entraînement de kickboxing. J'hésitais même à appeler mon ami médecin…

Deidre a éclaté de rire.

— C'était tellement soudain ! Je n'ai pas eu le temps d'étudier toutes les manies de Gia.

— Voilà l'entrée du parking, ai-je lancé pour interrompre cette conversation plutôt dérangeante sur ma vie piratée.

— J'ai vu, a répondu Pop.

Une fois garés, nous sommes ressortis pour nous diriger vers la bibliothèque. Mon beau-père a continué à m'observer d'un regard dérouté. Ses épaules étaient voûtées. Je m'en voulais de l'avoir fait entrer dans ce nouveau monde, mais d'un autre côté, j'étais rassurée de l'avoir à mes côtés, en sécurité. J'ai pressé sa main pour lui montrer à quel point j'étais heureuse de le retrouver.

Demos nous attendait sur les marches de l'Athenæum.

Alors seulement, j'ai pensé à Arik.

— On devrait l'appeler pour les prévenir que Pop et Deidre sont avec nous.

— Bien vu, a dit Kale. Ils doivent toujours les attendre chez toi.

Il a sorti son téléphone portable d'une poche de son pantalon pour composer un numéro sur l'écran.

— Allô ? a hurlé la voix d'Arik.

Kale avait dû appuyer sur la touche « haut-parleur ». On entendait des bruits de ferraille et d'explosion.

— C'est Kale. Que se passe-t-il ?

— Combat d'épée ! Je suis un peu occupé.

Le bruit des lames qui s'entrechoquaient me glaçait le sang. Mais je n'avais qu'une idée en tête : rejoindre Arik. L'aider.

Un passant a lancé un regard de travers à Kale.

— C'est un jeu vidéo, ai-je expliqué.

Le type a opiné du bonnet avant de continuer son chemin.

On a entendu un grognement.

— M. Kearns et Deidre sont avec nous, Arik. (Un grand tapage a retenti.) C'était quoi, ce vacarme ?

— La télé. Toutes mes excuses à M. Kearns. Ne vous inquiétez pas. (Bruit de verre qui se brise.) On vous rejoint à la bibliothèque !

— Combien sont vos adversaires ?

— Bien trop nombreux !

Sans même réfléchir, j'ai dévalé les marches vers le trottoir, mais Demos m'a rattrapée.

— Allons-y ! ai-je dit. On peut les aider.

Kale a froncé les sourcils à mon intention.

— Vous avez besoin d'aide ?

— Non, nous avons la situation en main. Gardez les autres en sécurité. C'est un ordre.

La ligne s'est coupée.

— Quelle classe ! a apprécié Deidre. Répondre au téléphone sans cesser de se battre à l'épée…

Je lui ai lancé un regard exaspéré. Arik risquait sa vie et elle ne trouvait rien d'autre à faire que d'admirer sa capacité à faire deux choses à la fois.

Kale a raccroché avant d'adresser un sourire gêné à Pop.

— Ne vous inquiétez pas pour le désordre. Nous avons des Effaceurs qui s'en occuperont.

— Je ne m'en fais pas pour les meubles, mais plutôt pour ce garçon. Pas vous ?

Je me suis tournée vers Kale, la voix empreinte de désespoir :

— Allons l'aider ! Il n'a que Sinead et Lei avec lui…

À la mention de Lei, un éclat particulier est passé dans les prunelles de la Sentinelle.

— Bon, on va voir ce qui se passe. Demos, tu viens

avec moi. Où en est Jaran avec Nick ? Il pourrait s'occuper des humains ici.

— On a rencontré un chasseur, a répondu Demos. On a dû se séparer, mais ils devraient arriver d'une minute à l'autre.

— Et merde ! On ne peut pas laisser Gia et les autres sans Sentinelle. Reste avec eux, Demos, j'y vais seul.

Si tu crois que je vais rester plantée là…

— Tu ne connais pas cette ville, ai-je dit. Tu as besoin d'une guide.

Il a cédé devant mon regard suppliant – et discret, afin que Pop ne le voie pas. Après quelques protestations, mon beau-père m'a laissée partir.

Kale et moi avons sauté dans un taxi, qui nous a déposés au bas de ma rue.

J'ai ajusté le bouclier sur mon dos et serré la ceinture de mon trench. Kale s'est arrêté à l'entrée de mon immeuble. Tout semblait calme.

— Comment sais-tu que j'habite dans ce bâtiment-là ?

— Je t'ai suivie comme ton ombre durant deux jours, avant ton arrivée à Asile. C'est moi qui veillais sur toi.

— Qu'est-ce que tu as dû t'ennuyer…

— Oh, tu as des habitudes tout à fait dignes d'intérêt !

J'ai ouvert la bouche pour lui demander des précisions, mais un homme âgé est sorti, et je n'avais pas ma clé. Je me suis ruée pour lui tenir la porte.

— Oh, bonjour monsieur Navarro !

Mon voisin septuagénaire était vêtu d'un complet noir, une fleur de gardénia blanche passée à la boutonnière. Il a descendu les quelques marches avec fébrilité.

— Gia, a-t-il dit, j'ai un rendez-vous et je suis en retard, je n'ai pas le temps de bavarder !

— Je comprends. À bientôt !

Je me suis précipitée dans le hall à la suite de Kale, qui enfilait à nouveau ses gants et montait déjà l'escalier vers mon appartement. Un fracas redoutable a retenti derrière ma porte, et nous avons posé nos mains sur la poignée en même temps. Kale m'a laissée ouvrir, en position d'attaque.

On aurait dit qu'une bombe avait explosé à l'intérieur. Des feuilles de papier et des morceaux de rembourrage de coussins voletaient dans l'air saturé de fumée. Des livres déchiquetés gisaient au pied de la bibliothèque calcinée, et le plafonnier ne tenait plus qu'à un fil. Le miroir de l'entrée était brisé en mille morceaux.

— Heureusement que M. Navarro est dur de la feuille…

Tout était beaucoup trop calme.

Les morceaux de verre crissaient sous mes pieds.

— C'est horrible… Qu'est-ce qui s'est passé, ici ?

Faites qu'il ne leur soit rien arrivé !

— La situation est plus grave qu'on ne le pensait, a dit Kale, le visage tendu.

— Où sont-ils ?

J'ai avancé mais il s'est positionné devant moi.

— Pas de précipitation, il nous faut examiner…

Un craquement sinistre a résonné dans tout l'appartement. Nous avons regardé de tous les côtés pour en déterminer l'origine. Au second craquement, nous avons levé la tête avant de nous faire arroser de plâtre. Dans un dernier soupir, le plafond s'est effondré sur nous.

Allongée sur le dos, je me suis débattue comme une furie contre les débris qui m'enterraient. Je suffoquais à cause de la poussière, qui pénétrait dans mon nez et ma bouche. La panique montait en moi, mais je me suis efforcée de la maîtriser. Enfin, j'ai réussi à tendre le bras hors des gravats.

Deux mains s'en sont emparées et m'ont arrachée aux décombres. J'ai toussé, craché des morceaux de plâtre et soufflé de la poussière blanche par les narines.

— Rien de cassé? m'a demandé Kale.

— Non, je vais bien, ai-je répondu en secouant mes cheveux.

Non sans grimacer, j'ai retiré un petit tesson de verre de ma joue. Un filet de sang s'en est échappé, que j'ai essuyé d'un revers de doigts. Mon crâne me lançait.

— Arik! Lei! Sinead! a crié Kale.

— On est là! a répondu la voix de Lei depuis la cuisine. Arik a été stupéfié!

Nous les avons rejoints pour découvrir Arik étendu au sol, sa tête posée sur les genoux de Sinead.

Oh, non! Pâle comme un linge, il respirait à peine. J'ai porté les mains à ma bouche.

Kale s'est agenouillé près de la fée.

— Tu as vu le purgeur qui a fait ça?

— Je n'ai vu que le globe, a-t-elle répondu. Je ne sais pas qui l'a lancé.

— S'il s'agissait d'un globe, alors c'est qu'une Sentinelle est responsable. Je peux donc contrer le sort et sauver Arik.

Il a levé la main et une boule violette s'est formée au creux de sa paume. D'un mouvement du poignet, il l'a envoyée se fondre dans le torse du blessé, dont le corps a irradié d'une lumière de même couleur.

Arik a cligné des yeux, ses doigts se sont crispés. Il a toussé avant d'aspirer de grandes goulées d'air. Kale l'a aidé à s'asseoir.

J'ai poussé un grand soupir de soulagement.

— Ne remplis pas trop tes poumons d'un seul coup, l'a enjoint Kale. Est-ce que tu sais où tu es?

— Oui, bien sûr. Que s'est-il passé?

— J'ai lancé un de mes globes, a dit Lei, mal à l'aise.

— Tu as perdu la tête? s'est écrié son chef, que Kale aidait à présent à se relever. Le plafond nous est tombé dessus : hors de question de lancer des éclairs dans un si petit espace!

— J'ai paniqué, et alors? Il fallait bien arrêter ces Méduses.

Elle est allée jeter un coup d'œil à la fenêtre, qui donnait sur l'escalier de secours.

— La rue est déserte, on devrait y aller.

— Attendez, a dit Kale. Vous pouvez m'expliquer ce que font des Sentinelles en compagnie de Méduses?

— Je suis parvenue à en faire parler une bien amochée. Elles ont rejoint Conemar.

C'est pas vrai!

— Merl a envoyé des renforts aux Méduses…

Arik m'a dévisagée : lui aussi avait compris.

— C'est un piège. Nous devons prendre contact avec Merl sur-le-champ.

Il a sorti les bâtonnets de sa poche et les a écartés pour donner vie à la fenêtre de communication. L'écran bleu n'a montré que de la neige avant de virer au noir.

— Bon sang, elle est cassée!

Lei a abandonné sa surveillance de la rue.

— Je vais essayer avec la mienne.

Elle a sorti l'appareil de sa poche et, lorsque l'écran s'est allumé, a prononcé le nom de Merl. L'image a clignoté.

— Satanée connexion…

— Bon, s'est résigné Arik. Retrouvons d'abord les autres. Nous déciderons d'un plan à la bibliothèque.

Ses gestes étaient raides, il avait perdu son élégance naturelle: les effets du sort se faisaient encore sentir.

Lei et Kale sont sortis de la cuisine à sa suite, et Lei en a profité pour caresser le bras de son compagnon. Il a tourné la tête pour vérifier si quelqu'un avait été témoin de ce geste, alors j'ai regardé Sinead.

— Deidre va bien.

— Merci… a-t-elle répondu avec un sourire.

— Quelqu'un a vu mon chat? ai-je demandé avant d'appeler Cléo à plusieurs reprises, sans résultat.

— Quand la bataille a commencé, elle s'est enfuie par la fenêtre. Je suis désolée, elle va devoir rester ici…

J'ai soupiré.

— Du moment qu'elle n'a pas été carbonisée… M. Navarro prendra soin d'elle.

J'ai ramassé une chaise. C'était idiot, j'en avais bien conscience: tout était détruit, alors pourquoi ranger une chaise sous la table? Je doutais que même les Effaceurs soient en mesure de remettre en état cet appartement, à l'image de ma vie, complètement chamboulée et qui ne redeviendrait jamais normale. J'ai regardé une dernière

309

fois le triste spectacle de ma maison ravagée avant de suivre Arik dans l'escalier puis à l'extérieur de l'immeuble.

Une lumière vive a traversé le ciel sombre, suivie de près par le grondement du tonnerre. Je me suis abritée sous le porche.

— Désolé pour votre appartement… a soufflé Arik.

— Tant pis. L'essentiel, c'est que tout le monde soit sain et sauf.

Il s'est serré contre moi pour se protéger de la pluie, le temps que les autres, encore dans le bâtiment, arrivent. Une odeur de brûlé émanait de ses vêtements. Le contact de son corps contre le mien faisait battre plus fort le sang dans mes veines, à tel point que mes oreilles bourdonnaient.

— C'est trop dur, de te voir mêlée à toute cette histoire, a-t-il murmuré.

Une mèche échappée de ma queue-de-cheval pendait devant mes yeux. Il l'a coincée derrière mon oreille avant de se reprendre, comme s'il était allé trop loin.

— Si jamais tu étais blessée à cause de moi…

— Rien de tout ce qui arrive n'est ta faute.

— Si. Véronique est venue à Asile sous couvert de se racheter, pour être mon amie… (Il a émis un rire sarcastique.) J'ai voulu y croire. Je lui ai fait confiance, et c'est ainsi qu'elle a pu se procurer les informations sur tes amis et toi. Je n'ai pas été assez prudent. Tout Asile est en danger maintenant, à cause de mon erreur.

« Ne fais confiance à personne, Gia. » Il avait bien eu raison…

J'ai posé une main tremblante sur son bras.

— Je suis tellement désolée, Arik.

— Non, c'est moi qui devrais l'être. En tant que chef de notre groupe de Sentinelles, mon comportement était déplacé. C'était mon devoir de vous protéger. (Il a passé les doigts dans ses cheveux mouillés.) Au vu des événements récents, nous devons garder l'esprit clair.

— On reste amis ?

Amis. Ce mot avait le goût du fer et des regrets. J'avais envie d'être bien plus pour Arik. Mais avant tout, je ne souhaitais pas rendre la situation encore plus compliquée pour lui.

Son regard triste a plongé dans le mien.

— Bien sûr.

Je mourais d'envie qu'il me prenne dans ses bras – j'avais l'impression que mon cœur allait exploser. La porte de mon immeuble s'est ouverte, laissant passer Kale, Lei et Sinead. Je me suis tournée vers la rue, la poitrine douloureuse. Nous ne serions jamais qu'amis. C'était plus sûr pour Arik. Pour nous deux.

Il s'est éloigné de moi, emportant avec lui une partie de mon cœur chamboulé.

— Vous avez tardé !

— Lei avait besoin d'un bandage, a répondu Kale. Elle a une sale coupure au bras.

— Ne perdons pas de temps.

Nous sommes partis au pas de course vers l'Athenæum. Arik repoussait sans cesse les cheveux qui lui retombaient devant les yeux. Sinead, de sous le chapeau qui couvrait la pointe de ses oreilles, m'a envoyé un sourire rassurant. Je me suis efforcée de le lui rendre.

La tristesse m'envahissait à mesure que nous approchions de la bibliothèque. Arik s'était excusé pour son « comportement déplacé ». Pour s'être rapproché de moi. Tandis que nous courions à travers les rues de Boston, je lui jetais de temps à autre des regards à la dérobée, toujours impressionnée par l'aisance de ses mouvements, son naturel pour guider les autres. À chaque fois qu'il entrait dans mon champ de vision, mon cœur se tordait.

Est-ce que je l'aime ?

Nous nous sommes engagés dans Park Street.

Si c'était le cas, je m'en rendrais compte, non ?

Tout était trop compliqué. Lorsque nous sommes arrivés à la bibliothèque, ma décision était prise : je ne m'approcherais plus de lui. Pour mon propre bien, je devais barricader mon cœur.

Chapitre 20

Une fois parvenus à l'Athenæum, Arik et Sinead en ont gravi les marches alors que nous restions sur le trottoir. La fée s'est retournée vers la rue pour agiter la main, comme si elle faisait signe à quelqu'un.

— C'est son aura, m'a expliqué Kale. Elle nous couvre : on va entrer par effraction.

— Je vois, ai-je murmuré.

Les nuages se sont reflétés sur le dôme en or de la State House, avant de se dissiper. Les jardins du Boston Common se trouvaient juste derrière l'édifice. Autrefois, on y allait souvent pour pique-niquer, avec Pop, lorsque le signal bleu était visible sur le vieux gratte-ciel John Hancock. « Bleu fixe, beau fixe. Une fois sur deux, nuageux. » Il récitait souvent le petit poème qui aidait les habitants de Boston à se souvenir du code météorologique. Si la lumière était rouge, nous restions à la maison. Un samedi de « bleu fixe », nous allions nous étendre sur l'herbe pour nous raconter comment s'était déroulée la semaine. Et puis, ma vie est devenue bien plus remplie. Pop est toujours parvenu à masquer sa déception à chaque fois que j'avais une autre sortie de prévue ou que je le prétendais. Je ne m'étais pas rendu compte à quel point ces samedis tranquilles me manquaient. Les catastrophes imminentes, rien de tel pour devenir sentimental !

Arik a inséré un bâton doré dans l'imposante porte d'entrée sculptée de l'Athenæum, fermé à cette heure-là. Il a ouvert les battants, révélant les portiques de cuir rouge juste derrière. Il en a tenu un pour nous laisser entrer. J'ai eu droit à son sourire en coin lorsque je suis passée devant lui, et mon estomac s'est noué.

Sinead a levé les bras au ciel, tourné ses mains et aussitôt la lumière s'est faite dans le bâtiment.

Mon cœur a chaviré à la vue de Pop, debout dans le vestibule. J'ai couru à lui pour l'embrasser. Il m'a serrée fort pendant que nous nous balancions doucement. Les mots n'auraient jamais pu exprimer ce que je lui faisais comprendre : qu'il était mon Pop, peut-être pas mon père biologique, mais la personne qui comptait le plus pour moi.

— Tout s'est bien passé, Jaran ? a demandé Arik.

— On a semé un chasseur et dû attendre ensuite que la voie soit libre. Sinon, rien à signaler. La bibliothèque est plus silencieuse qu'une tombe.

Lorsque Pop et moi avons mis fin à notre étreinte, j'ai remarqué la présence de Nick, que j'ai à son tour serré dans mes bras.

— On peut dire que tu m'as manqué ! s'est-il exclamé. L'autre Gia me rend dingue…

J'ai pouffé avant de le relâcher.

— Comment tu t'en sors, avec Afton ?

— Oh, ce n'est plus d'actualité.

— C'est-à-dire?

Il a haussé les épaules.

— Je suis avec quelqu'un d'autre, quoi, tu vois.

— Non. Je ne vois pas. Je suis partie depuis des semaines. Tu es avec qui, au juste?

— Deidre.

— Mais… tu viens de me dire qu'elle te rendait dingue!

Ses lèvres se sont étirées en un sourire espiègle.

— Disons que c'est une folie douce… C'était assez étrange au début, vu qu'elle te ressemble tant. Mais vos personnalités sont radicalement opposées, alors…

— Ah… Je vais le prendre pour un compliment.

— Tu m'excuseras, mon devoir de petit ami m'appelle.

Il s'est approché de Deidre et Sinead, toujours dans les bras l'une de l'autre. Mon changelin l'a présenté à la fée, qui a souri lorsqu'il a passé le bras autour de sa fille. Pop s'est avancé pour faire connaissance avec Sinead.

Pendant ce temps Arik, Kale et Lei tentaient d'établir une connexion.

Jaran s'est approché de moi.

— C'était courageux de ta part d'aller porter secours à Arik et aux autres avec Kale.

— Merci d'avoir protégé mon ami.

— Je n'ai fait que mon devoir. (Il a cherché Nick des yeux.) Tu sais, à la façon dont il s'habille, je croyais qu'il préférait les garçons.

J'ai ri.

— La plupart des gens le croient aussi, parce que c'est une véritable *fashion victim*, mais il ne pense qu'aux filles.

315

Une ombre de déception a voilé son regard.

— Je vois. Si tu as besoin de quoi que ce soit, n'hésite pas, d'accord ?

Quel scoop… Nick lui aurait tapé dans l'œil ?

— Merci, je n'y manquerai pas.

— Merveilleux. Si tu veux bien m'excuser…

Il s'est dirigé vers le trio de Sentinelles.

Afton a traversé la pièce pour venir me serrer fort contre elle.

— Avec qui t'es-tu encore chamaillée ? a-t-elle rouspété avant de retirer un morceau de plâtre de mes cheveux. Tu ne ressembles à rien !

— Merci pour ton honnêteté. Je déteste qu'on déguise la vérité…

Arik s'est alors planté au centre du vestibule et a demandé notre attention à tous.

— Nous allons partir d'ici quelques minutes. Nous ne parvenons pas à joindre Asile. Sentinelles, vous savez quelles conclusions en tirer…

— Ouais, a répondu Demos.

Il a posé son grand sac de sport et commencé à distribuer les casques qu'il contenait.

Je me suis approchée.

— Je suis une Sentinelle. Et je n'ai pas la moindre idée de ce que l'absence de connexion avec Asile signifie.

— Non, tu n'en es pas encore vraiment une, Gia, m'a répondu Arik. Ta formation n'est pas terminée.

Les sourcils froncés, un brin vexée, j'ai fait un pas de plus vers lui.

— Je suis assez entraînée.

— Je dirige l'opération, et je te demande de rester en arrière.

— Mon globe peut servir. Il forme un bouclier.

— Peut-on se parler en privé, s'il te plaît ?

— Bien sûr.

Je l'ai suivi dans une autre pièce. Pop s'y est engouffré à notre suite.

— J'aimerais parler seul avec Gia… a protesté Arik.

— C'est ma fille, a répondu Pop, les bras croisés. Tout ce qui concerne sa sécurité me concerne aussi.

— Très bien. Mais je vous demanderais de ne rien révéler de tout ceci aux autres. Je n'ai pas envie de les effrayer.

Pop m'a pris la main.

— Vous pouvez compter sur moi.

Après avoir fixé nos mains jointes, Arik nous a regardés l'un et l'autre dans les yeux.

— Je crains qu'Asile ne soit tombé. Nous ne pouvons que prier pour qu'il y ait des survivants.

J'ai lâché mon casque, le souffle court.

— Nana !

Le visage de Pop s'est déformé sous l'effet de l'angoisse.

— Elle est là-bas ?

— J'en ai bien peur, a répondu Arik. Si jamais Merl a réussi à faire s'échapper qui que ce soit, ils ne peuvent être qu'à la Citadelle

— Où se trouve cette Citadelle ? a demandé Pop.

Il était passé en mode « urgence hospitalière » : efficace et inébranlable quelles que soient les circonstances.

— C'est un château enchanté perdu dans la campagne

française. Il faut quérir une escorte auprès du refuge français de Couve pour pouvoir s'y rendre.

J'ai ramassé mon casque.

— Allons-y, alors, sans alerter les autres…

— Seuls l'Archimage de Couve et ses Sentinelles savent où se trouve la Citadelle.

— Comment peut-on être certains qu'ils sont avec nous ? Après tout, c'est de là que vient Véronique…

Inquiétude et détermination se lisaient sur le visage d'Arik.

— Ses actions n'engagent qu'elle, et personne d'autre. Le refuge français court exactement le même danger que nous. Ce sont eux qui ont condamné Conemar à l'exil. (Il s'est dirigé vers une petite table de lecture.) Notre adversaire doit posséder un avantage de taille s'il est assez sûr de lui pour déclencher une guerre. S'il s'emparait de toutes les *Chiavi* et obtenait ainsi le contrôle de la Tétrade, il pourrait tout dévaster. Nous allons au-devant d'une situation des plus dangereuses, et tu n'y es pas préparée.

— Pourquoi ne l'avez-vous pas mis en prison, tant que vous le pouviez ?

— Même dans votre monde, on a besoin de preuves pour condamner quelqu'un, non ? On appelle ça la « justice », je crois.

De frustration, j'ai cogné mon casque contre ma cuisse, ignorant la douleur.

— Résultat, ton monde et le mien sont en danger !

— Celui des Chimères est aussi ton monde, au cas où tu l'aurais oublié.

Pop a posé ses mains sur mes épaules.

— On se calme. Gardons la tête froide !

— Ne te méprends pas sur mes paroles, Gia, a repris Arik sur un ton irrité. Le monde des hommes est aussi le nôtre. Les magiciens et les Sentinelles sont en partie humains. Nous nous battrons jusqu'au bout pour sauver les deux.

Il s'est retourné et a ajouté dans un murmure :

— Nous ne sommes pas des monstres.

— Personne ne vous a traités comme tels, fiston, a répondu Pop, qui me pressait les épaules pour m'encourager à aller dans son sens.

— Tu n'es pas un monstre, Arik, ai-je dit tout bas.

Je n'avais pas du tout envie qu'il se sente mal.

— Mais je ne peux pas rester cachée pendant que vous irez combattre. Tous ces événements ont été déclenchés par ma naissance, et je suis une Sentinelle, comme vous.

Pop a lâché mes épaules.

— Peux-tu me donner une arme ?

Arik a ouvert de grands yeux.

— Je ne peux pas vous laisser risquer votre vie.

— Je crois que c'est déjà fait. (Les sourcils roux et indisciplinés de Pop se sont froncés.) Je devrais être en mesure de me protéger, tu ne crois pas ?

Arik a sorti une longue dague de sa botte avant de la tendre à Pop.

— Tu n'as pas de revolver ?

— Non, nous n'en utilisons jamais. Les règles établies par le Sommet des Chimères en proscrivent l'usage au sein des bibliothèques. Seuls les combats magiques ou à l'arme blanche sont légaux. Divers enchantements inhibent l'efficacité de la poudre à canon dans ces établissements.

— Qu'est-ce que le Sommet des Chimères?

— Une grande réunion qui a lieu chaque année entre le Conseil des magiciens et la Guilde des Chimères. Ils s'accordent sur les précautions à prendre pour dissimuler l'existence de notre monde aux humains.

— Je me rappelle l'avoir lu… Oui, c'était dans un ouvrage intitulé *Les Lieux Invisibles*.

Ma remarque a fait sourire mon ami.

— Qu'y a-t-il de si amusant?

— L'auteur de ce livre est le professeur Gian Bianchi. Il devait être le prochain Archimage de Mantello, le refuge italien, mais il est mort avant.

Je l'ai regardé, incrédule.

— Il n'y a rien qui te mette la puce à l'oreille? Ta mère s'appelait Marietta Bianchi : le même nom de famille… (Il a marqué une pause, pour voir si l'illumination me venait.) Il était ton arrière-grand-père, c'est de lui que tu tiens ton prénom.

— Oh…

J'assimilais ces révélations, vexée de ne pas avoir opéré le rapprochement toute seule.

— J'ai donc des gènes de magicien, c'est plutôt une bonne nouvelle, non?

— Pas vraiment… Nous en avons tous, en fait. En revanche, tu as plus de sang de Sentinelle en toi que n'importe lequel d'entre nous. (Il m'a regardée droit dans les yeux.) Si seulement tu avais été formée, tu aurais pu avoir tous les talents du monde… Mais sans entraînement, c'est inutile.

Je me suis raidie.

— Je te bats quand tu veux.

— Ne le prends pas mal. Si à l'épée, d'après ce que j'ai entendu dire, tu te débrouilles très bien, en ce qui concerne la magie, tu débutes. Tu n'es pas…

— Tu crois tout savoir, pas vrai ?

Il a souri.

— Pas tout, non…

— Arik, nous avons des invités, est intervenue Lei, la tête glissée dans l'entrebâillement de la porte. Des Sentinelles de France, et devine quoi ?

Arik a froncé les sourcils.

— Tu n'es pas d'humeur pour les devinettes, à ce que je vois… Bastien est avec eux.

— Il ne manquait plus que lui ! s'est emporté Arik avant de se ruer vers le vestibule.

— Qui est Bastien ? ai-je demandé à Lei.

— Bastien Renard est le fils de Gabriel, l'Archimage français. (Elle m'a pris le bras.) Il est sublime, adorable… c'est un peu une rock star pour nous.

Afton est accourue vers nous.

— Des guerriers ultra-sexy viennent d'arriver ! Et… ils sont français !

En effet, deux filles et trois garçons, vêtus à la manière des Sentinelles, étaient apparus dans le vestibule. Un jeune homme de dix-huit ou dix-neuf ans se tenait devant eux. Il était divin.

Ses yeux bleus étincelaient sous les reflets des lampes. Son nez droit, parfait, délicatement relevé, menait à un sourire confiant aux lèvres bien dessinées. Son visage était encadré de longues boucles brunes. Il portait un pantalon noir et un T-shirt gris très ajusté qui mettait en valeur ses bras et son torse musclés. J'ai tout de suite compris ce que Lei entendait par « rock star ». L'arrivée de Bastien venait de faire monter la température de la pièce de plusieurs degrés.

Mais l'accueil que lui a réservé Arik a jeté un froid :

— Que fais-tu ici ? Tu n'es pas une Sentinelle.

— Mon père m'a envoyé vous prêter assistance. Tu as sans doute remarqué que nous traversons une période de troubles… Un magicien peut se révéler utile.

— Une Sentinelle vous fait défaut, à ce que je vois… a répliqué Arik. À ce propos, ta chérie ne te manque pas trop ?

— De quoi parles-tu ?

Arik a saisi Bastien par le col.

— Véronique. Elle m'a dit que vous sortiez ensemble. Elle a attaqué notre refuge. Je ne peux pas croire que tu ne sois pas au courant.

Les cinq Sentinelles postées derrière Bastien se sont précipitées vers les deux garçons, aussitôt imitées par Jaran, Kale, Lei et Demos.

— Dis-leur de reculer, a ordonné Arik sans desserrer les dents.

— Faites ce qu'il dit.

Mon ami a resserré son étreinte. Bastien commençait à suffoquer.

— Écoute-moi, Arik, je ne suis pas avec Véronique.

— Elle m'a pourtant affirmé qu'elle sortait avec un Renard…

— Ce n'était pas moi.

Il a agrippé les mains d'Arik pour tenter de lui faire lâcher prise.

— C'était sans doute mon frère, Olivier.

— Laisse-le, Arik, est intervenu Kale en posant une main sur l'épaule de son chef. Tu n'arranges rien.

Arik s'est exécuté.

— Olivier? a-t-il grommelé. Je l'avais oublié… Son comportement était-il étrange, ces derniers temps?

— Pas plus que d'habitude.

— Très bien. Nous devons nous assurer de votre honnêteté, à tes Sentinelles et à toi. Acceptez-vous de passer le test du globe de vérité de l'une des nôtres?

Une grande fierté m'a envahie à l'entendre me définir ainsi.

Bastien semblait surpris.

— La dernière fois qu'un globe de vérité a été invoqué remonte à plus de trois cents ans… J'ignorais qu'une recrue d'Asile possédait un tel don. (Il nous a tous observés avant de poser son regard sur Deidre et moi.) Vous êtes jumelles?

Mon souffle s'est coincé dans ma gorge.

— À moins que l'une soit le changelin de l'autre, n'est-ce pas?

— Oui, a répondu Arik. Voici Gianna, la Sentinelle qui nous manquait. Et voici Deidre, son changelin.

Le sourire de Bastien s'est évanoui. Il s'est approché de moi, de toute évidence déconcerté.

— Impossible… Ils m'ont dit que tu étais morte à ta naissance…

— Il faut croire que non, ai-je répondu.

Ma main tremblante s'est agrippée au pommeau de mon épée. Ses yeux bleu argenté étaient plus que troublants.

— Et d'ailleurs, pourquoi as-tu été mis au courant?

Il s'est encore avancé d'un pas.

— Parce que tu es ma promise.

Chapitre 21

— Pardon ? me suis-je étranglée.

J'avais besoin d'air. Je me suis reculée, avant d'aller m'isoler dans un coin de la pièce, Lei et Afton sur les talons.

— Comment pourrait-il être mon promis ? C'est un magicien !

— Les Sentinelles ne se marient qu'avec des magiciens, m'a expliqué Lei. Plus ton lignage est impressionnant, plus tu es destinée à un mage puissant.

— C'est tout à fait démodé, comme pratique, a remarqué Afton, mais ce type est sublime. Je serais toi, je ne cracherais pas dessus…

Bastien s'est approché de nous.

— Tu n'as rien à craindre de moi, Gianna.

— C'est Gia, ai-je rétorqué. Et oui. Je veux dire, non, je ne te crains pas.

Arik nous a rejoints à son tour, aussi atterré que moi.

— Ne t'approche pas d'elle, Bastien.

— N'exagère pas, Sentinelle. Je ne ferais jamais de mal à ma promise.

— Ce n'est qu'une jeune fille, et elle n'est fiancée à personne, est intervenu Pop.

— Qui êtes-vous ?

— Je suis le père de Gia.

— Eh bien, votre fille est ma promise, a répondu Bastien, carrant les épaules.

Chaque angle de son visage de statue grecque était époustouflant.

— Cette union a été décidée par les Archimages d'Asile et de Couve.

La façon qu'il avait de me dévisager me donnait le vertige, mais je n'en avais que faire. C'était dément ! Je ne pourrais jamais ressentir quoi que ce soit pour une personne que l'on voulait me forcer à épouser.

— Navrée, ai-je lancé, mais je ne connais même pas ces types. Ce qu'ils se promettent entre eux ne me concerne pas.

— Viens avec moi, Gia, a dit Arik avant de m'entraîner dans une autre pièce.

Une fois seul à seule, il a repris :

— Ces histoires peuvent attendre, tu es d'accord ?

J'ai acquiescé.

— Bastien ! a-t-il appelé. Fais entrer tes Sentinelles l'une après l'autre, Gia va les soumettre au test du globe de vérité ici.

Il a placé deux chaises face à face et m'a fait asseoir sur l'une d'elles.

Tour à tour, les Sentinelles françaises se sont présentées et j'ai pu éprouver leur honnêteté. Chacune était une fidèle alliée d'Asile. Puis le tour de Bastien est arrivé. Tout, chez lui, respirait la noblesse. Je me suis concentrée sur le globe, tentant de ne pas me laisser intimider. Il a réussi le test, et j'ai attendu avec impatience qu'il aille rejoindre les autres. Mais il est resté assis à me dévisager de ses yeux si profonds que j'avais l'impression d'être engloutie par l'océan.

— Tu devrais être fière d'être ma promise. Un jour, je serai l'Archimage de Couve, et tu auras le statut d'une reine.

Je me suis tortillée sur ma chaise.

— Et si je n'étais pas réapparue ? Tu devais bien avoir une fiancée de remplacement, non ? Je lui laisse ma place avec plaisir.

Je l'amusais.

— Si c'est une tentative pour me dissuader, il va falloir t'y prendre un peu mieux.

— Tu n'es pas habitué aux refus, pas vrai ?

— Je dois admettre que je n'ai pas beaucoup d'expérience en la matière.

Il s'est levé avant de se pencher pour me glisser à l'oreille :

— Alors… la noblesse ne t'intéresse pas ? J'ai très envie d'en savoir plus sur toi, Gianna.

Ses murmures ont caressé mon cou, et j'ai senti un frisson me parcourir l'échine. J'ai retenu ma respiration, chaque parcelle de mon corps en alerte. Il s'est redressé et m'a lancé un clin d'œil avant de sortir, Arik sur les talons.

Quelle poisse ! Ce garçon était très sûr de lui, limite arrogant… mais il m'intriguait.

Au moment de quitter la pièce, Arik a surpris mon regard, rivé au dos de Bastien. J'ai baissé les yeux et trituré le trou effiloché dans mon jean. Mon ami semblait partagé entre la déception et la colère.

Une fois seule au milieu des livres, j'ai fermé les yeux et respiré leur odeur familière. Les parfums de la cire de parquet et des reliures en cuir m'ont apaisée.

Lei est entrée.

— Alors, tout s'est bien passé? J'ai demandé à Arik, mais impossible d'en tirer le moindre mot. On dirait qu'il fait la tête.

— Rien à signaler.

— Tu te sens bien?

— Faiblesse passagère. Je commence à avoir faim. Mais je serai remise d'ici quelques minutes.

Elle a sorti deux barres de céréales de la poche de son pantalon et m'en a tendu une.

— Pardon si elles sont un peu écrasées.

Je l'ai remerciée et elle s'est assise à côté de moi pour grignoter ce petit en-cas en silence. Une fois sa friandise terminée, elle m'a tendu la main.

— Allons rejoindre les autres.

— D'accord.

Elle m'a aidée à me relever.

— Pas facile, cette histoire de mariages arrangés…

— C'est carrément débile, oui! Personne ne choisira mon fiancé à ma place.

— Le Conseil des magiciens n'a pas idée de ce que les gens sont capables de faire par amour… (La tristesse a voilé son regard, mais elle s'est forcée à sourire.) En tout cas, tu aurais pu tomber sur bien pire! Pour la plupart des filles, Bastien, c'est le gros lot.

— Lei, qui est la promise d'Arik ? lui ai-je demandé au moment où elle s'apprêtait à ouvrir la porte pour retourner dans le vestibule.

Elle m'a lancé un regard curieux.

— Tu en pinces toujours pour lui, pas vrai ? C'est une magicienne d'Estril. Une fille bien.

Je me suis sentie rougir.

— Je n'en pince pas pour lui.

— Si tu le dis, mon chou.

— Et toi ? Tu abandonnerais ton véritable amour pour obéir et épouser ton promis ?

Elle a haussé les épaules, alors j'ai continué :

— C'est quoi ton type ? Plutôt fort et taciturne je dirais, non ? Dans le genre Indien ?

— Tu as compris que Kale et moi sortions ensemble. (Elle a souri avec malice.) Et non, je ne peux pas m'imaginer vivre avec un autre.

Je l'ai suivie dans le vestibule. Tous les regards se sont tournés vers nous.

Excepté ceux d'Arik et Bastien, qui étaient en plein débat.

— Nous voyageons avec des humains, nous devons les conduire en sûreté, à la Citadelle.

— Allons d'abord à Couve, a répondu Bastien. Si mon frère est bien l'amant de Véronique, je crains pour notre refuge... Sans les Sentinelles, la population est vulnérable. Si vous venez avec nous, je me séparerai de l'une de mes Sentinelles pour qu'elle escorte vos humains à la Citadelle.

— Très bien, a répondu Arik.

D'une voix feutrée, Bastien a donné des instructions à son groupe. Je n'en ai pas compris un mot.

Arik est revenu vers nous.

— Jaran, tu accompagneras M. Kearns, Deidre, Afton et Nick à la Citadelle. Les autres, vous venez avec moi à Couve.

— Où ? a demandé Nick.

— À Couve, a répété Lei. C'est le nom du refuge français.

Pop a posé sa main sur ma joue.

— Promets-moi d'être prudente.

J'ai couvert sa main de la mienne.

— Je te le promets.

— Tu sais, m'a-t-il dit dans un sourire, je n'étais pas complètement dupe. Je savais que ta mère était spéciale, et je sentais bien qu'il y avait des aspects étranges chez la mienne. Et toi… tu es magique, aucun doute là-dessus. C'est difficile pour moi de te laisser marcher au-devant de ton destin, mais je n'ai pas le choix.

Il avait les yeux aussi embués de larmes que les miens.

— Je sais me battre, est intervenue Deidre. Je devrais venir avec vous.

Sinead a vivement tourné la tête vers elle et a plongé les yeux dans ceux de sa fille.

— Non. Tu dois te rendre à la Citadelle et aider Jaran à protéger les autres, a-t-elle dit d'une voix douce et hypnotique.

La présence de mon changelin me déconcertait. Je me voyais et m'entendais à chaque instant.

— Comme vous voulez, Mère, a-t-elle répondu d'un ton maussade.

Deidre avait vite capitulé face à la requête de Sinead et à son étrange pouvoir de persuasion. Moi, j'avais l'habitude – et la possibilité, c'est vrai – de protester et supplier bien plus longtemps qu'elle ! Je me suis tout à coup sentie coupable : combien de fois avais-je fait flancher Pop à force de rouspéter ?

J'ai serré mon beau-père et mes amis dans mes bras avant qu'ils ne partent en compagnie de Jaran, de Deidre et d'une des Sentinelles françaises.

Je me suis ensuite mise à me masser les tempes, car la migraine pointait le bout de son nez. Bastien est apparu à mes côtés.

— Tu ne te sens pas bien ? Laisse-moi t'aider à franchir la porte.

— Non, je peux me débrouiller seule.

Appuyé contre un mur, Arik nous observait d'un œil noir. Il s'est soudain précipité vers le livre.

— Finissons-en, a-t-il grogné avant de prononcer la formule et de disparaître.

Les unes après les autres, les Sentinelles ont sauté dans la photo de la bibliothèque du Sénat français. Alors que je m'apprêtais à bondir à mon tour, Bastien a passé son bras autour de ma taille pour me tirer avec lui dans la page.

— Lâche-moi ! ai-je crié.

— Je ne peux pas, nous en serions déstabilisés !

— Tu es incroyable, tu le sais ?

— Heureux que tu t'en aperçoives !

Son souffle a glissé dans mon cou, mon pouls s'est accéléré. Nous avons chuté en silence avant d'atterrir au beau milieu d'une bataille.

Des boules de lumière colorées fusaient de tous côtés : elles éclataient contre les murs et les boucliers, s'enflammaient, lançaient éclairs et rafales de vent. Un instant, j'ai eu l'impression de me trouver dans une arène de paintball. Lames qui s'entrechoquent, halètements, explosions, cris… Quel tumulte ! Une Sentinelle française a abattu un homme poilu à huit bras juste à côté de nous.

De l'autre côté de la pièce, Arik luttait contre un molosse semblable à celui qui nous avait pourchassés, Afton, Nick et moi, à la Bibliothèque nationale de Paris. Il a feinté pour s'éloigner d'une roulade et créer dans sa paume une boule de feu qui s'est changée en lanière flamboyante. Le molosse a reculé sous les coups de fouet d'Arik, jusqu'à ce que Kale lui transperce le corps de son épée.

Demos, agrippé aux barreaux d'une échelle à roulettes, glissait à toute allure le long des étagères. L'échelle a fini sa course avec un choc violent, ce qui n'a pas empêché la Sentinelle de s'élancer, l'épée au clair, sur ce que j'ai reconnu – d'après les ouvrages que j'avais étudiés à Asile – être une Méduse qui grimpait aux murs.

Son coup a manqué de peu le monstre et fait voler une étagère en éclats. La Méduse, dont le crâne pâle et chauve laissait entrevoir de larges veines qui, telles des racines d'arbres aériennes, affleuraient à la surface, est retombée au sol avant d'exhiber une masse d'armes hérissée de piquants. Demos a émis un sifflement de dédain puis s'est laissé glisser au bas de l'échelle pour charger le monstre. Son épée a tranché la chaîne de la masse. La Méduse et la Sentinelle ont tous deux contemplé l'arme décapitée.

L'expression figée du monstre m'a rappelé les masques des tragédies. Puis les deux adversaires ont repris leur danse guerrière. La Méduse se contorsionnait de tous côtés pour éviter les coups d'épée de Demos. Il l'a pourchassée dans un rayonnage.

Une Laniar s'est ruée à quatre pattes pour sauter sur une créature au corps grêle et à la tête démesurée, qui s'apprêtait à mordre Arik de ses innombrables dents. La créature glabre a tenté de frapper son assaillante à coups de queue, mais l'autre est parvenue à la capturer entre ses griffes. Du sang sombre a éclaboussé le menton pâle de la Laniar lorsqu'elle a enfoncé ses canines dans la gorge de la créature.

J'étais abasourdie. *Oh mon Dieu…* Saisie de vertige, nauséeuse, j'étais incapable de me mouvoir au beau milieu de ce qui me semblait être un film qui passait en accéléré.

Au centre de la salle, Lei et Kale se tenaient dos à dos et lançaient leurs globes sur leurs adversaires. Lei a touché trois Méduses d'un seul coup tandis que son compagnon a stupéfié un homme enveloppé dans une cape qui fonçait droit sur eux. D'autres assaillants, le visage dissimulé sous leurs capuches, se battaient contre les Sentinelles françaises. Sinead en a attaqué un dont la capuche s'est légèrement baissée et a révélé son visage.

Véronique ! Comment s'est-elle évadée d'Asile ?

Bastien s'est jeté sur moi, prenant de plein fouet un globe violet qui m'a manquée de peu. Mon casque m'a échappé des mains pour rouler au sol. Je me suis approchée du magicien écroulé à terre. Paralysé par un globe de stupéfaction, il pouvait encore respirer, mais avec difficulté.

Kale peut l'aider!

J'ai parcouru la pièce des yeux à sa recherche. Un petit homme en costume chatoyant s'est précipité vers nous. Des éclairs sont apparus entre ses mains, et son regard m'a indiqué qu'il me les destinait.

La panique m'a submergée. D'instinct, j'ai levé les bras pour me protéger : un globe rose s'est formé pour nous envelopper, Bastien et moi. L'homme s'est arrêté juste devant.

Il a penché la tête pour faire craquer ses articulations. Un sourire mauvais dansait sur ses lèvres.

— Tiens, tiens, qu'avons-nous là ? a-t-il dit. Ne serait-ce pas la fille de la prophétie d'Agnost ? Je suis impressionné, Gianna. Peut-être vas-tu nous servir, après tout ?

Ne lui montre pas que tu as peur.

— Conemar, ai-je dit avec un sourire méprisant.

Le sien s'est tordu davantage.

— Ma réputation me précède. Ton arrière-grand-père s'est dressé contre moi, c'est pourquoi je lui ai enfoncé une dague entre les côtes. J'espère que tu seras plus intelligente que lui.

Il a touché la fine membrane qui nous séparait et a fermé les yeux. Une force s'est déployée contre mon globe. Les dents serrées, j'ai supporté la sphère de toute ma volonté.

Un instant plus tard, il a retiré sa main.

— Tu es douée… Je n'ai jamais rencontré de globe plus résistant, a-t-il dit, non sans en effleurer la surface.

Il semblait y chercher une faille. Son regard est tombé sur Bastien.

— Pauvre garçon! Dois-je lui dire que je viens de tuer son père? Ou préfères-tu le lui annoncer toi-même, s'il devait se réveiller?

Toujours paralysé, Bastien avait les yeux rivés au plafond. Des larmes ont roulé sur ses joues. Mon cœur s'est fendu: il avait tout entendu.

Un bruit sourd a retenti. Le bras de Conemar venait de traverser ma sphère, et sa main épaisse s'est refermée sur ma gorge.

— Ce bouclier est bien trop facile à briser. Tu dois t'entraîner davantage si tu veux le maîtriser.

Je me suis débattue pour lui faire lâcher prise, en vain. Je commençais à voir des étoiles et sentais les forces me quitter. Alors, je me suis concentrée sur la pulsation que je ressentais au fond de moi – c'était elle qui générait mon globe. J'ai rassemblé toute ma détermination pour renforcer la sphère.

La prise de Conemar faiblissait à mesure que mon bouclier resserrait l'étau autour de son bras.

— Tu ne peux pas gagner, a-t-il sifflé. Fais disparaître ce globe. Rejoins-moi, et tes amis auront la vie sauve. Songe au pouvoir dont nous disposerons, lorsque nous contrôlerons la Tétrade! Tout ce que tu désires sera à toi. Où est l'énigme, Gia?

— Quelle énigme? ai-je croassé.

— Le poème qui révèle comment trouver chaque *Chiave*. (Il a posé son autre main sur la sphère pour renforcer la pression.) Seule l'enfant de la prophétie peut

335

trouver les *Chiavi*. L'énigme est enchantée : elle a dû te trouver dès l'instant où tu as posé le pied à Asile.

— De quoi parlez-vous ? (Ma sphère se ridait sous l'effort.) Vous êtes cinglé, je n'ai jamais vu la moindre énigme.

Or, à ce moment précis, le livre des *Lieux Invisibles* m'est revenu en mémoire. Un poème était griffonné sur la première page. Le professeur Attwood m'avait donné cet ouvrage dès mon arrivée au refuge. D'une certaine manière, on pouvait dire que le livre m'avait trouvée… Ce poème devait être l'énigme dont parlait le magicien.

— Tu l'as donc vue, a dit Conemar.

Un sourcil levé plus haut que l'autre, il lisait sans peine les émotions qui passaient sur mon visage. L'espace d'un instant, il m'a semblé le reconnaître… L'avais-je déjà croisé ?

Je me suis concentrée sur mes mains levées, qui soutenaient toujours le globe.

— Vous délirez… ai-je dit d'une voix rauque.

Je faiblissais un peu plus à chaque seconde. Tout mon corps se révulsait. Pourtant, je n'avais pas le droit de céder à la panique.

Il a de nouveau resserré l'étau autour de ma gorge. Ses ongles se sont enfoncés dans ma peau.

— Je ne peux pas te tuer, car j'ai besoin de toi. Mais je peux te faire très, très mal…

Je m'évanouissais, quand soudain Bastien s'est relevé et a bousculé mon bras, faisant disparaître le globe. Le bouclier avait semble-t-il contré les effets de la stupéfaction. Bastien s'est rué sur Conemar, qui s'est trouvé forcé de lâcher mon cou. Haletante, je suis tombée à genoux. Les joues couvertes de larmes, je sentais une douleur cuisante là où l'homme avait planté ses ongles.

La colère m'a donné la force de me relever.

Furibonde, j'ai sorti mon épée de son fourreau. Bastien avait jeté notre adversaire au sol, mais il était encore faible et son souffle était trop court. Conemar a roulé sur le côté. Avant qu'il ne puisse se relever, j'ai pointé mon épée sur sa gorge.

— Alors, quel effet ça fait, d'être acculé ? ai-je lancé d'une voix haineuse.

Du bout de la lame, j'ai appuyé sur son cou. Une goutte de sang a perlé.

— Vous devez vous sentir tellement impuissant…

Un coin de sa bouche s'est relevé.

— Tue-moi, et tu ne reverras jamais ton père.

— Carrig ? ai-je craché. Je ne le connais même pas.

— Très bien. (Il avait pâli.) Tue-moi donc, si tu en es capable.

Il a renversé sa tête, que la lumière a frappée sous un angle différent. *Non, impossible…* De nouveau, son visage m'a semblé familier. J'ai reculé. *Qui suis-je ?* Je n'étais plus moi-même. Je ne pourrais pas tuer quelqu'un. Ma main s'est mise à trembler si fort que j'ai failli lâcher mon arme.

— Je savais que tu n'en avais pas les tripes, a lâché Conemar, se relevant avec peine.

C'était sans compter sur Bastien, qui avait repris son souffle et s'est jeté sur lui.

Un énorme molosse a bondi sur une table près de nous, écrasant le meuble sous son poids. Je me suis fendue avec mon épée et j'ai poussé de toutes mes forces pour la faire passer à travers le cou de la créature. C'était comme percer du cuir à l'aide d'un cure-dents. J'ai retiré ma lame avant de l'enfoncer de plus belle. La bête a poussé un rugissement puis s'est effondrée. Je l'ai imitée, l'estomac retourné. *Je peux tuer.* Je suis restée au sol, paralysée par la terreur. Je voulais me réveiller de ce cauchemar.

Un globe noir a explosé à mes pieds avant de propager une fumée sombre à travers la salle. J'étais aveuglée. L'odeur, sulfureuse, était oppressante. Bastien et Conemar, quelque part dans le brouillard, continuaient à se battre. Non loin de moi, j'ai entendu mon compagnon grogner.

— Bastien ! ai-je appelé.

— Je vais bien. Reste sur tes gardes, j'ai perdu Conemar.

— Retraite ! a glapi ce dernier au cœur des ténèbres.

Une nouvelle explosion a dispersé un peu la fumée. Petit à petit, j'ai recouvré mon souffle. Demos a lancé un autre globe de vent, qui a dégagé le reste de la pièce. À travers le fin voile de fumée qui restait, j'ai aperçu Conemar : il venait de trouver la porte-livre.

Il était prêt à sauter. J'ai fait apparaître un globe rose dans ma paume pour le lancer sur lui, dans l'espoir de le distraire. Ma colère a renforcé la sphère que j'ai jetée de toutes mes forces. Juste au moment où elle allait atteindre Conemar, c'est Kale, qui s'était rué vers lui, qui l'a reçue.

Notre adversaire a fait surgir un arc d'électricité entre ses mains. Kale a tendu la main et a récité un charme pour préparer son globe. Quelques éclairs ont grésillé, mais rien d'autre. La Sentinelle, hébétée, a regardé le magicien, puis sa paume.

Lei, venue au secours de son petit ami, a embroché une Méduse qui lui barrait la route. La créature s'est écroulée à ses pieds.

Un sourire maléfique a déformé les traits de Conemar tandis qu'il prenait de l'élan pour jeter son éclair sur Kale.

— Non ! ai-je hurlé.

Touchée par la foudre du magicien, la Sentinelle s'est effondrée. Lei s'est agenouillée à côté de Kale pour le prendre dans ses bras. Arik a formé une lanière de feu dans sa main et l'a lancée sur Conemar, mais Véronique a alors surgi pour protéger son mentor de son bouclier. Des étincelles ont ricoché sur la surface métallique. À la faveur de la diversion, Conemar a franchi la porte-livre, son sale sourire toujours figé sur ses lèvres. Véronique l'a suivi, ainsi que plusieurs autres silhouettes encapuchonnées. Le reste de leurs compagnons étaient morts, ou trop amochés pour s'échapper. Certaines des Sentinelles françaises étaient elles aussi tombées au combat.

Le souffle coupé, je suis restée plantée sur place. Mon cœur battait à tout rompre, le bruit dans mes oreilles était assourdissant. C'était la première fois que je voyais des morts, et il y en avait tellement… Je me suis pliée en deux en me tenant les côtes.

Bastien, ahuri, était assis par terre. Je me suis agenouillée près de lui.

— Tu es blessé ?

— Je n'ai rien, je n'ai pas vu venir la rafale de vent, c'est tout, a-t-il répondu avant de se relever avec peine.

J'ai attrapé son bras pour l'aider à se mettre debout. Puis, je me suis précipitée aux côtés de Lei, qui serrait toujours Kale contre elle.

— Je suis désolée, je ne voulais pas…

— Va-t'en. Laisse-nous !

Ses larmes tombaient sur le torse de son ami, qui respirait avec difficulté.

Je me suis approchée.

— Lei, je…

— Je veux juste que tu t'en ailles, a-t-elle dit d'une voix presque inaudible.

J'étais pétrifiée.

Chapitre 22

Arik s'est précipité vers Lei et Kale.

— Il respire ?

Demos les a rejoints.

Lei n'a rien répondu. Elle continuait à bercer son compagnon.

Arik a répété sa question d'un ton plus ferme.

Sinead s'est glissée entre les garçons et a posé sa main sur l'épaule de Lei.

— Laisse-moi voir.

La jeune fille a acquiescé avant de se relever. Arik l'a entourée d'un bras et entraînée un peu à l'écart. Au passage, elle m'a lancé un regard mauvais.

— C'est ta faute. Que lui as-tu fait ?

— Je… Je suis désolée… Je ne le visais pas mais… Il s'est jeté…

— Laisse-lui du temps, m'a chuchoté Bastien à l'oreille.

Il m'a gentiment saisi le bras et m'a fait asseoir sur une chaise.

C'est ma faute… Kale va mourir à cause de moi.

Je me suis effondrée. Je me sentais faible et nauséeuse, mais pas autant que la première fois que je m'étais battue avec mes globes. Les effets secondaires s'atténuaient. Pendant que Sinead s'affairait au-dessus de Kale, j'ai retenu mon souffle, espérant de tout cœur ne pas l'avoir tué. Lorsqu'il a bougé une jambe, j'ai lâché un grand soupir de soulagement. Il a gémi. Quand la fée l'a aidé à s'asseoir, j'ai enfoui mon visage dans mes mains pour sangloter.

Lei s'est précipitée vers lui pour le serrer contre elle. Qu'il y ait des témoins de ses baisers ne semblait plus l'importuner le moins du monde.

— Il va s'en sortir ?

Avec un petit sourire compatissant, Sinead me l'a confirmé d'un signe de tête.

Les Sentinelles ont formé un cercle autour du couple, et je me suis sentie isolée. J'avais surtout l'impression d'être la dernière des imbéciles, pour avoir lancé ce globe sans réfléchir un instant aux conséquences. Il avait désarmé Kale. J'avais failli le tuer.

Bastien m'a tapoté le bras.

— Ne t'en fais pas, c'était un accident. On ne peut pas toujours les éviter sur un champ de bataille.

Arik nous a observés, puis il a détourné le regard pour aboyer des ordres à son bataillon.

— Je dois me rendre à Couve, a dit Bastien. Auprès de mon père.

— Je suis tellement désolée, lui ai-je répondu. Sincèrement.

Il a pris ma main.

— Viens avec moi.

Trop épuisée pour penser à refuser, ou même pour penser tout court, je l'ai suivi dans les couloirs d'une

démarche titubante. Nous avons croisé plusieurs Sentinelles françaises, elles aussi exténuées.

J'ai bougé la tête de bas en haut pour relâcher la
tension dans ma nuque. Le plafond était couvert de
magnifiques peintures. Cloisonnée dans des cadres dorés
aux finitions précieuses, chaque scène dépeignait la vie
quotidienne des Romaines. L'une de ces femmes était
vêtue en guerrière.

J'ai lâché la main de Bastien.

— La femme du tableau… Cette image me paraît
familière.

Il n'a pas répondu et a détourné le regard vers ses
Sentinelles, l'air perdu.

— Qu'as-tu vu ? a demandé Arik, qui nous suivait en
compagnie de Sinead.

— La peinture au plafond. C'est l'un des indices pour
trouver les *Chiavi*.

— Un instant, a dit Sinead. Cette conversation doit
rester secrète. Bastien, pourrais-tu nous couvrir d'un
bouclier pour empêcher qu'on nous localise et que nos
paroles soient entendues par d'autres ?

Le magicien a hoché la tête et a récité un charme, bras
tendus. Une vague de lumière a roulé de lui jusqu'au
plafond avant de se déployer dans la pièce. Bastien s'est
ensuite éloigné pour aller voir ses Sentinelles.

— Bien, a repris Sinead. C'est quoi, cette histoire
d'indices ?

— Sur la première page d'un ouvrage intitulé *Les Lieux
Invisibles* et écrit par mon arrière-grand-père se trouve
un poème. Mon aïeul l'a sans doute composé dans l'espoir
qu'il serve un jour à l'un de ses descendants. À en croire

Conemar, il s'agirait d'une énigme dont les différents indices permettraient de trouver les *Chiavi*. Et le poème décrit cette femme.

— Idée brillante, a commenté Arik. Mais j'ai du mal à croire que personne n'ait jamais mis la main sur cet ouvrage avant toi.

— Le poème est enchanté. Seul l'Enfant de l'Apocalypse peut le voir.

Les yeux rivés sur la fresque peinte au plafond, j'ai tenté de me rappeler le poème, mais l'arrivée de Demos et Lei, qui soutenaient Kale, m'a distraite. Les vilaines entailles qu'ils arboraient sur leurs bras ainsi que sur leur visage saignaient encore et leurs vêtements étaient en piteux état. Demos a aidé Lei à asseoir Kale sur le sol.

Bastien, la mine sinistre et les yeux rouges, a traversé le hall pour nous rejoindre.

— Je dois me rendre dans mon refuge. Si vous ne pouvez pas suivre, restez ici.

— Laisse-nous un instant pour récupérer et nous vous accompagnerons à Couve, a dit Arik.

Demos, accroupi à côté de Kale, a sauté sur ses pieds.

— Allons-y, ils ont peut-être besoin de nous.

Une Sentinelle française a refermé sa fenêtre de communication.

— Je viens d'avoir le commandant des gardes. Le combat est terminé, et la situation est sous contrôle. Quels sont les ordres ?

Bastien a observé chacun d'entre nous, comme pour jauger notre état.

— D'accord. Mes Sentinelles aussi ont besoin de souffler. On part dans quinze minutes.

Arik scrutait mon cou.

— Tu es blessée ?

— Je vais bien.

J'étais heureuse de le voir se faire du souci pour moi, même si je commençais à me faire à l'idée qu'il ne se passerait jamais rien entre nous. Une « fille bien » l'attendait ailleurs.

— Et toi, tu n'as pas une égratignure, a-t-il constaté en regardant Bastien. Tu faisais quoi, planqué dans ses jupes ?

— Il a été touché par un globe de stupéfaction, ai-je rétorqué. Et il m'a sauvée lorsque Conemar a tenté de me tuer. Tout est ma faute.

— Tu n'y es pour rien, a dit Arik. C'est moi qui suis en tort, j'aurais dû t'envoyer à la Citadelle avec les autres.

J'ai serré les poings et secoué la tête. Arik a posé sa main sur mon épaule.

— Je suis le chef, a-t-il insisté. Toute la responsabilité me revient.

Bastien a dégagé la main d'Arik et s'est interposé entre nous.

— Ne la touche pas.

Je me suis écartée des deux garçons – je n'aimais pas ces histoires. Après tout ce que nous venions de traverser, et avec les épreuves qui nous attendaient encore, cette bataille de coqs me paraissait bien ridicule.

— Ne me cherche pas, Renard ! a lancé Arik, prêt à en découdre.

Demos les a séparés.

— On se reprend, les gars, pensez à votre image ! Les mâles possessifs ne plaisent à personne.

— Parle pour toi, mon chou, a dit Lei, occupée à essuyer le visage de Kale avec un mouchoir. Je ne suis pas contre une petite démonstration de possessivité masculine…

Son petit ami lui a adressé un pâle sourire.

— Ne vous inquiétez pas, a répondu Bastien. Je ne vais pas gaspiller une once d'énergie pour lui.

La tristesse au fond de ses yeux m'a brisé le cœur. *Comment peut-on être aussi fort ? Il vient juste d'apprendre l'assassinat de son père. À sa place, je serais effondrée.*

Arik l'a regardé d'un air mauvais.

Est-il jaloux de Bastien ? Un mélange de joie et de culpabilité m'a envahie. D'un côté, un garçon que je ne pouvais pas avoir, et de l'autre, un dont je ne voudrais pas, parce que je refusais que l'on m'impose un fiancé.

Cette fois, je me suis interposée.

— Arik, cesse. Conemar a affirmé avoir tué le père de Bastien…

— Tu es sûr ? a-t-il demandé, radouci, au Français.

— Non. Mais je dois rentrer. Ma mère…

Bastien s'est tu avant de nous tourner le dos.

— Nous devons découvrir ce que mijote Conemar, a continué Demos. Et à quoi lui sert Véronique.

— Je me le demande aussi, a ajouté Kale d'une voix faible.

— Sinead, toi qui t'es battue contre elle, tu n'as rien remarqué ? a demandé Lei.

— J'ai lu dans ses pensées. Le frère de Bastien, Olivier, est entré à Asile sous le prétexte d'être porteur d'un message de la part de son père. Il a libéré Véronique et ils sont parvenus à s'enfuir de justesse.

— Tout ceci n'a aucun sens! s'est exclamé le magicien. Comment pourrait-il agir de la sorte? Comment pourrait-il tuer notre père?

Sinead a posé ses mains sur les épaules du jeune homme.

— Je connais ton frère. Il est égoïste, et n'importe qui peut se servir de lui. Tu dois rester fort pour ta mère.

La tête baissée, Bastien a acquiescé.

Arik a tapoté une plaie sur ses lèvres.

— S'ils se sont évadés de justesse, Asile est encore debout, et Merlin a dû en renforcer les défenses.

— Ce qui expliquerait qu'on n'arrive plus à les joindre, a ajouté Lei.

La voir coiffée de son casque a réveillé mes souvenirs: « *L'une de la Sentinelle porte l'habit* ». La femme représentée au plafond portait un casque et un plastron en or. Assise sur un rocher, elle étudiait une carte déployée devant elle. Elle avait une épée dans une main, une lance dans l'autre, et un bouclier protégeait son côté.

— J'y suis! me suis-je exclamée, les yeux rivés au plafond. Regardez la petite pointe qu'elle tient… Euh… son épée. C'est plutôt petit vu d'ici. La *Chiave* doit se trouver dans les parages.

J'ai regardé tout autour de moi afin d'inspecter les autres peintures et la sculpture en plâtre d'une femme aux formes généreuses. Sainte Agnès, selon la plaque fixée au bas de l'œuvre.

— L'un de vous aurait-il l'obligeance de nous expliquer ce qui se passe? a demandé Demos.

— Gia a trouvé l'énigme qui mène aux *Chiavi* dans une vieille édition des *Lieux Invisibles*.

— Chut, laissez-moi me concentrer…

347

Je peinais à me souvenir du poème.

— Que savez-vous sur la première *Chiave*? Dans l'ouvrage, il est dit que les Méduses la possèdent. Ou l'ont trouvée.

— Ce n'est pas réaliste, a jugé Sinead. Ce ne sont pas les Méduses qui l'ont trouvée, et elles ne l'ont pas non plus. C'est Gian Bianchi qui l'a découverte dans la bibliothèque du Vatican. Sous la forme d'un pendentif en crucifix. Cette clé a disparu depuis son assassinat. On raconte que le meurtrier s'est enfui avec et l'a cachée.

La colère m'a envahie. Je voyais rouge.

— Conemar prétend avoir tué Gian, ai-je dit.

— Intéressant, a répondu Sinead. Les Méduses ont accusé Toad, un Laniar, du meurtre. Il a été déclaré fou et condamné au gibet dans les sous-sols du Vatican.

J'ai essuyé mon front moite avec ma manche.

— Des Méduses se battaient aux côtés de Conemar aujourd'hui.

— Si elles sont responsables du meurtre de ton arrière-grand-père, alors un Laniar innocent a payé pour leur crime, a dit Arik. Et donc Conemar et certaines Méduses conspirent depuis l'assassinat de Gian.

— Quand est-il mort?

— En 1938, a répondu Kale.

— Si toute cette histoire est vraie, ils projettent de dominer le monde depuis plus d'un demi-siècle! ai-je calculé.

— Conemar a été accusé du meurtre du prophète Agnost, qui a prédit la naissance de l'Enfant de l'Apocalypse, en 1898, a dit Kale. S'il est en effet l'assassin, il conspire depuis bien plus longtemps…

« *Son âme a toujours été noire.* »

— Oh mon Dieu… mais quel âge a-t-il ?

Demos, qui jouait avec son épée, m'a répondu :

— Dans nos manuels, on peut lire qu'il avait la trentaine au moment de la disparition du prophète. Il doit avoir dans les cent cinquante ans, maintenant. Il est dans la force de l'âge, pour un magicien.

— Il me semble avoir appris au cours d'une leçon d'histoire que Gian avait écrit un message avec son sang, avant de mourir, a dit Arik.

— *Libero il tesoro*, a complété Sinead.

— « Libère le trésor », ai-je traduit. C'est le titre du poème…

Un grand fracas a retenti au-dessus de nos têtes.

Des éclairs ont couru le long du plafond tandis que l'une des fresques prenait vie. Un oiseau a poussé un cri, un cheval a henni. Le garçon qui tenait les rênes de la monture a soufflé dans son cor. Une douce brise, porteuse des senteurs fraîches de l'herbe et des arômes épicés des fleurs, m'a caressé le visage.

La guerrière de la peinture s'est détachée du plafond et a atterri sur le sol. Sa jupe couleur pêche flottait au vent. Avec sa haute stature, elle m'a fait penser à une Amazone. Son casque et son plastron luisaient du même éclat doré que sa peau.

Elle a tendu son bras armé vers Sinead, qui s'est emparée de l'épée sans la moindre hésitation. Alors, la guerrière s'est élevée pour retourner dans la fresque. Le vent s'est tu, et le cheval, le garçon et l'oiseau se sont figés dans leur position d'origine.

Pas un seul d'entre nous n'a bougé ou prononcé un mot.

— Nous avons une *Chiave*, a fini par déclarer Sinead. (Elle l'a tendue à Arik.) Elle revient à notre chef.

Nous avons laissé libre cours à notre joie et quelques « hourra ! » ont résonné dans le vestibule. Bastien ne partageait pas la liesse générale : il a murmuré à l'oreille de l'une de ses Sentinelles, dont le visage s'est durci.

— Pouvez-vous m'expliquer ce qui se passe ? a soudain demandé Lei, interrompant la célébration. Comment se fait-il que Gia sache où trouver une *Chiave* ?

J'ai soudain eu la bouche sèche. Que pouvais-je répondre ? Arik avait repris un air sombre, ce qui n'était pas pour me rassurer.

Il a toussoté avant de commencer à expliquer :

— Gia est la fille de deux Sentinelles.

La stupeur a parcouru l'assemblée.

— Je savais bien qu'elle était dangereuse ! a craché Lei.

— Tu es en train de nous dire que nous sommes à la fin des temps ? a dit Kale d'une voix rauque.

La Sentinelle à qui Bastien venait de glisser un mot, épée dégainée, s'est postée à mon côté comme pour me défendre.

— Que personne ne la touche ! a prévenu le magicien.

Arik, rageur, la main sur le pommeau de son épée, s'est précipité vers lui.

— Comment peux-tu croire que nous lui ferions du mal ?

Mon cœur s'est serré. J'ai posé les yeux sur chacune des Sentinelles. Pourraient-elles s'en prendre à moi ?

« *Ne fais confiance à personne, Gia.* » Ces quelques mots retentissaient dans mon esprit, et je commençais à douter de ce que mon globe de vérité m'avait affirmé.

Sinead a tenté de calmer le jeu :

— Sa naissance a peut-être déclenché une série d'événements qui nous mèneront à la fin des temps, mais ça ne signifie pas qu'elle-même causera la destruction. Vous tous ici présents, vous avez fait le vœu de protéger les innocents. Quoi qu'il advienne. Gia est innocente. Elle est l'une des vôtres. Vous ne pouvez pas vous retourner contre elle. Je peux lire toutes les émotions qui vous traversent, et certaines me navrent. (Elle a posé son regard sur Lei.) Gia, elle, ne ressent rien d'autre que le désir de se battre pour notre cause.

— Je suis avec toi, Gia, a déclaré Demos.

Je lui ai souri alors qu'une partie de la tension qui m'habitait s'envolait.

— Je ne te laisserai jamais te perdre, a ajouté Kale.

— Merci… ai-je articulé.

Le trajet en taxi que nous avions effectué ensemble m'est revenu en mémoire. Je lui avais alors révélé ma peur de me perdre, de devenir une autre. L'émotion m'a submergée.

Lei, qui examinait les blessures de son compagnon, a poussé un soupir de dépit. J'aurais tout donné pour ne pas me trouver dans la même pièce qu'elle. La froideur de ses sentiments envers moi aurait pu geler la surface entière d'un océan.

Arik s'est approché de moi.

— Suis-moi. Je dois te parler en privé, a-t-il dit à voix basse.

J'ai croisé les bras.

— Ne me donne pas d'ordres, j'en reçois déjà assez. Et rappelle-toi, je ne suis pas encore une Sentinelle.

— Très bien… Aurais-tu l'obligeance de me suivre, s'il te plaît ? C'est mieux ?

— Bien mieux.

Je l'ai suivi le long d'un couloir bordé d'une interminable rangée de portemanteaux – sans doute le vestiaire des sénateurs.

— Qu'y a-t-il ? ai-je dit une fois hors de vue des autres.

— Donne-moi ton épée.

— Pourquoi ?

— On va les échanger. Personne n'a encore fait très attention à ton arme ou à la *Chiave*, ils ne se douteront de rien. C'est la seule solution pour la mettre en sécurité.

— D'accord.

Nous avons troqué les deux armes. J'ai rangé la *Chiave* dans mon fourreau avant de caresser du bout des doigts son pommeau doré. Une douleur intense m'a traversé le sternum. Le souffle coupé, j'ai porté les mains à ma poitrine. Un liquide chaud a coulé entre mes doigts, et j'ai chancelé dans les bras d'Arik.

Il a repoussé mes mains pour examiner la blessure.

— Quelqu'un a dû me tirer dessus, ai-je marmonné contre son épaule.

J'ai baissé la tête pour constater les dégâts : ma cicatrice saignait.

— Tu n'es pas blessée, a dit Arik. Je crois que c'est ton sang qui t'appelle.

— Euh… c'est-à-dire ? ai-je demandé, plus effrayée que je ne voulais l'admettre.

— L'appel de sang est utilisé pour communiquer avec les esprits prophètes, ceux qui sont morts. (Il s'est caressé le menton.) En général, les prophètes se coupent eux-mêmes à l'aide d'un cristal pour recevoir la vision d'un esprit… mais tu n'es pas prophète, alors je suppose qu'un esprit doit le faire à ta place.

— Un fantôme est en train de me faire saigner, tu dis ?

— C'est exact. Les cas sont rares, mais il arrive qu'un esprit tente de joindre notre côté. Il provoque alors des saignements de nez ou des larmes de sang. Tu devrais convoquer un globe de vérité avec ton sang.

— C'est dément…

Il a soupiré.

— Voudrais-tu essayer, s'il te plaît ?

— Très bien, ai-je cédé avant de maculer ma paume du liquide écarlate. Mais je lui demande quoi ?

— Ce qu'il veut.

— C'est morbide, ai-je dit.

— Je sais. Mais fais-le quand même.

J'ai eu du mal à faire apparaître un globe de vérité. Ma main était agitée de spasmes, et j'avais la migraine. J'ai grimacé.

— Qu'y a-t-il ?

— C'est un effet secondaire du globe, je crois.

La douleur s'estompait et la sphère argentée s'est stabilisée au creux de ma main.

— Que voulez-vous me montrer ? ai-je demandé.

J'ai retenu mon souffle : la sphère changeait de forme. Elle s'est muée en sablier dont la partie basse s'affublait de jambes et la partie haute de bras, le tout surmonté d'une tête. Une fois la métamorphose accomplie, l'image d'une femme dévêtue et argentée tenait dans ma paume. Ses cheveux, longs jusqu'aux cuisses, cachaient sa nudité.

— C'est un grand honneur pour moi de rencontrer celle dont Agnost a prédit la venue, a-t-elle déclaré. (Sa voix résonnait comme au travers d'une boîte en fer.) Je suis Agnès, l'esprit de la *Chiave* que tu as trouvée. D'ici à ce que tu récupères les autres clés, celle-ci te sera très utile, car cette épée détruit toutes les autres. Bonne chance, héritière du septième mage !

Le corps cristallin d'Agnès s'est aminci puis étiré, jusqu'à ne plus former qu'un halo de fumée argentée qui s'est dissipé.

— Pour le coup, je n'avais jamais rien vu de tel… a dit Arik, un brin hébété.

— Il faut que je retourne à Asile récupérer le livre de Gian.

— Non, nous devons nous rendre à Couve.

— C'est très important. L'énigme se trouve dans le livre, qui est lui-même dans ma chambre, posé sur mon bureau.

— Pas de précipitation. Personne, à Asile, ne sait que le poème se trouve dans cet ouvrage. Il peut attendre notre retour sans danger.

— Comment peux-tu en être aussi sûr ? Conemar le cherche. Et il est en évidence, à la portée du premier venu.

— S'il savait où chercher l'énigme, il ne te l'aurait pas demandée. Nous ne pouvons pas nous permettre de perdre un allié précieux. Il est impératif pour nous d'aller aider Couve. Tu me fais confiance ?

— Oui, ai-je répondu d'une voix mal assurée.

— Parfait. Et pas un mot à propos de l'échange, on est bien d'accord?

Lorsque nous avons rejoint les autres, j'ai croisé le regard de Bastien. Ses yeux avaient la couleur de l'encre bleue sur du papier blanc. Sans réfléchir, j'ai porté la main à ma cicatrice, qui me lançait toujours.

— Tu saignes, a-t-il remarqué.

Sa sollicitude à mon égard m'a émue. Pourquoi se souciait-il tant de moi, alors qu'il me connaissait à peine?

— Ce n'est pas son sang, a menti Arik, qui s'était interposé entre nous. Il est temps d'y aller.

Le passage vers Couve était une porte secrète dissimulée dans la bibliothèque du Sénat. Elle ouvrait sur un escalier qui menait à un tunnel aussi sombre et humide que celui qu'il fallait emprunter pour se rendre à Asile. En bas des marches, cependant, des voiturettes nous attendaient.

Je suis montée à l'avant de la dernière, en compagnie de Demos et Sinead. Le boyau était étroit: le bras tendu, je pouvais toucher le mur le long duquel nous roulions.

— Il n'y a pas de place pour deux véhicules, ai-je crié pour couvrir le bruit du moteur. Que se passe-t-il si un autre arrive en sens inverse?

— On meurt! s'est écrié Demos, ravi, sur le siège conducteur.

J'ai roulé les yeux.

— Te fiche pas de moi…

— Tu as remarqué les lumières rouges et vertes à l'entrée du tunnel? m'a demandé Sinead, assise à l'arrière.

Elles informent de tout mouvement dans un sens ou dans l'autre.

— Je ne les avais pas vues…

J'ai levé les yeux au plafond lorsque nous sommes arrivés à hauteur d'un virage. En effet, deux panneaux lumineux y étaient fixés. Heureusement pour nous, le vert était allumé.

Nos voiturettes ont pétaradé dans ces couloirs exigus pendant presque une heure. Enfin, le chemin s'est élargi et nous nous sommes arrêtés dans une vaste caverne. Nous avons sauté hors des véhicules pour nous engager dans un nouvel escalier aux marches glissantes. Il débouchait dans un bâtiment de dépendances, identique à celui d'Asile, d'où nous sommes sortis pour nous retrouver à l'air libre.

Le château de Couve se dressait, majestueux, au bord d'un lac. Ses façades, d'un blanc étincelant, se paraient des couleurs du soleil couchant et se reflétaient à la surface de l'eau. Un mur d'enceinte, couvert de mousse, protégeait les lieux. Nous en avons franchi le portail pour pénétrer à l'intérieur d'un petit village aux rues pavées qui s'étendait au pied du château.

Bastien avait perdu son maintien royal. Le deuil faisait ployer ses épaules.

Des habitants étaient rassemblés en petits groupes un peu partout dans le château, où flottait une atmosphère funèbre. Chaque pièce était remplie de monde et quelques personnes s'étaient assises sur les marches du large escalier blanc. Bastien se frayait un chemin à travers la foule. Ceux qui reconnaissaient le fils de l'Archimage lui adressaient des sourires compatissants ou des mots de sympathie, et ses épaules s'affaissaient davantage. J'aurais voulu le consoler, mais plus on approchait, plus il avançait vite et me distançait.

Bastien rendait pourtant chaque sourire avec chaleur. Ses mains réconfortaient les personnes qu'il croisait. J'ai compris à quel point son peuple l'aimait, et j'admirais sa bravoure dans un tel moment. J'aurais été incapable d'interrompre mes pleurs, mais lui avait du temps pour chacun, pour un signe de tête ou quelques paroles apaisantes.

La foule l'avait ralenti, aussi ai-je pu me rapprocher de lui. Il m'a lancé un regard et a esquissé un pâle sourire. Nous avons monté les marches ensemble. Les autres se tenaient à distance respectable, mais Bastien avait besoin de soutien, et je tenais à être là pour lui. Je savais ce que c'était de perdre un parent.

Nous avons traversé une galerie qui menait à une porte fermée. J'ai jeté un coup d'œil dans mon dos et croisé le regard tourmenté d'Arik à travers le décor ajouré de la balustrade. Était-ce de la jalousie? J'ai eu un pincement au cœur.

J'ai arraché mon regard à celui de la Sentinelle, qui s'éloignait, pour me concentrer sur la porte située devant moi. Bastien en a actionné la poignée. Comme je ne l'ai pas suivi à l'intérieur, il s'est retourné vers moi.

— Je t'attends ici, ai-je dit.

— Ne t'y sens pas forcée. Tu peux rejoindre les autres.

— Non, j'ai envie de rester.

Je lui ai souri.

Il a acquiescé. Avant qu'il referme le battant, j'ai aperçu une femme au maintien de reine agenouillée devant un corps recouvert d'un drap et étendu sur une table basse. La lumière vacillante de chandelles faisait jouer les ombres sur son visage, qui s'est éclairé un peu lorsque Bastien est entré.

La femme s'est appuyée sur la table pour se relever et accueillir son fils.

La porte s'est refermée. Dos au mur, je me suis assise au sol, les genoux serrés contre moi. Le seul bruit qui me parvenait, dans ce corridor silencieux, était celui de ma propre respiration. Des images de la bataille revenaient me hanter. Je ne pouvais m'empêcher d'imaginer Nana et Faith en train de courir de terribles dangers à Asile. Je voulais être certaine que Pop, Nick et Afton étaient arrivés sains et saufs à la Citadelle.

J'avais envie de rentrer. De retrouver ma vie d'autrefois.

Nana et Pop me manquaient.

L'attente se prolongeait, alors j'ai fermé les yeux. Mais un cauchemar réel me maintenait éveillée : je ne savais plus qui j'étais. Gia Kearns n'existait plus. Elle avait disparu depuis le jour où la porte-livre l'avait arrachée à son monde pour la propulser dans un trou noir. Le brouillard commençait à me gagner.

J'ai sursauté lorsque la porte s'est rouverte.

Bastien et sa mère ont échangé quelques mots.

Je me suis relevée en m'aidant du mur.

— Si nous allions rejoindre les autres dans la salle à manger ? m'a proposé Bastien.

— Tu peux rester auprès de ta mère, je trouverai mon chemin toute seule.

Son visage était empreint de tristesse.

— Elle m'a demandé de m'occuper des invités. En tant que fils aîné, un certain nombre de responsabilités m'incombent.

— Comme ?

— Comme m'assurer que vous avez de quoi vous sustenter.

— Tu es sérieux ? Dans un moment pareil, ce devrait être le cadet de tes soucis…

Nous avons traversé la galerie en sens inverse.

— Je suis on ne peut plus sérieux. Avant tout, je suis tenu de me montrer courageux.

Et de manière incontestable, il l'était. Seuls ses yeux bleus trahissaient sa tristesse.

Que dire à quelqu'un qui vient de perdre un être cher ? J'ai décidé de parler de broutilles pour dissimuler mon malaise.

— Comment se fait-il que tu n'aies pas d'accent comme Véronique ?

— J'ai passé mon enfance à Asile pour ma formation de magicien, et ensuite quelques années aux États-Unis à étudier auprès d'une sorcière amérindienne. Véronique a été formée par un précepteur, dans la campagne française, c'est pourquoi son anglais n'est pas aussi lisse.

J'ai fait attention où je mettais les pieds lorsque nous avons descendu l'escalier. Nous avons passé l'entrée en silence avant de nous engager dans un long couloir. Je ne pouvais pas imaginer sa peine. La douleur causée par la mort de ma mère était encore présente, même après toutes ces années. Je n'aurais pas supporté de perdre Pop.

— Tout ceci doit te paraître effrayant, a-t-il dit.

Ses paroles étaient sincères. Il avait beau être sublime et frôler parfois l'arrogance, c'était un garçon ouvert, accessible et qui savait mettre les autres à l'aise.

— C'est vrai. Parfois, j'ai envie de rentrer chez moi, ai-je répondu.

Il s'est arrêté et je lui ai fait face.

— Rien ne sera plus comme avant, Gianna, mais tu feras de nouvelles rencontres. Tu créeras des liens forts. Sans jamais perdre ceux que tu avais déjà. Ils t'aideront à te construire, ils te raccrocheront au monde.

C'était comme s'il lisait à travers mon âme. Je me suis sentie à nu. J'ai continué mon chemin le long du couloir.

Qu'est-ce qui te prend, Gia ? Maîtrise tes émotions !

Bastien m'a rattrapée.

— Mes propos étaient-ils déplacés ?

— Non… c'est juste que la journée a été longue. (Pourquoi sa présence me rendait-elle aussi nerveuse ?) Et puis, c'est déstabilisant. Je viens juste de te rencontrer et pourtant tu me comprends si bien…

— C'est plutôt encourageant pour moi, a-t-il dit avec un sourire. Si tu le permets, j'aimerais apprendre à mieux te connaître.

J'ai compris d'où lui venait son statut de quasi rock star. Il avait tout pour lui : il était à la fois séduisant et sincère. Pourtant, je devais m'éloigner de lui et résister à son charme, car je refusais de me plier à la décision de parfaits inconnus qui m'avaient promise à lui. Malgré tout… il était en deuil et je n'avais pas envie d'ajouter à sa peine.

— Avec plaisir, ai-je répondu, un peu gênée.

— Nous nous trouvons dans le Hall d'Honneur de nos Sentinelles, a-t-il dit pour changer de sujet.

De chaque côté de nous, les murs étaient couverts de portraits d'hommes et de femmes qui avaient vécu à des époques variées. Et entre chaque porte, une statue de chevalier en bronze se dressait fièrement.

— Les Sentinelles qui périssent dans l'exercice de leurs fonctions sont immortalisées ici.

Je me suis penchée sur certaines des plaques fixées en dessous des statues.

— Ils sont tous morts très jeunes…

— Une Sentinelle n'est active qu'entre ses seize et ses vingt-quatre ans. Celles qui décèdent après leur service meurent souvent de causes naturelles et sont enterrées dans des caveaux familiaux.

Il s'est arrêté devant la statue d'une jeune femme.

Tout à coup, une vision m'a traversé l'esprit : une épée plantée dans le cœur, cette même jeune femme s'écroulait au sol. Choquée, j'ai porté la main à ma propre poitrine.

Chapitre 23

La femme était morte à vingt-deux ans. Bien que forgés dans le bronze, je voyais ses yeux incandescents briller de vie, ses cheveux châtains flotter dans son dos tandis qu'elle courait vers ses adversaires, leur laissant croire à sa faiblesse jusqu'à la dernière seconde, avant de brandir son épée et de l'abattre avec assurance. Elle n'a jamais abandonné, jamais baissé la garde.

La vision s'est accélérée: la jeune femme était cette fois assise sur un banc de fer forgé, entourée de fleurs, et son épée était posée à côté d'elle. Elle lisait une lettre, et sa voix a résonné dans ma tête.

Ma chère cousine,

Tu m'as dit de ne point t'envoyer de nouvelles pour ne pas prendre de risques, mais si j'étais toi, j'en attendrais quand même. J'espère juste que tu regardes toujours ta boîte aux lettres. Ton bébé est en pleine forme, il grandit chaque jour: il essaie de ramper et même de rattraper Gia!

*J'espère que tu te portes bien et t'envoie
tout mon amour*

*Je t'embrasse.
Marietta ☆*

À l'aide d'une allumette, la femme a mis le feu à la lettre avant de la jeter dans la jardinière qui se trouvait à côté d'elle. Les flammes ont dévoré le papier jusqu'à ce qu'il n'en reste que des cendres. Une brindille a craqué dans son dos et elle s'est retournée. Ses yeux se sont écarquillés de stupeur lorsqu'une silhouette sombre l'a embrochée avec sa propre épée. Je ne respirais plus. La mort l'a emportée – son expression s'est figée et elle s'est effondrée au sol.

— Gia!

Bastien me soutenait par les épaules.

— Que t'arrive-t-il?

— Je vais bien… Cette femme… (J'ai lu son nom sur la plaque.) Jacqueline Roux. Elle est morte il y a seize ans. Qui était-ce?

— C'était une Sentinelle, elle est décédée peu avant d'atteindre vingt-trois ans.

— De quelle façon?

— Dans les jardins de Couve. Les gardes l'ont retrouvée, transpercée par sa propre épée.

— Pourquoi l'a-t-on tuée?

— Certains pensent qu'elle s'est suicidée avec sa lame, d'autres, ceux qui la connaissaient bien, ont toujours soutenu qu'elle avait été assassinée.

— Je peux te le garantir…

Il m'a dévisagée.

— Comment le sais-tu?

— Depuis que j'ai posé les pieds dans les refuges, j'ai des visions. Je viens juste d'en recevoir une: la scène de son assassinat.

Il a posé la main sur mon bras, me faisant sursauter. J'ai décroché mon regard de la statue.

— Eh bien… tu es pleine de surprises. Mais inutile de s'appesantir sur des événements tragiques qui appartiennent au passé. Rejoignons plutôt les autres!

— Sais-tu ce qui est arrivé à son bébé?

— Elle n'a jamais eu d'enfant, m'a-t-il répondu, surpris.

— Tu en es sûr?

— Certain.

Il m'a guidée jusqu'à la salle à manger. Les autres étaient déjà rassemblés autour d'une longue table encombrée de plateaux d'argent qui croulaient sous les sandwichs, les fruits et les gâteaux. La mine soucieuse, ils mangeaient en silence.

Les pensées se bousculaient dans mon esprit. Qui était Jacqueline? Quels étaient ses rapports avec ma mère? Que signifiait cette lettre? Et qu'était-il advenu de l'enfant dont parlait ma mère?

Il devait exister un lien entre tous ces faits, mais je n'arrivais pas à mettre le doigt dessus. J'ai soudain pensé que si Jacqueline avait vécu à Couve, je pourrais peut-être y trouver des indices.

Bastien m'a proposé un siège vide à côté de Demos. Avant qu'il s'éloigne, je l'ai retenu:

— Crois-tu que je puisse trouver ici des affaires qui auraient appartenu à cette femme ? Comme des photos ou des lettres…

— C'était une amie très chère à ma mère, qui est du genre sentimental. Depuis la mort de Jacqueline, personne n'a touché à ses affaires. Sa chambre est donc restée en l'état.

— Pourrais-tu m'y emmener après le dîner, s'il te plaît ? C'est très important.

— Bien sûr.

Je me suis assise tandis qu'il allait se placer en bout de table.

Arik était en face de moi. Son habituel sourire en coin se réduisait à une ligne droite pleine de désapprobation. Je me suis concentrée sur le plateau posé devant moi, empilant sans y penser un sandwich, des légumes et des fruits dans mon assiette.

— Tu sembles perdue dans tes pensées, Gia, m'a dit Arik.

— Oui, je… C'est le cas.

Il a quand même gardé son air renfrogné.

— Ne t'inquiète pas. La situation est stable ici : dès que nous aurons fini notre repas, nous pourrons rejoindre les autres à la Citadelle.

— J'ai une affaire à régler avant, ai-je dit.

— Peux-tu me dire de quoi il s'agit ?

— Je te montrerai, je n'ai pas envie d'en parler ici.

— Compris.

Après le dîner, je l'ai entraîné dans le Hall d'Honneur, où nous avons attendu Bastien.

— Alors, que se passe-t-il?

— Connais-tu cette femme? lui ai-je demandé en désignant la statue de Jacqueline Roux.

Il l'a longuement examinée.

— Non, je ne crois pas. Pourquoi?

— Elle est morte l'année de ma naissance.

J'ai marqué une pause, le souffle court.

— Et alors? m'a demandé Arik, les bras croisés.

— J'ai eu une vision d'elle. Elle lisait une lettre écrite par ma mère, sa cousine, qui racontait que le bébé allait bien. L'enfant de Jacqueline. Il était avec ma mère. Et avec moi.

— Je ne saisis toujours pas…

— Pourquoi quelqu'un cacherait-il un bébé? ai-je éructé, gagnée par la frustration. Avec ma mère qui plus est, qui se cachait déjà! Qu'est devenu ce nourrisson? Et qui est son père? Selon Bastien, Jacqueline n'a jamais eu d'enfant, alors pourquoi ma mère en parlait-elle? Et avant tout, pourquoi ai-je des visions de personnes que je ne connais même pas?

— C'est très intrigant, je te l'accorde. Mais j'ai bien peur que nous ne puissions trouver de réponses à toutes ces questions.

— Quelles questions? a demandé Bastien derrière nous.

— Celles sur le mystérieux bébé, a répondu Arik.

— Tu lui en as parlé… (J'ai décelé une pointe d'irritation dans sa voix.) Désolé de vous avoir fait attendre, je suis allé chercher la clé de la chambre de Jacqueline. À sa mort, les lieux ont été fouillés de fond en comble:

il est donc peu probable que nous découvrions quoi que ce soit, mais je vais t'y conduire.

Le magicien nous a guidés jusqu'à une chambre située au cœur du château.

Des volutes d'air poussiéreux se sont échappées de la pièce lorsque nous avons ouvert la porte. Arik et moi nous sommes avancés au milieu de la chambre pendant que Bastien allumait des lampes en porcelaine rouges, couvertes de toiles d'araignée.

Une douce lumière a éclairé les particules de poussière en suspension dans l'air. Nous nous trouvions dans un véritable sanctuaire, une chambre de jeune fille oubliée par le temps. Les meubles étaient en bois blanc, la courtepointe rose pâle, les tentures couleur framboise, les oreillers en dentelle blanche… Tout semblait ancien et somnolait sous une épaisse couche de poussière.

Arik a commencé par inspecter les tiroirs de la table de nuit. J'ai saisi une brosse posée sur la coiffeuse : quelques cheveux marron foncé s'y trouvaient encore. J'ai pris soin de la reposer à sa place initiale. Ce n'était pas compliqué, puisque la poussière dessinait avec précision les contours de chaque objet. J'ai ouvert un tiroir situé à gauche du miroir pour passer en revue les babioles qui y étaient rangées en vrac. Le tiroir du dessous recelait des élastiques à cheveux, pinceaux à maquillage, limes à ongles et autres broutilles. J'ai soupiré.

— Rien d'intéressant ?

— Rien ici, a répondu Bastien qui fouillait le bureau près de la fenêtre.

— Ici non plus, a ajouté Arik, à genoux sur le sol

pour regarder sous le lit. Mais ce serait plus simple si on avait une idée de ce que l'on cherche…

— Je ne sais pas… Pourquoi pas un journal intime ?

Bastien a collé son visage sur le sol pour scruter le maigre espace sous le bureau.

— Des lettres feront-elles l'affaire ?

— Tu as trouvé des lettres ? me suis-je exclamée.

Je me suis aussitôt précipitée à côté de lui. Il sentait bon, une odeur qui me rappelait l'eau de Cologne. D'un geste discret, il a caressé mon bras, provoquant un raz-de-marée de chair de poule sur ma peau. J'ai eu un mouvement de recul.

Il ne manquait plus que ça !

Je me suis calmée et me suis contorsionnée pour voir sous le meuble. Tout au fond, contre le mur, une plinthe était détachée. Une liasse de lettres était glissée dans le creux ainsi ménagé. Nous nous sommes relevés et avons écarté le bureau du mur. J'ai retiré la plinthe et ramassé des paquets d'enveloppes.

Assise en tailleur sur le tapis entre le bureau et le lit, flanquée de Bastien et d'Arik, j'en ai commencé la lecture.

— Pas possible ! C'est une lettre d'amour de…

J'ai vérifié l'enveloppe.

— Du professeur Attwood !

Bastien a ouvert une autre missive et l'a lue.

— Celle que j'ai est de Marietta. Elle dit que la bonne nouvelle la réjouit, et qu'elle est cachée en Irlande avec Carrig. Elle en est à sa douzième semaine de grossesse.

— Quelle bonne nouvelle? ai-je demandé.

— Ce n'est pas précisé mais la lettre se termine par… (Il m'a regardée.) J'ai du mal à y croire… Par « amies dans la maternité ».

— Tu vois? Je te l'avais dit!

Arik a étendu ses jambes devant lui.

— Marietta et Jacqueline ont donc été enceintes au même moment.

— Écoutez bien, a dit Bastien : « Je ne peux imaginer combien il doit être terrible d'enfanter seule. Ton cher et tendre a le droit, je pense, de savoir qui est le père. Il comprendra ton erreur. Ma chère cousine, ne t'en fais pas pour ton bébé : c'est le mien dont la tête est mise à prix. Je te recontacterai lorsque je serai installée. Tendrement, Marietta. »

— Qu'est-ce que ces courriers signifient? Étaient-elles vraiment cousines?

— Impossible, a répondu Bastien. Ce devait être un terme d'affection.

Il a replié la lettre et l'a glissée dans l'enveloppe.

— Tenez, a dit Arik, écoutez : « Nous ne devrons jamais parler à quiconque de notre découverte. Ton grand-père mérite d'être admiré, et j'ai peur que ce scandale ne le couvre d'opprobre. »

— Qui en est l'auteur? ai-je demandé.

— Marietta. Elle précise qu'elle est désolée que Sabine ait été bouleversée d'apprendre la nouvelle. Vous savez qui est Sabine?

— C'est ma mère, a répondu Bastien.

— Nous devrions aller la voir, ai-je dit.

Une voix à l'accent français prononcé nous est parvenue depuis le pas de la porte :

— J'ai toujours su qu'elle cachait ses lettres par ici…

— Maman ! s'est exclamé Bastien en français, avant de se relever.

Elle a fait un geste de la main.

— Assieds-toi, je te prie.

Il a obéi.

Elle est restée sur le seuil de la chambre, comme s'il lui était trop pénible d'entrer dans le sanctuaire de Jacqueline.

— Jacqueline, Marietta et moi… Nous nous sommes toutes les trois rencontrées à l'école des Sentinelles, à Asile. Une fois notre formation terminée, nous avons commencé à échanger des lettres. Mes amies sont devenues des Sentinelles et moi, j'ai épousé un Archimage. Un été, quelques années plus tard, la mère de Marietta est décédée. Jacqueline s'est rendue à Asile pour la consoler. Le père de Marietta était mort, aussi, Philip et elle ont-ils hérité des affaires de leur mère. Ils y ont trouvé les Mémoires non publiés du grand-père de Marietta, Gian. Il y avouait avoir eu une liaison avec la grand-mère de Jacqueline. Un enfant est né de cette relation : la mère de Jacqueline. (Elle a soupiré.) Je ne me suis pas rendu compte que Jacqueline et Philip tombaient amoureux l'un de l'autre. Si seulement j'avais su…

— Jacqueline et le professeur Attwood étaient donc cousins ? ai-je demandé d'une voix blanche.

— Non. Marietta et Philip avaient des mères différentes. Marietta est liée à Jacqueline par sa mère.

J'ai changé de position pour soulager mes jambes.

— Saviez-vous que Jacqueline avait eu un bébé ?

Des larmes ont embué ses yeux avant de rouler le long de ses joues.

— Non, je l'ignorais. Je me rappelle l'avoir vue quelques mois avant sa disparition. Elle n'a pas beaucoup parlé alors. Si elle a eu un bébé, je ne l'ai jamais su. Ma pauvre Jacqueline…

Elle a tiré un mouchoir de dentelle de son corsage pour se tamponner les yeux avec, avant de continuer :

— Jacqueline avait passé quelque temps à Estril pour y former des Sentinelles. Elle y a rencontré son promis, Conemar. Il était fou d'elle. Lorsqu'elle a découvert à quel point il était mauvais, elle a demandé au Conseil des magiciens d'annuler leurs vœux. C'est pour cette raison qu'il l'a assassinée, j'en suis convaincue, mais c'est impossible à prouver…

Elle a étouffé un sanglot dans son mouchoir.

Bastien a sauté sur ses pieds.

— Je vais raccompagner ma mère à ses appartements. (Il s'est tourné vers moi.) Veux-tu bien nous accompagner ?

— Je vais rester ici pour remettre les lettres dans leur cachette.

— Après les récentes attaques, je ne veux pas que tu sois seule dans le château.

— Ne t'en fais pas pour moi. Et puis, Arik est là.

Le regard de Bastien est allé de moi à sa mère, avant de retomber sur la Sentinelle.

— Fort bien. Puis-je te la confier ?

— Je la protégeais déjà bien avant que tu débarques, a répondu Arik, irrité.

Bastien a ignoré la remarque et emmené Sabine.

Mon ami s'est relevé.

— Je te vois déjà en robe blanche.

— Ah oui ?

Je l'ai gentiment poussé avant de ramasser une pleine poignée de lettres.

— Ne sois pas ridicule. Je ne suis pas sa fiancée.

Et puis quoi encore ? Personne ne me forcera à épouser qui que ce soit. De toute façon, je n'ai que seize ans, j'ai encore tout le temps devant moi avant de songer à me caser.

Je l'ai regardé ramasser des lettres. Il a surpris mon regard et a souri. Encore une fois, malgré moi, je me retrouvais sous son charme.

Une sirène d'alarme s'est soudain déclenchée quelque part dans le château.

— Qu'est-ce que c'est ?

— Je vais voir, a-t-il dit. (Il avait déjà dégainé son épée.) Reste ici, cache les lettres. Et enferme-toi.

Dès qu'il est sorti, j'ai verrouillé la porte derrière lui.

J'ai commencé à effectuer des allers-retours entre le tas de lettres et la cachette. Une fois qu'elles ont eu toutes retrouvé leur place, j'ai reposé la plinthe et poussé le bureau contre le mur. Puis, j'ai attendu le retour d'Arik.

C'est alors que la fenêtre s'est ouverte à la volée. Une silhouette sombre est apparue au milieu des rideaux roses qui claquaient au vent.

— Qui... qui êtes-vous ?

— Une Sentinelle aussi douée que toi ne devrait pas avoir peur des ombres, Gianna.

Un jeune homme de type latin, aux jambes longues, au torse large et à la taille fine, a sauté dans la pièce avant de s'avancer dans la lumière. Il portait une veste noire sur un T-shirt blanc et ses cheveux bruns étaient coiffés en arrière.

— N'aie pas peur de moi, a-t-il dit en s'approchant.

— Je n'ai pas peur de toi, ai-je répondu, la gorge nouée.

Un doux sourire a animé son visage.

— Tu fais une bien piètre menteuse.

— Qui es-tu ? Et comment connais-tu mon nom ?

— Je m'appelle Ricardo.

— L'ex de Faith ? ai-je dit, étonnée.

— Oh, elle t'a parlé de moi ?

J'ai sorti la *Chiave* de mon fourreau et l'ai brandie devant moi.

— Si tu approches, je te décapite.

Il s'est arrêté et, amusé, a levé les bras en l'air.

— Tu n'en as aucune envie, je t'assure… Tu imagines l'horreur ?

J'ai serré la poignée de mon épée plus fort.

— Si tu me touches, tu es mort.

Il a éclaté de rire, ce qui m'a complètement décontenancée.

— Je ne sais pas ce qu'a pu te raconter Faith, mais elle n'a sans doute pas évoqué mon obédience pour Merlin, je me trompe ? Je suis le plus vieil ami de l'Archimage. Ce château est attaqué en ce moment même : tu dois venir avec moi et nous n'avons pas le temps d'en débattre.

Il a sorti un téléphone portable de sa poche pour me le tendre.

— Ne t'en fais pas, c'est inoffensif. C'est un message de la part de Merlin. Regarde la vidéo.

— Merl, tu veux dire ? ai-je rétorqué, non sans lui lancer le meilleur regard de tueuse que j'avais en rayon.

— Je suis le seul autorisé à l'appeler Merlin, a-t-il répondu avec un sourire.

J'ai pris le portable de ma main libre. Alors que j'allais appuyer pour faire débuter la vidéo, on a cogné à la porte. J'ai regardé Ricardo. Quelle serait sa réaction, si j'ouvrais ?

Les coups contre le battant ont redoublé.

— Gia ! a crié Arik.

— Tu ne vas pas ouvrir ? m'a demandé le Laniar.

J'en avais très envie mais je ne voulais surtout pas le quitter des yeux.

La porte a fini par sortir de ses gonds avant de tomber au sol. Arik a déboulé dans la chambre, Sinead et Lei sur ses talons. Plusieurs Laniars sont alors passés par la fenêtre pour atterrir de chaque côté de Ricardo. Une femme Laniar a grondé à l'adresse de Lei, sans que ma camarade paraisse s'en émouvoir.

— Ricardo ?

La tension s'est envolée d'un coup des épaules d'Arik.

— Arik ! (Il a lentement dévoilé ses longues canines affilées.) Tu arrives juste à temps pour écouter le message de Merlin.

— Comment as-tu pu obtenir un message de lui ?

— J'étais à Asile pendant l'attaque. Avec ma bande, on a repoussé les hommes de Conemar, assez pour laisser le temps à Merl de recréer les protections.

— Surveillez-les, a commandé Arik à Lei et Sinead.

Il s'est penché vers moi pour voir la vidéo.

— Vas-y, lance-la.

Sur l'écran, l'image de Merlin s'est animée.

« *Pardonnez-moi l'utilisation de cette technologie, je ne souhaite pas risquer d'abaisser une protection pour une fenêtre de communication. Grâce à Ricardo et à sa bande, Asile est en sécurité pour l'instant. Les protections qui l'entourent sont solides, mais Conemar réussira à passer outre et nous avons besoin de renforts. Ricardo a rassemblé nos alliés parmi les Chimères. Je désigne Arik à la tête de cette armée. Alertez tous les refuges. Qu'ils nous envoient le plus de Sentinelles, de magiciens et de gardes possible. Gia doit suivre Ricardo. Il est désormais responsable de sa sécurité. Soyez prudents et puisse Agnès vous guider.* »

J'ai touché l'écran, qui est redevenu noir.

— Pourrait-il avoir été contraint de prononcer ce message ?

— Il a dit le mot de passe, a répondu Lei. « Puisse Agnès vous guider. » C'est la sainte patronne d'Asile.

Agnès, la femme en argent qui s'était matérialisée dans mon globe de vérité… Les saints auraient-ils un lien avec les *Chiavi* ?

— Comment savais-tu que je me trouvais ici ? ai-je demandé à Ricardo.

— Les chiens-garous ont suivi ta trace jusqu'au château, grâce à un T-shirt que Katy… pardon, ta grand-mère… nous a donné.

— Ta bande peut-elle nous aider à secourir Couve ? a demandé Arik.

— Certainement. Mais Gia doit venir avec moi. (Il a devancé ma protestation.) Ordre de Merlin ! Je t'emmène à la Citadelle.

Des cris et des bruits de bagarre dans le couloir se sont ajoutés au hurlement ininterrompu de la sirène.

— Je ne peux pas venir avec toi, ai-je répondu. Je dois me battre à leurs côtés.

— Hors de question, a déclaré Lei. Tu as bien failli tuer Kale.

— Tu as vu de quoi je suis capable ! me suis-je exclamée à l'adresse de Sinead.

— Oui, a-t-elle répondu avec un sourire. Mais tu ne maîtrises pas encore tes pouvoirs. Suis Ricardo, il te mènera à ton père et à tes amis.

J'ai repensé à Kale étendu au sol, mourant. Elle avait raison et il m'en coûtait de l'admettre. Je souhaitais à tout prix rester, mais mes désirs ne comptaient pas : je ne pouvais me permettre de les gêner. J'ai rendu les armes.

— Très bien.

Lei a bondi hors de la chambre, la troupe de Laniars après elle. Sinead, après m'avoir embrassée, les a suivis. D'un geste délicat, Arik a pris mon visage entre ses mains. Ses yeux brillaient de cette intensité qui m'avait toujours attirée vers lui.

J'ai retenu mon souffle. Tous les bruits autour de nous se sont évanouis.

Il s'est penché et a déposé un léger baiser sur ma bouche. Ses lèvres étaient douces, et tendres, oh, tellement tendres… J'ai senti le sol se dérober sous mes pieds. Il s'est écarté pour me dire :

— Tu as beau être une enquiquineuse de première, je tiens à toi. Écoute ce que te dit Ricardo et ne fais rien d'irréfléchi.

Il m'a volé un second baiser avant de s'élancer dans le couloir. Mon cœur s'est serré de le voir partir. J'ai passé les doigts sur mes lèvres. Il m'aimait bien… Nous n'aurions peut-être pas d'avenir, mais nous avions au moins un présent.

— Quelle scène touchante, a ironisé Ricardo pour me tirer de ma rêverie. Je ne suis pas du genre à suivre les règles, mais tu devrais faire attention : la punition serait plus sévère pour lui que pour toi.

— Pourquoi ? ai-je demandé, le regard rivé sur le seuil de la porte, comme si Arik s'y tenait encore.

— C'est un chef. Il doit montrer l'exemple. (Il a désigné la fenêtre.) Prête à t'envoler ?

— M'envoler ?

Chapitre 24

Ricardo m'a lancé un sourire moqueur et un brin effrayant à cause de ses canines pointues.

— Ce n'est pas tout à fait ce que les humains entendent par « voler » à mon avis, mais bon…

Il s'est dirigé avec grâce jusqu'à la fenêtre. Les semelles de ses chaussures de ville claquaient sur le sol.

— On y va ?

— Tu n'as pas oublié que nous sommes au cinquième étage, pas vrai ?

— Fais-moi confiance, je ne te lâcherai pas.

Il m'a tendu la main, et j'ai inspiré un grand coup avant de l'attraper.

— Nous allons descendre le long du mur. Retire ton bouclier et ton épée.

Ma main libre s'est crispée sur le pommeau de la *Chiave*.

— Je ne laisserai pas mon épée.

— Pourtant, tu n'as pas le choix.

— Je ne pars pas sans elle.

Il m'a adressé un regard soupçonneux.

— D'accord. Ôte ton bouclier et accroche l'arme dans ton dos.

Je me suis exécutée.

— C'est bon, je suis prête.

Il m'a fait signe de m'approcher et a passé un bras sous mes épaules.

— Tends ton bras libre pour ajuster ton équilibre. C'est compris ?

— Oui…

Avant que je puisse ajouter un mot, Ricardo a sauté par la fenêtre et m'a entraînée avec lui. Il courait le long du mur – ses jambes se mouvaient avec une telle rapidité que je les voyais floues.

Mes pieds traînaient le long de la façade en grès, et je gardais le bras tendu pour maintenir mon équilibre. C'était comme les descentes dans les montagnes russes. Mon pouls s'est accéléré sous l'effet de l'adrénaline. Le plancher des vaches se rapprochait à une vitesse vertigineuse. Alors, il s'est cambré et m'a entraînée dans un saut périlleux vers le sol.

— Replie tes genoux ! a-t-il crié.

Je les ai relevés juste au moment où il atterrissait avec fracas.

— Nous n'avons pas le temps de nous appesantir sur ma magnificence, a-t-il ajouté avec un grand sourire avant de courir vers les dépendances.

J'ai titubé derrière lui, les jambes en coton.

— C'était carrément dément !

Nous nous sommes faufilés dans les ruelles du village pavé qui résonnait de cris et de hurlements.

— Reste dans l'ombre, m'a-t-il ordonné alors que je faisais un pas dans la lumière d'un réverbère.

De sombres créatures qui ressemblaient à des dobermans surpuissants se tenaient voûtées devant le mur blanc des dépendances. Je me suis arrêtée.

— Des chiens-garous, m'a dit Ricardo. N'aie pas peur : ils savent que tu es l'arrière-petite-fille de Gian Bianchi. (On sentait toute l'affection qu'il portait à ce nom.) C'est un héros pour nous, les Chimères. Il s'est battu pour nos droits quand d'autres nous ont abandonnés. C'est un honneur de te protéger. Avance, ils ne te feront aucun mal.

Je me suis frayé un chemin parmi les chiens-garous, non sans m'efforcer de ne pas leur sourire trop nerveusement. Deux d'entre eux m'ont reniflée – je sentais leur souffle contre mes mollets. J'ai enjambé une queue touffue.

— Comment les troupes de Conemar sont-elles parvenues à entrer ?

Ricardo a écarté les chiens sur notre passage.

— Avec la mort de l'Archimage de Couve, les sorts de protection ont disparu. Un magicien moins puissant a tenté de les rétablir mais le résultat s'est révélé très inégal. La vraie question est la suivante : qui les a laissés entrer lors de la première attaque ? Je ne serais pas étonné qu'Olivier soit responsable.

Il m'a tenu la porte des dépendances. À l'intérieur, j'ai décroché l'épée dans mon dos pour la remettre à ma taille, avant de créer un globe lumineux. Ricardo s'est engagé le premier dans l'escalier étroit qui menait au souterrain.

— Ils avaient prévu d'attaquer Couve deux fois ?

— Oui. Plus tôt dans la journée, seuls quelques individus sont entrés. Leur rôle était sans doute de tuer Gabriel afin de faire tomber les protections.

— Gabriel ?

— Le père de Bastien.

— Comment peut-on vouloir sacrifier son propre père ?

— Olivier a toujours causé bien des soucis à ses parents, mais je doute qu'il ait été de mèche dans l'assassinat de son père. (Ricardo a pris place sur le siège conducteur d'une des voiturettes.) À mon avis, il n'a pas conscience des conséquences de ses actes. Ce garçon n'est pas vraiment une flèche…

J'ai pris place sur le siège passager. Ricardo a tourné la clé, le moteur a ronronné et j'ai fait disparaître mon globe lorsque les phares ont pris le relais. Après un demi-tour, nous nous sommes engouffrés dans le tunnel.

— Malgré leurs dissensions, Olivier aimait et respectait Gabriel. Non… il doit y avoir une autre raison, et Conemar mène la danse. Dès que je t'aurai déposée à la Citadelle, j'irai à Estril pour tirer cette affaire au clair.

— Que feras-tu là-bas ?

— On ne peut entrelacer deux esprits qu'à condition que les deux victimes soient vivantes. Carrig est retenu à Estril, j'en suis persuadé. (Il m'a lancé un bref regard avant de se concentrer sur la route.) Carrig est une Sentinelle très puissante, nous aurons besoin de ses pouvoirs pour vaincre Conemar. Je suis prêt à me jeter dans la gueule du loup pour le délivrer.

— Je sais qu'il se trouve là-bas. J'en ai eu la vision.

— Alors tu as les bonnes grâces des esprits prophètes…
Gian les avait aussi. Ils te montrent ce qu'ils pensent être
utile de savoir. Tâche de te souvenir de tout ce que tu
reçois.

— Pourquoi ces visions sont-elles toutes aussi terribles?

— Nous ne pouvons apprendre à éviter les catastrophes
à venir que si nous comprenons celles qui nous ont
précédés.

La lueur des phares, qui miroitaient le long des murs,
faisait briller ses dents blanches et pointues, parfaitement
alignées.

D'instinct, j'ai remonté le col de ma veste en cuir afin
de protéger mon cou.

Il a eu un petit sourire en coin.

— Tu seras livrée intacte à la Citadelle.

Tout semblait doux et sombre en lui. Je comprenais
que Faith ait eu le cœur brisé par sa faute.

Je me suis accrochée à la poignée de la portière lorsque
la voiturette a pris un virage serré.

— Pourquoi as-tu laissé tomber Faith?

— La plupart des Laniars ne peuvent s'empêcher de
désirer plusieurs personnes. (Il regardait droit devant lui.)
Instinct de survie. Malheureusement, Faith est différente:
elle a des traits en commun avec les humains. La mono-
gamie, entre autres.

— Je vois.

Mes orteils se sont crispés dans mes bottes au virage
suivant.

— J'ai vu Katy lorsque nous avons porté secours à
Asile. Elle m'a demandé de te dire qu'elle allait bien.

Nana avait fréquenté un Ricardo dans sa jeunesse…
Oh non… Beurk!

— Ne me dis pas que tu es celui avec qui elle a eu une aventure il y a des années…

— En personne! Katy était une petite sorcière au tempérament de feu à l'époque. Une vraie beauté!

Mon estomac s'est soulevé.

— Je ne veux pas en entendre davantage.

Il a ri.

— Quoi qu'il en soit, ai-je dit, j'ai décidé de venir avec toi.

— Oh, tu l'as décidé?

— Je vais t'aider à retrouver Carrig. Tu as raison: on a besoin de lui. Et moi aussi, d'ailleurs, si je veux un jour réussir à maîtriser mes pouvoirs.

— Merlin m'étranglerait, et je ne te parle même pas d'Arik.

Il a écrasé le frein: nous étions parvenus au bout du tunnel.

— Je dirai que je t'ai suivi, et que tu n'y es pour rien. Bon, comment se rend-on à Estril?

— Moi, on me laissera entrer mais toi… Tu ne peux pas traverser les sorts de protection sans l'aide d'un magicien. Il vaut mieux que j'y aille seul.

— Les protections ne sont pas un problème.

Il a sauté de la voiturette.

— Ils te suivront à la trace dès que tu entreras dans la bibliothèque.

Je l'ai rejoint et, plantée devant lui, j'ai baissé le col de mon T-shirt.

Il a examiné ma poitrine.

— Tu es trop jeune. Même moi, j'ai des critères.

— Qu'est-ce que tu crois? Je parlais de cette marque! me suis-je écriée, un doigt pointé sur ma cicatrice. C'est un charme. Il me rend indétectable aux yeux des Surveillants. Et ce n'est pas tout. (J'ai formé une sphère rose dans ma main.) Avec ceci, je peux déjouer quantité de sorts, comme ceux de protection.

J'ai attendu que les effets secondaires apparaissent, mais aucun n'est venu, je me sentais bien.

— Encore un détail, ai-je ajouté. Si tu tentes de me duper, je t'étrangle.

— Je suis très impressionné, mais tu ne viens pas avec moi. Je t'emmène à la Citadelle.

Nous avons monté les escaliers et, une fois dans la bibliothèque, Ricardo a ouvert la porte-livre à une page dont la photographie ne m'évoquait rien.

— Comment sais-tu te rendre là-bas? Je croyais que seuls…

Il m'a interrompue d'un geste de la main.

— J'y ai vécu pendant de nombreuses années. Après que j'ai témoigné contre Conemar, on m'y a envoyé pour me protéger.

— Sans même te bander les yeux ou prendre une autre précaution dans le genre?

— Ils ont tenté d'effacer mes souvenirs mais je suis bien trop rusé pour eux. On ne peut vivre aussi longtemps que moi sans avoir quelques tours dans son sac, pas vrai?

Il a sursauté avant de coller son nez contre l'image.

— Bon sang! Des hommes de Conemar sont dans la bibliothèque qui mène à la Citadelle.

— Comment peux-tu le voir?

— Grâce à mon anneau. Merl l'a ensorcelé afin qu'il me permette de voir dans les bibliothèques, à travers les photos.

C'était une épaisse bague en or surmontée d'une tête de lion.

J'ai failli tomber sur Ricardo pour examiner l'image de plus près.

— Peuvent-ils y entrer ?

— Non, pas sans la formule. Personne ne la connaît, à part les Sentinelles françaises et l'Archimage de Couve. Et moi, bien sûr.

— Véronique est avec Conemar.

— Merl a effacé toutes les informations dangereuses de la mémoire de cette traîtresse lorsqu'ils l'ont capturée.

Il a frappé du poing contre la page.

— Il aurait dû effacer l'intégralité de ses souvenirs, ai-je dit, espérant qu'il ne décèle pas la pointe de jalousie dans ma voix.

Il m'a lancé un nouveau regard suspicieux.

— Elle n'y aurait pas survécu, sans compter que c'est interdit par la loi.

Il a reporté son attention sur le livre.

— Et merde ! Tu vas devoir me suivre. Mais tu resteras en arrière.

— C'est dans mes cordes.

— Alors pourquoi ai-je l'impression que tu ne le feras pas ?

La nuit, la bibliothèque de Saint-Pétersbourg était sinistre. J'ai attrapé un livre d'histoire et me suis assise derrière une vitrine, sous les arches blanches du plafond.

Lorsque mes paupières ont commencé à s'alourdir, j'ai reposé l'ouvrage et ai entamé une ronde. J'ai perçu un mouvement du coin de l'œil. Je me suis retournée, prête à en découdre, mais il n'y avait personne.

— Reste calme, Gia, ai-je murmuré avant de rengainer mon épée.

J'ai vérifié l'heure. Ricardo m'avait laissé sa montre avant de disparaître derrière une étagère. J'étais censée m'enfuir s'il ne réapparaissait pas d'ici une heure. Il misait sur une forte mobilisation des troupes de Conemar à la bataille de Couve et au siège d'Asile pour être de retour en un rien de temps. Je ne connaissais pas son plan en détail, mais j'avais un mauvais pressentiment.

— Que fais-tu ici ?

J'ai sursauté et me suis retournée, interloquée.

— Sinead ? Mais que…

Trois minuscules créatures aux ailes colorées et au corps vert émeraude voletaient autour d'elle.

— J'ai déjà vu ces fées, le soir où j'ai été droguée ! Elles étaient donc réelles ?

— Ce sont des lutins. Je leur ai demandé de te suivre. Ils sont venus me chercher lorsqu'ils ont vu que tu n'allais pas à la Citadelle. (Elle a froncé les sourcils, soucieuse.) Tu n'essaierais pas de te faire tuer, par hasard ?

— On ne pouvait pas accéder à la Citadelle. Les hommes de Conemar barraient la route.

— Où est Ricardo ?

— Parti à Estril, chercher Carrig.

Les oreilles de Sinead ont pointé vers l'arrière.

— Au sol !

Les lutins ont fusé, et je me suis accroupie à côté d'elle.

— Qu'y a-t-il?

— Je ne sais pas. Ne bouge pas.

Elle s'est avancée le long de la vitrine pour fouiller les ténèbres du regard avant de se relever. Je l'ai imitée.

— Alors?

— Un rat.

— Quoi? Rien qu'un rat?

J'en avais encore la chair de poule, mais Sinead a continué comme si de rien n'était :

— Quel est le plan de Ricardo?

— Je ne sais pas. (J'ai regardé la montre.) Je dois retourner à Couve s'il n'est pas revenu d'ici vingt minutes. Il est passé par cette horrible étagère couverte de poussière. Et notre couverture est fichue, maintenant : on ne peut pas me détecter, mais ils doivent savoir que tu es là.

— Sans doute…

D'un geste du doigt, elle m'a ordonné de me baisser.

— Cette fois, quelqu'un arrive.

— Génial, ai-je grommelé.

Je suis retournée me cacher derrière la vitrine.

— Quoi qu'il advienne, ne te montre pas.

— Que vas-tu faire?

— Ils m'ont détectée. Je vais me rendre de mon plein gré afin qu'ils ne te trouvent pas. Ne tente rien d'idiot. Dès que la voie sera libre, retourne à Couve. Les lutins s'y rendront en éclaireurs.

Je me suis raidie.

— Mais…

— Fais ce que je te dis. Je vais aider Ricardo.

Une fois de plus, j'ai senti sa magie opérer sur moi. Le contrôle hypnotique s'est propagé le long de ma colonne vertébrale, mais j'ai tenté de le contrer.

Concentre-toi, Gia!

La vieille étagère a tremblé, et nous l'avons entendue grincer lorsqu'elle a pivoté. Les nouveaux arrivants se sont reflétés dans la vitrine en verre à côté de moi. Musclés, massifs… Même les jeunes femmes, grandes et larges d'épaules, avaient l'air menaçant.

Sinead s'est avancée vers deux jeunes hommes, qui ont aussitôt brandi leurs armes.

— Du calme. Mes intentions sont pacifiques, je désire parler à Conemar.

Ils l'ont saisie, chacun par un bras.

— Oh, a répondu le plus costaud des deux. Tu pourras lui parler, dès qu'il sera de retour.

— Elle est du petit peuple, elle essaie de nous manipuler, a dit l'une des filles. Souvenez-vous des entraînements : fermez votre esprit.

Je retenais ma respiration en attendant qu'ils repartent. Une voix féminine a récité le charme dans une langue qui devait être du russe. Moi qui croyais que toutes les formules étaient en italien… J'ai répété le charme en boucle dans ma tête afin de ne pas l'oublier.

L'étagère s'est déplacée, j'ai entendu des bruits de pas précipités, puis elle s'est refermée. J'ai risqué un œil au-dessus de la vitrine. Les lutins ont fondu sur moi. Ils parlaient tous en même temps – leurs voix mêlées provoquaient un bourdonnement irritant.

— Un à la fois, s'il vous plaît, je ne comprends pas un mot de ce que vous dites !

Une lutine aux cheveux d'un rouge flamboyant a flotté devant mon nez.

— Tu dois aller l'aider. Tu peux le faire. Tu es celle de la prophétie.

Sa voix sifflait comme une bouilloire sur le feu.

— Je crois qu'elle m'a hypnotisée, ou m'a manipulée de la sorte. Je veux y aller, mais j'en suis incapable.

— Ne t'inquiète pas, l'effet du charme se dissipera très bientôt. Rends-toi à Estril dès qu'il sera rompu. Nous nous occuperons ensuite de vous ouvrir la voie vers Couve et la Citadelle.

— Comment ferez-vous ?

— Ne t'en fais pas, nous avons nos secrets.

Ils se sont envolés et je me suis une fois de plus retrouvée seule dans la bibliothèque.

Après plusieurs minutes d'une lutte épuisante contre la magie de Sinead, j'ai poussé un soupir exaspéré… avant de me rappeler un élément essentiel.

Mon globe ! Il défait la magie !

J'ai tendu le bras pour faire apparaître la sphère. La membrane rose m'a enveloppée et libérée du sort en un rien de temps. J'étais soulagée de constater qu'à part un léger picotement dans l'estomac, je ne ressentais aucun effet secondaire.

J'ai couru vers la vieille étagère pour réciter la formule. J'ai dû m'y reprendre à plusieurs fois pour corriger ma prononciation, mais la porte a fini par s'ouvrir.

Une boule lumineuse aurait révélé ma présence : j'ai donc descendu chaque marche humide à tâtons. De l'eau gouttait du plafond. Parvenue en bas, je me suis enfoncée dans les ténèbres du tunnel, sans m'éloigner du mur rêche. Je n'en revenais pas de prendre un tel risque, mais il fallait aider Sinead. Je devais, d'une manière ou d'une autre, informer Ricardo de sa présence.

J'ai respiré profondément pour recouvrer mon sang-froid. L'odeur putride qui régnait dans le souterrain m'a fait grimacer – on aurait dit qu'un cadavre y moisissait. De plus, l'obscurité totale me terrorisait. Le bruit d'une multitude de pas minuscules m'est parvenu et, tout à coup, une créature munie de bien trop de pattes est tombée sur mon bras, où elle s'est mise à ramper. J'ai hurlé et me suis agitée dans tous les sens.

Mon cri aurait pu réveiller le mort que j'avais imaginé. Au point où j'en étais, je ne risquais pas grand-chose à former un globe lumineux. Mais dès que la lumière est apparue, j'ai regretté mon geste : des milliers d'araignées et autres insectes hideux grouillaient au plafond et sur les murs, et des rats se faufilaient dans des trous. J'ai continué mon chemin bien au centre du boyau, le corps parcouru de frissons, prenant garde à chaque pas de ne pas marcher sur une boule de poils.

Près de vingt minutes plus tard, je suis arrivée en haut du second escalier. Devant la porte, j'ai échangé ma boule lumineuse contre une sphère rose. Je l'ai jetée contre le panneau, dans l'espoir de désactiver les sorts de protection. Cette fois, je n'en suis pas sortie indemne : affalée contre le battant, j'ai attendu que le décor cesse de tourner autour de moi.

Utiliser la magie a un prix…

J'ai ouvert la porte pour pénétrer dans ce que j'imaginais être l'équivalent des dépendances d'Asile et de

Couve. J'ai marché jusqu'à l'autre bout du bâtiment, dans l'espoir d'y trouver une autre porte. Des manteaux de fourrure, accrochés au mur, m'ont chatouillé la joue au passage.

Je suis sortie au milieu d'une steppe aride et gelée pour faire aussitôt demi-tour. J'ai détaché la ceinture qui tenait mon fourreau avant d'enfiler l'un des manteaux en peau de bête et de raccrocher mon arme par-dessus.

De gros flocons de neige me fouettaient le visage. Accroupie dans l'ombre, je me suis approchée du château d'Estril qui, sombre et lugubre, dominait une côte rocheuse. Au sommet de la plus haute tour, un drapeau noir orné d'une flamme rouge en son centre claquait dans le vent mordant.

Mon cœur battait de plus en plus fort à mesure que j'approchais de ce château cauchemardesque. J'ai contourné l'édifice en quête d'une entrée dérobée. Deux portes-fenêtres en verre, entrouvertes, laissaient flotter leur rideau à l'extérieur. Elles donnaient sur une terrasse ceinte de murs, que je n'ai pas tardé à escalader.

Sur la pointe des pieds, je m'en suis approchée pour épier entre les rideaux. À l'intérieur de la pièce, il n'y avait rien d'autre qu'une longue table et une dizaine de chaises. La *Chiave* a émis un son métallique de protestation lorsque je l'ai sortie de son fourreau. Immobile, j'étais à l'affût du moindre mouvement. Puis, l'épée brandie entre mes mains raidies par le froid, je suis entrée dans le château.

J'ai traversé la salle à manger pour entrouvrir la porte qui se trouvait à l'autre bout. Mon cœur battait tellement fort, tandis que je risquais un œil par l'ouverture, que j'étais certaine qu'on l'entendait à des kilomètres à la ronde.

J'ai poussé la porte du bout de ma botte, serré plus fort la poignée de mon arme et suis sortie dans un couloir sinistre. D'un côté, il menait à un vaste salon, aussi me suis-je précipitée à l'opposé, pour atterrir dans le hall d'entrée.

Il suffisait de passer sous l'imposant escalier pour rejoindre l'arrière du bâtiment. Le corridor de droite m'a menée dans les cuisines, alors j'ai rebroussé chemin à toute vapeur. J'ai ensuite tenté celui de gauche : au fond, un étroit escalier s'enfonçait dans les entrailles du château.

Sans doute les geôles… Elles se trouvent toujours au sous-sol.

Dans l'obscurité, j'ai entamé la descente des marches glissantes et périlleuses. L'escalier débouchait sur un couloir étroit, faiblement éclairé par des appliques dont la lumière blafarde conférait à l'endroit une atmosphère sépulcrale. Sous chaque lampe se trouvait une porte en fer, chacune percée d'une petite lucarne munie de barreaux.

J'ai ignoré les cris d'alarme que poussait ma raison et me suis engagée dans le couloir.

Bingo ! J'ai trouvé les cachots.

Dans mon dos, j'ai entendu un homme parler en russe. J'ai fait volte-face : deux types lourdement armés remontaient le couloir dans ma direction.

Chapitre 25

L'homme a continué à s'adresser à moi en russe.

— Pardon ?

Le souffle court, j'ai reculé d'un pas.

— Je cherchais les toilettes…

Oscar de l'excuse bidon pour Gia !

— Tu es Américaine ? a demandé l'autre, qui parlait anglais, malgré un accent à couper au couteau. Que fais-tu ici ?

C'est alors que je l'ai reconnu.

— Vous étiez avec Arik, à l'Athenæum de Boston, puis dans le bureau du professeur Attwood, ai-je dit sans réfléchir.

Il a écarquillé les yeux.

Son acolyte, de toute évidence perdu par notre échange, qu'il ne comprenait pas, s'est exprimé en russe.

— Vous êtes Edgar, je me trompe ? ai-je continué.

— Qui es-tu ?

Il me dévisageait d'un regard noir.

— Je suis Gia. Je…

— Gianna Bianchi… Que fais-tu ici, bon sang ? Tu es en train de ruiner ma couverture !

Le Russe semblait avoir compris ce qui venait de se jouer devant lui. Il a sorti une dague de son fourreau et, sans cesser de parler dans sa langue, l'a pointée sur Edgar. J'ai saisi le nom d'Arik ainsi qu'un mot qui ressemblait à « pion ».

— Moi, un espion ? s'est exclamé Edgar d'un ton outré.

Il s'est raidi et a serré les poings. L'homme a répété le mot avant de se fendre. Edgar a esquivé l'attaque puis a immobilisé le Russe grâce à une prise. L'arme de son adversaire est retombée au sol dans un grand bruit de ferraille.

— Passe-moi la dague !

Je me suis exécutée.

— Qu'allez-vous faire ?

— Je dois le tuer.

— Quoi ? (J'ai reculé, horrifiée.) Non, ne le faites pas !

— Je n'ai pas le choix. Il sait qui je suis.

— Alors, c'est vrai, vous êtes un espion ?

Il a souri.

— Tout dépend dans quel camp tu te trouves… Et toi, es-tu une espionne ?

— Euh… oui.

— Carrig est enfermé dans une cellule au fond du couloir.

Le garde russe s'est débattu et Edgar a resserré sa prise.

— Je me charge de ce type, et je vais faire diversion auprès des autres. Tu dois disparaître d'ici le plus vite possible, c'est compris ?

— Où est Sinead ?

— Qui ?

— C'est une fée. La femme de Carrig.

— Je ne l'ai pas vue. Maintenant, dépêche-toi.

J'ai hoché la tête mais suis restée plantée au même endroit, à le regarder emmener le garde.

— Maintenant ! a-t-il crié par-dessus son épaule.

J'ai foncé dans le couloir.

— Carrig ? ai-je chuchoté devant les barreaux de chaque fenêtre.

S'il était toujours sous les verrous, que pouvait bien faire Ricardo ?

Un bruit sourd a retenti plusieurs fois derrière la dernière porte, suivi de paroles à l'accent irlandais caractéristique :

— Merde ! Qui va là ?

Pas de doute : c'était bien Carrig. Il s'exprimait exactement comme Sean McGann. J'ai tenté d'ouvrir la porte. Quelle naïveté de ma part de croire que je pourrais sans problème la déverrouiller de l'extérieur !

— Cesse de cogner le battant, ai-je dit à Carrig. Je vais trouver un moyen de te délivrer.

— Que fais-tu ici, bon sang ?

Sa voix rocailleuse écorchait chacun de ses mots.

Un petit poste de garde se trouvait au bout du couloir. J'ai couru y chercher un trousseau de clés, mais tous les tiroirs étaient vides. Exaspérée, j'ai examiné les murs.

Il y avait bien un râtelier d'armes dans un coin, qui supportait quelques épées, mais rien d'autre. Les murs étaient nus, sans le moindre clou pour y accrocher une clé. Celui qui me faisait face était criblé de taches couleur rouille. Les éclaboussures entouraient une chaise

adossée là. J'étais certaine de ne pas vouloir savoir ce qui
s'était passé…

Dépêche-toi, Gia! En dépit de la fraîcheur qui régnait
dans le souterrain, de la sueur dégoulinait dans ma nuque.
Les minutes s'écoulaient, et je ne trouvais pas de solution.

À force de m'affoler autour du bureau, mon fourreau
a fini par se prendre dans un tiroir laissé ouvert. Je l'ai
délogé d'un coup avant d'observer la *Chiave*, qui luisait
faiblement dans la pénombre. Agnès avait bien déclaré
que cette arme détruisait toutes les autres épées… Se
pourrait-il qu'elle passe au travers de n'importe quel objet
en métal? Je suis retournée à la cellule de Carrig au pas
de course.

— Inutile, Deidre, a-t-il dit lorsqu'il m'a vue lever
la *Chiave* au-dessus de ma tête. La porte ne bronchera
pas mais ton épée sera bousillée.

— Ce n'est pas une épée ordinaire, ai-je répondu
avant de l'abattre de toutes mes forces contre le gond
supérieur.

La lame a hurlé au moment de briser l'acier. Le choc
continuait à se répercuter dans mes os. J'ai réitéré l'opération sur les deux autres gonds.

— Bouge! m'a intimé Carrig.

Il s'est jeté contre le panneau de fer. La porte s'est
effondrée à l'extérieur de la cellule dans un vacarme
assourdissant. Si les Estriliens n'étaient pas encore au
courant de notre visite, désormais, c'était chose faite.
Le Maître Sentinelle a bondi par-dessus la porte pour
sortir de sa cellule.

— Brillant, Deidre!

Il me prend pour elle! Nous n'avions pas le temps pour des présentations en bonne et due forme, aussi ai-je décidé de remettre les explications à plus tard.

— Je ne comprends pas comment tu es arrivée ici.

— C'est une longue histoire. Nous devons trouver Ricardo.

— Il est avec toi?

— Oui. Enfin, il est venu un peu plus tôt.

— C'est pas vrai! (Il a serré les poings, comme s'il voulait frapper un objet de rage.) Quel idiot! Il a signé son arrêt de mort. Il est là depuis combien de temps?

— Une heure environ. Peut-être plus. Mais ce n'est pas tout : les gardes détiennent Sinead.

— Satanée, entêtée de bonne femme! Elle va me tuer, c'est moi qui te le dis!

Il n'avait pas remarqué que j'avais appelé la fée par son nom au lieu de « Mère » ou « Maman »… Je ne savais même pas comment Deidre s'adressait à elle.

Il a volé un fourreau et une épée au râtelier des gardes et nous avons foncé dans l'escalier. Il a couru vers les cuisines où il s'est emparé d'un couteau de boucher qu'il m'a fourgué entre les mains.

— Cache-le dans ta botte, dans la poche sur le côté. (Il m'a tendu un second couteau, désosseur.) Et glisse celui-ci dans l'autre.

Des fentes étaient en effet ménagées dans la doublure de mes bottes, qui dissimulaient désormais deux armes. Carrig a fait de même.

— Reste derrière moi, a-t-il dit avant de s'élancer hors des cuisines.

J'ai glissé sur le carrelage, et, tandis que je me remettais d'aplomb, j'ai senti les manches des couteaux contre mes mollets. Carrig était bien plus en forme que son changelin. Nous avons inspecté chaque pièce du rez-de-chaussée avant de grimper à l'étage au-dessus.

J'ai alors distingué une voix de femme, qui fredonnait une mélodie.

— Tu as entendu?

Il s'est immobilisé.

— C'est l'*Hymne à la Lune*, un chant du petit peuple…

— C'est elle, ai-je chuchoté.

— Ah! Elle est futée, ma femme, a-t-il déclaré, pas peu fier. Elle nous mène à elle sans alerter ses ravisseurs!

La chanson nous a guidés jusqu'à la troisième porte du couloir.

— Sinead? a appelé Carrig à voix basse.

— Je suis ici!

— Éloigne-toi, lui a répondu son mari.

Il s'est reculé avant de prononcer un charme, et un globe vert s'est matérialisé au creux de sa main. Il l'a lancé contre le battant, qui a volé en éclats sous l'effet d'une rafale.

— Tu aurais pu faire pareil pour sortir de ta cellule! me suis-je exclamée.

— Les geôles sont enchantées pour inhiber les globes de combat.

Sinead s'est jetée dans les bras de Carrig, couvrant son visage de baisers avant de s'attarder sur ses lèvres. J'ai détourné les yeux.

— Désolée d'interrompre vos retrouvailles, mais nous avons un problème…

Deux gardes se précipitaient vers nous tandis qu'un troisième arrivait de l'autre côté du couloir. Pendant que Carrig arrêtait la progression des deux premiers grâce à une série de rafales, j'ai lancé mon couteau désosseur sur le dernier, prenant soin de viser bas pour ne pas mettre ses jours en danger. La lame s'est enfoncée dans sa jambe et il s'est effondré en gémissant.

Sinead s'est précipitée sur lui et l'a mis K.-O. d'un coup de la statuette qu'elle tenait à la main.

Carrig s'était débarrassé d'un garde et luttait contre le second. Ils se tournaient autour, leurs pas longs succédaient à des jeux de jambes plus rapides. Ils grognaient et haletaient au milieu du bruit de ferraille de leurs lames qui s'entrechoquaient. Le Maître Sentinelle a profité d'une ouverture pour frapper le garde au bras avant de l'assommer du pommeau de son arme. Il a poussé le corps inanimé du pied pour vérifier que l'homme était bien hors d'état de nuire et nous a rejointes.

— Sais-tu où ils ont emmené Ricardo ? a-t-il demandé alors qu'il essuyait sa lame contre une tapisserie du mur.

Sinead, qui terminait de bander la jambe du garde que j'avais blessé à l'aide de morceaux d'étoffe déchirés dans un chemin de table, a levé les yeux vers lui.

— Ils l'ont emporté à l'extérieur.

— Laisse ce type. On n'a pas le temps.

Le visage déterminé, il s'est rué dans le couloir. Sinead m'a pris la main et s'est précipitée après lui. Nous avons redescendu l'escalier et traversé le hall avant de sortir par une porte de service pour continuer notre course dehors.

— Comment allons-nous le trouver ? ai-je demandé, le souffle court.

Devant nous, Carrig s'est arrêté net, et nous l'avons toutes deux imité.

Alors, j'ai vu.

Un hurlement s'est élevé des tréfonds de mon corps révulsé. J'étais paralysée d'horreur.

Ricardo pendait, cloué à un arbre par un pieu d'argent qui lui traversait le cœur. Il semblait plus pétrifié que mort. Sa chemise était devenue écarlate.

Sinead a porté les mains à sa bouche. Carrig l'a attirée à lui et elle s'est mise à sangloter contre son épaule.

Un pendentif brillait autour du cou du défunt. Je me suis forcée à sortir de mon hébétude et j'ai avancé vers lui d'un pas chancelant. Le visage figé de Ricardo semblait serein. Au dos du pendentif était gravé le nom de Faith. Je l'ai retourné. C'était un bijou de style gothique : un entrelacs de roses épineuses en argent encerclait un cristal rouge sang. *Il tenait à elle.*

Les mains tremblantes, j'ai dénoué le collier pour l'attacher autour de mon cou et le remettre plus tard à Faith. J'étais malade à l'idée de devoir lui apprendre la terrible nouvelle.

— Je suis tellement désolée, Ricardo, ai-je dit d'une voix rauque. Comment ont-ils pu être aussi cruels ?

Carrig m'a rejointe. Je l'ai vu essuyer les larmes qui inondaient ses joues.

— Fieffé bougre ! Tu n'aurais pas dû venir me chercher… (Il a retenu un sanglot.) Repose en paix, mon ami. Ton âme est sauve.

Il a délogé le pieu, et le corps de Ricardo est tombé au sol en plusieurs morceaux qui sont aussitôt partis en fumée. Le vent a tout emporté.

— Carrig!

La voix d'Edgar nous est parvenue du château. Il s'est mis à dévaler la pente, a trébuché mais s'est relevé sur-le-champ pour continuer à courir.

— Courez! Les gardes ne vont pas tarder. Filez vers la sortie!

Sinead a pris la main de Carrig dans la sienne.

— Nous devons emmener Gia à la Citadelle.

Il m'a dévisagée, ahuri.

— Gia?

Carrig ne pouvait détacher ses yeux, du même vert que les miens, de mon visage. Il a marmonné quelques mots, puis a tourné la tête vers Sinead, et à nouveau vers moi.

— C'est toi, Gia?

— Oui. Je suis votre fille.

Les larmes ont une fois encore jailli de ses yeux. Après avoir pris une grande inspiration, il m'a serrée fort contre lui.

— J'ai eu tellement peur, quand ils m'ont enlevé… tellement peur que Conemar mette la main sur toi. J'ai cru perdre la tête à t'imaginer seule, dans ce monde inconnu, sans pouvoir être là pour te protéger.

Ma gorge s'est serrée, mais j'ai tenté de ne pas céder à l'émotion.

— Je… Je vais bien.

— J'ai rêvé de nos retrouvailles tant de fois… Dans de meilleures circonstances, bien sûr.

— À ce propos… est intervenu Edgar, on part maintenant ou jamais!

401

Carrig m'a relâchée et s'est tourné vers Sinead.

— Et Deidre ?

— Elle est en sécurité, a-t-elle répondu.

— Très bien. (Il m'a tapoté le dos d'un geste maladroit.) Tu vas courir sans t'arrêter, et sans regarder derrière toi.

— Compris.

Nous nous sommes élancés, ignorant la cavalcade et les injonctions qui fusaient derrière nous.

Mon cœur n'a cessé de se serrer pendant que nous longions le tunnel qui nous ramenait à la bibliothèque de Saint-Pétersbourg. Ricardo, dans le laps de temps très court que j'avais passé avec lui, avait fait montre d'une grande gentillesse envers moi. Carrig et Merl le considéraient comme leur ami. Faith avait juste évoqué leur rupture, mais il semblait avoir beaucoup compté pour elle. C'était à coup sûr un type bien.

J'ai tenté de recouvrer mes esprits.

— Carrig, pourquoi as-tu dit que l'âme de Ricardo était sauve ?

— Les Laniars ont perdu leur âme il y a bien longtemps. On raconte que l'un d'entre eux a tué un ange. Pour ce crime, leur espèce tout entière a été condamnée aux flammes de l'enfer. Selon la légende, seuls ceux qui voueraient leur vie à sauver les autres récupéreraient leur âme. Je connaissais Ricardo depuis des années. En comptant aujourd'hui, il m'a sauvé la vie deux fois. Tout le monde va le regretter.

— Je suis désolée.

Le Maître Sentinelle, un sourire reconnaissant aux lèvres, a hoché la tête. Il est ensuite resté silencieux jusqu'à la bibliothèque.

Une fois sur place, Sinead a cherché la porte-livre.

Nous avons effectué trois bonds et fui autant de bibliothèques où nous sommes tombés sur les gardes de Conemar. Lorsque nous avons atterri dans la bibliothèque du Sénat français, à Paris, les lutins avaient dépêché une Sentinelle de Couve qui nous attendait pour nous guider. Il fallait traverser une toute petite bibliothèque de village, vieille de deux cents ans, pour se rendre à la Citadelle.

À notre arrivée, l'encre noire de la nuit se teintait de violet. La Citadelle était un imposant manoir de style néoclassique qui se dressait, impassible, au milieu d'une prairie. Au sud du château, un lac scintillait sous une lune démesurément grande.

Une rivière courait le long de l'édifice avant de se jeter dans le lac. Nous avons traversé un pont au-dessus de l'eau vive et suivi un sentier pavé qui passait au milieu d'un minuscule village. La plupart des lève-tôt que nous avons croisés nous ont salués en français, et Sinead leur a répondu dans la même langue.

Une douce lumière nous a accueillis lorsque nous avons pénétré dans le hall du manoir. Des voix familières, qui nous parvenaient depuis l'autre bout d'un couloir, nous ont guidés jusqu'à une grande salle. Arik, Bastien et les autres Sentinelles étaient en grande conversation autour d'une table de jeu. Pop, Afton, Nick et Deidre étaient confortablement installés près d'une cheminée où une bûche se consumait dans des crépitements. Toute la salle a retenu son souffle à notre arrivée.

Pop s'est levé et a foncé droit sur moi pour m'emprisonner dans ses bras.

— Dieu merci, tu n'as rien! Quand ils m'ont dit que tu allais arriver mais que tu n'arrivais pas, j'étais fou d'inquiétude!

— Doucement, ai-je dit en lui rendant son étreinte. Tu vas me couper en deux.

Il m'a relâchée, pour s'assurer que je n'étais pas blessée, et j'ai porté mon regard sur Arik, qui s'entretenait avec Edgar. Les mains dans les poches, la tête légèrement penchée, il écoutait l'homme lui faire son rapport. Sa seule vue m'a réchauffé le cœur. Je voulais l'enlacer et lui dire combien j'étais heureuse qu'il soit sain et sauf – combien il m'avait manqué à Estril. Je me sentais bien plus sûre de moi, en tant que guerrière ou en tant que magicienne, lorsqu'il était là pour me guider.

— On était tellement inquiets! s'est écriée Afton derrière moi.

Bastien s'était approché lui aussi.

— Chapeau pour votre entrée! Elle a raison: nous avons tous eu très peur. Je suis heureux que vous soyez revenus sains et saufs.

— Je suis désolée.

Nous ne sommes pas tous rentrés. Ricardo a été tué. Les mots n'ont pas pu sortir de ma bouche. Ils auraient ancré l'atroce nouvelle dans la réalité.

— Qu'est-ce que c'est que ce truc? a dit Nick, qui louchait sur mon manteau. Tu n'étais pas contre la fourrure, toi?

— Il faisait un froid glacial, et je n'avais rien d'autre, ai-je répondu, sur la défensive.

Irritée, j'ai décroché ma ceinture et retiré le manteau avant de la remettre.

— Je plaisantais…

Je l'ai ignoré. Nick a légèrement tourné la tête, et la façon dont la lumière a éclairé son visage m'a interloquée. Il a levé un sourcil plus haut que l'autre face à la mine que je faisais.

— Hé, Gia, je plaisante, j'ai dit !

Conemar affichait une expression identique lorsqu'il s'était attaqué à mon globe… Les yeux de Nick avaient la même couleur marron foncé et la même forme que ceux du mage noir. Les mêmes paupières épaisses. Les mêmes fossettes sur la joue… Avec une dizaine de kilos en plus et des cheveux gris, mon ami ressemblerait fort à Conemar.

Tous les bruits de la pièce se sont effacés derrière le vacarme assourdissant du sang qui affluait dans mes oreilles. Je devais m'éloigner. Ne pas lui montrer que j'avais peur. *Arik.* Il me fallait en parler à Arik.

Bastien a pris mon coude.

— Que se passe-t-il ?

Je me suis raclé la gorge.

— Rien… rien du tout. Je reviens tout de suite.

— Après toutes ces épreuves, je veux que tu te reposes.

— Tu veux ?

Encore sa fichue arrogance ! Ils ne se lasseraient donc jamais de me dire quoi faire, tous autant qu'ils étaient ? J'ai libéré mon bras.

— Je ne suis pas l'un de tes sujets, ou peu importe comment tu les appelles.

J'avais des problèmes bien plus graves en tête. Comme ce que je venais de comprendre sur Nick.

J'ai traversé le salon en m'efforçant de refréner mon anxiété. *C'est impossible… J'ai vu trop de folies, j'ai craqué! Oui, c'est ça, je délire.*

Assis à côté d'Arik, Carrig lui racontait notre fuite.

— Son instinct est phénoménal : avec son épée, elle a brisé les gonds de la porte sans même se poser de question.

— Pardon de vous interrompre. Arik, je peux te parler une minute ? En privé, s'il te plaît.

Je me suis éloignée, sans presque me rendre compte que mon ami me caressait doucement le bras. Il m'a couvée d'un regard soucieux.

— Que t'arrive-t-il ?

J'ai frotté ma cicatrice.

— Je n'en suis pas certaine… C'est complètement fou, mais je crois avoir fait une découverte de taille. Sur Jacqueline Roux.

J'ai sursauté lorsqu'il a posé ses mains sur mes épaules.

— Tu es trop nerveuse. Tout va bien. Reprends ton souffle et…

Carrig est apparu dans le couloir.

— Il y a un problème ?

— Je suis désolé, cet entretien est privé, a dit Arik.

— Non, c'est bon, il peut rester.

J'ai pris de grandes inspirations pour me calmer.

— Nous avons trouvé des lettres dans la chambre de Jacqueline Roux. Elle a eu un bébé. Ma mère l'a aidée à se cacher à Boston jusqu'à l'accouchement.

— J'ignorais qu'elle avait eu un enfant, a soufflé Carrig.

— Si. Et ce bébé…

Je ne pouvais me résoudre à le dire. Que lui arriverait-il?

— Tout va bien, a répété Arik. Continue.

À première vue, mes conjectures semblaient improbables, mais si on y réfléchissait, elles se tenaient. Elles annonçaient une vérité que j'aurais préféré ne jamais apprendre. J'ai avalé ma salive avant de tout débiter d'un coup:

— Quand Conemar m'étranglait, son visage et ses expressions m'ont semblé familiers. Et je viens de retrouver ces traits, dans cette pièce. (J'ai montré le salon du doigt.) Les yeux, le nez, les cheveux et même le menton: tout est identique.

— De qui parles-tu? m'a demandé Arik.

J'ai dû forcer les mots à franchir mes lèvres.

— Je crois que Nick est le fils de Jacqueline, et que Conemar est son père.

— Mais il a des parents, je les ai rencontrés! a protesté la Sentinelle.

— Sa mère raconte souvent que pendant des années, elle n'est pas arrivée à tomber enceinte. Les D'Marco avaient tout essayé, sans succès, avant l'arrivée de Nick. (Mon esprit tournait à toute vitesse pour assembler les pièces du puzzle au fur et à mesure.) Un jour, elle m'a raconté cette histoire d'une manière un peu différente. Elle a dit: « Jusqu'à ce qu'on reçoive Nick. » Je m'en souviens très bien, car elle s'est aussitôt corrigée pour être certaine que je ne me fasse pas d'idées.

» De son vivant, ma mère était la meilleure amie de Jacqueline. Elle l'a aidée à cacher l'existence de son fils à Conemar. Vous comprenez maintenant? Tout concorde…

Dans sa lettre, Marietta racontait que nous étions élevés ensemble… Et, dans les faits, nous avons toujours été collés l'un à l'autre, même à l'école, même jusqu'en option italien, ce n'est tout de même pas ordinaire !

— Le seul moyen d'en être sûr, c'est de lui faire passer le test du globe de vérité, a dit Arik.

J'y avais pensé, mais à cette seule idée, mon ventre se nouait.

— Impossible. Je me trompe peut-être. Et sinon… il sera dévasté.

— Et si tu lui demandais directement son avis, à lui ? est intervenu Nick, appuyé contre l'encadrement de la porte.

Chapitre 26

— Je suis très déçu, Gia. On s'est rencontrés quand on était encore en couches-culottes, on a toujours été meilleurs amis, et tu n'as rien trouvé de mieux que de les mettre au courant avant moi.

Il s'est détaché du chambranle pour s'approcher de moi.

— Tu devrais me connaître, pourtant. Tu sais que ma grande taille, comparée à celle de mes parents, m'a toujours intrigué. Tout comme le fait qu'aucun de mes traits ne rappelle ceux d'autres membres de ma famille.

— Pardonne-moi, Nick… J'ai… Je viens juste de faire le lien. Et je me trompe peut-être…

Il a sorti une photographie de sa poche.

— J'ai trouvé cette photo dans la commode de ma mère il y a longtemps. Je l'ai cachée dans mon portefeuille pendant des années. J'avais très envie d'interroger mes parents à son sujet, mais je les ai laissés garder leur secret. Du moment qu'ils étaient heureux, je me fichais d'avoir été adopté ou pas. Mais maintenant, avec toutes ces histoires, je me demande qui je suis vraiment…

— Alors là… À mon tour d'être déçue : pourquoi ne me l'as-tu jamais raconté ?

— Je croyais que tu le savais. Tu me taquines tout le temps sur mon manque de ressemblance avec ma famille. Combien de fois m'as-tu dit que je devais être le fils du prof de yoga de ma mère ?

J'ai baissé la tête, coupable.

— J'ai été minable. Mes blagues devaient être terribles pour toi.

Il m'a tendu la photo, pliée en deux. Un sillon vertical courait le long du visage de ma mère. Assise sur un vieux sofa orange, elle était entourée de la mère de Nick et de Jacqueline. Les restes d'un paquet cadeau étalés sur les genoux, Marietta exhibait une robe de bébé rose. Le ventre de Jacqueline ressemblait à un ballon de basket. La mère de Nick, elle, était aussi fine que d'habitude. Elle et ma mère arboraient un large sourire, tandis que Jacqueline, les traits tirés, semblait triste.

J'ai retourné la photo. Au verso, il y avait une inscription : « Arrivée de Gia – 5 mai ». Mon regard a rencontré celui de Nick.

— Qu'en déduis-tu ? ai-je demandé.

— Toi et moi n'avons que quelques mois de différence. Ma mère devrait donc être enceinte sur cette photo, mais ce n'est pas le cas. Cette femme, en revanche… (Il a posé son index sous le visage de Jacqueline.) Elle en est à quoi, son septième mois ? Fais-moi passer ton truc de globe. Je veux connaître la vérité.

Mon cœur s'est emballé.

— On n'est pas forcés. Tu as raison : tu as des parents

qui t'aiment et tu les aimes en retour. Quelle importance que tu aies été adopté?

Je refusais qu'il passe par les mêmes épreuves que moi. Une fois qu'il saurait la vérité, il n'y aurait pas de retour en arrière possible. Son existence en serait bouleversée à jamais.

— Je n'ai pas peur, Gia. Nous sommes là l'un pour l'autre, et tu es assez angoissée pour deux.

— OK, jeunes gens, a dit Carrig. Trêve de plaisanteries. On ne va pas passer le restant de nos jours à se demander si Nick est le fils de Conemar ou non, alors soumets-le au test du globe et finissons-en.

— Il a raison, a ajouté Arik. Il est temps de connaître la vérité. Donne-moi ta main, Nick.

De la pointe de sa lame, il a piqué le doigt de mon ami, et une goutte rubis s'est écrasée au creux de ma paume.

Au centre du globe à la surface chatoyante, Jacqueline, allongée sur un lit d'hôpital, berçait un bébé. Il était emmailloté si serré que l'on s'attendait à le voir prendre la couleur bleue de la couverture.

— N'aie pas peur, mon magnifique petit garçon, a-t-elle dit tout doucement. Grâce au charme de Katy, tu ne risques rien.

Elle a passé les doigts sur une cicatrice en forme de croix que portait le bébé à la tête.

— Ce n'est pas la même marque que celle de Gia, car celle-ci protégera ton âme. Le mal ne te trouvera pas, comme il n'atteindra jamais ton cœur. Je prie pour que tu ignores toujours l'identité de ton père. Conemar, lui, ne saura jamais que tu existes.

411

Sans cesser de le bercer, elle a poursuivi :

— Quel nom vont-ils te donner, cher petit ange ? À choisir, je t'appellerais Tiege. « Celui qui dirige un peuple », car tu es destiné à régner, mon fils. Dans tes veines coule le sang de deux magiciens très puissants. L'un d'entre eux est bon, l'autre est mauvais. Puisses-tu suivre les traces de ton arrière-grand-père, Gian, et non celles de ton père.

Elle s'est tue car M. et Mme D'Marco, main dans la main, de toute évidence anxieux, venaient d'entrer dans la chambre. Ils devaient avoir la trentaine.

Jacqueline n'a pas quitté son bébé des yeux. Son regard rempli d'amour ne pouvait se détacher du petit être qui reposait au creux de ses bras. Les D'Marco attendaient qu'elle s'adresse à eux – ils se sentaient sans doute très mal à l'aise.

Lorsqu'elle a relevé la tête, ses joues humides brillaient sous l'éclairage au néon.

— Ta maman et ton papa sont arrivés, mon petit. Je t'ai choisi une famille qui te chérira. (Elle a embrassé le crâne du nourrisson.) Au revoir, petit ange…

Jacqueline a tendu son bébé à la mère de Nick.

— Quel prénom avez-vous choisi ?

— Nicklaus, a répondu Mme D'Marco. On l'appellera Nick.

L'image a disparu à l'instant où le globe se changeait en une coque de glace qui a éclaté en me tailladant la peau.

— Que se passe-t-il ? me suis-je écriée.

Des ricanements ont éclaté de derrière la statue d'un magicien, où une femme à la silhouette de fée était à moitié cachée. Avant même qu'elle ait pu faire un geste, Arik l'avait attrapée.

— Bon sang! s'est exclamé Carrig. Je te reconnais, harpie! C'est toi qui m'as drogué.

La douleur m'a fait grimacer. Nick a ôté son T-shirt pour en bander ma main ensanglantée.

Arik a traîné la femme dans la lumière.

— Tante Eileen? me suis-je exclamée.

Je la reconnaissais à peine. Elle avait troqué ses amples vêtements noirs pour une chemise d'un vert profond et un pantalon noir qui épousait ses formes. Oublié le carré sage, ses boucles rousses cascadaient joliment autour de son visage. Disparues aussi les lunettes sévères à monture noire rétro et les yeux charbonneux : elle était à peine fardée et sur ses lèvres luisait un gloss rose.

Sinead, Bastien et Demos sur les talons, s'est ruée dans le couloir.

— Que s'est-il passé ici? Lâche-la! a-t-elle crié à Arik, qui maintenait toujours tante Eileen. Elle est des nôtres!

— Elle a attaqué Gia, a rétorqué la Sentinelle.

Bastien s'est aussitôt penché vers moi.

— Tu es blessée?

— Je vais bien, ai-je répondu en regardant derrière lui.

Tante Eileen se débattait pour se libérer de la poigne d'Arik.

— Elle doit être avec Conemar, a-t-il ajouté.

— C'est vrai, Lorelle? a demandé Sinead.

Pourquoi l'appelle-t-elle ainsi?

— Oh, je t'en prie… a répondu ma tante. Tu as eu ta chance avec lui, et tu l'as rejeté pour cette espèce d'elfe difforme.

Carrig a brandi le couteau passé à sa ceinture.

— Surveille ta langue, harpie, ou je te la tranche!

Sinead, d'un geste doux, a baissé le bras de son mari.

— Ne te laisse pas atteindre par ses facéties. Tout ceci est de l'histoire ancienne, et je t'ai choisi toi, pas lui.

Je rêve! Conemar serait un tombeur? Quelle blague!

Sinead a lancé un regard oblique à tante Eileen.

— Comment es-tu entrée dans la Citadelle?

— Notre reine m'a donné carte blanche.

— Pour quelle raison?

— Je lui ai fait croire que tu étais en danger, ma très chère sœur.

Sa voix débordait de haine.

— D'accord, ai-je dit. Qu'on m'explique: qui est Lorelle, et qu'est-il advenu de ma tante?

— Je suis Lorelle, petite idiote! a-t-elle répondu d'un ton hargneux. Ta tante, je l'ai tuée il y a des années. Un jeu d'enfant, d'ailleurs. Nous nous sommes rencontrées durant une convention de sorcières à Salem, et elle m'a tout de suite prise en amitié.

Lorelle a secoué la tête, et des volutes de poussière pailletée ont aveuglé Arik. D'un coup de talon, elle lui a écrasé les orteils avant de lui envoyer son coude dans le bas-ventre. Il a titubé, et elle en a profité pour se libérer. À l'aide d'une dague tirée de sa ceinture, elle nous a tenus à distance.

— J'ai tranché la gorge de ta tante de là… (Du pouce, elle a montré un côté de son cou avant de désigner l'autre côté.) À là. J'ai balancé son corps qui pissait le sang dans un port, et j'ai attendu que des ailerons viennent tourner autour du cadavre… En quelques instants, cette chère Eileen n'était plus que de la pâtée pour requins.

J'avais peine à contenir ma fureur. Sinead s'est rapprochée imperceptiblement de Lorelle.

— Comment as-tu retrouvé Gia ?

— Tu m'avais dit que Carrig pensait que Marietta se trouvait aux États-Unis.

Sinead a posé sur elle un regard où la pitié le disputait à la haine.

— Pourquoi nous as-tu trahis ? Que t'est-il arrivé ?

Lorelle a souri.

— L'amour, quoi d'autre ? Je mourrais pour Conemar. C'est un homme brillant. Il avait deviné que Marietta voudrait obtenir l'aide d'une Sorcière blanche, alors il a envoyé ses sbires épier les plus talentueuses d'Amérique, après quoi il n'y avait plus qu'à attendre. J'ai été assignée à Katy Kearns parce que je ressemblais à la fille de son mari. Eileen m'a facilité la tâche en m'expliquant qu'elle n'avait pas revu sa belle-mère depuis des années en raison d'une dispute. Je me suis glissée sous une aura qui me faisait ressembler à cette pauvre fille. D'humbles excuses, une bonne crise de larmes, et Katy m'a aussitôt pardonné, ou plutôt, elle a pardonné à Eileen. Quelle femme pathétique…

— C'est vous qui êtes pathétique, ai-je sifflé.

— Mais oui, sale gosse ! Je n'en pouvais plus des « Gia par-ci », « Gia par-là », il n'y en avait que pour toi. Et dire que tu étais sous mon nez pendant tout ce temps… Le problème, c'est que je n'avais jamais rencontré Marietta, on me l'avait seulement décrite, sinon j'aurais compris bien plus tôt qui tu étais. Elle avait pris un autre nom et était déjà morte lorsque je suis arrivée. Les quelques photos que j'ai pu voir de ta mère n'étaient pas très nettes, et son poids et sa coupe de cheveux ne correspondaient pas à ce qu'on m'avait dit. Sans compter que tu n'as jamais montré le moindre signe de magie.

Elle a reculé d'un pas, et Arik s'est approché d'autant.

— C'est alors que Carrig a pointé le bout de son nez. La suite, nous la connaissons tous.

— Eh bien, ai-je lancé, vous n'êtes pas une lumière… Mon nom ne vous a jamais mise sur la piste ?

Bien sûr, je n'étais pas contrainte de préciser que moi non plus, je n'avais pas fait le rapprochement entre mon prénom et celui de Gian…

— La ferme, petite garce !

Lorelle a continué à reculer. Elle nous a jaugés, un par un, avant de revenir à moi.

— Je n'avais jamais entendu parler de ce Gian. Je suis une fée, pas un magicien ou une Sentinelle.

Je me mordais les lèvres pour me contenir, mais je bouillais de rage.

— Tous ces mensonges, toutes ces fois où vous avez déclaré m'aimer…

Elle m'a lancé le regard le plus haineux, le plus monstrueux que j'avais jamais vu.

— Je me retenais de vomir à chaque fois. Plutôt crever que de m'attacher à un enfant humain ! Quand l'occasion se présentera, je te tuerai. Et je reprendrai mon chat.

— Cléo ?

— Je l'écorcherai pour m'avoir lâchée. Elle devait te surveiller et me rapporter tes moindres faits et gestes.

— Si vous lui faites du mal, je vous arrache les yeux !

Nick m'a prise par le bras pour m'empêcher d'avancer vers elle.

— Qu'avez-vous fait à mon globe ?

— Je l'ai éliminé. Tu ne pourras plus jamais t'en servir.

J'ai retiré le T-shirt de Nick enroulé autour de ma main blessée pour observer ma paume. Il restait quelques traces du sang de mon ami, désormais couleur rouille, qui contrastait avec le rouge brillant suintant de mes entailles.

J'ai récité le charme du globe de vérité :

— *Mostrami la verità.*

Une étincelle a grésillé sur ma peau avant de disparaître. J'ai répété la formule, et cette fois rien ne s'est produit.

— Ce n'est pas possible… Comment…

Ma phrase s'est terminée dans un sanglot. Nick m'a attirée à lui et je me suis effondrée dans ses bras.

— Que lui as-tu fait ? a aboyé Carrig, hors de lui.

— Conemar est obsédé par elle. Par ses pouvoirs. (Son visage s'est illuminé.) J'ai utilisé un vieux charme tout droit sorti d'un grimoire que j'ai trouvé chez Katy Kearns ! Il détruit les globes. Vous ne saviez pas qu'elle possédait ce genre de bouquins, pas vrai ? J'y ai trouvé plein d'autres sortilèges puissants. En tout cas, désormais, Conemar ne s'intéressera plus à toi !

— Tu peux te le garder, ton Conemar ! ai-je hurlé.

— Où est le grimoire ? a demandé Carrig.

— Tu crois vraiment que je vais te le dire ? Oh, pauvre petite Gia qui a perdu son globe… Pourquoi personne ne lui annonce la nouvelle ? Il faudrait lui dire que, sans globe de combat, elle ne peut plus être une Sentinelle.

— Dans tes rêves ! (Une sphère rose dans la paume, je l'ai raillée.) Raté : j'ai un autre globe en réserve. Tu ne l'avais pas vu venir, pas vrai ?

Je l'ai lancé sur la fée démoniaque, incertaine de l'effet qu'il aurait. Projetée au sol par une vague d'énergie, elle a lâché sa dague.

— Tu as négligé un détail, a ajouté Carrig, qui s'était précipité vers elle. Elle est la fille de deux Sentinelles. Elle possède donc deux globes.

Lorelle s'est relevée.

— Pas si vite !

Lei pressait la pointe de son épée contre le dos de la fée. Je ne l'avais même pas vue arriver derrière Lorelle, tant elle était rapide.

Le Maître Sentinelle s'est planté devant la captive.

— Maintenant, soit tu nous dis où se trouve le grimoire, soit je demande à un Archimage de te scruter. Tu es au courant que passer aux aveux contre sa volonté fait l'effet d'un lavage de cerveau ? Je suis sûr que oui...

Lorelle leva la tête vers lui.

— Tu ne le ferais pas.

— Très bien, elle résiste. Emmenez-la se faire scruter, je n'ai pas le temps d'entrer dans son jeu.

Arik et Demos se sont chacun emparé d'un bras de la fée et l'ont traînée hors du couloir.

— Quand Conemar saura qu'il a un fils, il vous tuera tous pour le retrouver ! a-t-elle hurlé.

— Conemar a un fils ? a demandé Sinead, incrédule, à son mari.

Un sourire forcé aux lèvres, Nick a lancé :

— On dirait que je ne suis pas le fils du prof de yoga, tout compte fait. Mais bien celui de l'Antéchrist.

J'ai enfoncé ma tête un peu plus dans l'oreiller, refusant de céder à l'appel des rayons du soleil qui chatouillaient mes paupières. Chacun de mes muscles, chacune de mes terminaisons nerveuses me faisait mal. C'est le moment qu'a choisi un parfait idiot pour cogner à ma porte – 9 h 30, ai-je vérifié sur la pendule ouvragée posée sur la table.

— Entrez, ai-je bougonné.

Arik a pénétré dans la chambre.

Je me suis empressée de remettre de l'ordre dans mes cheveux et j'ai tiré l'édredon jusqu'à mon menton.

— Salut… Qu'est-ce qui t'amène ?

— Je dois te parler. (Il s'est assis sur mon lit, les coudes sur les genoux.) C'était sinistre, ces funérailles hier, pas vrai ?

— Oui, c'est souvent le cas… Je n'imagine pas à quel point la situation doit être terrible pour Bastien, sans compter qu'Olivier reste introuvable… Qui va remplacer Gabriel ?

— Le Conseil français a nommé Augustin Orfèvre Archimage de Couve.

— Pourquoi n'ont-ils pas choisi Bastien ?

— Il est encore novice, bien qu'il ait presque terminé sa formation. Mais seuls les Maîtres magiciens peuvent aspirer à devenir Archimages. Augustin va sur ses trois cents ans, sa vie est derrière lui, et je pense que c'est pour cette raison qu'ils l'ont choisi. Tout le monde à Couve souhaite que Bastien devienne le prochain Archimage.

Il devrait obtenir le rang de Maître magicien d'ici ses vingt-cinq ans, et lorsque Augustin décédera, il sera prêt pour prendre la relève.

— C'est dingue… Bastien va vivre aussi longtemps ?

— Sinon plus ! Si tu te maries avec lui, tu seras la première d'une longue liste d'épouses.

J'ai eu froid dans le dos rien que d'y penser. Mais…

— Nous sommes à moitié magiciens, non ? Quelle est notre espérance de vie ?

— Malheureusement, les Sentinelles ne jouissent pas de ce privilège. Notre durée de vie est similaire à celle des humains.

— Raison de plus pour ne pas me marier avec lui.

Il m'a lancé un regard malicieux.

Je me suis redressée, l'édredon toujours plaqué à mon menton.

— Pop te tuerait s'il te trouvait sur mon lit.

— Cette scène a pourtant des airs de déjà-vu… a-t-il répondu d'un ton amusé.

J'ai souri. Je me suis souvenue de cet autre matin, lorsqu'il s'était glissé dans ma chambre à Boston avant notre départ pour Asile.

Son large sourire a fait apparaître ses fossettes. Sous ses cils noirs, ses yeux sombres me transperçaient. J'avais envie de glisser mes doigts dans les mèches qui retombaient sur son front. Sans la loi, sans ce terrible châtiment que nous encourions, je l'aurais embrassé sur-le-champ.

— Je n'ai pas été tout à fait honnête avec toi, a-t-il repris, le regard baissé sur ses mains. J'ai dû te paraître plutôt lunatique en fait, à souffler sans cesse le chaud et le froid. Tu me plais depuis la première fois que je t'ai

420

vue, à la bibliothèque. Mais je t'ai repoussée. La loi est formelle : nous n'avons pas le droit d'être ensemble. Je suis promis à une autre. Pourtant, je ne peux te chasser de mes pensées. Tu ébranles mes convictions, et, avec les menaces qui planent sur nous désormais… elles n'ont plus guère d'importance.

Nous avions assez parlé. Je lui plaisais, un point c'est tout. J'ai attrapé sa main et l'ai attiré à moi en m'allongeant contre les oreillers.

Il m'a enveloppée de ses bras puissants et m'a embrassée. Nos jambes se sont emmêlées et ses mains ont couru dans mes cheveux avant de délicatement relever ma tête. J'ai fermé les yeux, impatiente de savourer son contact.

Notre baiser s'est fait plus ardent et des étincelles ont fusé à travers tout mon corps. Je l'ai serré plus fort contre moi. Il avait un goût de sirop d'érable, comme s'il venait de finir son petit-déjeuner.

Sa main a commencé à se promener le long de mon corps et j'ai frissonné. Sa bouche explorait la mienne avec tant de vigueur que mes lèvres picotaient. Il a relevé la tête et m'a contemplée de ses yeux sombres. Il s'est penché pour déposer un baiser au creux de mon cou, irradiant ma peau d'une vague de chaleur.

— Tu es magnifique, a-t-il murmuré.

La douceur dans sa voix m'a émoustillée.

— J'aime ton entêtement, a-t-il ajouté.

Il a embrassé le lobe de mon oreille.

Mes lèvres tremblaient.

— J'aime ce petit tic que tu as lorsque tu es nerveuse.

Il a embrassé le coin de ma bouche.

— Tu me plais beaucoup, Gianna.

Je me suis assise sur mes genoux pour le regarder droit dans les yeux.

— OK, on rembobine. Tu as dit quoi ?

— Tu m'as entendu. Je ne rembobinerai pas.

Il m'a lancé son petit sourire en coin avant de sauter du lit.

— Nous sommes en retard. Habille-toi, on a entraînement. Il ne nous reste que quelques semaines avant de retourner à Asile.

J'ai considéré mon pyjama tout froissé.

— Attends une seconde… Tu plaisantais ?

— Pas le moins du monde. On doit s'entraîner.

— Non, je veux dire… (J'ai soufflé pour dégager la frange sur mon front.) À propos de la partie rembobinée.

Il a ouvert la porte, amusé.

— Juste pour ta gouverne : quand un garçon te dit que tu lui plais, en général, c'est qu'il est sérieux.

La porte s'est refermée derrière lui.

— Espèce d'allumeur ! ai-je crié.

J'ai entendu son rire accompagner le claquement de ses bottes qui s'évanouissait dans le couloir.

— Les mecs… ai-je soupiré, une fois rassise sur le matelas.

Les coins de ma bouche se sont relevés.

— Il m'aime bien… ai-je murmuré.

Je ne savais pas trop quoi en penser… Mais cette idée me faisait un bien fou !

Chapitre 27

Au cours des semaines qui ont suivi, les Maîtres magiciens de Couve ont envoyé des sondeurs à Asile. Ils étaient plus puissants que les chercheurs envoyés par Sinead pour trouver les gens ou épier les bibliothèques. Les sondeurs ont jaugé les protections du refuge et récolté une multitude d'autres informations. Leurs différents récits sur la situation concordaient. Les sorts de Merl tenaient toujours, ce qui était une bonne nouvelle. Ils ont aussi rapporté que l'armée de Conemar bloquait tous les accès à Asile. Les Estriliens, certaines Sorcières noires, des Méduses, une poignée de Laniars et métamorphes étaient passés dans le camp du mage noir. Les sondeurs ont aussi détecté la présence à ses côtés d'autres créatures qu'ils ne parvenaient pas à identifier.

Les refuges italien, irlandais et espagnol ont chacun dépêché deux Sentinelles, quelques magiciens et plusieurs gardes pour nous aider. C'était tout ce qu'ils pouvaient se permettre d'envoyer, car ils devaient eux aussi se protéger. D'autres Chimères – Sorcières blanches, félins, fées, Laniars, chiens-garous et métamorphes – ont rejoint nos rangs. Des artisans travaillaient sans relâche pour construire des logements temporaires. En quelques jours, la Citadelle était devenue un véritable camp de réfugiés.

En attendant que les aînés mettent au point un plan d'attaque, nous passions nos journées à nous entraîner au combat et nos soirées à décompresser dans les eaux thermales du lac. Les Sentinelles françaises et celles des autres pays participaient à nos séances d'entraînement.

Ce jour-là, les exercices avaient été des plus éprouvants, et j'ai pénétré dans l'eau avec délectation. Le long des berges du lac, plusieurs paires d'yeux brillaient sous le halo de la lune. Des chiens-garous. C'était comme si j'avais une meute de chiens de garde à ma disposition. Ils me suivaient partout, sous leur forme humaine ou de limier. L'une d'entre eux, une jeune adolescente du nom de Katarina, m'avait dit qu'ils me protégeaient par loyauté envers Gian, comme me l'avait expliqué Ricardo. Bien que mon arrière-grand-père soit mort depuis les années trente, ces personnes continuaient à le révérer. Galvanisée par ces sentiments, je travaillais plus dur encore pour me montrer digne de son nom.

Je ne passais pas beaucoup de temps avec Pop, Afton et Nick, mis à part au cours des repas. Pop aidait les Guérisseuses – des femmes douées de pouvoirs curatifs – à établir un hôpital en prévision des batailles à venir. Afton donnait un coup de main et participait à différentes tâches comme l'organisation des fournitures ou la stérilisation des pièces. Une Sorcière blanche avait jeté un charme à ses parents de sorte qu'ils la croient partie en voyage scolaire. Quant aux parents de Nick, Pop s'était chargé de leur révéler la vérité : Mme D'Marco connaissait déjà l'existence du monde des Chimères par l'intermédiaire de ma mère. Bien sûr, elle s'était tout de même montrée très inquiète et avait fait promettre à Pop de veiller sur son fils.

Sinead et Deidre étaient devenues les gardes du corps attitrés de Nick – elles ne le lâchaient pas d'une semelle. Bastien, épaulé par les plus puissants mages, tentait de lui apprendre quelques charmes et sortilèges, en vain. La croix dessinée sur le côté de son crâne semblait l'avoir privé de tout pouvoir magique. Un des magiciens les plus expérimentés avait décrété que le seul moyen de briser le charme serait de l'enlever par une opération chirurgicale. Pop avait assisté la vieille Guérisseuse qui s'était occupée de retirer la marque. Nick ne s'était pas encore réveillé.

J'ai fait l'étoile à la surface du lac.

Les vaguelettes qui venaient s'écraser contre mes joues se sont affolées lorsque Arik s'est enfoncé dans l'eau pour venir m'enlacer.

— Tu es perdue dans tes pensées…

J'ai entouré son cou de mes bras et me suis laissée porter.

— Je n'en peux plus d'attendre ! Pourquoi n'allons-nous pas sauver Asile dès maintenant ?

— Nous n'aurons aucune chance si nous ne partons pas fin prêts.

— Eh, Gia ! a appelé Afton depuis la rive du lac.

Arik m'a relâchée et j'ai nagé jusqu'à mon amie. Elle regardait les Sentinelles plonger depuis un rocher.

— Nick s'est réveillé, il te demande.

Elle s'est baissée pour s'emparer d'une serviette abandonnée dans l'herbe, et me l'a tendue quand je suis sortie de l'eau.

— Je te vois tout à l'heure, Nick s'est réveillé, ai-je lancé à Arik avant de remonter la colline en compagnie d'Afton, la meute de chiens-garous sur nos talons.

Une fois loin des autres, je lui ai demandé si elle allait bien.

— Oui, ne t'inquiète pas pour moi. C'est seulement étrange de les voir tous agir comme si de rien n'était, alors qu'une bataille se prépare et qu'ils peuvent mourir… Et que toi…

— Je peux mourir aussi ? ai-je complété.

— Oui, a-t-elle dit, le regard fixé droit devant elle.

Autrefois, nous n'avions jamais connu ces silences gênés qui s'immisçaient désormais à intervalles réguliers dans nos conversations. J'ai compris que la présence de deux Gia la déstabilisait quelque peu.

— Vous êtes souvent ensemble avec Deidre, ces temps-ci.

J'ai aussitôt regretté mes paroles.

— Ce n'est pas un reproche, ai-je vite ajouté, je me demandais juste comment elle allait.

Tu parles… Ce n'était pas du tout une remarque d'amie jalouse !

— Eh bien, elle est toujours collée à Nick. (Elle a inspiré et expiré lentement.) Ils sont très amoureux l'un de l'autre. Ça m'apprendra à m'enticher des mauvais garçons. J'aurais dû retenir la leçon.

— Cesse d'être aussi sévère avec toi-même. Tu n'as pas encore rencontré le bon, c'est tout.

— Merci… a-t-elle dit avec un sourire reconnaissant. Nos moments à toutes les deux me manquent !

— Toi aussi, tu me manques.

Je l'ai prise dans mes bras. Derrière nous, les Sentinelles continuaient à s'amuser dans l'eau.

— As-tu croisé Bastien ces derniers temps ? lui ai-je demandé.

La dernière fois que j'avais vu le magicien, c'était aux funérailles de son père. Il paraissait tellement dévasté que j'avais dû me retenir plusieurs fois d'aller le réconforter.

— Je le vois souvent : il travaille avec Nick tous les jours. La mort de son père l'afflige beaucoup, je pense, car il ne parle presque plus à personne. (Elle m'a lancé un regard curieux.) Pourquoi ? Il te plaît ?

— Non, bien sûr que non. Je m'inquiète pour lui, c'est tout.

J'aurais aimé le voir, mais je me forçais à garder mes distances. J'avais envie de penser à tout sauf à ces histoires de fiançailles. Mieux valait changer de sujet.

— Et sinon, quoi de neuf ?

La pipelette est entrée en action. Dès qu'Afton commençait à parler, je ne pouvais plus en placer une. Elle m'a raconté son amitié forcée avec Deidre et son mal du pays. Qu'assister Pop lui avait donné envie de travailler dans le secteur médical. En peu de temps, nous nous sommes retrouvées devant le lit de Nick. Ses paupières closes remuaient et faisaient trembler ses longs cils, comme s'il était en train de rêver.

Avec un père tel que Conemar, de quels pouvoirs avait-il bien pu hériter ? Changeraient-ils le garçon qu'il avait été jusque-là ? L'incertitude m'effrayait, même si c'était idiot et hypocrite de ma part : moi-même, j'avais changé. Mais je connaissais Nick. Nous avions grandi ensemble. Il ne ferait pas de mal à une mouche.

Pleine d'appréhension, j'ai posé la main sur son bras. Il a cligné des yeux.

— Salut, Nick… Alors, tu vas opter pour une perruque, ou tu préfères rabattre tes mèches par-dessus la calvitie façon code-barres ?

Il a émis un faible rire.

— Ha ha, très drôle. Et toi, on a essayé de te noyer ou c'est ton nouveau look ?

— Touchée.

J'étais rassurée de voir qu'il n'avait pas perdu son sens de l'humour, et mon soulagement a dû se lire sur mon visage. Il a froncé les sourcils.

— Je n'ai pas subi une lobotomie, Gia. Ils ont juste touché à la couche supérieure de l'épiderme. Ils m'ont même assuré que les cheveux repousseraient.

Je lui ai tapoté le bras.

— Je sais, ai-je dit. Tout va bien se passer, je ne laisserai jamais rien t'arriver de mal.

Il a tenté de se lever, mais Afton l'a cloué aux oreillers.

— Tu dois rester alité ! Surveille-le, Gia. Je cours chercher ton père. Il lui filera un somnifère.

Dès qu'Afton est sortie de la pièce, Nick a relevé la tête.

— Je dois aller voir mes parents… Je suis toujours moi-même. Je ne deviendrai pas mauvais comme lui.

Afton est revenue accompagnée de Pop, qui a administré un cachet au convalescent.

— Je ne suis pas mauvais… a-t-il dit dans un filet de voix.

J'ai attrapé sa main. Les larmes me brûlaient les yeux.

— Personne ne le croit, Nick.

— Si, toi.

— Jamais je ne…

Mais ses yeux s'étaient fermés. Nous sommes tous trois sortis de la pièce sur la pointe des pieds.

J'ai regagné ma chambre, l'esprit occupé par les paroles de mon ami. Je désirais le débarrasser de ses peurs. Je les connaissais tellement bien ! Elles m'avaient poursuivie des mois durant. Nous devions vaincre Conemar : c'était le seul moyen de protéger Nick.

Les Maîtres magiciens avaient enfin établi un plan. À l'approche de la bataille, la Citadelle était en effervescence. Dehors, assise sur un rocher non loin d'Arik, j'aiguisais et nettoyais mon épée pendant que les autres Sentinelles apportaient chacune les dernières retouches à leur tenue de guerrier. Le combat aurait lieu le lendemain matin.

Le crissement de mon épée contre la pierre à aiguiser a couvert l'approche de Carrig.

— Gia ! a-t-il appelé.

J'ai sursauté et manqué de tomber de mon rocher. Après avoir repris mes esprits, j'ai levé les yeux vers lui, éblouie par le soleil.

— Tu pourrais faire une entrée plus discrète la prochaine fois… Te racler la gorge, par exemple ? Surtout lorsqu'une jeune fille s'affaire avec un objet tranchant ?

— Toutes mes excuses, je ne voulais pas t'effrayer. J'aimerais te parler en privé.

Il s'est aussitôt éloigné. Lorsqu'il a vu que je ne le suivais pas, il a crié par-dessus son épaule :

— Vas-tu te décider à me suivre, ou il te faut un carton d'invitation ?

Je lui ai emboîté le pas, le long de la colline. Il ne s'est pas arrêté avant d'avoir pénétré dans une clairière à l'orée des arbres, tout près de la rivière.

— Bon, j'imagine que l'endroit conviendra pour un tête-à-tête.

Il s'est posé dans l'herbe.

— Assieds-toi.

J'ai hésité.

— Allez, viens donc, fais-moi confiance ! a-t-il insisté en tapotant le sol.

J'ai pris place à côté de lui. Après une journée passée au soleil, c'était plutôt agréable de se retrouver au frais, à l'ombre des arbres.

— Que voulais-tu me dire ?

Il a sorti un caillou blanc comme la neige de sa poche.

— Ne sois pas trop triste d'avoir perdu ton globe de vérité. Il t'a servi pour te révéler en qui tu pouvais avoir confiance, à un moment où tu étais vulnérable. Mais d'autres moyens existent pour connaître la vérité. L'un d'entre eux est la scrutation, que seuls les Archimages sont autorisés à pratiquer. Pour le commun des mortels, c'est un crime, car l'opération peut causer de graves dégâts.

— Comme pour Lorelle ?

— Oui. Dans son cas, le processus a été engagé contre sa volonté, ce qui est très douloureux. Ceci est une pierre de scrutation.

Il a posé l'objet dans ma main, sans retirer la sienne, puis il s'est allongé et je l'ai imité.

— Je voudrais te montrer quelque chose. Ferme les yeux, laisse-toi faire. Laisse la pierre opérer sa magie.

Le caillou s'est mis à chauffer doucement. Des dizaines d'étoiles dansaient sous mes paupières closes. Tout à coup, des scènes sont apparues dans mon esprit. J'ai vu Carrig lorsqu'il a découvert que je n'étais pas Deidre, et ressenti le choc qu'il a éprouvé. Je l'ai vu recroquevillé, transi de froid et assoiffé, au fond d'un cachot. Je l'ai vu se faire droguer par Lorelle, qui se dissimulait sous les traits de tante Eileen.

— On remonte le temps?

— Oui.

J'ai vu une petite fille qui me ressemblait courir se jeter dans ses bras.

— C'est Deidre? ai-je demandé.

— Elle avait presque six ans.

Derrière mes paupières, Sinead lui a caressé les cheveux alors qu'il pleurait contre son épaule. Il m'a regardée pique-niquer avec Pop au Boston Common – je devais avoir quatre ans. Un chagrin terrible m'a soudain accablée lorsque je l'ai vu être témoin de la mort de ma mère. Il se trouvait de l'autre côté de la rue quand une camionnette de livraison blanche l'a renversée. Mon cœur s'est brisé avec le sien lorsqu'il a compris que Marietta avait fui Asile et m'avait emmenée. L'amour m'a enveloppée quand je l'ai vu danser avec elle, enceinte.

Je sentais des larmes couler sur mes tempes.

— Tu étais là lorsqu'elle est morte. Pourquoi ne m'as-tu pas recueillie?

— Tu étais en sécurité, c'était le plus important. Même si te laisser a été pour moi l'épreuve la plus difficile de ma vie. Maintenant, concentre-toi.

J'ai reporté mon attention sur la vie de Carrig, qui continuait à défiler derrière mes paupières. Le jour où il a vu Marietta pour la première fois, il a murmuré le mot « magnifique » alors qu'elle s'approchait de lui.

— C'est ce que tu as pensé quand tu l'as rencontrée ?

— Concentre-toi, a-t-il répété.

Je l'ai vu se battre sans peur dans les bibliothèques les plus prestigieuses du monde. Je l'ai vu, un peu plus jeune que moi, s'entraîner sur des collines vertes hérissées de murs de pierre blancs. La nuit tombait, et il s'exerçait encore avec son Maître. J'ai ressenti la grande solitude qui était la sienne lorsque, enfant, il pleurait, recroquevillé dans un coin sombre.

— Arrête. Pourquoi me montres-tu tous ces souvenirs ?

— Je ne voulais pas que tu te sentes seule comme je l'ai été. Je t'ai vue en compagnie de ton père, j'ai constaté à quel point il t'aimait, et je n'ai pas pu me résoudre à t'arracher à lui.

Il s'est levé et m'a tendu la main pour m'aider à me mettre debout. Sans me relâcher, il m'a attirée contre lui.

— Personne ne pourra jamais te remplacer dans mon cœur. Je t'ai aimée dès l'instant où Marietta m'a annoncé qu'elle était enceinte.

J'ai enfoui mon visage contre lui, chérissant ce moment de toutes mes forces. J'avais toujours rêvé d'un père biologique qui m'aimerait, et désormais je savais qu'il l'avait toujours fait. Il m'avait offert un cadeau inestimable en me permettant de voir ma mère dans ses souvenirs. Une femme que nous aimions, et qui nous manquait à tous les deux.

Un nuage de tristesse nous a enveloppés. Carrig a toussoté avant de rompre son étreinte. J'ai alors fouillé dans ma poche pour en sortir la photo de lui avec ma mère, sans oublier la lettre.

— Je crois que ceci t'appartient.

Lorsqu'il a compris ce que c'était, il n'a pu retenir un sanglot.

— Je croyais que je ne les reverrais jamais !

J'ai repassé mes bras autour de lui.

— Je suis désolée d'avoir été aussi distante. (J'ai ravalé mes larmes.) C'est juste que… j'ai l'impression de trahir Pop.

— Oh, Gia, tu as le droit d'aimer bien des personnes. L'amour n'a pas de limite.

Il m'a serrée fort contre lui.

J'étais fière d'être la fille de Carrig. Même s'il ne remplacerait jamais Pop – après tout, il ne le souhaitait sans doute pas.

Nous nous sommes rassis dans l'herbe et il m'a raconté des histoires sur ma mère. À quel point elle insistait pour lui apprendre à danser, par exemple, ce qui m'a fait sourire. J'ai même ri lorsqu'il m'a avoué qu'ils s'entraînaient souvent ensemble, et qu'elle le battait autant de fois que lui, sinon plus.

Le visage de Carrig est devenu plus sérieux à l'évocation des piètres talents de cuisinière de ma mère, qui carbonisait tout ce qu'elle préparait.

— Je ne suis pas mieux, ai-je ri. Un jour, j'ai déclenché l'alarme à incendie parce que j'ai laissé brûler du beurre dans une poêle!

Il a pris ma main, un léger sourire aux lèvres.

— L'une comme l'autre, vous aviez bien plus à réussir dans la vie.

Ces paroles m'ont réchauffé le cœur.

— Tu as la trempe des vainqueurs, Gia, a-t-il dit, la mine grave. Tu es née ainsi. Tuer tes adversaires va devenir aussi naturel pour toi que de rapporter tous ces trophées dont ton père ne cesse de se vanter.

— Je n'ai eu à tuer personne pour les gagner. Tu sais, je n'ai pas envie d'ôter la vie à qui que ce soit, ni même à quoi que ce soit.

— Pas même à ceux qui voudront détruire les gens que tu aimes? (Il m'a lancé un regard en coin.) Ne te méprends pas, Gia: si le monde des Chimères tombe, celui des humains suivra.

J'ai rivé mon regard sur nos deux mains unies. La mienne toute petite dans la sienne, si large.

— Je... je vais peut-être mourir.

— Peut-être. (Il s'est tu un instant.) Nous disparaîtrons tous, un jour ou l'autre. Mais je préfère mourir pour une cause qui me tient à cœur plutôt que de vieillesse, sans avoir jamais rien accompli d'important.

— Quand même, j'ai peur...

— J'ai beau avoir participé à maintes batailles, la peur ne m'a jamais quitté. Elle me permet de rester vif et en alerte.

Cette conversation me faisait horreur. Je n'avais pas envie de m'attarder sur le combat du lendemain et songer que certains y laisseraient la vie. La nausée m'a gagnée à l'idée de tout ce que nous mettions en jeu.

— Nous devrions rentrer, ai-je dit. J'ai encore pas mal de boulot avant le dîner.

— J'ai une faveur à te demander, d'abord.

À en juger par son expression, il regrettait de devoir le faire, mais il ne semblait pas avoir le choix.

— De quoi s'agit-il?

— Les magiciens ont localisé le vieux grimoire de charmes de ta grand-mère quand ils ont scruté l'esprit de Lorelle. J'aimerais que tu ailles seule récupérer ce livre.

— Seule?

— Tu as une marque de protection, personne ne peut te détecter dans les bibliothèques. Un sortilège empêche le grimoire de sortir de chez Katy. Tu peux annuler ce sort avec ton globe et le ramener ici.

J'ai reculé.

— Tu es fou? Je ne peux pas y aller seule!

— Je ne te le demanderais pas s'il existait un autre moyen. (Il m'a adressé un sourire rassurant.) Je te surveillerai à travers la porte-livre grâce à un charme, que je t'apprendrai un jour. Dès que tu entreras dans la bibliothèque, tu seras en sécurité.

— Tu peux me laisser une minute pour me faire à l'idée?

Il a jeté un coup d'œil à sa montre.

— OK, une minute.

J'ai levé les yeux au ciel.

— Ce n'est pas à prendre au pied de la lettre! Mais si tu chronomètres, donne-m'en plutôt cinq.

435

— D'accord. Mais rappelle-toi que tu es indétectable dans une bibliothèque.

— Je suis au courant… (J'ai shooté dans un caillou.) Je dois le faire, pas vrai ?

Il a haussé les épaules.

— Tu as besoin de plus de temps pour tergiverser ?

Contre toute attente, le voyage s'est effectué sans encombre. Carrig est venu avec moi à la bibliothèque du village et m'a montré comment enchanter les photos du livre des *Plus Belles Bibliothèques du monde*. Une fois le charme prononcé, les images bougeaient, ou plutôt devenaient des lucarnes qui permettaient de vérifier qui se trouvait dans la salle de lecture. Nous étions encore le matin en France, il devait donc être autour de 15 heures à Boston.

Carrig avait demandé aux artisans de la Citadelle de me préparer à la hâte des vêtements passe-partout. Les femmes m'avaient confectionné un pantalon noir, une chemise et une veste qui prétendaient mouler mes formes plutôt inexistantes, ce qui a réussi à raviver de vieux complexes qui m'avaient toujours tourmentée. Mes bottines étaient hideuses mais confortables. Les Guérisseuses m'avaient concocté des chips d'énergie qui devaient me prémunir des effets secondaires de la magie. Ceux liés à l'utilisation du globe de vérité avaient disparu avant que Lorelle ne l'anéantisse, mais ceux du globe rose revenaient de manière sporadique. J'ai rangé les chips dans une poche de ma veste.

Lorsque la voie a été libre, j'ai plongé dans le livre. Dès mon atterrissage à l'Athenæum, je me suis cachée dans une cage d'escalier, où une étagère me protégeait des regards. Un homme est sorti d'un des ascenseurs et s'est assis à une grande table. J'ai attrapé un ouvrage et j'ai traversé la pièce jusqu'à l'endroit d'où il venait. L'ascenseur était tellement lent à arriver que j'ai fini par prendre l'escalier, abandonnant mon livre sur une marche.

Pour l'instant, tout va bien.

L'accueil était noir de monde lorsque j'ai traversé le hall au pas de course avant de sortir par les portiques rouges. À Boston, le temps était dégagé et il faisait chaud. Je me suis engouffrée dans un taxi qui m'a déposée à un pâté de maisons de chez Nana. J'avais le cœur serré à son souvenir. Merl m'avait promis qu'il veillerait sur ma grand-mère, mais depuis, nous n'avions plus de nouvelles. J'ai prié pour qu'elle soit toujours saine et sauve.

Accroupie derrière un buisson de lilas, j'ai attendu qu'il n'y ait plus un chat avant de traverser la rue pour jeter un coup d'œil à travers la fenêtre du salon de Nana. Derrière les rideaux à moitié fermés, une ombre a bougé. Un garçon d'une vingtaine d'années, version plus potelée de Bastien, s'est approché de la fenêtre et j'ai à peine eu le temps de me baisser.

— Ma parole, c'est un four, ici ! s'est exclamée Véronique, quelque part dans la maison. Olivier, ouvre une autre fenêtre.

Zut ! La situation se gâte…

La vitre a grincé lorsque Olivier l'a ouverte. De son pas lourd, il est retourné au centre du salon.

— Par où commence-t-on à chercher ?

— Oh, par pitié, je ne suis pas ta baby-sitter… On cherche un bouquin, regarde donc dans la bibliothèque !

437

Je me suis redressée pour glisser un œil à l'intérieur : Véronique examinait une pile de livres sur la table basse. Baron a soudain déboulé d'un buisson en miaulant. Je me suis tassée sous le rebord de la fenêtre tandis qu'il sautait pour entrer dans la maison.

Son apparition a fait sursauter Véronique.

— Oh ! Petit minou, tu m'as fait peur ! (Elle l'a pris dans ses bras.) Mon pauvre, tu dois avoir faim…

Incroyable ! Cette garce avait donc un cœur… sans doute de la taille d'un noyau de cerise.

Je l'ai entendue fouiller dans les placards de la cuisine, puis un bruit métallique suivi d'un tintement m'a fait comprendre qu'elle avait ouvert une boîte de conserve avant de la poser sur le carrelage.

— Tu devais te nourrir dans les poubelles… Tiens, mange !

J'ai de nouveau risqué un œil dans le salon. Olivier jetait des livres par terre.

Quand Véronique l'a rejoint, il l'a enlacée et s'est penché à son oreille pour murmurer :

— Tu ne voudrais pas aller voir dans les chambres ?

— Oublie ! a-t-elle ordonné. Tu n'as rien d'autre dans la tête ? On doit trouver ce fichu bouquin.

— J'ai vérifié tous les livres de cette bibliothèque : celui qui nous intéresse n'est pas ici. (Il l'a embrassée dans le cou.) On devrait tenter notre chance dans les chambres…

— Bon, d'accord, a soupiré Véronique. Mais après, on passe cet endroit au peigne fin.

— Tout ce que tu voudras, a répondu Olivier avant de l'entraîner dans le couloir.

Une porte a claqué au fond de la maison. J'ai attendu deux minutes pour être certaine qu'ils ne ressortaient pas tout de suite avant d'enjamber le rebord de la fenêtre.

La scrutation de Lorelle nous avait révélé que le grimoire était caché sous une couverture de *Tricotez en grand*, un ouvrage sur la confection de larges plaids. J'ai fouillé parmi les livres de tricot de Nana posés sur la petite table tout près de son fauteuil favori, celui avec un repose-pieds. Bingo ! Je l'ai trouvé en bas de la pile.

La fausse jaquette dissimulait une couverture en cuir. Le titre était rédigé dans une langue que je ne connaissais pas. J'ai replacé la jaquette et laissé tomber un globe rose dessus, afin d'annuler le charme de ma grand-mère.

J'ai entendu un craquement depuis le fond du couloir. Je me suis jetée à terre avant de ramper derrière le sofa.

— Tu veux de l'eau ? a demandé Véronique.

Elle est passée devant moi, occupée à reboutonner sa chemise.

— Qu'est-ce que je ne ferais pas pour cet homme…

Alors là, c'était rapide…

Je lui étais très reconnaissante de ne pas m'avoir repérée. Après une minute passée dans la cuisine, la Sentinelle est repartie vers la chambre, deux verres à la main.

Dès qu'elle a été hors de vue, je me suis emparée du livre. Je m'apprêtais à sortir, lorsque la voix d'Olivier s'est élevée dans le couloir :

— Qui êtes-vous ?

Chapitre 28

Véronique s'est précipitée derrière lui. Je me suis ruée dans l'entrée, dérapant sur le parquet, et j'ai tourné la poignée de la porte. Fermée à clé ! Un globe de feu s'est écrasé sur le battant, juste au-dessus de ma tête.

J'ai calé le livre de charmes sous mon bras gauche pour invoquer mon globe de l'autre main. J'ai dû me baisser afin d'éviter une autre boule de feu. *C'est pas passé loin !* Une fois mon globe rose matérialisé, je l'ai lancé sur Olivier, qui l'a reçu en pleine poitrine. Il a roulé au sol et s'est caché derrière le canapé.

Véronique s'apprêtait à me lancer une nouvelle salve de globes de feu. Je m'acharnais sur le loquet de la porte, qui a fini par s'ouvrir : je me suis retrouvée nez à nez avec Nick. Des éclairs couraient le long de ses doigts et derrière lui se tenait Afton.

— Écarte-toi ! s'est-il contenté de crier.

Je me suis aplatie contre le mur. Le courant d'électricité bleue s'est engouffré dans l'entrée et a frappé Véronique de plein fouet avant qu'elle puisse lancer son attaque. Son globe est tombé à terre, où il a aussitôt enflammé le tapis. Olivier a rampé jusqu'à elle et l'a éloignée du feu.

— On y va ! a hurlé Afton.

Nick m'a attrapé la main et s'est précipité dans la rue à la suite de notre amie. Nous avons dépassé plusieurs pâtés de maisons à toute allure avant de nous arrêter sous un arbre pour reprendre notre souffle.

— Que faites-vous ici ? ai-je haleté. Vous cherchez à vous faire tuer, ou quoi ?

— C'est ta façon de me remercier ? a protesté Nick. Si je n'avais pas été là, tu serais carbonisée à l'heure qu'il est.

— C'est vrai. Merci ! Mais quelle surprise… J'étais censée être seule sur cette mission. Qui vous en a parlé ?

Afton a mis les poings sur ses hanches.

— Je vous ai entendus, Carrig et toi, discuter des derniers détails dans le hall, peu avant votre départ. Comment a-t-il pu te laisser partir seule ? Il est inconscient ou quoi ? Bref, j'ai couru tout raconter à Jaran, qui en a parlé aux autres Sentinelles, et on a décidé que Nick et moi, on irait t'aider. Nous sommes indétectables, et puis on connaît Boston.

— Alors vous avez emprunté la porte-livre tout seuls ?

— Eh oui ! Je suis un magicien, tu te rappelles ? L'opération a réussi à rompre le charme qui m'empêchait d'exercer la magie. Tout m'est revenu d'un seul coup, c'était plutôt violent… Sans doute comme un mauvais trip sous LSD.

— Grâce à nos tatouages et à ta marque, nous sommes les seuls à pouvoir nous déplacer dans les bibliothèques sans danger. Nick a failli me tuer en plongeant dans

441

ce bouquin! (Elle m'a montré ses mains.) Regarde : j'ai les paumes tout égratignées.

Je me suis tournée vers mon ami.

— Pourquoi es-tu venu avec Afton? Elle n'a aucun pouvoir pour se protéger…

— J'aimerais bien t'y voir! Tu as déjà réussi à lui retirer une idée de la tête?

J'ai serré le livre contre moi.

— Comment saviez-vous que je me rendais chez Nana?

— Comme Carrig, les Sentinelles ont eu accès au compte rendu de la scrutation de Lorelle.

— OK. Bon, il est grand temps de retourner à la bibliothèque!

J'ai hélé un taxi dans une rue animée. Lorsqu'il s'est arrêté à notre hauteur, Nick a ouvert la portière et Afton s'est glissée dans le véhicule.

Avant de la suivre, j'ai pris Nick dans mes bras et l'ai serré fort contre moi.

— Eh bien… En quel honneur?

— Merci d'être venu me chercher!

— Toi et moi, on est ensemble dans cette histoire.

— On l'a toujours été.

J'ai grimpé dans la voiture et Nick a refermé la portière derrière lui.

— Dès qu'on arrive à l'Athenæum, on doit appeler Arik, a-t-il dit. Il nous escortera jusqu'à Paris.

Ses cheveux négligés étaient coiffés de manière à cacher la partie scalpée de son crâne, et ses vêtements étaient froissés. L'ancien Nick ne se serait jamais permis un tel relâchement.

Observer mon ami m'a rappelé la scène, aperçue dans mon globe, où Jacqueline le tenait dans ses bras. Elle disait que le charme sur sa tête le protégerait contre le mal, et la tentation d'y succomber. Elle ajoutait que le sang de deux grands magiciens coulait dans ses veines. Quelle qu'avait été l'étendue du charme, l'opération l'avait rompu, libérant les pouvoirs de Nick. J'espérais que rien d'autre n'avait été relâché – une pensée qui me terrifiait.

J'ai pris sa main et il m'a souri. Je ne croyais pas une seconde que Nick puisse devenir comme Conemar. Je le connaissais depuis toujours. Nous étions plus que de simples amis, je le considérais un peu comme un frère. Nous veillions l'un sur l'autre.

Le taxi s'est arrêté devant l'Athenæum et nous avons réglé la course. À l'ombre de la façade, dans un coin, Nick a sorti une fenêtre de communication de sa poche et contacté Arik. Quelques minutes plus tard, lorsque la Sentinelle a ouvert la porte de la bibliothèque, nous nous sommes précipités à l'intérieur.

— Tu veux me tuer, c'est ça, Gia ? m'a demandé Arik.

— J'ai suivi les instructions de Carrig, je…

Il m'a embrassée avant que j'aie eu le temps de m'expliquer. Puis il s'est redressé et a plongé son regard dans le mien.

— Ne t'avise plus jamais de l'écouter sans t'en référer à moi d'abord, entendu ?

— Ne me dis pas quoi faire !

— Dites, Roméo et Juliette, il est temps de filer ! nous a interrompus Nick.

— Il a raison, mon bond a pu être repéré.

— Pourquoi es-tu venu, alors?

Le volumineux grimoire toujours calé sous mon bras, je les ai suivis dans les escaliers.

— Carrig est un bon guerrier, mais l'organisation n'est pas son fort… Comment seriez-vous entrés dans la bibliothèque maintenant qu'elle est fermée?

Lorsque nous sommes arrivés au quatrième étage, plongé dans la pénombre, Bastien a surgi de la porte-livre pour atterrir sur la table et sauté tout de suite à terre. Demos l'a suivi, puis Lei, Kale, Jaran et enfin deux chiens-garous.

— Une seconde porte-livre se trouve dans cette bibliothèque! nous a avertis le magicien.

Soudain, des arcs d'électricité bleue ont traversé la pièce pour venir frapper toutes les personnes présentes autour de la table. Le corps enveloppé d'éclairs, Arik et les autres se sont effondrés, immobiles.

Nick nous a repoussées, Afton et moi, derrière lui. Il a tendu sa main, qui ondoyait sous une énergie bleutée, vers la source de l'attaque.

Conemar est apparu dans la salle de lecture, suivi de quelques-unes des imposantes Sentinelles russes.

— Gia! Quelle délicieuse surprise: nous n'avions pas détecté ta présence. Je venais juste tuer Arik.

J'ai fait apparaître un globe rose dans ma main et l'ai lancé sur nos amis à terre. Les éclairs se sont évanouis. Aussitôt, Arik et les autres se sont remis debout, ont ajusté leurs boucliers, dégainé leurs épées et se sont rués sur les Sentinelles ennemies. Les chiens-garous ont grondé avant de se jeter à leur tour dans la mêlée. Le fer a tinté contre le fer – on aurait dit que les cloches de plusieurs églises volaient en même temps.

— Je suis heureux de constater que tu t'es remis de ta stupéfaction, Bastien, a lancé Conemar, sardonique.

En raison du vacarme du combat, j'avais du mal à discerner ses propos.

— Vous avez tué mon père, je vous réserve le même sort !

— Je sens que nous allons bien nous amuser, a répondu le mage noir avant d'étirer ses doigts.

Arik, qui venait d'abattre son adversaire, a retenu Bastien :

— Garde les idées claires…

Une Sentinelle russe a fondu sur eux. Arik l'a contrée de sa lame, et ils ont entamé une danse mortelle. Mes yeux faisaient la navette entre Arik et Conemar – je ne savais plus quoi faire. D'autant plus que Bastien était lui aussi occupé à combattre des Sentinelles ennemies.

Le magicien noir a posé le regard sur l'ouvrage que je tenais toujours contre moi.

— Tiens, tiens, tiens… Mais c'est mon livre, que tu as là. Oh, je détecte des charmes de protection ! Trois, pour être précis. Katy a dû te couvrir avec une marque, pas vrai, Gia ? Mais pourquoi a-t-elle aussi protégé tes amis ? Mystères, mystères… Je n'aime rien tant que les résoudre !

Une chienne-garou a sauté de la table pour atterrir devant moi, babines retroussées à l'adresse de Conemar.

Nick a menacé notre ennemi de sa main.

— Si tu approches, je t'explose !

Conemar est parti d'un grand éclat de rire, la tête renversée en arrière.

— Mon garçon, je te cerne d'ici... Tu n'es qu'un débutant, je pourrais te détruire d'un revers de mon petit doigt.

Il a joint le geste à la parole en visant Nick.

La chienne-garou a pris de l'élan pour lui sauter au cou, mais le magicien a été plus rapide : touchée par une décharge magique reçue de plein fouet, son adversaire s'est écroulée au sol dans un glapissement.

— Non ! ai-je crié.

J'ai voulu la rejoindre mais Afton m'a retenue par le bras.

— Elle respire... (La terreur perçait dans sa voix.) Occupe-toi plutôt de Nick, ou il va se faire tuer !

Notre ami a lancé un éclair sur Conemar, qui l'a bloqué d'une main avant de le lui renvoyer aussitôt. Nick m'a poussée sur le côté et a envoyé Afton rouler au sol – elle a fini sa course contre une étagère. Il a tenté de saisir le courant qui revenait vers lui mais a échoué : la décharge s'est écrasée au sol avant de se répercuter dans tout son corps.

— Nick ! ai-je hurlé.

Je me suis précipitée pour le soutenir. Il s'est rétabli et m'a lancé un faible sourire.

— Je vais bien.

Bastien a surgi, les mains parcourues d'éclairs, et s'est interposé entre le magicien noir et nous.

— Nick ? s'est écrié Conemar pour couvrir les bruits de la bataille. Quel nom puissant et élégant pour un magicien! Mes félicitations, mon garçon, c'était bien tenté. Dommage que ce ne soit pas suffisant. Il fait sombre ici, tu ne trouves pas? J'apprécierais de voir ton visage au moment de te tuer. Et si nous éclairions un peu la scène?

Il a levé les bras et la lumière s'est faite dans la pièce.

Bastien s'est posté juste devant Nick.

— Voilà qui est intéressant… (Le mage noir a fait un lourd pas en avant.) Le prochain Archimage de Couve est prêt à risquer sa vie pour un débutant?

Demos a propulsé un globe vert sur Conemar. La sphère a tournoyé vers lui avec une force prodigieuse mais le magicien n'a pas cillé, juste levé la main. Le globe a percuté un bouclier invisible et implosé dans un souffle qui a renversé un grand nombre de livres des étagères. Des feuilles de papier ont flotté en l'air avant d'atterrir doucement sur le sol.

Une femme Sentinelle s'est jetée sur Demos et ils ont lutté à terre jusqu'à ce que Lei intervienne pour repousser l'assaillante, qui a sauté sur ses pieds avant d'engager le combat contre mon amie.

J'ai reformé un globe dans ma main droite sans cesser de serrer le grimoire de toutes mes forces de l'autre. La sphère s'est élevée au plafond et je me suis dressée devant Bastien et Nick avant qu'elle ne redescende et ne nous protège. Je m'efforçais de cacher mon ami à la vue de Conemar.

— Qu'a-t-il donc de si spécial, ce petit débutant? Pourquoi tenez-vous à tout prix à le protéger, ce cher Bastien et toi?

Il s'est déporté de quelques pas sur la droite pour contempler le visage de Nick.

— Impossible…

Un voile de confusion est passé sur son visage, mais il s'est vite ressaisi.

— Quelle surprise ! Jacqueline, petite coquine… tu m'as donc donné un fils ! (Il a souri à Nick.) J'étais ton portrait craché au même âge !

— Vous avez assassiné Jacqueline, ordure ! ai-je crié. Ne vous approchez pas de lui !

Contre toute attente, mon accusation l'a étonné.

— Jacqueline et moi nous aimions, avant qu'elle rencontre Philip Attwood. Oui, je l'ai tuée, c'était plus fort que moi. Après tout, elle était mienne, et pas sienne. Comment pourrait-on me le reprocher ?

« *Son âme a toujours été noire.* » Les mots d'Arik ont résonné dans mon esprit. Cet homme se croyait la victime de l'histoire, et autorisé à prendre la vie de sa promise.

Demos a sauté d'une table pour se dresser face à Conemar, l'épée au clair.

— Battez-vous comme un homme, si vous en êtes capable !

— Idiot ! Je ne suis pas un homme, mais un magicien.

Un éclair jailli de sa main a frappé Demos en plein cœur avant de l'envoyer voler sur la table. Le meuble s'est écrasé sous le choc et a fait retomber la porte-livre aux pieds de Conemar.

Arik a croisé le fer avec la Sentinelle qui protégeait le flanc droit du mage. Lei a surgi et envoyé un coup de pied en plein dans le menton de Conemar : il a titubé en arrière.

Kale lui a alors lancé un globe de stupéfaction, mais l'homme a créé un bouclier pour le contrer : la sphère a rebondi vers l'envoyeur, qui s'est retrouvé cloué au sol. Jaran a projeté un globe d'eau, et un mini-tsunami a renversé notre ennemi.

— Donne-moi le grimoire ! m'a demandé Bastien.

Je me suis exécutée et il s'est mis à compulser les pages du livre.

— Que cherches-tu ?

Mon bras était encore raide d'avoir tenu le lourd manuel trop longtemps.

— Un sort pour le maîtriser. Continue à l'occuper !

— Crois-moi, il a déjà de quoi faire…

Le mage venait de se relever. Il s'est essuyé le visage en tentant de recouvrer contenance.

Nick a posé une main sur mon épaule.

— Supprime notre bouclier, on pourra l'attaquer de toutes nos forces.

— Hors de question !

— Tu dois pourtant porter secours à Kale, a dit Bastien.

La Sentinelle était toujours étendue, immobile. Cette fois, je n'avais pas droit à l'erreur. J'avais failli tuer Kale une fois, mais ce jour-là je pouvais le sauver.

J'ai rétréci la sphère jusqu'à ce qu'elle reprenne place au creux de ma paume, puis je l'ai lancée sur Kale. La membrane l'a englobé et il a inspiré de grandes goulées d'air. Il s'est relevé avant de se réfugier derrière une table renversée.

Les jambes vacillantes, j'ai plongé la main dans la poche de ma veste pour en sortir l'une de mes chips, que j'ai fourrée dans ma bouche. Le goût de terre m'a surprise, mais le résultat a été immédiat : j'ai eu l'impression d'avoir avalé trois litres de boisson énergisante !

Nick et Bastien ont uni leurs forces pour lancer une vague de courant sur Conemar.

Entre les mains du mage noir grésillait une boule d'électricité. Des éclairs bleus et rouges se sont reflétés dans ses yeux d'obsidienne. J'ai de nouveau déployé mon globe de protection autour de Nick, Bastien et moi au moment où le mage lançait son projectile, qui a ricoché contre mon bouclier avant de faire exploser une étagère. Une pluie de débris de bois et de livres s'est abattue sur la membrane rose.

Conemar a alors remarqué Afton, qui, à l'écart, tentait de se remettre sur ses pieds. L'instant d'après, il se tenait auprès d'elle et l'avait empoignée par le bras. Mon amie a hurlé mais s'est tue dès que le magicien a pointé une dague sur sa gorge.

Non !

Afton s'est figée, les yeux écarquillés.

— Regarde un peu ce que je viens de pêcher ! m'a lancé Conemar. Dis à tes Sentinelles de reculer.

Nick a cogné la membrane de mon globe.

— Laisse-moi sortir de là ! s'est-il écrié sans cesser de pousser contre le bouclier. Lâche-la, fou furieux !

Conemar a tourné la tête vers la porte-livre.

— Arrêtez-le ! ai-je hurlé. Il va sauter avec elle !

J'ai fait disparaître le bouclier et Nick a foncé sur eux.

Arik a taclé Conemar juste au moment où il récitait la formule, et ils ont plongé tous les deux avec Afton. Les pages du livre ont tourné furieusement jusqu'à ce qu'il se referme.

— Afton! (Je me suis ruée vers la porte-livre, manquant de glisser sur le sol détrempé.) Aidez-moi, nous devons les retrouver !

Bastien, le grimoire toujours sous le bras, s'est approché. Ensemble, nous avons compulsé les pages de l'ouvrage et glissé un œil dans chaque salle de lecture : pas la moindre trace de Conemar ou de nos amis. À chaque page tournée, le désespoir me gagnait un peu plus. Mais nous avons fini par repérer le mage : il traînait Afton derrière lui dans le grand hall de la bibliothèque de Mafra, au Portugal. *Mais où est Arik ?*

Sans même réfléchir, j'ai prononcé la formule pour sauter. Bastien m'a agrippé la jambe au dernier moment pour franchir la porte avec moi. Nous avons plongé dans le trou noir et atterri sur un sol de marbre où nous avons roulé, bras et jambes emmêlés. Le grimoire qu'il tenait encore m'a heurté le dos.

Nous nous trouvions sous une rotonde qui ouvrait sur deux immenses galeries. Une coupole élaborée nous surplombait. Le clair de lune s'infiltrait par les dizaines de fenêtres qui s'alignaient de chaque côté, révélant les magnifiques moulures blanc et or des arches. Les deux couloirs faisaient chacun la longueur d'un terrain de football, et sans doute la moitié en largeur. Le plafond était tellement haut que c'en était à couper le souffle. Un silence de cathédrale régnait dans ce lieu plus que majestueux.

Bastien s'est dégagé de moi avant de s'agenouiller.

— Tu peux te relever ?

— Je crois…

J'ai redressé la tête, et il m'a aidée en me prenant par le coude.

— Ce n'est pas normal…

— Que veux-tu dire?

— La porte-livre nous a fait atterrir ici, en plein milieu du hall, alors que nous devrions être près d'une étagère. Quelqu'un l'a placé ici pour une raison bien précise.

J'ai repéré une silhouette étendue au pied d'une fenêtre en ogive, entre deux étagères.

— Qui est-ce?

Bastien et moi nous sommes précipités vers le corps.

Arik était allongé face contre terre. La gorge nouée, je l'ai retourné: il arborait une plaie au crâne qui saignait abondamment.

J'ai levé les yeux vers Bastien.

— Et Afton?

Ma propre voix, étranglée par l'émotion, m'a fait frissonner.

Le magicien a scruté les lieux.

— Aucun signe d'elle.

Arik a cligné des yeux.

— L'assujetti avait raison… J'ai encore échoué. Je n'ai pas pu la sauver. Tout comme j'ai laissé tomber Oren…

— Tu n'as laissé tomber personne! ai-je dit avant de le serrer contre moi. Tu as été courageux. Tu n'as même pas hésité, tu as bondi avec eux.

— Laisse-moi, a-t-il murmuré. Va sauver ton amie.

J'ai agrippé sa main.

— Tu vas t'en remettre, Arik. Tiens bon. Tu dois tenir, pour moi.

— T'es vraiment épuisante, parfois, m'a-t-il taquinée avant de refermer les yeux.

Bastien a pressé mon épaule.

— Il va s'en sortir, ne t'en fais pas. Nous ne pouvons pas laisser Conemar faire de mal à Afton. J'ai trouvé un rituel pour le neutraliser, mais j'ai besoin de toi pour le distraire.

Je me suis penchée pour déposer un baiser sur les lèvres d'Arik.

— N'abandonne pas, je reviens vite, ai-je murmuré dans son oreille, que j'ai embrassée aussi.

Je me suis emparée de son épée et de son bouclier avant de me relever.

— Je suis prête. Que veux-tu que je fasse ?

— Nous devons le faire sortir de sa cachette. (Il m'a lancé un sourire las.) Je sais que tu vas trouver une idée.

J'ai passé le bras dans les lanières du bouclier d'Arik et, l'épée au clair, j'ai esquissé deux ou trois pas dans le hall.

— Montrez-vous, Conemar, où que vous soyez ! Montrez-vous ! ai-je crié à la ronde. Auriez-vous peur de moi ? Vous devriez. Car je suis celle de la prophétie d'Agnost ! Je suis la fin ! Pour vous, en tout cas ! Libérez Afton, ce n'est qu'une humaine, après tout.

Mes provocations sont retombées dans le silence le plus total.

— Alors vous êtes un couard... ai-je continué. Doublé d'un véritable perdant. Vous avez déplu à Jacqueline, elle vous a abandonné, alors vous l'avez trahie.

453

J'espérais que ces paroles suffiraient à le mettre hors de lui. Pour faire bonne mesure, j'ai ajouté :

— Lâche !

Il est alors sorti de derrière une étagère, plus loin dans la galerie. Afton se débattait entre ses bras.

— Je n'ai pas trahi Jacqueline, a-t-il dit, les mâchoires crispées. Nous étions promis l'un à l'autre, et elle m'a trompé avec cette sale fouine d'Attwood.

Nous y voilà…

— Relâchez-la, espèce d'ordure ! Vous vous cachez souvent derrière les jeunes filles ?

— Je n'ai plus besoin d'elle. Elle m'a juste servi à vous attirer ici. Déguerpis, vermine ! a-t-il ordonné à Afton avant de la pousser en avant.

Mon amie s'est précipitée vers moi alors que des éclairs rouges et bleus s'accumulaient dans la main du mage noir. Je ne savais pas ce que Bastien avait en tête, mais je commençais à craindre que son plan tombe à l'eau.

J'ai changé mon épée de main pour faire apparaître un globe rose au creux de ma paume.

Ma sphère a englobé Afton avant que la décharge de Conemar ne la touche. Le projectile a rebondi contre la membrane avant de frapper un candélabre qui s'est écrasé au sol dans un grand fracas. Fébrile, j'ai englouti deux chips pour retrouver au plus vite de l'énergie.

— Bons réflexes ! a lancé le mage noir. Héritage de ton père, je dirais. Ta beauté et ton intelligence, en revanche, te viennent de ta mère.

Il s'est avancé à pas mesurés.

Afton s'est jetée dans mes bras. Elle tremblait de tous ses membres.

— Écoute-moi bien, lui ai-je murmuré, tu vas t'enfuir à l'autre bout du hall et te cacher, c'est compris ?

Elle n'a pas bougé d'un centimètre.

— Je refuse de t'abandonner.

Malgré le bouclier qui nous protégeait, je demeurais sur mes gardes. Le magicien noir ne se trouvait plus qu'à une trentaine de mètres de nous. Il nous atteindrait bientôt. J'ai lancé un nouveau globe qui a éclaté à ses pieds, comme une giclée de milk-shake à la fraise. La membrane rose s'est étirée jusqu'aux murs avant de monter vers le plafond, afin de créer un écran sur le chemin de Conemar. Le mage a lancé des chocs électriques dans la masse rose, qui se déchirait un peu plus à chaque salve.

— Tu vas me gêner si tu restes, ai-je dit à Afton d'un ton sans réplique.

Elle a couru vers l'autre galerie, et je me suis retournée pour la suivre des yeux. Bastien, au sol, traçait des lettres de sang. Était-ce celui d'Arik ?

— Que fais-tu ? me suis-je écriée, horrifiée.

— Le rituel nécessite du sang de Sentinelle. Ne t'occupe pas de moi, fais ton boulot.

— Mais c'est complètement malsain !

— Surveille-le ! a-t-il crié.

Conemar avait cessé de s'acharner sur la membrane et l'étudiait. Il m'a lancé un sourire traître avant de souffler dans sa main en direction du mur protecteur. Un courant d'air givré a heurté le globe, dont la surface s'est muée en coquille de glace. Il l'a explosée d'un coup de poing, et une pluie d'éclats roses s'est abattue sur le sol.

— Tu mets ma patience à rude épreuve, Gia. Que dirais-tu de rencontrer quelques-uns de mes amis ? Ils viennent tout juste d'éclore. Je n'ai aucune idée de leur réaction et je ne sais même pas s'ils m'écouteront. Voyons voir ! Venez à moi, mes créatures !

Une dizaine de silhouettes sombres, cachées derrière les étagères et en haut de la balustrade, sont apparues. Malgré la distance qui nous séparait, la puanteur qui émanait d'elles – une odeur de chair en décomposition – m'a frappée. J'ai vu des langues noires se balancer entre des canines jaunes. Leurs corps difformes se contorsionnaient dans une sorte de chorégraphie hideuse. Sans cesse de chuinter, grogner et siffler, les monstrueuses créatures se sont arrêtées derrière Conemar.

Chapitre 29

— Comment trouves-tu mes petites créations ? m'a demandé Conemar. Le mérite te revient en partie, d'ailleurs : merci de m'avoir envoyé Ricardo, il me fallait l'ADN d'un Laniar exceptionnel pour parachever la transformation. Sache qu'elles peuvent briser le crâne d'un homme entre leurs poings. Imagine l'armée invincible qui sera mienne lorsque j'aurai transformé toutes les Méduses !

— Vous êtes complètement malade ! Dépêche-toi ! ai-je sifflé à Bastien. Tu as vu ces… bêtes ?

Il a levé les yeux du grimoire avant de les écarquiller.

— Peux-tu les retenir encore un peu ? J'ai presque terminé !

— Je vais essayer, ai-je répondu avant de faire à nouveau face au danger.

La pestilence des créatures me retournait tellement l'estomac que je craignais de m'effondrer. Mais je devais tenir. J'ai imaginé mes muscles se changer en acier.

Conemar observait Bastien avec calme. Étrangement, il ne semblait pas se préoccuper du garçon qui préparait un sort contre lui. Il devait pourtant se douter que son adversaire s'employait à le neutraliser…

Il a reporté son attention sur moi. J'ai lancé trois globes à la suite pour bloquer la galerie avec un mur plus épais.

— Je regretterais d'avoir à te tuer, Gia. Songe à quel point nous serons puissants si vous me rejoignez, Nick et toi !

Sa voix me parvenait étouffée à travers le globe. Je l'ai regardé, impuissante, pendant qu'il saccageait de nouveau la membrane avec son souffle glacial. Les cristaux roses se sont éparpillés au sol.

— Laisse-moi te raconter la véritable prophétie d'Agnost. Je suis le seul à la connaître en entier : j'ai tué le prophète alors qu'il venait de la coucher sur papier. Je n'avais pas vu qu'il restait des brouillons dans sa poubelle, sinon je les aurais fait disparaître aussi, et les magiciens n'auraient jamais su que l'enfant de deux Sentinelles apporterait la fin.

» Bien que piètre mage, Ian Sagehill était intelligent, accordons-le-lui. Il a convaincu le Conseil des magiciens d'interdire les relations amoureuses entre Sentinelles afin de désamorcer la prophétie. Il a même mis en place un système de mariages arrangés. Il a partagé ses soupçons à mon égard, mais personne n'est jamais parvenu à prouver que j'avais tué Agnost. Ce fut suffisant, malgré tout, pour m'exiler à Estril. Et je ne m'en plains pas : j'y ai découvert le principe de Mykyl, le créateur de la Tétrade, pour mettre au point mes créatures. (Il a grogné sur une Méduse qui tentait de le dépasser.) Du balai, toi ! (Il s'est raclé la gorge.) Pardon pour l'interruption.

Il a braqué ses yeux sur Bastien, toujours agenouillé dos à lui, auprès d'Arik.

— Laisse-le mourir, mon garçon. Tu ne peux plus rien pour lui.

Dieu merci! Il se méprenait sur les agissements de Bastien. Il a reporté son attention sur moi.

— Je n'ai plus besoin de toi, Gia, mais je te veux. Le besoin et le désir sont deux notions bien différentes. L'un des deux est vital, l'autre non. Si tu connaissais la prophétie dans son intégralité, tu comprendrais sans doute pourquoi je préfère te garder avec moi.

Il essaie de gagner du temps, mais pourquoi?

Il a sorti un vieux morceau de parchemin de sa poche avant de le déplier.

— Écoute bien. Je ne vais pas m'amuser à répéter. « De l'union de deux Sentinelles naîtra le début de la fin, plus puissante que tout ce que nous avons connu, afin de protéger l'unique. Les dyades du septième se meuvent en secret entre les portes, avec entre leurs mains, la connaissance pour trouver les artefacts. »

Il est question de moi, mais…

— « Un Archimage pétri d'avidité cherche à libérer les quatre anciens pouvoirs. »

Là, c'est Conemar, en quête de la Tétrade.

— « Des vers anciens, des temps reculés, enverront le démon dans une prison où ses pouvoirs lui seront accordés, car c'est le prix à payer pour réciter le charme qui protège du mal. »

Quoi? Tout ceci n'a aucun sens.

— « Le temps viendra où le démon s'évadera, et

la guerre des Quatre débutera. Celui qui règne sur les Quatre règne sur les mondes. »

Est-ce qu'il est question du présent, ou d'un futur à venir ? Je peinais à remettre en place les pièces du puzzle.

— Tu vois, je suis destiné à régner. Je suis le plus avide de tous les mages ! Il ne me reste qu'une dyade à trouver – un descendant du septième magicien.

Dyades ? Ah ! Ce mot veut dire « deux ». Nick et moi. Nous pouvons tous les deux lire l'énigme et trouver les Chiavi.

Un mouvement dans mon dos a attiré l'attention de Conemar.

Bastien se tenait debout au centre d'un cercle tracé avec du sang et divisé en parts égales. Dans chacune d'elles était esquissée une figure. Je n'en ai distingué qu'une : un oiseau. Bastien a commencé à scander le charme.

— Plutôt mourir que vous rejoindre ! ai-je crié à Conemar, dans l'espoir de détourner son attention de mon ami.

Je lui ai lancé un globe, qu'il a contré. Pour un magicien dans la force de l'âge, il était très rapide. Mais il continuait à observer Bastien d'un regard amusé, sans s'émouvoir outre mesure de ce qui l'attendait.

« Des vers anciens, des temps reculés », me suis-je répété. *« Le prix à payer pour réciter le charme qui protège du mal… »*

Le sourire du magicien s'est élargi.

— Bastien, arrête ! ai-je hurlé, mais le jeune homme était déjà entré en transe.

Conemar a posé son regard sur moi : ses doigts crépitaient d'éclairs.

— Je suis déçu, Gianna. J'espérais ne pas avoir à te tuer. Merci de m'avoir ramené mon fils ! Par Jacqueline, il descend du septième magicien, tout comme toi. Mais je n'ai besoin que d'un seul de vous deux pour me mener à la Tétrade.

Il a esquissé un geste à l'adresse des monstres qui se tenaient toujours derrière lui.

L'un d'entre eux a fondu sur moi et m'a plaquée au sol. Mon épée est tombée dans un bruit de ferraille. J'ai maintenu mon bouclier entre lui et moi, mais son souffle fétide me révulsait. Il a claqué des dents tout près de mon cou, m'envoyant des filets de bave à la figure. Les griffes de ses pattes arrière crissaient sur le sol en marbre et y laissaient des sillons. Un hurlement m'a échappé lorsqu'il m'a lacéré l'épaule. La douleur s'est propagée le long de ma nuque en même temps qu'un liquide chaud imprégnait ma chemise et ma veste.

J'ai replié les genoux sous mon bouclier et poussé de toutes mes forces avec mes jambes. Ses griffes m'ont déchiré le côté. Après une grande inspiration douloureuse, j'ai donné un coup de pied qui a fait retomber la créature mi-Méduse, mi-Laniar sur le dos.

J'ai récupéré mon épée et je me suis remise d'aplomb, mais le monstre, plus rapide, m'a envoyée glisser au sol d'un revers de la main. Je me suis désespérément agrippée à la poignée de mon arme pour ne plus la perdre. J'ai percuté le mur, avant de me redresser à genoux et, enfin, de me remettre debout.

La créature a fondu sur moi. Malgré la douleur qui irradiait dans mon épaule et mes côtes, je me suis fendue. L'épée est passée au travers de la gorge du monstre, dont le sang putride m'a giclé au visage. Il s'est tortillé, a émis un hurlement proche du son d'une sirène et s'est écroulé à mes pieds.

J'ai fait volte-face pour affronter ses congénères.

Un autre avait déjà pris le relais. Je lui ai tourné autour, pour feindre une attaque sur la droite avant de frapper à gauche, où la créature s'était déportée. Ma lame s'est enfoncée profondément dans son ventre. Dans un bruit de sirène similaire à la première, elle s'est effondrée à son tour.

— Quel spectacle renversant! a lancé Conemar. Voyons un peu comment tu te débrouilleras contre deux en même temps.

Il a fait signe à deux de ses créatures, qui se sont élancées à travers la galerie.

— Bon sang…

Je me suis ruée sur mon bouclier, dont j'ai asséné un coup sur la tête du premier monstre. Je me suis ensuite baissée pour lui faire un croche-patte, et il est tombé.

L'autre m'a alors envoyée au tapis d'un coup de poing avant de me frapper dans les côtes, ce qui a expulsé tout l'air de mes poumons. J'ai gémi en cherchant à retrouver mon souffle. Il m'a lancé un autre coup de pied, tout près de mon épaule blessée cette fois, et j'ai lâché un hurlement atroce. Les mains nouées derrière mon cou, je me suis repliée en position fœtale.

Un instant, j'ai voulu abandonner. Être à la maison, dans une réalité où toute cette histoire n'aurait été qu'un horrible cauchemar. Mais si j'échouais, Bastien et Arik seraient les prochains.

Le monstre a grondé au-dessus de moi. J'ai roulé sur le côté pour m'éloigner de lui. Ses griffes m'ont manquée de peu et se sont enfoncées dans le sol. Je me suis remise debout avec peine.

Toutes griffes dehors, la Méduse a bondi. J'ai levé mon épée, et d'un geste lui ai tranché la tête. L'autre a foncé sur moi. Alors, les mains fermement agrippées à la poignée de mon arme, le bras replié, j'ai préparé mon attaque avant de plonger ma lame droit dans son cœur. Lorsque je l'ai retirée, la créature s'est écroulée. Son hurlement assourdissant a fini par s'affaiblir.

— Impressionnant, a dit Conemar. Ils t'ont bien entraînée.

Il a levé la main, prêt à donner le signal à d'autres Méduses cauchemardesques de fondre sur moi.

Je suis tombée à genoux. Tout était fini. Ma vision s'est voilée, la douleur transperçait mon corps de part en part.

Derrière moi, Bastien s'est mis à scander le sortilège plus fort. Avant que Conemar n'envoie ses créatures, une sphère luminescente a jailli au-dessus de ma tête. Puis, un flash d'une lumière aveuglante a inondé l'espace.

Peu à peu, j'ai recouvré la vue. Il n'y avait plus personne devant moi. *Ils sont partis… Dieu merci, ils sont partis!* Une main fébrile s'est posée sur mon épaule, et j'ai grimacé de douleur.

— Tu vas bien ? m'a demandé Bastien.

— Je crois, ai-je répondu d'une voix faible.

J'avais envie de pleurer, mais j'étais bien trop épuisée pour y parvenir. Je me suis relevée, tremblante.

Afton a foncé sur nous.

— Oh mon Dieu, tu as réussi! a-t-elle dit à Bastien.

Sa voix était tellement aiguë qu'elle m'a vrillé les tympans.

J'ai laissé tomber épée et bouclier.

— Il a réussi? ai-je dit. C'est moi qui ai fait le plus dur!

Mon amie a plissé le nez.

— Beurk… c'est dégoûtant! Qu'est-ce que tu t'es mis sur le visage?

J'ai passé la main sur mon menton : mes doigts se sont couverts d'un liquide noir.

— Sang de Méduses de l'horreur. Je crois que j'en ai avalé un peu.

— Mais… c'est noir, a-t-elle dit avant de plaquer une main sur sa bouche.

— Tout à fait. Et je ne te parle pas du goût… Oh, je crois que je vais…

Pliée en deux, j'ai déversé le contenu de mon estomac sur le sol en marbre.

Bastien a retiré sa chemise et me l'a tendue. Je l'ai remercié et me suis essuyé la bouche avec.

Afton a examiné mes blessures, qui saignaient toujours à travers les déchirures de mes vêtements.

— Laisse-moi voir… Tu vas avoir droit à de beaux points de suture!

— Ce n'est rien, je vais m'en remettre, ai-je dit en écartant sa main. En revanche, il faut s'occuper d'Arik.

Elle s'est aussitôt agenouillée auprès de la Sentinelle.

— Il respire, s'est-elle écriée. La blessure n'a pas l'air si grave. Je crois qu'il a une commotion.

Arik était vivant. J'ai fermé les yeux de toutes mes forces. Il allait s'en sortir. Il le fallait.

Les cadavres des Méduses, effondrées çà et là, n'étaient plus que des amas de chair noire et sanguinolente. Plus loin, j'ai repéré le parchemin jaune où était inscrite la prophétie. Sa couleur détonnait sur le sol de marbre blanc. Je suis allée le ramasser.

— Qu'est-ce que c'est ? m'a demandé Bastien.

— Tu ne m'as pas entendue quand j'ai crié… (Je lui ai rendu sa chemise en secouant la tête.) J'ai essayé de t'empêcher de renvoyer Conemar, quel que soit le lieu où il a atterri.

Il a jeté un œil à son vêtement maculé de taches noires répugnantes et l'a laissé tomber avant de hausser les épaules.

— Pourquoi voulais-tu m'arrêter ?

— « Des vers anciens, des temps reculés, enverront le démon dans une prison où ses pouvoirs lui seront accordés, car c'est le prix à payer pour réciter le charme qui protège du mal », ai-je lu. Tu comprends ? Conemar se trouve désormais dans un lieu où ses pouvoirs vont décupler. Un jour, il reviendra.

— Il a peut-être essayé de te berner…

— Non. Il a récité la véritable prophétie, j'en suis convaincue. Je ne peux pas l'expliquer, je le sais, c'est tout.

— Bien, nous pourrons toujours en comparer l'écriture à celle d'autres documents rédigés par Agnost pour nous assurer qu'il en est bien l'auteur. En tout cas, Conemar n'est plus là. Nous n'aurons qu'à retrouver les *Chiavi* et détruire la Tétrade avant son retour !

Il m'a lancé un clin d'œil puis s'est employé à aider Afton à déchirer son sweat-shirt, afin d'en tirer un bandage pour Arik.

— Une broutille, pas vrai ? ai-je répondu, sarcastique.

— Reste positive, a-t-il dit avant de sortir un couteau de la poche de son pantalon pour lacérer le tissu.

Il a tendu la plus longue bandelette à Afton, qui l'a enroulée autour de la blessure d'Arik.

Bastien s'est ensuite tourné vers moi, deux morceaux de sweat-shirt dans les mains.

— Enlève ta veste et ton haut.

— Tu peux te gratter.

— Eh bien, je n'y manquerai pas… D'ici là, je vais empêcher que tu te vides de ton sang.

J'ai soupiré, puis retiré ma veste et déboutonné mon chemisier jusqu'à la taille. La douleur qui a fusé dans mon bras m'a fait tressaillir. Bien sûr, je portais un soutien-gorge de sport blanc. J'ai regretté de ne pas avoir choisi des sous-vêtements en dentelle. La bonne blague… Je ne possédais rien de tel.

Bastien m'observait.

— Pas mal…

— Tu t'amuses bien, pas vrai ?

Son sourire s'est élargi.

Le sang avait maculé mon soutien-gorge et mon ventre. Mon ami a enroulé une longue bande autour de ma taille pour cacher la vilaine entaille qui s'y trouvait. J'ai retenu ma respiration lorsqu'il a noué le pansement. Quand il a eu fini de s'occuper de mon épaule, il m'a aidée à enfiler mes vêtements.

— Bien, nous devons emmener Arik en lieu sûr, ai-je dit. Je vais chercher la porte-livre.

Je l'ai ramassée et feuilletée, mais Conemar en avait arraché la plupart des pages. La bibliothèque du Sénat français manquait, alors nous avons décidé de retourner à l'Athenæum de Boston afin de retrouver les autres.

Bastien a hissé Arik sur ses épaules.

— Par mes ancêtres, ce n'est pas un poids plume !

Il a franchi la porte-livre, et je l'ai suivi avec Afton, qui tenait le vieux grimoire. Nous avons atterri dans une pièce de l'Athenæum différente de celle d'où nous étions partis. La petite salle de lecture aux murs vert sauge proposait trois fauteuils en cuir. C'était sans doute là qu'avait bondi Conemar, un peu plus tôt, afin de nous attaquer et de nous attirer dans son piège. Bastien a posé Arik sur le sol.

Au prix de gros efforts, en dépit des cris de protestation de mon corps, je me suis accroupie auprès de mon compagnon blessé et j'ai repoussé une mèche de son front. Il a exhalé un soupir et tenté de se tourner sur le côté.

— Arik ?

Pas de réponse. Je me suis mordu les lèvres : nous devions l'emmener auprès de Pop, et vite.

Afton a doucement posé ses mains sur mon épaule.

— Il va s'en sortir.

Bastien feuilletait le livre d'où nous venions de surgir.

— La bibliothèque de Paris n'y figure plus non plus. Conemar a voulu nous empêcher de rentrer à la maison.

— Ou bien il voulait que personne ne puisse venir à notre secours, ai-je dit.

— Allons trouver les autres, a-t-il répondu.

Il a tendu le livre à Afton, qui l'a serré contre son cœur avec le grimoire, puis a de nouveau hissé Arik sur ses épaules.

Parvenus à la grande salle de lecture, nous nous sommes frayé un chemin à travers les décombres inondés pour rejoindre nos camarades. Nick, entouré des Sentinelles, tenait un livre trempé entre les mains. Bastien s'est raclé la gorge pour leur signaler notre présence.

Nick a relevé la tête :

— Bon sang, vous voilà enfin ! Que s'est-il passé ?

Kale et Demos ont délesté Bastien de son fardeau.

— Il est mort ? a demandé Lei d'une faible voix.

Bastien, dont le torse nu luisait de sueur, a essuyé son front du revers de la main.

— Non, mais il faut l'emmener à la Citadelle le plus vite possible. Il a besoin d'une Guérisseuse.

Mon ventre s'est noué à la vue de ses mains tachées du sang d'Arik.

— Comment êtes-vous revenus ? a demandé Nick, la porte-livre détrempée toujours à la main. Ce bouquin ne fonctionne plus. Après votre saut, il est tombé au sol, dans une flaque. Nous n'avons pas réussi à vous rejoindre. Quelqu'un a un peu abusé avec les globes d'eau…

— J'essayais juste de… a grommelé Jaran avant de lever les bras et d'abandonner, frustré.

— Ce n'est pas grave, a dit Afton, nous en avons un autre.

— Je n'arrive pas à comprendre comment Conemar est parvenu à introduire une seconde porte-livre dans cette bibliothèque sans alerter les Surveillants, a dit Bastien. Personne n'a déclaré qu'un livre manquait ailleurs.

Les discussions autour de moi me parvenaient comme depuis l'autre bout d'un tunnel. J'avais du mal à me concentrer sur ce qu'ils disaient. Arik était inconscient, son beau visage déformé sous l'effet de la douleur. Quant à son cerveau… n'était-il pas en train d'enfler ?

— Ce second livre vient d'Estril, a compris Jaran, qui examinait l'ouvrage. Autrefois, il existait deux bibliothèques de passage en Russie, mais l'une d'elles a disparu, ravagée par un incendie. La porte-livre qui s'y trouvait a été déclarée manquante, mais les Estriliens ont sans doute menti. Ils ont dû annuler le charme de traçabilité du livre, ce qui expliquerait que les Surveillants ne l'aient pas détecté.

— Tu dois avoir raison, a approuvé Bastien.

— Au fait, qu'est-il arrivé à Conemar ? a demandé Kale.

Leur échange me vrillait le crâne. L'heure n'était pas à la discussion…

— Taisez-vous ! ai-je crié. On en parlera plus tard. Arik a besoin d'aide ! (Ma poitrine me lançait. Mon cœur cognait trop fort. J'ai vu leurs expressions choquées comme à travers une bulle.) Par où allons-nous rentrer ?

Mon coup d'éclat semblait les avoir réveillés.

— Nous passerons par l'Espagne pour revenir à Paris, a décidé Bastien avant de distribuer des ordres. Vous deux, emmenez Arik. Nick, aide Afton.

Demos et Kale ont porté leur chef et bondi avec lui dans le livre. Je les ai suivis, et pendant que je dégringolais dans l'obscurité, mon esprit tournait à plein régime. La prophétie d'Agnost me terrorisait. Si elle s'avérait, alors Conemar reviendrait, et il serait plus puissant que jamais. J'ai froissé le parchemin qui se trouvait dans ma poche. Juste au moment où l'angoisse allait me couper le souffle, j'ai émergé à la lumière, dans une nouvelle bibliothèque.

Chapitre 30

Carrig nous attendait à notre retour dans la bibliothèque parisienne. Les gardes qui ont pris en charge Arik ont foncé les premiers et m'ont ordonné de rester en arrière alors que je tentais de les suivre. Sur le chemin jusqu'à la Citadelle, nous avons raconté à Carrig tout ce qui s'était passé. Il nous a informés qu'Asile avait été libérée et que Nana et Faith étaient désormais en sécurité. Je mourais d'envie de les retrouver, mais je devais d'abord m'assurer qu'Arik irait bien. Carrig a d'ailleurs insisté pour que je reçoive aussi des soins et que je me repose.

À notre sortie des dépendances, une foule nous attendait. Sinead et Deidre ont sauté au cou de Carrig et de Nick. Je me suis isolée sur le côté du bâtiment afin de me calmer.

C'est là que Bastien m'a trouvée. Dieu merci, quelqu'un lui avait donné une chemise.

— Je sais que tu as remarqué le lien qui existe entre nous, a-t-il dit.

En effet, et éprouver une telle connexion avec lui me chamboulait. Mais je ne voyais qu'une seule explication

471

à ce lien : nous avions tous les deux vécu le drame de perdre un parent. Rien de plus.

— Tu es incroyable, Gianna. Ta façon de tenir tête à un magicien aussi puissant que Conemar. La compassion dont tu fais preuve envers les autres. Ton intelligence, tes réflexes extraordinaires… Tout le monde t'admire et admire ta force. Moi le premier. Tu as tout d'une reine. Avec le temps, je te prouverai que nous sommes faits l'un pour l'autre. Amuse-toi tout ton soûl avec Arik si tu veux, mais je sais qu'un jour, nous finirons ensemble.

Il m'a embrassée sur la joue avant de rejoindre l'attroupement.

Alors seulement, j'ai refermé ma bouche bée.

Il était magnifique, et chacun de ses gestes respirait l'assurance, certes. J'aurais pu le contempler toute la journée. Mais il était bien trop arrogant à mon goût, et je refusais de fréquenter un garçon que l'on m'avait imposé, aussi merveilleux soit-il. Et puis, à mon avis, il désirait surtout prouver qu'il était capable de me piquer à Arik. *Bonne chance, mon gars !* Mon cœur était déjà pris. J'ai soupiré avant de me diriger vers l'hôpital improvisé.

— Tu t'en es bien sortie, a marmonné Lei au moment de passer devant moi.

J'ai souri. C'était sa manière à elle de m'informer qu'elle m'avait pardonné pour avoir presque laissé frire son petit ami.

Une femme trapue, aux cheveux gris, a recousu mes plaies avant de les enrouler de bandages propres. Elle a refusé que je voie Arik au motif qu'il n'était pas encore prêt à recevoir de visiteurs. À contrecœur, j'ai donc gagné ma chambre afin de m'y débarbouiller – à l'éponge pour éviter de toucher aux pansements. Partout où je passais sur ma peau, le savon à l'odeur florale apaisait mes muscles endoloris.

J'étais vivante. Je me suis nettoyé le visage avant de reposer l'éponge dans l'évier.

J'ai enfilé mon pyjama puis me suis écroulée en travers de mon lit, le regard rivé au plafond. Conemar ne cessait de me hanter, et mon inquiétude pour Arik ne me laissait aucun répit. J'ai chassé de mon esprit toutes les pensées désagréables qui me venaient sur Bastien et les mariages arrangés. Arik et moi trouverions une solution pour être ensemble, en dépit des lois.

Un petit coup frappé à la porte m'a arrachée à mes réflexions. Non sans peine, je me suis remise sur mes pieds pour aller ouvrir.

— Pop! me suis-je écriée avant de le laisser entrer.

Il portait un plateau couronné de deux tasses fumantes et de biscuits au chocolat. Une fois le goûter posé sur la petite table devant la fenêtre, il m'a prise délicatement dans ses bras. J'ai voulu lui rendre son étreinte, mais la douleur dans mon épaule et mon côté m'en a empêchée.

Il a déposé un baiser sur mon front.

— Tu vas bien?

— Pas trop mal. Des nouvelles d'Arik?

— Il va s'en remettre. (Il m'a relâchée avant de s'asseoir sur mon lit.) Nous avons contacté Asile. Les sorts de protection sont levés et à l'heure où je te parle, les Sentinelles l'y emmènent pour qu'il reçoive là-bas des traitements plus approfondis.

Je me suis assise à côté de lui et j'ai posé ma tête contre son épaule. Sans rien lui cacher, je lui ai raconté tout ce qui s'était passé. Il a laissé son regard vagabonder dans la pièce pendant qu'il m'écoutait. Quand j'ai eu terminé mon récit, il m'a de nouveau prise dans ses bras et j'ai commencé à sangloter contre sa poitrine.

— Tout est fini, ma grande, je te le promets. (Il me caressait le dos en y dessinant des cercles apaisants.) Tu es en sécurité maintenant.

— Je n'en suis pas certaine.

Je mourais d'envie de retourner à cette époque où je croyais dur comme fer que personne ne pourrait me faire de mal si Pop était à mes côtés. Mais j'avais côtoyé l'horreur, j'en avais même senti le goût dans ma bouche. Personne n'était invincible. Pas même Pop. Une fois nos deux tasses de thé vidées, je me suis glissée sous les couvertures. Alors, comme lorsque j'étais petite, il m'a bordée et m'a fredonné des chants irlandais jusqu'à ce que je m'endorme.

Une bonne odeur de café, accompagnée de celles d'œufs brouillés et de bacon, a chatouillé mes narines à travers l'édredon et m'a poussée à me retourner sur le dos. Afton, un plateau entre les mains, a piqué droit sur mon lit. Tout le petit-déjeuner a tangué et j'ai remarqué qu'elle portait un immense sac en toile passé à l'un de ses coudes.

— Tu as fait un cauchemar ? m'a-t-elle demandé.

— On peut le dire…

— Tu as faim, ou le sang de Méduse a suffi à te caler ?

— Très drôle.

Je me suis débattue avec les oreillers pour me mettre en position assise.

Elle a déposé son plateau sur mes jambes.

— Tu te rends compte de ce qu'on vient de vivre?

— Incroyable, oui… Tu as des nouvelles d'Arik?

— Il paraît qu'il guérit vite.

Tout son visage traduisait une certaine appréhension, et elle tordait une pauvre serviette entre ses mains.

— OK, que se passe-t-il? ai-je demandé.

— Je sais que je ne devrais pas éprouver de tels sentiments…

Une grimace aux lèvres, elle a tenté de trouver le courage de finir sa phrase.

— Mais quoi?

Son visage est devenu cramoisi.

— J'aime…

— Nick?

— Qu'est-ce que je suis censée faire? Il est avec l'autre toi!

— Le mieux est d'attendre. Leur couple ne va sans doute pas durer.

— Je sais. Mais j'en ai marre.

— Allons, tout va s'arranger, ai-je murmuré.

Je croyais entendre Pop.

Son visage s'est radouci et elle a reposé la serviette chiffonnée sur le plateau.

— Habille-toi quand tu auras fini de manger, a-t-elle dit. Nous partons pour Asile.

— Enfin! J'ai tellement hâte de voir Nana!

— J'ai failli oublier… Carrig m'a emmenée à la maison pour récupérer quelques affaires, et j'ai pensé à toi.

475

De son grand sac, elle a sorti le parapluie rouge fané de ma mère avant de le poser à côté de moi.

— Merci! Je pensais l'avoir perdu à jamais…

La main autour de sa poignée, j'ai imaginé ma mère abritée dessous, des cascades de pluie s'abattant tout autour d'elle.

— Tu sais qu'au vestiaire de l'Athenæum, ils te demandent ta carte d'adhérent au moment d'enregistrer les affaires que tu déposes. On a appelé ton père quelques jours après ton départ pour Asile pour dire qu'il était toujours là, à attendre aux objets trouvés. Le sort de Nana s'était évanoui et ton parapluie avait réapparu. Je sais à quel point tu y tiens, alors j'ai fait un saut chez toi, et voilà!

— Merci du fond du cœur! Et tu sais quoi? Il ferait une arme splendide!

J'ai commencé à le faire tourner au-dessus de ma tête. La partie supérieure s'est détachée et a volé, manquant de peu mon amie.

— Fais gaffe! s'est-elle écriée. Tu aurais pu m'éborgner!

Ses yeux se sont posés sur la poignée cassée, qui était toujours dans ma main.

— Qu'est-ce que c'est? a-t-elle demandé, le doigt pointé vers une chaîne brillante qui s'en échappait.

J'ai tiré le collier de la cavité où il était logé, pour découvrir un pendentif en forme de croix.

Le souffle coupé, j'ai plaqué la main sur ma bouche.

— Je crois que c'est la *Chiave* perdue. Ma mère l'avait avec elle tout ce temps! Gian a dû la cacher dans ce parapluie avant de mourir. C'était sans doute le sien…

— Mange, je vais chercher Carrig, a déclaré Afton avant de se précipiter dans le couloir.

J'ai fait glisser la chaîne entre mes doigts. Une douleur m'a alors saisie à la poitrine et ma marque s'est mise à saigner. J'ai récolté le sang dans ma paume et récité le charme, sans résultat. Mon globe de vérité était perdu pour toujours. Il m'en fallait un, pourtant, et je savais où en trouver. Une fois sortie du lit, j'ai enfilé ma robe de chambre et j'ai quitté la pièce.

J'ai trouvé le Surveillant de la Citadelle dans la salle des cartes, perché au-dessus d'un globe.

— Qu'y a-t-il? m'a demandé le perroquet aux couleurs chatoyantes.

Ses yeux étaient vides, tout comme ceux de Pip, l'oiseau présent dans le bureau du professeur Attwood.

— J'ai trouvé une *Chiave*. (Je lui ai montré l'objet.) Pourrais-je utiliser votre globe avec mon sang, afin d'avoir accès au message de l'esprit prophète?

— Je t'en prie, a répondu le perroquet avec un cri.

J'ai déposé une traînée écarlate sur le verre, et le Surveillant a sautillé de l'autre côté du perchoir. Une petite brindille argentée a émergé du sang pour bientôt se transformer en un arbre miniature. Un écureuil est sorti d'un trou apparu dans le tronc. Posté sur ses pattes arrière, il s'est métamorphosé pour prendre l'aspect d'un petit homme presque nu. À mon vif soulagement, il portait un pagne.

— Tu parles d'une mise en scène… ai-je bougonné.

— Salutations, Gianna! Mon nom est Declan, et je ne rechigne jamais à me donner en spectacle. Je suis le Gardien de la *Chiave* que tu as trouvée. (Il s'exprimait avec un accent irlandais.) Elle est l'une des *Chiavi* qui permettront de libérer la Tétrade, mais elle a aussi un pouvoir propre. Son porteur est capable de voir des événements qui se sont déroulés autrefois sur les lieux où il se trouve. Puisses-tu survivre aux épreuves qui te guettent. Les artefacts que tu trouveras t'aideront à protéger l'unique lors de son passage dans la prison du monstre.

Il a exécuté une révérence, puis lui et son arbre se sont repliés pour disparaître dans les taches de sang.

L'oiseau a poussé un nouveau cri avant de balancer sa tête de gauche à droite.

— Merci ! ai-je dit avant de glisser la chaîne dans la poche de ma robe de chambre.

À notre retour à Asile, un petit attroupement était présent pour nous accueillir dans le hall d'entrée. Nana m'a serrée tellement fort contre elle que j'ai cru suffoquer, et Merl m'a complimentée sur mes exploits. Je me suis isolée un moment avec Faith, pour lui parler de Ricardo et lui remettre son collier. Le bijou appartenait en fait à la Laniar : elle l'avait perdu depuis des années. Ricardo avait beau avoir été un coureur de jupons, il l'avait gardée tout contre son cœur. Elle a embrassé le pendentif avant de le passer autour de son cou : un sourire timide égayait son visage mouillé de larmes.

Quant au professeur Attwood, il a manqué de s'étrangler en apprenant que Nick était le fils de Jacqueline. Je les ai présentés l'un à l'autre et ils se sont serré la main. Le professeur lui a promis de lui montrer des photos de son amour de jeunesse ainsi que certaines lettres.

Avant que le professeur ne s'éloigne, je l'ai pris dans mes bras. Une embrassade des plus raides et quelque peu embarrassante. J'ai reculé pour le regarder dans les yeux.

— Vous savez, j'ai toujours rêvé d'avoir un oncle. Vous croyez que je pourrais vous appeler « oncle Philip » ?

Il est resté interdit un instant, puis, un sourire chaleureux a illuminé ses traits.

— J'aimerais beaucoup, Gia.

Cette fois, c'est lui qui m'a serrée contre lui – une étreinte bien plus tendre.

— Bon, il faut que je file.

— Je suis très fier de ce que tu as accompli, Gia.

Ses paroles m'ont fait chaud au cœur.

— Je vous vois plus tard !

Il a opiné du chef avant de retourner vers son bureau.

Les Archimages de tous les refuges se sont retrouvés à Asile pour un sommet. Ils ont décrété que Nick et moi ne serions en sécurité dans aucun des sept refuges et se sont chargés de nous trouver un endroit pour nous cacher. D'autres réunions se sont ensuivies pour décider des détails de notre retraite.

Arik était toujours inconscient, et je passais une grande partie de mes journées à son chevet, à lui faire la lecture. Il flottait dans sa chambre une odeur d'antiseptique et une autre, qui ressemblait plus ou moins à de la naphtaline.

— Je suis resté dans les vapes combien de temps ? a-t-il articulé un matin, me faisant sursauter.

— Tu es réveillé !

J'ai reposé mon livre et me suis empressée de lui verser un verre d'eau de la cruche posée sur sa table de nuit.

— Quelques jours seulement. Tu peux t'asseoir ?

— Je crois, oui.

J'ai appuyé sur le bouton qui relevait la partie supérieure du lit afin qu'il se retrouve en position assise, et j'ai porté le verre à sa bouche.

Il a dégluti avec peine.

— Merci… Qu'est-il arrivé à Conemar ?

Pour ce qui m'a semblé être la cent millième fois, je lui ai raconté ce qui s'était déroulé dans la bibliothèque du Palais national de Mafra au Portugal, non sans éluder le passage où j'avais failli faire office de déjeuner pour les Méduses démoniaques. Je lui ai révélé que j'avais trouvé une *Chiave* dans le manche du parapluie de Gian. Enfin, il a eu droit à un résumé des réunions d'Archimages qui avaient eu lieu toute la semaine. Lorsque j'ai eu terminé, il a levé sa main vers moi, et je l'ai prise.

Il a fixé du regard les bandages visibles dans l'encolure de ma chemise.

— Tu as été blessée ?

— Rien qu'une égratignure.

— Tu aurais pu te faire tuer, a-t-il dit d'une voix rauque.

— Tout comme toi. (Je lui ai adressé un sourire rassurant.) Mais nous sommes là.

— Le jardin a changé la jeune fille, a-t-il dit, un faible sourire aux lèvres.

L'émotion m'a serré la gorge. Je n'ai su que répondre. Le monde secret dans lequel il vivait m'avait transformée.

480

Je n'avais plus l'impression d'appartenir à mon monde, ni encore tout à fait au sien. Je flottais entre les deux, dans des limbes. J'ai soufflé un rapide baiser sur ses lèvres. Et puis, j'ai repensé à mon meilleur ami.

— Nick et moi…

— Comment vit-il tous ces changements ? m'a demandé Arik, encore un peu dans le brouillard.

— Ce n'est pas simple, pour lui.

— Il a besoin de temps. Et qu'a décidé le Conseil, en fin de compte ?

— Nick et moi, nous allons devoir rester cachés. Nous ne pouvons pas retourner à Boston. Pop, Nana et Carrig s'y sont rendus pour aller parler aux D'Marco. La pilule va être dure à avaler : ils doivent abandonner leur restaurant.

— Je veux que tu restes avec moi.

— Tu nous rejoindras bientôt dans notre retraite. C'est prévu, ainsi que quelques autres Sentinelles. Les effectifs restants seront répartis entre les refuges. Ils ont aussi appelé les anciennes Sentinelles à reprendre du service. On a dépêché un ambassadeur à Estril afin de décider des termes d'un traité de paix.

— Nous avons deux *Chiavi*… (Il a toussé.) Il nous en reste donc cinq à trouver.

J'ai de nouveau porté le verre d'eau à sa bouche. Après deux ou trois gorgées, il a reposé sa tête sur les oreillers.

— Alors, où allons-nous nous cacher ?

— Ce n'est pas encore tranché. Ils vont acheter deux maisons ainsi qu'un grand bâtiment quelque part. Nick et sa famille vivront dans la première maison, Pop, Deidre et moi dans la seconde.

— Deidre va habiter avec toi?

— Si elle s'installait avec Carrig et Sinead, les gens se demanderaient pourquoi nous nous ressemblons tant, pas vrai? Autant ne pas éveiller les soupçons. Nous prétendrons être les jumelles de Pop. Quant à Carrig et Sinead, ils vont ouvrir un internat pour jeunes en difficulté.

Arik m'a lancé un regard amer.

— Et les Sentinelles seront ces « jeunes en difficulté », je parie?

— Tu as deviné.

— Tant que je suis avec toi, peu importe pour qui on me prend.

Arik a porté ma main à ses lèvres pour y déposer un doux baiser.

— Je te suivrais n'importe où.

Mon cœur lui appartenait – à présent, j'en étais certaine.

— J'ai eu tellement peur pour toi…

Je me suis penchée pour presser mes lèvres contre les siennes.

— Si tu as de la chance, quand je reviendrai tout à l'heure, tu auras droit à une toilette à l'éponge, ai-je murmuré tout contre sa bouche.

J'ai posé la tête sur son torse, laissant les battements de son cœur me rasséréner.

Il a posé son bras sur mon dos.

— Espèce d'allumeuse… a-t-il murmuré avec un sourire fatigué.

Après une petite pause, il a ajouté:

— Je suis désolé de ne pas avoir pu être à tes côtés lors de ton affrontement avec Conemar.

Je me suis relevée.

— Je te l'ai déjà dit, je peux me débrouiller toute seule !

— C'est vrai. (J'ai alors pris un ton plus badin.) Reviens ici, toi !

Je me suis à nouveau penchée pour déposer un baiser sur son front.

— Repose-toi. Je repasse te voir plus tard.

Je me suis levée avant de me diriger vers la porte de sa chambre.

Il a tourné la tête pour me suivre des yeux.

— Tu te rends compte que cette histoire ne fait que commencer ?

Je me suis arrêtée sur le seuil.

— Oui, je sais, ai-je répondu.

C'était le début de ma nouvelle vie de Sentinelle. Je laissais mon ancienne vie derrière moi, pour de bon. Juste avant que la porte ne se referme, j'ai aperçu le magnifique visage d'Arik. Grâce à son aide, je trouverais ma place dans ce monde.

Remerciements

Bien qu'il n'y ait qu'un seul nom sur la couverture de ce livre, nombreuses sont les personnes qui ont participé à son élaboration. Le voyage a été long, douloureux parfois, mais le résultat vaut sans conteste chaque épreuve rencontrée. Un simple « merci » me semble très en dessous de la gratitude que j'aimerais exprimer envers les amis formidables, les collègues et les membres de ma famille que je m'apprête à mentionner, mais je tiens tout de même à le leur dire.

À mon agent, Peter Knapp, qui a tout fait pour permettre à ce livre d'exister. Dans les moments les plus difficiles, savoir que tu étais à mes côtés suffisait à me redonner confiance. Je suis tellement heureuse qu'on célèbre ce succès ensemble ! Merci de t'être lancé dans l'aventure avec moi.

À mon éditrice, Liz Pelletier : merci d'avoir cru en moi et d'avoir aimé mon livre autant que moi. Mon histoire doit beaucoup à tes conseils. Tu m'as poussée à donner le meilleur de moi-même. J'ai gagné à la loterie des éditeurs lorsque tu as décidé de me donner ma chance.

Un grand merci à Stacy Abrams, directrice éditoriale à Entangled Teen, pour tout le soutien qu'elle m'a offert et pour m'avoir aidée avec la relecture du texte. Tu es sans doute la personne la plus adorable que je connaisse.

Merci à Meredith Johnson, Robin Haseltine, Julia Knapman, Lydia Sharp, Fowler Martens et Beth Hicks pour les révisions et pour vous être assuré que chaque page était parfaite. Heather Ricco, merci pour ton sens inné de l'organisation ! À toute l'équipe communication, merci infiniment : Melissa, Debbie, Katie, Jessica, Rhianna et Anita, ainsi qu'à toute la famille d'Entangled. Je suis éblouie par le soutien qui existe entre auteurs et employés dans cette maison. Je suis fière de faire partie de ce groupe. Votre gentillesse et votre générosité me vont droit au cœur.

Un chaleureux merci à mon attachée de presse, Jen Halligan, pour son soutien et ses prouesses marketing.

Merci, Louise Fury, pour tes conseils inestimables et ton amitié sans pareille. Tu as un cœur énorme, je t'adore !

Un merci tout particulier à mes partenaires de critique, sans qui ce livre n'aurait jamais été à la hauteur pour atterrir sur le bureau d'un éditeur. Erica Chapman, pour nos discussions interminables sur le scénario, ponctuées de soucis envolés et de fous rires à en avoir mal au ventre. Plus que tout, pour m'avoir dit : « Débarrasse-toi des chats ! » Tes conseils tombent toujours dans le mille. Merci à Shannon Duffy pour m'avoir aidée à donner vie à mes personnages, et pour me réchauffer le cœur grâce à ta grande générosité. À Jamie Nord, pour tes commentaires vifs et précis, et surtout sans détour. À Shelley

Waters, pour m'avoir aidée à m'en sortir avec les scènes romantiques entre adolescents, et pour m'avoir récupérée au bord du gouffre, bien plus souvent que je n'ose l'avouer. À Trisha Wolfe et Cassandra Marshall, qui avez contribué à ce bébé dès ses premiers pas. Sans oublier Veronica Bartles, Paula Ashmore et Julie Diercks : vous m'avez aidée à corriger le tir à maintes reprises. À mes toutes premières lectrices, Kayla Ashmore, Heather Anderson, Emily Bartles et Lucia Gregorakis : vous m'avez souvent fait sourire !

Un merci tout particulier à Mandy Schoen, Hallie Tibbetts et Sue Zaynard, pour vos commentaires édifiants aux premiers stades de l'aventure de la publication. J'apprécie tout le travail et la gentillesse dont vous avez fait preuve.

Un immense merci à mon assistante de blog et de concours, Nikki Roberti. Sans toi, j'aurais perdu la boule depuis longtemps !

Je ne pourrais jamais assez remercier Joannine Kramarsic, ma meilleure amie depuis le collège. Joannine, merci d'avoir lu chaque nouvelle version que je t'ai envoyée et d'avoir manifesté tant d'enthousiasme à chaque fois. Tes encouragements me sont précieux. Toute ma gratitude à Connie Kallman pour nos longues promenades-réflexions. Elles me manquent énormément, et toi aussi.

Je ne serais jamais sortie de ma caverne ni n'aurais jamais appris de mes faiblesses sans l'aide des talentueuses femmes qui s'occupent du blog *Adventures in YA and Children's Publishing*, Martina Boone et Lisa Gail Green. Merci pour ces fantastiques concours et ateliers que vous organisez. Merci aussi à Jessica Shoulders, qui m'a aidée à tenir mes résumés et les questions pendant l'un de ces ateliers.

Merci à tous les écrivains, critiques, partenaires, et amis qui me soutiennent sans faille : K. T. Hanna, Donna Munoz, Rebecca Coffindaffer, Marieke Nijkamp, Maggie E. Hall, Dee Romito, Mónica Bustamante Wagner, Krista Van Dolzer, Sharon Johnston, Summer Heacock, Jami Montgomery et à tous les écrivains qui ont contribué ou participé à mes concours. Vos conseils et votre amitié m'ont rendu cette aventure plus douce. Merci aussi à tous mes amis de Twitter ou de la blogosphère, vous m'amusez chaque jour pendant les moments de détente, vous vous réjouissez de mes succès et me remontez le moral lorsque le cœur n'y est plus.

Merci aux jeunes filles qui m'ont inspiré le personnage de Gia : Tarah Ashmore pour son athlétisme et sa queue-de-cheval, Kayla Ashmore pour son amour des livres et des bibliothèques, et Eugenia Woods pour son cran.

Mention spéciale à ma famille du Massachusetts, les LaPointe et les Yacovone, sans oublier leurs différentes branches. Si mon cœur est resté au Massachusetts et que la plupart de mes histoires s'y déroulent, c'est grâce à vous bien sûr !

J'aimerais remercier ma mère, Jean LaPointe, qui lit sans arrêt et m'a transmis son amour de la lecture, et mon père, Walter « Skip » LaPointe, qui m'a quant à lui transmis son entêtement. Si mes parents ne s'en sont pas doutés au moment de mon adolescence, cette qualité m'a été d'un grand secours pour affronter le parcours du combattant qui mène à la publication d'une œuvre.

À ma sœur, mon âme sœur, Paula Ashmore. Merci d'avoir toujours été là, depuis le premier jour. Quelle joie d'avoir partagé une chambre, et aujourd'hui, une si profonde amitié avec toi! Merci à toi, mon frère, Mark LaPointe, pour m'avoir rendue plus forte et m'avoir protégée. Avoir la peau dure n'a pas été de trop dans cette aventure.

À mes garçons, Eric et Jacob: merci de m'avoir laissé dérober vos personnalités pour Arik et Nick, et de m'avoir fait plonger dans les films de fantasy lorsque vous étiez plus jeunes. Vous êtes tout pour moi. Que serais-je sans votre amour et votre soutien? À mes filles, Cara, Annika, Fallon et la petite Steve: merci pour tout l'amour et toute la joie que vous me donnez chaque jour. Je suis bénie.

À mon mari, Rich, qui est l'homme le plus compréhensif de la planète ainsi que mon meilleur ami, mon voisin de bureau et l'amour de ma vie. Merci de m'avoir demandé, en ce jour à marquer d'une pierre blanche, juste après notre mariage, si j'avais un hobby. Grâce à toi, j'ai trouvé ma voie, et ma vie s'est enrichie avec toi.

Merci à ma famille et à mes amis de m'avoir pardonné mes absences aux sorties ou mon silence radio lorsque j'étais accablée de travail. Et du fond du cœur, un chaleureux merci à vous lecteurs, blogueurs de littérature fantastique et libraires, pour vous être laissés tenter et avoir ouvert ce livre.

Découvrez dans la même série

La Gardienne des Mensonges

Library Jumpers - 2

(à paraître en poche en octobre 2020)

Chapitre 1

S'il était possible de se noyer dans l'ennui, je respirais mes dernières bouffées d'oxygène avant de succomber.

Adossée contre un arbre, j'ai ramené les genoux contre ma poitrine. Notre voisine, une frêle jeune fille, a déboulé en trombe sous le porche de notre nouvelle maison sur Pine Orchard Road pour tendre un plateau à Pop. Ils ont échangé quelques civilités, puis elle a fait demi-tour pour dévaler les quelques marches de notre perron. Sa peau pâle et sa chevelure d'ébène lui donnaient des airs de Blanche-Neige. Les contours de son visage blafard formaient un cœur : cheveux implantés en « V » sur son front d'un côté, menton pointu de l'autre.

Moi qui, quelque temps plus tôt, m'étais retrouvée transportée en un clin d'œil par l'intermédiaire d'une porte-livre depuis Boston jusqu'à Paris – oui, vous avez bien lu, j'ai plongé dans un bouquin qui m'a emportée de l'autre côté de la terre, c'est une longue histoire –, j'aurais sans doute dû goûter avec plaisir ces quelques moments de répit. Après tout, ma vie avait été complètement bouleversée. Devenir une Sentinelle – un chevalier doté de pouvoirs magiques, pour faire court – et affronter des créatures mystérieuses, c'est plutôt sympa… dans un jeu vidéo. Mais ma réalité n'était pas virtuelle et, dans la vraie vie, j'avais souvent assisté à des morts violentes.

Dont on ne revient pas.

Je me demandais sans cesse si Conemar et sa troupe de Chimères passées à l'ennemi cesseraient enfin, un jour ou l'autre, de nous chercher un peu partout. À en croire le professeur Attwood – oncle Philip pour moi, désormais – je n'avais plus rien à craindre, toute menace était écartée. Pour être honnête, j'en doutais.

D'ailleurs, j'avais reçu du Conseil des mages l'ordre de me terrer à l'abri, en compagnie de ma famille et de mes amis. Nous avions certes vaincu Conemar, mais certains de ses disciples pouvaient encore chercher à se venger. Dans le monde des Chimères, mieux valait éviter d'avoir sa tête mise à prix…

J'ai jeté un coup d'œil au tout nouveau smartphone que Pop m'avait acheté pour me permettre de joindre en visioconférence tous ceux qui étaient restés là-bas, à Boston. Il s'agissait surtout de ma meilleure amie Afton, en l'occurrence, puisque le portable néandertalien de ma grand-mère, Nana, ne possédait pas ce genre de fonctionnalités. Le nom d'Afton se trouvait dans la liste des contacts récents : j'ai effleuré l'écran et attendu qu'elle décroche.

Coincée depuis deux semaines dans un petit patelin du nom de Branford au fin fond du Connecticut, loin d'Arik – nous étions désormais officiellement ensemble – et des autres Sentinelles, je commençais à trouver le temps long. Mon autre meilleur ami, Nick (qui était aussi, je venais de le découvrir, mon cousin) avait emménagé quatre jours plus tôt dans la même rue que moi avec ses parents.

Malheureusement, je ne le voyais qu'en de trop rares occasions. Il était entre autres occupé à aider ses parents à préparer l'ouverture prochaine de leur restaurant.

Le visage d'Afton est enfin apparu à l'écran. Elle se filmait un peu en contre-plongée : ses grands yeux noisette en paraissaient exorbités.

— Gia, ma chérie, tu sais bien que je t'adore, mais là, c'est la troisième fois que tu m'appelles... en moins d'une heure !

Le téléphone m'a signalé un autre coup de fil, que j'ai décidé d'ignorer. J'avais vraiment besoin d'un peu de temps avec ma meilleure amie.

— Je suis au boulot, a-t-elle continué. Je ne peux pas papoter maintenant. Mais je te promets de te rappeler en sortant, d'accord ?

— OK... Pardon, je... C'est juste que tu me manques.

J'ai fait un grand signe à Pop qui descendait la rue dans sa Volvo. Mais, les yeux fixés sur la route, il ne m'a pas remarquée. Afton a regardé derrière elle, à droite puis à gauche, avant de se rapprocher de son portable.

— Tu me manques aussi. Pourquoi tu ne passes pas plus de temps avec Nick ?

— Parce que Deidre est toujours collée à lui. Ils ne se quittent plus d'une semelle. C'est à vomir ! (Je me suis interrompue en voyant se crisper le visage de mon amie.) Oh... Désolée ! Ce n'était pas...

— Ne t'en fais pas, ça va.

Les gargouillis d'une machine à café, hors champ, couvraient presque complètement sa voix. Mais je connaissais par cœur ce sourire forcé et ces yeux tristes : elle mentait.

[...]

Cet ouvrage a été composé par
Fr&co - 61290 Longny-au-Perche

Imprimé en Espagne
par Liberdúplex
S30534/01

www.pocketjeunesse.fr
POCKET JEUNESSE

MIXTE
Papier issu de
sources responsables
FSC® C003309

Pocket Jeunesse, une marque d'Univers Poche,
est un éditeur qui s'engage pour
la préservation de son environnement
et qui utilise du papier fabriqué à partir
de bois provenant de forêts gérées
de manière responsable.